中华译学倡立传字与

以中华为根 译与学并重
弘扬优秀文传 促进中外交流
拓展精神疆域 驱动思想创新

丁酉年冬月许钧撰 罗卫东书

"十四五"时期国家重点出版物出版专项规划项目

中华译学馆·中华翻译研究文库

许 钧 ◎ 总主编

文学翻译探索

王理行 ◎ 著

ZHEJIANG UNIVERSITY PRESS
浙江大学出版社
·杭州·

图书在版编目(CIP)数据

文学翻译探索 / 王理行著. -- 杭州：浙江大学出
版社，2025.3. -- (中华翻译研究文库 / 许钧总主编).
ISBN 978-7-308-26036-7

Ⅰ. I046

中国国家版本馆 CIP 数据核字第 2025AD9753 号

中华译学馆 题言其

文学翻译探索

王理行 著

出 品 人	吴　晨	
丛书策划	陈　洁　包灵灵	
责任编辑	包灵灵	
责任校对	方艺潼	
封面设计	程　晨	
出版发行	浙江大学出版社	
	（杭州市天目山路 148 号　邮政编码 310007）	
	（网址：http://www.zjupress.com）	
排　　版	大千时代(杭州)文化传媒有限公司	
印　　刷	杭州高腾印务有限公司	
开　　本	710mm×1000mm　1/16	
印　　张	20.25	
字　　数	292 千	
版 印 次	2025 年 3 月第 1 版　2025 年 3 月第 1 次印刷	
书　　号	ISBN 978-7-308-26036-7	
定　　价	88.00 元	

总　序

　　改革开放前后的一个时期,中国译界学人对翻译的思考大多基于对中国历史上出现的数次翻译高潮的考量与探讨。简言之,主要是对佛学译介、西学东渐与文学译介的主体、活动及结果的探索。

　　20世纪80年代兴起的文化转向,让我们不断拓宽视野,对影响译介活动的诸要素及翻译之为有了更加深入的认识。考察一国以往翻译之活动,必与该国的文化语境、民族兴亡和社会发展等诸维度相联系。三十多年来,国内译学界对清末民初的西学东渐与"五四"前后的文学译介的研究已取得相当丰硕的成果。但进入21世纪以来,随着中国国力的增强,中国的影响力不断扩大,中西古今关系发生了变化,其态势从总体上看,可以说与"五四"前后的情形完全相反:中西古今关系之变化在一定意义上,可以说是根本性的变化。在民族复兴的语境中,新世纪的中西关系,出现了以"中国文化走向世界"诉求中的文化自觉与文化输出为特征的新态势;而古今之变,则在民族复兴的语境中对中华民族的五千年文化传统与精华有了新的认识,完全不同于"五四"前后与"旧世界"和文化传统的彻底决裂与革命。于是,就我们译学界而言,对翻译的思考语境发生了根本性的变化,我们对翻译思考的路径和维度也不可能不发生变化。

变化之一,涉及中西,便是由西学东渐转向中国文化"走出去",呈东学西传之趋势。变化之二,涉及古今,便是从与"旧世界"的根本决裂转向对中国传统文化、中华民族价值观的重新认识与发扬。这两个根本性的转变给译学界提出了新的大问题:翻译在此转变中应承担怎样的责任?翻译在此转变中如何定位?翻译研究者应持有怎样的翻译观念?以研究"外译中"翻译历史与活动为基础的中国译学研究是否要与时俱进,把目光投向"中译外"的活动?中国文化"走出去",中国要向世界展示的是什么样的"中国文化"?当中国一改"五四"前后的"革命"与"决裂"态势,将中国传统文化推向世界,在世界各地创建孔子学院、推广中国文化之时,"翻译什么"与"如何翻译"这双重之问也是我们译学界必须思考与回答的。

综观中华文化发展史,翻译发挥了不可忽视的作用,一如季羡林先生所言,"中华文化之所以能永葆青春","翻译之为用大矣哉"。翻译的社会价值、文化价值、语言价值、创造价值和历史价值在中国文化的形成与发展中表现尤为突出。从文化角度来考察翻译,我们可以看到,翻译活动在人类历史上一直存在,其形式与内涵在不断丰富,且与社会、经济、文化发展相联系,这种联系不是被动的联系,而是一种互动的关系、一种建构性的力量。因此,从这个意义上来说,翻译是推动世界文化发展的一种重大力量,我们应站在跨文化交流的高度对翻译活动进行思考,以维护文化多样性为目标来考察翻译活动的丰富性、复杂性与创造性。

　　基于这样的认识,也基于对翻译的重新定位和思考,浙江大学于 2018 年正式设立了"浙江大学中华译学馆",旨在"传承文化之脉,发挥翻译之用,促进中外交流,拓展思想疆域,驱动思想创新"。中华译学馆的任务主要体现在三个层面:在译的层面,推出包括文学、历史、哲学、社会科学的系列译丛,"译入"与"译出"互动,积极参与国家战略性的出版工程;在学的层面,就翻译活动所涉及的重大问题展开思考与探索,出版系列翻译研究丛书,举办翻译学术会议;在中外文化交流层面,举办具有社会影响力的翻译家论坛,思想家、作家与翻译家对话等,以翻译与文学为核心开展系列活动。正是在这样的发展思路下,我们与浙江大学出版社合作,集合全国译学界的力量,推出具有学术性与开拓性的"中华翻译研究文库"。

　　积累与创新是学问之道,也将是本文库坚持的发展路径。本文库为开放性文库,不拘形式,以思想性与学术性为其衡量标准。我们对专著和论文(集)的遴选原则主要有四:一是研究的独创性,要有新意和价值,对整体翻译研究或翻译研究的某个领域有深入的思考,有自己的学术洞见;二是研究的系统性,围绕某一研究话题或领域,有强烈的问题意识、合理的研究方法、有说服力的研究结论以及较大的后续研究空间;三是研究的社会性,鼓励密切关注社会现实的选题与研究,如中国文学与文化"走出去"研究、语言服务行业与译者的职业发展研究、中国典籍对外译介与影响研究、翻译教育改革研究等;四是研究的(跨)学科性,鼓励深入系统地探索翻译学领域的任一分支领域,如元翻译理论研究、翻译史研究、翻译批评研究、翻译教学研究、翻译技术研究等,同时鼓励从跨学科视角探索翻译的规律与奥秘。

青年学者是学科发展的希望,我们特别欢迎青年翻译学者向本文库积极投稿,我们将及时遴选有价值的著作予以出版,集中展现青年学者的学术面貌。在青年学者和资深学者的共同支持下,我们有信心把"中华翻译研究文库"打造成翻译研究领域的精品丛书。

许　钧

2018 年春

自 序

我对文学翻译的思考与探索,始于我的外国文学编辑出版工作的开端。

1985年夏,我从南京大学外文系毕业,分配到江苏人民出版社《译林》编辑部(译林出版社的前身),开始了近四十年的外国文学书刊编辑出版工作。我在编辑外国文学译稿时,常常萦绕心头的问题是:什么是文学?什么是翻译?什么样的外国文学作品值得翻译过来?文学翻译该怎么做?什么样的译作是好的译作?外国文学翻译作品要发表或出版,最起码要达到什么水平?经过一段时间的工作实践,我心里逐渐形成了一个尺度:外国文学翻译作品要发表或出版,必须达到的最低要求有两点:一、对原作的理解基本没有问题;二、译文基本通顺。之所以用了两个"基本",一是因为任何译者,哪怕本事再大,外语水平再高,要想对一部异国人用异国语写的,尤其是个人风格和地域特色较为明显的长篇作品理解得滴水不漏、毫无差错,是不可能的;二是因为不论持什么翻译标准或用什么翻译理论(甚或有人宣称不用任何翻译理论)指导翻译实践,不论译者汉语和文学修养有多好、翻译经验有多丰富,译者自认为很通顺流畅的译文中,总会或多或少地有一些让他人感到不太顺畅甚至别扭之处。

1986年春天,在无锡,美国文学专家、翻译家施咸荣先生言简意赅地告诉我,要成为一名合格的外国文学编辑,必须努力使自己同时成为杂家、专家和翻译家。从那时起,尽管很难,我还是一直在朝这"三家"的方向努力。

我在繁忙的编辑工作之余从事一定的翻译实践,翻译了英国作家罗伯特·史蒂文森的《金银岛》、亨利·詹姆斯的《专使》等著作。有了一定的外国文学编辑和翻译实践后,我渐渐认识到:一般说来,毫无文学翻译实践经历的人,不大可能成为出色的文学翻译批评家,因为他们很可能对翻译中由主客观因素导致的局限性把握失准。

由于工作需要,我一直与许多高校外语院系的专家学者有联系,还与其中的一些老师成了长期的朋友。他们不仅在编辑工作上与我紧密合作,成了我的译者或作者,还在学术交流和研究方面给了我各种各样的鼓励、帮助和机会,比如,请我去参加学术会议并做大会主旨发言或对学者们的发言进行点评,请我去给师生们做讲座,请我去参加博士生、硕士生的学位论文答辩等。这些都促使我在编辑和翻译实践的基础上进一步从学术和理论的角度对文学翻译进行更深入的思考与探索。

在文学翻译探索方面乃至我至今的人生中,对我帮助和影响最大的,是许钧教授。我和他第一次相见是1987年秋在他南京大学的研究生宿舍里。我们一见如故。近四十年来,他是我的师与兄,无论在工作、学术还是生活上,我有任何问题,第一个想到去请教并肯定会得到教益的,就是许钧先生。他作为栏目设计者和对话者,我作为编辑,我们从 1998 年开始紧密合作连续三年整,在《译林》杂志《翻译漫谈》栏目上,刊出了他与季羡林、萧乾、叶君健、草婴、许渊冲、杨苡、李文俊、郭宏安等二十多位具有一定代表性的老一辈翻译家,结合自己丰富的翻译实践,就翻译,特别是文学翻译的一些基本问题,畅谈各自的独到经验、体会和见解。随后,这些对话又结集成《文学翻译的理论与实践——翻译对话录》一书,堪称某种程度上以独特的方式对 20 世纪中国文学翻译做了一次梳理与总结,为文学翻译实践的后来者提供了丰富的切实可行的经验,为以后的中国翻译理论研究提供了宝贵的第一手材料和一个新起点,在中国文学翻译史上起到了承前启后的作用。许钧先生一直鼓励、鞭策我在工作之余要坚持多看书、多写文章、多做翻译,尤其在人生的低谷期更要坚持不懈。他每有新的翻译理论专著问世,我总是第一时间拜读,总是受益匪浅,并写过多篇书评,把我对他的最新专著印象最深的感想与学界同仁分享。我在译林出版社退休前做的一件最重要的事,就是在社领导的大力支持下促成了八卷本"许钧翻译论丛"的出版,并担任其中《翻译论》《文学翻译批评研究》《二十世纪中国文学在法国的译介与接受》等书的责任编辑。在文学翻译研究方面,许钧先生及其著述对我的影响是最大的,我在文学翻译方面的许多观点都与许钧先生的观点相近。当然,由于两人成长的环境、所接受的教育、工作经历和个性脾气都有较大的不同,我们关于文学翻译的论述,也就有各自鲜明的特征和差异。他一直在专门从事翻译实践、翻译教学与翻译研究,硕果累累,是当今中国翻译界最杰出的代表之一,而我只是业余时间偶尔就文学翻译有感而发。我早就说过,我不是专门搞学术研究的,而只是学术的票友,只是高兴时扯几嗓子而已。

20世纪80年代后期,也就是我从事外国文学书刊编辑工作的初期,我编辑外国文学译稿时,都是拿原版书和译稿从头到尾逐字逐句对照审读校改的。当年编辑孙致礼教授重译的《傲慢与偏见》译稿时,我拿原版书、孙致礼先生译稿和王科一先生的译本同时进行逐字逐句的对照审读校改。刚开始,我这个刚出校门、二十出头的小青年,小心翼翼地给当时在文学翻译上已有所成就的中年译者孙致礼先生写了封信,在信中列举了我编辑他译稿开头部分中的十个例子。每个例子都包含原文、孙译文、王译文,并说明了我对两种译文的想法、疑虑或改进的建议。在信的最后,我怀着忐忑不安的心情说,我是个刚出校门不久的本科毕业生;如果孙老师觉得我信中说的还有点道理或有值得参考的地方,那么请孙老师对我提到的译文做适当的调整或修改;如果孙老师觉得我不知天高地厚尽在胡说八道,那么我就不再给孙老师写这种信了。不久,我收到了孙老师热情洋溢的回信。他首先肯定了我信中所说都很有道理,对他改进译文质量很有启发和帮助。他对我提的十个例子中的九个例子中的译文进行了修改,保留了其中一个例子的译文并做出了说明。在信的最后,孙老师感谢我如此认真细致又严谨地对待他的译稿,并鼓励我,希望我不要有任何顾虑,对他的译文有任何想法和建议,发现有任何问题,都要直截了当地及时告诉他,他一定及时给我反馈。我们共同的目标,就是推出一个尽可能好的新译本。他还感慨说:看来,一代新的外国文学编辑正在成长中。此后,我便不断地把我编辑他的译稿时的想法告诉他,他总是非常及时地给我回信。我们共同努力的结果是,《傲慢与偏见》孙致礼译本于 1990 年北京亚运会前夕出版后,得到了翻译界和广大读者的热烈欢迎与好评。孙教授对我的肯定和鼓励,让我坚定了自己成为一位合格的外国文学编辑的信心。拿原版书、孙致礼先生译稿和王科一先生的译本同时进行逐字逐句的对照审读校改,与孙教授就其译稿的频繁书信交流,则相当于我在文学翻译上强化学习、探索与提高的过程。孙致礼教授后来成了国内屈指可数的著名英语文学翻译家,而《傲慢与偏见》则是他的文学翻译代表作。前些年我忽然想到,当年我收到的孙致礼教授关于《傲慢与偏见》翻译的回信共有好几百页,我就此写给孙教授的信的篇幅,也应该不下于此。如果把我和孙教授就《傲慢与偏见》的通信合集出版,无论是对后来的文学翻译实践者还是相关领域的研究者,抑或是对文学翻译感兴趣的各类读者,都是不可多得的第一手材料。当时适逢听闻孙教授身体不适,我就请其儿媳石平萍教授方便时就此问问孙教授,可惜结果是,孙教授说,我写给他的那些信已经找不到了。

20 世纪 90 年代初以来,我在《文汇读书周报》上发表过八九十篇长短不一的文章。其中,1999 年《找译者难》发表后,在全国范围内反响强烈,该报因此开辟有关"优秀译者何以难找?"的问题讨论,陆谷孙、林少华等一些著名学者、翻译家和许多普通读者纷纷加入讨论,进而引发了全国范围内长达大半年的关于文学翻译质量问题的讨论。该报当时的主编褚钰泉先生嘱我把长期以来对文学翻译的思考写成一篇长文,不料我构思好准备动笔时,他却离开了主编的岗位。

郭英剑教授长期以来是我工作和学术研究中的合作者,并一直给予了我很大的帮助。英剑兄邀我就文学翻译问题去他当时所在的大学做讲座,促使我在 1999 年国庆长假期间写出了《忠实是文学翻译的目标和标准——论文学翻译和文学翻译批评》的长文作为讲座的底稿。此文即褚钰泉先生嘱我写的我多年来对文学翻译的思考的一次阶段性总结。此后不久,李德恩先生说了句"好文章还怕长吗",把此文刊载于他主编的《外国文学》。多年来,我曾以此文作为讲座底稿,在多所大学做讲座,在与师生们的不断交流中丰富并深化了自己对文学翻译方面的思考。此文的标题,后来也改成了"文学翻译的全面忠实观"。"文学翻译的全面忠实观",一言以蔽之,即译者应尽可能把一部文学作品从内容到形式、从内涵到外延在内的方方面面的因素全面忠实地再现于译作之中。"文学翻译的全面忠实观"逐渐成为我文学翻译研究的标志性观点,而我后来写的多篇文学翻译方面的文章,都源于此文中的某一论点或段落。拙文《出色的译作:既经得起读,又经得起对》曾被郭英剑、谷羽、陆永昌、王金凯等教授在不同场合论及、引用或指定为文学翻译方向的研究生必读的文献。曾经教我的第二外语法语的张新木教授,在一次翻译研讨会上听完我论及"文学翻译的全面忠实观"的主旨发言后在微信上对我说:他在重译马塞尔·普鲁斯特的《追忆似水年华》第五卷《女囚》时，基本上按我说的原则在做。他的汉译版本，改文采式翻译为批评式翻译，争取在文字、形象、音韵、蕴意、审美、思维方式等方面达到全面的忠实。郭英剑教授还曾与我合作撰写了《论 Chinese American Literature 的中文译名及其界定》一文。我在文学翻译的编辑与实践中遇到疑难点，也常常会与他商量，向他请教。

曾艳钰教授是曾邀请我去其工作的大学做讲座或主办的学术会议上做大会主旨发言次数最多的朋友。她有时让我自己随意选择讲什么，有时则给我指定讲座或发言的主题，这其实是在不断督促我对外国文学和翻译方面进行更多更深入的研究。收入本书的《文学翻译还需要忠实吗？》《论文学翻译批评——以〈红与黑〉和〈堂吉诃德〉的汉译批评为例》《诺贝尔文学奖与中国的外国文学出版》等文，便源自最早在她工作的大学里的讲座或大会发言。

在多年来的文学翻译编辑工作中，我已养成一个习惯：在编辑一个自己新接触的译者的译稿时，我会先仔仔细细地把译稿的一小部分与原文进行对照，以便把握译文的大致情况，了解译者的翻译特色、倾向或存在的问题，然后可能会就此与译者进行电话或当面交流。21 世纪初，郭国良教授的一部译稿到了我手上，我一如既往地把译稿的一部分与原文进行了对照，结果惊喜地发现，在我二十来年中接触并与原文对照过译稿的不计其数的译者中，郭国良教授在译作中的追求与我的"文学翻译的全面忠实观"是最接近的！七八年后，郭国良教授主持了我与浙江大学的师生们就"文学翻译的全面忠实观"进行的交流讲座。他在讲座最后的总结点评中说,我的"文学翻译的全面忠实观",把他在文学翻译实践中的追求,都表达展现出来了。我多年前首次接触他的译作时的感受,和他后来首次听完我的"文学翻译的全面忠实观"的感受,竟如此惊人地重合。这是否可以说,在文学翻译上,我们两人是心心相印的呢?也许一方水土养一方人的说法在文学翻译与研究中也是说得通的。郭国良教授是浙江东阳人,我是浙江义乌人,他老家与我的老家相距仅几十公里,我们共同的朋友吴其尧教授也是浙江东阳人,前面提到的许钧教授则是浙江龙游人,我们这几个人从小生活在山清水秀中的浙江,对文学翻译的基本看法都比较接近。每次与吴其尧教授谈起文学翻译,我们相互都有知音之感。有一次,吴先生在谈到编辑和译者的关系时对我说:"我的第一部译著美国作家约翰·巴思的《曾经沧海》最初也是理行兄审读了部分文字的,提出了非常中肯的意见,我从此也建立起了全面忠实的文学翻译观(包括对原著中的标点符号不轻易改动),所以说编辑和译者之间的关系很重要,好的编辑提供的意见可以奠定一个译者的翻译理念。"

谢天振教授从《东方翻译》创刊起就长期担任该刊的执行主编。他曾对我说,该刊不欢迎"面目可憎,空洞无物、难以卒读的学术八股文",提倡生动活泼地探讨翻译学术的文章。从2013年到2020年,我以学术随笔的形式写出来的或长或短的文章,先后在《东方翻译》上发表了五篇。据谢先生手下的一位青年编辑说,有一次,谢先生拿着我投稿的一篇短文说:你们看看,学术文章还可以这样写!谢先生在收到拙文《"献给薛庆国"——阿多尼斯中国题材长诗〈桂花〉献词历险记》一文后,很快就在微信里给我回复说:非常珍贵的第一手资料。要知道,我和谢先生对关于翻译的有些问题的看法是不同的,甚至是针锋相对的。比如,在浙江大学召开的一次文学翻译会议上,谢先生听了我的发言后曾针对我的主要观点提出了明确的异议。与此同时,他却又在他自己主编的期刊上一再发表我写的文章,还不吝溢美之词。他的这种雅量与对自己观点不尽相同的后辈的提携,令我一直心怀钦佩与感激。

微信群和朋友圈大大方便了人们的交流。不知不觉间,微信上的交流催生了我的好几篇文章。远在澳大利亚的崔少元先生对外国文学与翻译的热情一直不减,经常会就相关问题或想法在微信上与我交流。《"Stay hungry. Stay foolish."怎么译?》一文,主要就是根据他与我在微信上就此交流的记录整理出来的。《关于 2020 年诺贝尔文学奖得主的姓名与授奖词的翻译》一文里的部分内容,则摘录自当年诺贝尔文学奖得主公布后与外国语言、文学和翻译相关的一些微信群和朋友圈里的热烈讨论。《den 是什么?》的主要内容,是我在微信上与身在美国、英国、加拿大和中国的同学和朋友们探讨的记录。

由于外国文学编辑出版工作的需要,我与翻译界的许多德高望重的老前辈有过接触,其中我有一定了解、印象比较深刻的,比如萧乾、文洁若、叶君健、赵瑞蕻、杨苡、戈宝权、施咸荣、李文俊、梅绍武、朱炯强、张柏然、许钧诸位先生,我对他们的为人为文分别做过点点滴滴的记录。

在文学翻译方面对我有过影响的师友,还有很多,恕我不能在此一一列举了。

　　多年来，一直有一些热心朋友建议我把几十年来发表在各类报刊上的文章结集出版，我却一直不以为然，因为我觉得，既然这些文章已经发表过了，该看到的读者也都看过了，如果它们能产生一点影响，那也已经产生过了。在我即将从外国文学编辑的岗位上退出之际，在许钧先生的督促下，我终于把自己近四十年来对文学翻译的思考和探索的相关文章都汇集于此，算是对我自己这方面的一个总结。如果这本书对从事文学翻译实践和研究的同仁们或后来者还能有点参考价值，那对我来说就是个宽慰了。

　　有一种说法是：你的朋友圈决定了你会成为一个什么样的人。近四十年来，我一直就是个外国文学书刊的编辑，但因为在学术界交了一批好朋友，不知是一直被他们往学术圈里拽，还是我天性就容易被学术圈所吸引，抑或两者兼而有之，我一直在做一些与学术相关的事情，也写了些学术性的文章或论文，那都是有感而发，完全是兴之所至，想写了才写，写了有快感，有乐趣。

王理行

初稿写于 2023 年盛夏

改定于 2023 年 10 月底

目　录

第一辑　文学翻译的全面忠实观

第二辑　文学翻译断想

第三辑　文学翻译研究评析

第四辑 文学翻译与出版

第五辑 凝视文学翻译前辈

第一辑

文学翻译的全面忠实观

文学翻译的全面忠实观

从我学翻译开始,到后来成为一位外国文学书刊编辑的相当长的时间内,我一直以为:文学翻译应该忠实于原作,这一点,似乎所有从事文学翻译的人,甚至所有的读者都不会有异议,因而似乎是一个无须讨论的问题。其实不然。在实践中,译者出于种种考虑或为满足种种需要而对原作进行不同程度的增、删、改,脱离原作加入译者主观性的内容并进行具有译者个性的创造或曰再创作等现象,并不鲜见。读者不顾原作的个性、旨意而片面地要求译作达到自己心目中的美(这种美常常局限于文句简洁、辞藻华丽、采用中国读者习以为常的遣词造句和行文表达方式等),这种现象也非个别现象。而读者的要求、想法或喜好,对译者,尤其对书、报、刊的编辑出版者,有着不可忽视的重大甚至主导性的影响。一些研究者盲目套用一些新的理论来研究翻译,进而对文学翻译中的忠实提出疑问甚至否定,这样的现象也不时地会出现。本人曾经碰到过一个极端的例子:在 2002 年夏天于南京召开的那次盛况空前的国际比较文学会议上,一位青年教师兼在读博士生(如今早已是教授、博士生导师了)在翻译组的发言中强调:文学翻译中"忠实"是无法做到的,而文学翻译中的混乱和问题都是由"忠实"二字引起的,因此,只要不谈或干脆取消"忠实"二字,文学翻译中的一切问题便都不存在了。鉴于上述情况,在严复提出"信达雅"一百多年后的今天,从本质上强调忠实是文学翻译的目标和标准,是有必要、有针对性并具有现实意义的。

什么时候需要翻译呢?人们需要交流但由于语言的隔阂而使交流无

法进行时,便需要翻译了。读者想阅读用他不懂的语言写成的文学作品时,需要有人用他懂的语言把它翻译过来,这时也需要翻译。所以,从翻译的起源来看,需要明确指出的是:1)首先,读者想看的是原作,即用他不懂的语言写成的文学作品;2)读者需要译者把原作翻译成他懂的语言,以满足他阅读、了解原作的愿望。因此,译者的任务是尽其所能地让读者全面接触、了解原作,也就是尽其所能地用读者所懂的语言忠实地再现原作。凡是原作中有的,译作中都要尽可能地体现出来,而不能有意删去丢弃;凡是原作中没有的,译作中不能随意添加进去,译者更不能脱离原作本身去尽兴发挥。因此,从文学翻译的起源和本质上来说,尽其所能地忠实、全面地再现原作,是读者对文学翻译者的根本要求,自然也应该是文学翻译者努力的目标。

确认文学翻译必须忠实于原作之后,接着的问题便是:文学翻译应当忠实于原作的什么呢?这一点,中外古今的译坛上可谓观点各异,在文学翻译实践中也各行其是。林纾当年搞翻译,是由懂外语的人把原作的意思说给他听,他根据听到的进行写作或曰再创作。由于林纾本人才情横溢,文学艺术敏感性极强,他的"译作"在某种程度上也能抓到原作的神,再加上当时特殊的社会历史环境,他所谓的译作大受欢迎。林纾本人不懂外语,他的译作自然离原作有较大的距离。后来的翻译家逐渐能直接读懂原作,因而其译作也就越来越接近原作,即对原作的忠实程度越来越高。

自严复提出译事三难"信达雅"起,"信达雅"便逐渐成为而且至今一直是中国翻译界占主导地位的翻译目标和标准,尽管有不少学者提出过不同的翻译标准,但似乎大同小异,实质上万变不离其宗——"信达雅"之宗,都是对"信达雅"的具体阐释和一定程度上的修正。而在翻译实践中,大部分译者大致上把"信达雅"具体化为:首先理解透原文的意思;然后尽其所能用最优美的汉语把它表达出来。这样的译作,长期以来被中国读者广泛接受,它所忠实的,是原作的意思、原作的内容。

另有一些译者认为,文学作品的意思、文学作品的内容,尽管是文学作品最重要的组成部分,且常常是最重要的组成部分,但不是文学作品的全部,所以,译作若仅仅忠实于原作的意思,那么,文学翻译的任务并未全面完成。若从内容和形式两大方面来看,在文学翻译中,原作的意思,即原作"说了什么",自然需要忠实地再现于译作,但与此同时,原作的形式因素,即原作的意思是"怎么说"的,同样必须得到忠实的再现。有时,尤其是在某些纯文学作品中,"怎么说"是作家创作个性最明显最直接的展现,是作家区别于他人的标志,比"说了什么"更重要。同一个对象,同一个意思,由不同的作家来表达展现,最终,给读者的感受或印象必然有差异,甚至大为不同。因此,在文学翻译中,必须尽可能从内容和形式两大方面去忠实地再现原作,既要在译作中忠实地再现原作"说了什么",又要在译作中忠实地再现原作是"怎么说"的。持这种翻译观的译者,在中国翻译界已越来越多了。

在实践中,上述两种翻译观指导下的文学翻译,各自都产生了一大批较出色的令不同的读者群喜爱的译作,并且在当代中国翻译界都有走向极端的典型代表。第一种翻译,即搞清原作的意思,然后用译者自认为最优美,甚至是最华丽的语言表达出来的文学翻译,其极端性代表人物,是北京大学的许渊冲教授。许先生前几年得了个"北极光翻译"奖,又上了中央电视台《朗读者》第一期,经过媒体的反复宣传,在许多人的心目中仿佛已是中国翻译界第一人了。许先生多次反复强调,文学翻译是"美化之艺术",在翻译中要最大限度地发挥汉语的优势,译作要与原作竞赛并力争超越原作,以在翻译中实现中国文化战胜西方文化的目标。为此,就像郭宏安先生在《略说译者的心态》一文中对"采取高于原作的心态"的译者的做法所归纳的那样:对他认为原作中不美之处,他在译文中往往加以美化或补救;对他认为原作中过长的句子,他会在译文中截短;原作中过短的句子或省略句,则有可能被他拉长;为了译文顺畅,他可能会改变句子结构,调整句子顺序;他甚至为了审美的目的而对原作有所增删变动,把原作暗含的意思挑明。①

第二种翻译,即尽可能把原作从内容到形式两大方面在译文中加以忠实再现的文学翻译,其极端性代表人物,是上海译文出版社的编审郝运。郝先生极少谈翻译,不善于梳理总结自己的翻译观并加以理论化。在就《红与黑》汉译致许钧教授的信中,他说自己从事法国文学译介工作只追求一个目标:

> 把我读到的法文好故事按自己的理解尽可能不走样地讲给中国读者听。我至今仍认为做到这一点并不容易。有时候原作十分精彩,用中文复述却不流畅,恰似营养丰富的食品偏偏难以消化。逢到这种情况,我坚持请读者耐着性儿咀嚼再三,而决不擅自用粉条代替海蜇皮。如果我的译本不能满足读者的要求,那是我的才能有限,而不是存心欺骗读者。②

郝先生在翻译中坚持紧扣原文,希望读者有耐心从他的译文中体会出原作的原汁原味。

凡事不能走极端,因为物极必反。做任何事,一旦走向极端,其结果很可能就不是,至少不全是原先所追求的目标。文学翻译中的上述两种极端情况,即第一种脱离、违背原作的过分美化及第二种的“难以消化”,显然都从主观与客观两方面与原作拉开了较大的距离,并未做到尽可能最大限度地忠实于原作。在实践中,两者各有其局限性或负面影响。第一种翻译法在重故事情节发展的浪漫主义和现实主义作品的翻译中有用武之地,但在重创作语言、形式、技巧、风格的探索创新的现代主义和后现代主义文学作品的翻译中则明显力不能及。在众多现代主义,尤其是一些后现代主义作品中,故事情节被有意淡化,语言非常口语化,甚至充斥大量俚语和粗俗语言(它们很可能颇具文学审美价值),作者着重于创作

---

① 郭宏安. 略说译者的心态. 译林,2000(2):207.
② 许钧,主编. 文字·文学·文化——《红与黑》汉译研究. 南京:南京大学出版社, 1996:55.

形式、手法、语言上的出奇与创新,甚至精心用某些符号、字母、字、词、句、段来构建某种直观性的效果,形式本身即作品内容的重要组成部分。译此类作品时,译者若按第一种译法,即搞清原作的意思,再用最漂亮最华丽的译文语言去表达,则很难完成翻译的任务,即使译出来了,也必然与原作及其作者的意图相去甚远。相比之下,第二种译法可适应各种作品的翻译,但走向极端以至于"有时候原作十分精彩",译成中文却"偏偏难以消化",本身即在阅读效果与语言审美效果上对原作不忠实,对这样的译文,恐怕许多读者是不会去"耐着性儿咀嚼再三"的。

中国传统文化中在为人处世方面有一堪称精华的思想:中庸之道。文学翻译中同样宜采用中庸之道,不走上述两个极端,而应对其折中,取其长处,取其合理因素。要有海纳百川之胸怀,凡是有利于更全面、更忠实地再现原作的因素,都应笑纳。

许多人长期从事文学创作、翻译或研究,却对一些相关的最基本的问题,比如什么是文学、文学作品是由哪些因素组成的等,从来都没有进行过认真的思考,甚至从来没有想到过。从事文学翻译工作,当然必须认真思考这样的基本问题,只有这样,才有可能进一步做好文学翻译。文学作品是由哪些因素组成的呢? 文学作品是由包括从内容到形式、从内涵到外延在内的方方面面的因素组成的一个有机的整体,包括题材、思想、意义、意境、风格、创作技巧、遣词造句手法、段落篇章结构、阅读效果、审美效果等。译者应把原作中包括上述因素在内的各种因素,都尽可能从宏观上和微观上去全面地把握,并尽其所能在译作中全面忠实地加以再现,这就是文学翻译的全面忠实观。在此意义上,忠实就是文学翻译的唯一目标和标准。

从主观和客观两方面来说,把组成一部文学作品的包括从内容到形式、从内涵到外延在内的一切因素加以全面理解和把握,并在译作中全面忠实地加以再现,是文学翻译的一种理想,是一种应该不断追求、有可能不断接近但永远无法完全实现的理想。然而,不可能完全做到全面忠实,绝不应成为译者随心所欲地脱离原作而自行其是地对原作任意添、删、改,甚至自己大加发挥进行"再创作"的借口。有了全面忠实这个理想,译者是否朝此目标努力及努力的程度不同,其结果必然有所区别,甚至有本质性的区别。假设可以用百分比来计算忠实程度,百分之百的忠实做不到,能否争取做到百分之九十、八十、七十呢? 作为严肃认真的译者,能做到百分之七十忠实时,决不只做百分之六十几,能够多忠实一分时,决不少做一毫。

本文的文学翻译的全面忠实观是对组成一部文学作品的包括从内容到形式、从内涵到外延在内的一切因素的忠实。而就内容和形式两大方面而言,由于对内容的忠实对于严肃的译者、编辑和读者而言已几无异议,因此,本文将较多地论及对原作形式方面的忠实。

在翻译过程中,对于易形成作家或作品的独特个性的因素,如语言特色与习惯、民族色彩、地域色彩、历史文化凸显的因素等,尤其要细心地加以理解把握,并在译作中尽可能加以保留和再现。异域的民族、历史、文化色彩很浓的因素,再现于译文中后,若担心读者不了解或不懂,可以加注解释,而不宜用中国人耳熟能详的或中国文化色彩很浓的因素取而代之。

文学作品的风格即其主要的思想和艺术特点,文以风格传世。风格体现于文学作品从内容到形式的各种要素之中,体现出作者的艺术特色和创作个性。译者应充分重视原作的风格,在从内容到形式的各种要素中把握和体会原作的风格,并在译文中加以再现。译者应通过自己细心的琢磨、体会和研究,并可借助他人的研究成果,从宏观上去把握原作的总体风格,与此同时,还应从微观上充分注意字、词、句在形成总体风格中的作用。总体风格不一定体现于每一个字、词、句中,但确实始于一字、一词、一句,整体作品中的字、词、句、段落和篇、章的总和构成了一部作品的总体风格。译者应充分认识原作中每个字、词、句的内涵和外延及其作用,并尽量在译文中加以保留和体现。在把握和传达总体风格的同时,不能因总体风格而忽略局部风格的变化和差异。就语言和形式方面而言,一部以辞藻华丽典雅著称的作品完全可能在某一局部出现非常口语化的平白朴实的语言,而一部以长句著称的作品完全可能在某一局部出现简短句甚或省略句,甚至一字、一词或一句就构成一个段落。

　　句子是能够表达完整意思的语言单位,以其后的句号、问号或感叹号为标志。在翻译中,一般宜以句子为处理单位,即原作中的一个句子,译文中尽量要在一个句子中处理妥当。不论是长句、短句、省略句,还是由一字一词构成的句子,译文中宜尽量处理成同样的一个句子。尽量不要把原文的连续几个短句或省略句在译文中合并为一个句子,尽量不要把原文中的一个长句在译文中拆成几个短句。原文是省略句,非不得已尽量不要在译文中把省略成分一一补足。有的译者认为不必受原文标点符号的限制,只要译文行文需要,可以随处随意把原文中几个短句或短的段落合并为一个句子或段落,把原文的一个长句或段落拆散为几个短句或段落。其实,在文学翻译中,标点符号是一个需慎重对待的因素。原文句子间的先后顺序、分段、分章等,不论长短,无论如何,都体现了作者意识流动的过程或刻意的安排,因而都不宜在译文中调整、改变。对于一个严肃的作家来说,标点符号在文学作品绝非随意使用更非可有可无的因素,常常有其用意,自有其理。标点符号既可反映作者意识流动的过程,又可营造文学作品行文的气势,成为作品风格和作者美学追求的组成部分。由于标点符号在文学作品中有着不可忽视的作用,因此,在翻译中,应慎重对待原作的标点符号和断句,尤其是个性化的行文标点,凡是能做到的,都尽量以句子为单位,原文与译文句句对应。当然,这并不是说在翻译过程中原作的一切都丝毫不能变。对于原作中的一切因素,译者在翻译中的指导思想应是尽可能地保留,尽可能地不变,然后才是尽可能地少变,而在变的时候,应清醒地意识到,变只是手段,变的目的仍是尽可能多地反映原文的原貌,即原文"说了什么"和原文是"怎么说"的各种因素。不顾一切地机械地照搬原文中的每一个标点,是不可能做到的,即便做到了,其结果必然是不堪卒读的译文。

　　一些著名翻译家在介绍自己的翻译经验时,往往强调在译作中体现出来的译家个人的翻译风格,如简洁、华丽、漂亮、工致等,视个人风格为其译作的最大特色和长处。其实,在译作中强调体现译家个人的翻译风格,必然在一定程度上影响原作风格的忠实再现。在翻译中,译者的个人风格不仅不能强调,反而应尽量淡化,尽量忘却,除非译者个人风格与某部具体的原作的风格相吻合,甚至达到水乳交融的地步。可是,所谓的"心心相印",是一种理想的境界,在现实中几乎不可能。从原则上说,在翻译中,译者应以所译原作的风格为依归,力争体现出不同作品的不同的独特的风格,力争最大限度地贴近、再现原作的风格。从实践中看,一个译者的知识面、认识水平、常用词汇、遣词造句的方式手段、思维习惯等与风格相关的诸因素是相对稳定的,是有局限性的,无论如何,译者的个人风格都会自觉或不自觉地,或多或少地体现在他的所有译作中。为了最大限度地再现原作的风格,译者应尽可能地选译与自己的个人风格相近或相距不大的作品,在不得已要译与个人风格相距较大的作品时,译者主观上必须尽可能地淡化、限制甚至忘却自己的个人风格,而力争以原作的风格为风格。尽管努力的结果,译作的风格仍可能与原作的风格有一定的差距,译作中仍会一定程度上体现出译者的个人风格,但努力与不努力,努力的程度不一样,结果肯定不一样。主观上努力了,译作的风格必然会一定程度上更贴近原作的风格。原作华丽,译作却平实、口语化,甚至淡如开水,这是不忠实;原作是生活化、口语化的朴实语言,到了译作中却变成了辞藻华丽,语言刻意求工,甚至之乎者也,也是不忠实。原作中结构繁复、关系复杂、意义深奥晦涩的长句,到译作中成了结构简单、意义简明的简洁短句,朗朗上口,这是不忠实;反之亦然。原作中含义模糊之处,译文中尽量不要明晰化。原作中具有多种理解可能性之处,译文中也应尽量保留,尽量不要以译者的一种理解取代多种理解可能性,从而限制读者的理解和想象。

本文中谈及每一问题的处理时,都用了"尽量"这个词,即能做到时尽量这样去做,但凡事都有例外。因主观或客观上因素无法这样做时,只能采取适当的变通。例如,在詹姆斯·乔伊斯的《尤利西斯》、马塞尔·普鲁斯特的《追忆似水年华》和威廉·福克纳的《喧哗与躁动》中,都有长达几十行甚至好几页的没有任何标点的句子，这样的长句子，谁也无法在中文里把它处理为一个句子。但即使在这种时候，译文中不得不给原文长达数十行甚至几页的句子进行断句处理的时候，仍要尽量体现出原文句子超长、结构繁复、意义复杂等特点，仍要尽量体现出原文超长句子所形成的气势和力量及其他的内涵和外延。原作中的省略句若在译文中不适当补足某些成分便难以使译文读者得到与原文相同或相似的认识和感受时，则只能适当补足。即使在这种确需进行适当变通之际，译者仍要牢记，尽量少变，变的目的还是尽可能多地反映原文的原貌并保留原文的各种因素。当然，原文的阅读效果和审美效果自然是要尽量保留下来的。

  文学翻译是一种富有创造性的劳动，是一种以原作为基础的再创作。正如许钧教授所说：两种语言之间的翻译涉及语言的运用，而语言的运用便蕴含着创造性；文学翻译中文字的转换、文学性的体现、文化的传达和移植，都需要有创造力。① 文学翻译中的创造是有局限性的，即只能在原著提供的有限空间进行，不能脱离原著而随心所欲地去创造。全面忠实的文学翻译是一种有可能不断接近但无法完全实现的理想，意味着文学翻译本身是有局限性的。文学翻译的局限性主要来自出发语和目标语之间的差异及译者本人能力和素养等方面的局限性。译者与原作者在天赋、个性、价值观念、思维习惯、生活环境和阅历、文学艺术素养、知识储备等与文学作品相关的各种因素上的差异，使任何一个译者，即使在对原作进行了最大努力的阅读和研究后，仍无法百分之百地全面准确地理解和把握原作。而且，从理解把握到用译语表达之间，必然还要在某种程度上打折扣，即还要有所损失或变形。因两种语言及依托其上的文化的差异而无法全面忠实地翻译之际，便是译者需要进行适当变通之际，此时也是最能体现、发挥译者创造性之际。在文学翻译实践中，译者应当始终牢记：创造只是手段，而非目的；文学翻译中的创造，译者创造性的发挥，都

① 许钧，等. 文学翻译的理论与实践——翻译对话录（增订本）. 南京：译林出版社，
  2021：193.

是为了尽可能全面忠实地再现原作,而不是为了创造而创造,为了展现翻译者的才华而创造。文学翻译中的创造性是在受原作限制之中体现出来的。

不同语言之间自然存在或大或小的差异,没有了差异,就是同一种语言了。不同语言之间的字、词、句的组合规律和语法结构等都会有或大或小的差异。正因为有差异,才需要翻译。与此同时,不同的语言之间在许多语言要素上都具有共同或相似的规律。正因为有共同点,翻译才有可能。在文学翻译中,既要充分认识不同语言之间客观上存在的差异,又不宜过分地夸大这种差异。同时,还应充分意识到,任何一种活的语言都既有相对的稳定性,又不断处于动态的变化发展之中。不同语言之间具有一定的相互包容性,相互间有时会吸收对方的某些因素。就英汉文学翻译实践而言,在大部分情形下,把原文从内容到形式诸方面尽量不变或做较小变动地在译文中保留下来、体现出来是可能的,只有少数地方需做较大变动。凡是属于两种语言的根本性差异之处,都是必须在翻译中作变动之处;凡是作者刻意表达之处,能体现作者创作个性与风格之处,都是必须在译文中用心尽量保留、再现之处。

现代汉语的吸收能力和包容性都很强,现代汉语中的许多标点符号、词汇与语法因素、表达法都直接来自外语。在改革开放思想深入人心的今天,越来越多的中国读者希望读到原汁原味的外国文学作品,希望从中了解外国文化的今昔。所以,译作中应当尽量保留原作中的语言特色、作者的言语方式(特有的表达法)、文化因素等。在翻译中,有的译者因缺乏足够的汉语语言文学的修养与功力,只顾跟着原文亦步亦趋,结果是译文令人费解、难解、不解,这种现象应当避免。译文中移植原文中的语言因素,要以符合译文语言的内在规律、译文语言的读者能够接受或逐渐接受为前提,要以丰富译文语言为目的。另有一些译者则强调译文必须是"纯粹的汉语",在译文中刻意多用、频繁套用或堆砌大家耳熟能详的成语、四字结构或其他惯用结构,甚至一些中国历史、文化积淀很深的表达法,而原作中能体现作者的艺术特色和创作个性的语言、文学、文化等方面的因素却不见了。其实,在吸收了诸多外来语言因素之后丰富发展起来的现代汉语早已不是所谓的"纯粹的汉语"了,"纯粹的汉语"早已不复存在。有的成语适当地用在译文中会令人称妙,但成语在译文中应慎用,决不能刻意多用,因为频繁套用已有固定意义的成语,势必使原文的意义有所损失或歪曲。过多使用四字结构,很可能与原文语言特色不符。使用具有浓郁中国文化色彩与积淀的成语、习语,则会误导一些读者,使之产生语言文化上的错位。

有人强调,要让译语读者读译文的体会、感受、所得和原语读者读原文的体会、感受、所得完全一致。在大多数情况下,这是不可能的。译语读者与源语读者使用两种不同的语言,而两种语言即依托着两种不同的文化。两种语言的读者在社会、历史、文化等各方面的背景都有差别,他们生活其中的社会制度、教育方式、宗教信仰等都可能有差异,他们看到同一对象所产生的体会、感受和所得必然也存在或大或小的差异。令源语读者非常激动的事情到了译语读者那里可能就反应平平甚至无动于衷。再说,读者对本土语文学作品和外国文学翻译作品在阅读前的期待就不同。读者准备阅读一部外国文学翻译作品时,往往期望看到一些与本土语文学作品不同的题材、故事、人物、文化历史背景、生活方式、语言、表达法、叙述手法、创作技巧等,这从另一侧面证明了译文中适当移植原作中的语言文化因素、适当体现洋味的合理性和必要性。

有的译者强调、追求自己的译作超越原作。其实,即使译者个人的文学才情真的超越了原作者,但受原作种种因素制约基础上"再创作"出来的译作,总体上能够超越原作的,可谓寥寥无几。就某些具体个案来说,译者借用原作来进行某种程度上实质性的创作进而超越原作是有可能的。美国著名诗人埃兹拉·庞德根据美国东方学者欧内斯特·费诺罗萨的译文初稿"翻译"(其实是改写)的 17 首中国古诗集《华夏》(*Cathy*,1915)一度深受英语读者的欢迎。凭庞德的诗歌才情,他亦译亦写的某几首诗完全可能比中国古诗原作更精彩,更令人称绝。英文版《华夏》完全可以称为一本优秀的文学书籍。不过,英语读者看《华夏》,是想了解中国古诗,庞德的《华夏》虽然深受英语读者的欢迎,但因离原作距离太远,违背了翻译的本质要求,仍属失败的翻译。庞德把掺入了过多个人因素的所谓的"译作"当作中国古诗介绍给了英语读者,某种程度上甚至可以视为对英语读者的欺骗。既然是翻译,就应当尽可能把原作原原本本地忠实地加以再现。译作达不到原作的水准固然是一种失败,译作真的超越了原作的水准同样是一种失败。译者主观上尽力而为了,但客观上未能完全达到或基本达到原作的水准,当是情有可原。译者主观上有意要与原作拉开距离,对原作大动干戈以便达到美化和超越的目的,以便展现译者个人的才华或能耐,若被无辜的读者知道了,当是不可原谅的。况且,译者认为不美之处未必真的不美,说不定被译者认为不美而删改之处正是原作者刻意用心的关键之处。更何况,即使原作真的有败笔或这样那样的瑕疵,那也是原作中的客观存在,也是作者创作状况的一种真实反映。原作是由其固有的长处和短处,甚至包括一些错误在内的一个整体。译者在翻译中的忠实,也应包括对原作中的败笔、瑕疵、短处和错误的忠实再现,但同时可在注释中加以说明并提供正确的内容。刻意堆砌华丽的辞藻、成语、习语甚或陈词滥调,刻意求工,求简洁,未必就美,倒可能令人生厌。粗俗的语言在文学作品中未必就不美,照样可以富有文学性,从审美角度看可能是很美的因素。有些结构复杂、耐人寻味的长句有时可能更能激发读者的兴趣。

综上所述,在文学翻译中,把原作有机整体中的一切因素,包括题材、思想、意义、意境、风格、创作技巧、遣词造句手法、段落篇章结构、阅读效果、审美效果等,都尽可能从宏观上和微观上去全面地加以把握,并尽其所能在译作中全面忠实地加以再现,这就是文学翻译的全面忠实观。

健康、科学、能促进翻译水平提高的文学翻译批评,有利于文学翻译事业的繁荣和发展。在现实中,从广义上看,广大的普通读者(任何一个外国文学译作的读者),新闻媒体的编辑、记者,作家,文学评论家,发表出版文学翻译作品的期刊、出版社的编辑人员,外语专业出身而极少涉足文学翻译的专家学者,有一定的文学翻译实践并对文学翻译批评有所思考、有所研究的专家学者,这么多的人都在有意或无意之中,以这样或那样的方式进行着文学翻译批评。这些人的批评可以归为两大类:不对照原文的批评和对照原文的批评。不对照原文是可以进行文学翻译批评的。不对照原文,光看译文,就过多地发现诸如用词不当、语句不通、行文不流畅、逻辑紊乱、常识性错误导致不堪卒读等现象,即可认定该译文质量太差。不对照原文的批评完全可以否定一部译作,但要肯定一部译作,则不一定可靠。比较可靠的文学翻译批评是对照原文的批评。不搞文学创作的人,完全有可能成为出色的文学批评家,但一般说来,毫无文学翻译实践经历的人,不大可能成为出色的文学翻译批评家,因为他很可能对翻译中由主客观因素导致的局限性把握失准。比如,如果一部几十万字的译作中存在几十处对原作理解上的差错,许多人听了会觉得难以容忍,但有一定翻译实践经历的人也许会说,相比较而言,这样的译作从对原作的理解上来说是很不错的译作了。

在现实中,往往是不对照原文的文学翻译批评更多,并对具体的译者乃至整个翻译界产生着更大的实际影响。而译者心理上更希望得到上述各类批评者中哪类批评者的首肯,其实践中的追求、做法和结果便不尽相同甚至相距极大。严谨认真的译者应该欢迎并认真对待来自各个方面、各种形式的批评,目的在于提高文学翻译的质量,而不是偏重于此外的其他因素。

把组成一部文学作品的包括从内容到形式、从内涵到外延在内的一切因素都尽可能在译作中全面忠实地加以再现,既应该是译者在文学翻译实践中追求的目标,也应当是批评者在文学翻译批评中掌握的评判译作的标准。实践者追求的目标及其批评者所掌握的评判标准相一致了,双方的所作所为,双方共同的文学翻译事业就有可能步入井然有序的正常轨道。一部出色的文学翻译作品,既要经得起读,又要经得起对。经得起读,就是不对照原文,光看译作,看译作本身是否一部好作品。不对照原文对译作做出的评判,一方面可能是通过译作对原作进行的评判,另一方面也可能是对译作翻译质量的评判。一部经得起读的译作,可能是一部出色的译作，也可能是一部失败的译作，关键还要看是否经得起对。经得起对，就是拿译作与原作进行对照，看看原作从内容到形式、从内涵到外延在内的组成一部文学作品的一切因素在多大程度上在译作中得到了全面忠实的再现。如果光看译作很精彩，但一对照原作却发现，译作中的精彩在原作中找不到；原作中的精彩在译作中却不见了；原作中的大量形式和内容方面的因素在译文中已被有意或无意之中改得面目全非了或丢失了……这样的译作，尽管经得起读，但由于经不起对，也绝非好的译作。一部出色的文学翻译作品，必须既要经得起读，又要经得起对，两者缺一不可。

（本文最初以《忠实是文学翻译的目标和标准——谈文学翻译和文学翻译批评》之名，发表于《外国文学》2003 年第 2 期；后来本人曾以该文为主要内容，在多所高校做过讲座；在与师生的交流中，有些内容略做修改，并把篇名改为《文学翻译的全面忠实观》）

论文学翻译批评

——以《红与黑》和《堂吉诃德》的汉译批评为例

本文论述的对象是文学翻译批评,它由文学翻译和批评两个部分组成。什么是文学翻译?相关读者都明白,也不易产生歧义。那么,什么是批评呢?批评有两种含义:一、基于狭义的生活习语,专指对缺点和错误提出意见,如,批评他对顾客的傲慢态度;二、基于美学意义的解释,指运用理论和方法对作品进行梳理分析,评定其是非优劣,如,文艺批评。学术研究中的批评,显然特指从美学意义上运用理论和方法对作品进行梳理分析,评定其是非优劣。学术研究中的批评,不是指责、抱怨,更不是谩骂、批判。因此,文学翻译批评,是指从美学意义上通过运用一定的理论与方法对文学翻译作品进行梳理分析,评定其是非优劣,以促进文学翻译质量的提高和文学翻译事业的健康发展。

一、实践者的目标及其批评者的标准

要谈文学翻译批评,要先谈谈文学翻译的目标和标准。

自严复提出译事三难"信达雅"起,"信达雅"就一直是中国翻译界占主导地位的翻译目标和标准,尽管有的学者也提出过不同的翻译标准,比如钱锺书的"化境说"、傅雷的"神似说",但它们似乎大同小异,实质上万变不离"信达雅"之宗,不同之处在于对"信达雅"做出了各种不同的解释和不同程度上的侧重或修正。而在翻译实践中,大部分译者大致上把"信达雅"具体化为：首先理解透原文的意思，然后尽其所能用最优美的汉语把它表达出来。这样的译作，长期以来被中国读者广泛接受，它所忠实的，是原作的意思、原作的内容。

另有一些译者认为，文学作品的意思、文学作品的内容，是文学作品最重要的组成部分，且常常是最重要的组成部分，但不是文学作品的全部，所以，译作若仅仅忠实于原作的意思，那么，翻译的任务并未全面完成。若从内容和形式两大方面来看，在文学翻译中，原作的意思，即原作"说了什么"，自然需要忠实地再现于译作，但与此同时，原作的形式因素，即原作的意思是"怎么说"出来的，同样必须得到忠实的再现。有时，尤其是在某些纯文学作品中，"怎么说"是作家创作个性最明显最直接的展现，是作家区别于他人的标志，比"说了什么"更重要。因此，在文学翻译中，必须尽可能从内容和形式两大方面去忠实地再现原作，既要在译作中忠实地再现原作"说了什么"，又要在译作中忠实地再现原作是"怎么说"的。持这种翻译观的译者，在中国翻译界已越来越多了。

上述两种翻译观指导下的文学翻译，各自都产生了一大批较出色的令不同的读者群喜爱的译作。

文学作品是由包括从内容到形式、从内涵到外延在内的方方面面的因素组成的一个有机的整体。译者应把原作中存在的一切因素，包括题材、思想、意义、意境、风格、技巧、遣词造句、段落篇章结构、阅读体验、审美效果等，都尽可能从宏观上和微观上去全面地把握，并尽其所能在译作中全面忠实地加以再现。这就是我一直在强调的文学翻译的全面忠实观。在此意义上，忠实就是文学翻译的唯一目标和标准。从主观和客观两方面来说，把组成一部文学作品的所有因素加以全面理解和把握，并在译作中全面忠实地加以再现，是文学翻译中的一种理想，是一种应该不断追求、有可能不断接近但永远无法完全实现的理想。不过，不可能完全做到全面忠实，绝不应成为译者随心所欲地脱离原作而自行其是地对原作任意添、删、改，甚至译者自己大加发挥地进行"再创作"的借口。译者是否朝全面忠实这个目标努力及努力的程度不同，其结果必然有所区别，甚至有本质性的区别。

　　译者在文学翻译实践中都会有或明确或模糊或在潜意识中追求的目标,文学翻译批评者一般都会有评判译作的标准。如果文学实践者追求的目标及其批评者所掌握的评判标准相近甚或相一致,那么,双方的所作所为,双方共同的文学翻译事业,就有可能步入井然有序的正常轨道。①

二、不对照原文的批评和对照原文的批评

　　文学翻译批评应该由什么人来进行呢? 谁有资格进行文学翻译批评呢?

　　任何一个文学译作的读者,包括外国文学爱好者,新闻媒体的编辑、记者,作家,文学评论家,发表出版文学翻译作品的期刊、出版社的编辑人员,外语专业出身而极少涉足文学翻译的专家学者,有一定的文学翻译实践并对文学翻译批评有所思考、有所研究的专家学者,都在有意或无意之中,以这样或那样的方式进行着文学翻译批评。这些批评可以归为两大类:不对照原文的批评和对照原文的批评。不对照原文是否可以进行文学翻译批评呢? 我的回答是:可以。不对照原文,光看译文,就过多地发现诸如用词不当、语句不通、行文不流畅、逻辑紊乱、常识性错误导致不堪卒读等现象,即可认定该译文质量太差。不对照原文的批评完全可以否定一部译作,但要肯定一部译作,则不一定可靠。比较可靠的文学翻译批评是有一定的文学翻译实践并对文学翻译批评有所思考、有所研究的专家学者对照原文的批评。

　　在现实中,往往是不对照原文的文学翻译批评更多,并对作为个体的译者乃至整个翻译界产生着更大的实际影响。而译者心理上更希望得到上述两大类批评者中哪类批评者的首肯,其实践中的追求、做法和结果便不尽相同甚至差异极大。严谨认真的译者应该欢迎并认真对待来自各个

---

① 　参见:王理行. 忠实是文学翻译的目标和标准. 外国文学,2003(2):99-104.

方面、各种形式的批评,目的在于提高文学翻译的质量,而不是偏重于此外的其他因素。

一部出色的文学翻译作品,既要经得起读,又要经得起对。

是否经得起读,就是不对照原文,光看译作,从译文本身得出的印象和结论。不对照原文对译作做出的评判,一方面可能是通过译作对原作进行的评判,另一方面也可能是对译作翻译质量的评判。一部经不起读的译作,不必对照原文,就可以判定是一部失败的译作。而一部经得起读的译作,可能是一部出色的译作,也可能是一部失败的译作,关键还要看是否经得起对。

是否经得起对,就是拿译作与原作进行对照,微观与宏观相结合,看看原作包括从内容到形式、从内涵到外延在内的组成一部文学作品的方方面面的因素在多大程度上在译作中得到了全面忠实的再现。如果光看译作很精彩,但一对照原作却发现,译作中的精彩在原作中找不到;原作中的精彩在译作中却不见了;原作中的大量形式和内容方面的因素在译文中已被有意或无意之中改得面目全非或丢失了……这样的译作,尽管经得起读,但由于经不起对,也绝非好的译作。①

拿译作与原作进行对照,并非仅限于逐字逐句的微观上的对照。有的时候,通过原作与译作之间的对比会发现,原作中所有的段落、句子,甚至几乎所有的词组、词汇、标点符号等在译作中都能找到,但译文本身读上去却多处不通顺、逻辑紊乱、不知所云,译者还会强调原文如此。一部优秀的文学作品,正常情况下,是不可能出现这样的情况的(当然,因为作者为了表达具体人物的特征而刻意为之,或作者偶尔疏忽,或印刷错误,个别或少数地方出现不通顺或逻辑紊乱的句子也是可能的)。像这样的似乎经得起对的译作,显然经不起读。其实,这样的译作,按照文学翻译的全面忠实观,也是经不起对的,因为经得起对,并非仅仅机械地强调段

---

① 参见:王理行. 出色的译作:既经得起读,又经得起对. 中华读书报,2003-07-30 (23).

落、句子、词组、词汇甚至标点符号的完全对应,因为它们至少在阅读体验与审美效果上与原作经不起对,而且往往也未能准确传达原作的思想、意义等内容方面的因素。既经不起读又经不起对的译作,自然是一部失败的译作。一部出色的文学翻译作品,必须既要经得起读,又要经得起对,两者缺一不可。

三、文学翻译批评的基本原则

一个严肃、认真、专业的文学翻译批评者,必然不会仅凭感觉去评论译文的优劣,而是要拿原作与译作进行对照,看看译作在多大程度上把原作所包含的方方面面的因素忠实传达出来了,据此对译作下结论。值得注意的是,文学翻译批评不能仅仅止于对照原文与译文并挑出译文中的一些理解上的差错。按照许钧在《文学翻译批评研究》中的论述,文学翻译批评的基本原则是,文学翻译批评不仅要对翻译的结果,即译文进行正误性的判断,更应充分考虑不同的语言、文化及相应读者的审美习惯等多种因素对翻译的制约与影响,应当重视一部作品由一种语言转换为另一种语言并到达其读者的过程,应当在世界—作者(原作)—译者(译作)—读者这个相互影响的大系统中去考察翻译的可行性和取舍依据,将译者主观的意图、具体转换过程与客观存在的翻译结果进行统一辩证的评价,由此得出更客观、全面、合理的结论。与此同时,文学翻译批评还应该把局部的、微观的批评与整体的、宏观的批评相结合,不要以偏概全。一篇文学翻译批评的文章,不可能面面俱到,总有一定的侧重,但无论是对翻译的专题评价,还是局部的批评,都不能忽视对整体的把握,评价一句译文的处理,离不开上下文,离不开段落篇章的制约因素的分析。文学翻译批评应当是严肃的、科学的、与人为善的,应当有利于切磋译艺,使批评者与被批评者互相启发、共同提高,应当有利于进一步提高翻译质量并促进文学翻译事业健康发展。① 可以说,从未写过文学作品的人,完全有可能成为出色的文学批评家,这一点早已被中外文坛无数优秀批评家的经历和成果所证实。但是,正是基于上述文学翻译批评的基本原则,一般说来,毫无文学翻译实践经历的人,不大可能成为出色的文学翻译批评家,因为他们很可能对翻译中由主客观因素导致的局限性把握失准。比如,对于一部比较艰深晦涩的几十万字的原作来说,如果译作中存在几十处对原作理解上的失准或差错,许多人听了会觉得难以容忍,但有一定翻译实践经历的人也许会说,相比较而言,这样的译作从对原作的理解上来说已经是不错的了。

在文学翻译批评中,原作与译作之间可比较的因素主要集中在三个方面:1)译者表现在译作中的对原作的所观所感的世界与作者意欲表现的世界;2)译者所使用的翻译方法和手段与作者的具体创作方法和技巧;3)译作对读者的意图、目的和效果与原作对读者的意图、目的和效果。一个批评者在具体进行批评活动时,不可能就一部译作的形成因素及诸因素的相互关系进行全面系统的比较与评价,而只能选择一定的批评层面与角度来进行批评。就文学翻译批评的具体方法来说,许钧认为,译作与原作之间比较的着重点,是两者之间反复出现的普遍的、典型的、带有规律性和倾向性的关系,同时也不能忽视非普遍的、无规律的、仅适于某个具体情况的例外关系。因为有时,恰恰在那种例外的情况中能发现一些富有启示性的因素。要重视形式表层的比较,也要重视内容实质的比较。文学翻译批评者有理由要求译者尽可能调遣目的语中相应的语言手段再现原作中的形式因素,但由于不同语言之间的差异,当形式因素无法对应再现而只能采取变通的方法时,就要比较译文与原文的形式价值,也就是内容了。艺术价值上的"等同",可以是语言上、语言的各个形式要素上不完全等同的转换。文学翻译批评者应当承认翻译是有限度的,由于生活环境、社会习俗、意识形态、宗教、历史、文化以及语言意义单位、句法结

---

① 许钧. 文学翻译批评研究(增订本). 南京:译林出版社,2023:27-29.

构、形式手段、交际环境等方面的差异,不能过分要求译文的完美。既要承认翻译的障碍,又要承认译者个人风格的客观存在,同时寻找造成翻译障碍的原因,通过比较不同译者克服同一障碍所采取的相应措施,探讨一些可行的手段,进而提高翻译的可行性与质量。[①]

下面试通过曾经在中国当代文学翻译史上产生过重大影响的围绕《红与黑》与《堂吉诃德》中译本的这两个批评案例,论述文学翻译批评的基本原则和方法的运用以及从宏观和微观上对文学翻译作品进行健康、科学、有利于提高文学翻译质量的批评的可能性。

四、围绕《红与黑》汉译的批评

我国《红与黑》的第一个中译本是 1944 年重庆作家书屋出版的,译者是赵瑞蕻,该译本不是全本。1949 年后的第一个中译本是罗玉君的译本,由上海平明出版社于 1954—1955 年推出。改革开放后,又相继出现郝运、闻家驷、罗新璋、许渊冲、郭宏安等的译本,后来的世界文学名著热中再次涌现出了几十个译本。1995 年,发生了一场规模较大的《红与黑》汉译讨论,这场讨论以许钧教授为主要策划人,《文汇读书周报》发起,国内众多媒体参与,得到了包括《红与黑》汉译者在内的我国翻译界人士的积极参与和反应,并引起国内学术界、文学界、出版界、新闻界乃至海外学界有关人士的关注,还吸引了众多普通读者的积极参与和热情支持。许钧本人积极参与这场讨论,并与参与讨论的作者,《红与黑》的译者许渊冲、罗新璋、郭宏安、郝运及发起这场讨论的《文汇读书周报》和国内其他参与讨论的有关报刊始终保持着联系,把握和掌控着这场讨论始终沿着健康有序的方向发展。讨论过程中,基本上没有出现常见的仅凭主观印象与初步感觉对译文笼而统之地下结论的现象,没有出现哥儿们义气的吹捧,也没有出现有如仇人般的攻击谩骂。许钧本人写的不少文章,包括对一

---

① 许钧. 文学翻译批评研究(增订本). 南京:译林出版社,2023:33-36.

些名译家的译作、译论提出异议或商榷的文章,事先都曾寄给相关人过目,而相关人从学术角度上的说明或反驳文章,常常紧接着发表甚至发表在同一报或刊上,有时还你来我往几个回合,使讨论或争鸣、使有关人的意见观点得以充分展开,使相关人处于平等的地位。而许钧与他的每个讨论对象之间一直难能可贵地保持着友好的关系。批评中有逻辑验证、语义对比与分析和翻译层次评析,既有局部的微观的批评,如对一句话、一个词、译名问题的批评,又有整体的宏观的评价,如对一部译作整体风格的评价。这样的批评,易于让人接受并生发感悟。这场讨论中采用的方法多种多样,有对谈、漫评、通信、专论、争论、读者意见征询等。

1995 年的《红与黑》汉译讨论,可视为我国各派富有代表性的翻译理论的一次大论战,是文学翻译诸多问题积累到一定程度的大爆发,各派理论都得到了较充分的展示。从这场讨论中可以看出,不同时代、不同层次的读者,对译作的审美习惯和价值取向都不尽一致,对译文语言的选择,不仅仅是个语言问题,还有着社会、时代、风尚、文化、心理等各个方面的原因。因而不同翻译理论指导下的严肃的文学翻译作品,都能找到相对应的读者群,也就都具有存在的价值,译者的实践活动也就需要有一定的针对性和目标。不论是在什么理论指导下,严肃的译者总认为自己的动机和追求是为了提供一个读者喜爱的堪与原作媲美甚至超越原作的译本,但《文汇读书周报》上《红与黑》汉译读者意见征询的结果却表明,译者的动机和追求与读者的反应不尽一致,这大大出乎某些翻译家所料。通过客观、公正、科学的文学翻译批评,较优秀的译本就会得到更多的关注,读者可以根据自己的喜好选择适合自己的译本。文学翻译批评的目的并不是要死守某一派理论进而否定其余理论指导下的翻译实践,而是要去发现不同翻译理论指导下的每一个经译者精雕细琢的译本的价值和存在的意义。这样,就可以给翻译实践者以动力,去追求真正融中西文化精神于一体的日臻完美的译本,而那些抄袭、剽窃、劣质的译本被鉴别出来并曝光后便会找不到市场。这场《红与黑》汉译大讨论,可谓开创了一种良好的文学翻译批评风气,对中国文学翻译出版事业产生了积极的、重大的、深远的影响。①

五、围绕《堂吉诃德》汉译的批评

《堂吉诃德》的中译本最早于 1922 年由上海商务印书馆出版,是林纾和陈家麟合译的两卷本《魔侠传》,用的是文言的形式,只翻译了上卷。后来,戴望舒从西班牙语原文翻译过来的译稿在战火中丢失。1959 年,傅东华的《吉诃德先生传》问世,成为我国第一个《堂吉诃德》全译本。而后,还出版过多种不同形式和不同书名的《堂吉诃德》译本。这些译本都是从英文转译的。1978 年出版的杨绛的译本被认为是首个从西班牙语原文译出并发表的版本。在这之后,又有多个《堂吉诃德》中译本问世。

在吴学昭著的《听杨绛谈往事》中,杨绛曾经回忆,翻译这部 72 万字的译著,前后经历整整 20 年时间。为了能读懂原著,杨绛从 1958 年开始自学西班牙语,1961 年着手翻译,"文革"初期,已完成的译稿被红卫兵没收,十来年后她从干校回来又从头翻译。而《堂吉诃德》第一版在"文革"结束后不久首印的 10 万套很快售完,第二次印刷又是 10 万套。1978 年西班牙国王、王后访华先遣队到达中国时,见到的一个景观就是:北京书店门前读者排着长队购买新出的《堂吉诃德》中译本。之后西班牙国王访华,邓小平把《堂吉诃德》作为礼物送给了国王。《堂吉诃德》的杨绛译本不断重印,成为我国印数最多,也可谓最受中国读者欢迎的译本。

1992 年漓江出版社的编辑找到董燕生,邀请他重译《堂吉诃德》。董燕生在接到翻译邀请后的一个月时间里,对照原文和杨绛的译本进行了仔细研究后有了信心,"至少我不会犯那些一眼就可以看出来的错误"②。1995 年,董燕生的《堂吉诃德》译本由浙江文艺出版社出版,他几年后便荣

---

① 参见:许钧. 文字・文学・文化——《红与黑》汉译研究(增订本). 南京:译林出版社,2011.

② 参见:舒晋瑜. 董燕生:再说说《堂吉诃德》、"反面教材"和"胸口长毛". 中华读书报,2017-05-24(17).

获中国作家协会 1995—1998 年优秀文学翻译家彩虹奖,2001 年他的《堂吉诃德》译本又荣获中国作家协会颁发的第二届鲁迅文学奖。

2005 年是《堂吉诃德》问世四百周年,董燕生在接受采访时,直言不讳地批评杨绛的《堂吉诃德》译本。他指出,杨绛在词汇含义、句子结构、背景知识的理解上都有不少错误。他的译本有 83.9 万字,而杨绛的译本只有 72 万字,少了 11 万字。他认为这是杨绛删节误译造成的,因此他在课堂上把杨绛译本当作"反面教材"以避免学生再犯同样的错误。① 他的这段访谈,在翻译界和读书界引起不小的波浪。

2005 年 8 月 26 日,《文汇读书周报》头版刊出《杨绛译〈堂吉诃德〉被当"反面教材" 众译家据理驳斥译坛歪风》的报道,叶廷芳、杨武能、毕冰宾等翻译家以及出版人李景端都批评了"反面教材"这种说法。② 杨绛自己对此倒是颇为谦虚与大度。她特地致信该报说:"董燕生先生对我的批评,完全正确,说不上'歪风'。他'不畏前辈权威',勇于指出错误,恰恰是译界的正风。董先生要把我的译文'当反面教材'云云,引起了李景端先生的误解,他评董先生的文章里,把'反面教材'夸大了,说成是'文革'时的语言。因而又引起许多朋友们为我仗义执言,我很感激。但是我认为不应该让'误解'发展,该及早解释清楚。"③董燕生看了同一篇报道后告诉记者,看到这些"表演",他感到很高兴,因为这些人根本不是在进行学术探讨,而让他感觉好像是回到了充斥人身攻击的那个年代。他不准备予以反驳,因为目前批评他的这些人中没有一个懂西班牙语。④

从李景端的文章《学术评论切忌"扣帽子"》原稿中得知,杨绛为尊重塞万提斯本意,参照欧洲有些译本,也有意不译《堂吉诃德》那些卷首诗。唐代刘知几著有《史通》,其中有一名篇《点烦》,主张对文章要删繁就简,

① 董燕生:挑战杨绛译作的人. 新京报,2005-04-21(3).
② 许嘉俊. 杨绛译《堂吉诃德》被当"反面教材" 众译家据理驳斥译坛歪风. 文汇读书周报,2005-08-26(17).
③ 杨绛. 不要小题大做. 文汇读书周报,2005-09-02(1).
④ 刘晋锋. 杨绛淡看《堂吉诃德》译本争端. 新京报,2005-09-07(3).

点掉多余烦琐的文字。杨绛把中国古代史学编纂中的"点烦",扩展应用到译文的处理上了。"起初我也译有80多万字,后经我认真'点烦',才减到70多万字,这样文字'明净'多了,但原义一点没有'点掉'。我'点烦'掉10多万字,就是想使读者读得明白省力些。"①塞万提斯讲故事和用词,常常十分冗长啰唆,适当"点烦",确实会使语意更加突出,情节更加紧凑。

李景端的这篇文章发表前,曾征求过我的意见。在电子邮件中,他说:

> 见报,董燕生批杨绛,并上纲到"反面教材",太过分了。译坛此风不可长。杨绛一再叫我闭口,但我对如此"揪"住杨绛不放,无法沉默。决意不听杨绛劝阻,客气地撰文以正视听。为慎重起见,特发去拙文初稿,希望得到帮助指正。

当时我给他的答复中说道:

> 作为一家之言,此文没有问题。
>
> 我以为,而且我相信多数严谨的译者和研究者都认为:文学翻译中的点烦,若是译者自己语言上的烦,当然必须点干净;若是原著中的烦,译者无权去点,而应就烦译烦,就简译简……

此文发表后,李景端还为《文汇读书周报》组织了一整版文章,进一步讨论这一现象。应邀撰文的有金圣华、黄源深等翻译界的名家。后来,他让我也就此写一篇。见报后我发现,同一版面上的其他几篇文章观点和倾向性相近,都在批评董燕生的说法,并肯定了杨绛的翻译。我也在文章中详细表达了我的看法。

看来,引起翻译界这场风波的关键之一,就是"点烦"二字了。我不懂西班牙语,对于杨、董两位先生在文学翻译实践中的一些具体做法自然没资格说话。我只想谈谈,文学翻译中需不需要、应不应该"点烦"?

---

① 转引自:罗银胜.百年风华　杨绛传.北京:京华出版社,2011:309.

之所以需要译者,是因为读者想阅读用他不懂的语言写成的文学作品,在此,读者想看的是原作。那么,译者的任务,就是尽其所能地全面再现原作。"烦"与"不烦",属于文学作品的语言风格范畴的问题。原作的"烦",也许是作者出于某种目的有意为之,也许是作者的叙述习惯,也许是自有其妙处而译者意识不到其妙处的非烦之烦,也许就是原作的一个不足之处,但无论如何,都是一个整体的原作的有机组成部分。作者在创作过程中,在任何时候,都可以随心所欲地对自己的作品进行"点烦"或任何其他形式的改动。译者的任务是全面忠实地再现原作,即使是原作的不足之处,也应尽力如实在译文中展现出来。即使是原作中的"烦",译者也无权去点,这事关版权中保证作品的完整性,未经原作版权所有人同意去点原作之"烦",是违背版权法的。而且,认识原著就像认识一个人,一个人全部优点和缺点之和才是一个完整的人,光认识其优点而不知其缺点,这种认识是不全面的。一个人有些缺点是正常的、可信的,硬要弥补其缺点使之成为完人,是不现实、不可信、不可能的。雕塑《断臂的维纳斯》很美,而多少年来,总有些好心的艺术家想为之补接断臂,但断臂被补接上后的维纳斯没有一个是成功的,人们看来看去还是觉得断臂的维纳斯美。译作中只展现原作的长处,而为原作讳,有意地遮蔽、去掉其短处,甚或刻意对原作进行增、删、改以图对原作进行美化、补救、提高,尽管主观上可能是为读者好,但在客观上,且不论这样的译作是否真的比原作美了、好了(总体上说,多半不可能,试问几人有凭小修小补便能点石成金之功力?),说重了,这是否有故意误导甚至欺骗读者之嫌呢?这种努力被无辜的读者知道了,恐怕有的读者不但不会领情感激,而且还会感到气愤。译者不能越俎代庖,而只需尽可能全面忠实地再现原作,尽可能让读者自己通过译作去判断原作中的"烦"与"不烦"、美与不美。如果译者觉得原作有什么缺点、不足或难以欣赏之处,就有权对之动手术,那么译作与原作的距离必然越拉越大,甚至面目全非,也就不能满足读者想通过译作(全面)了解原作的目的了。那样的话,有多少个译者,便真的就有多少个各不相同甚或个性鲜明的"哈姆莱特"了,但遗憾的是,其中鲜明的个性是译者的,而非原作者的。

同样,译者在翻译中应该追求原作的风格,而不是刻意展现、追求自己的风格。如果译者觉得自己的语言文字风格极为个性化且欲在翻译中加以展示,那么最好选译与自己风格相近的作品,即使此时,译者也应充分注意自己与原作在风格上的差异。一个出色的译者,应该译什么就追求什么并尽可能像什么,而不该译什么都只是他自己的风格。

当然,如果译文中的"烦"是原作中所没有的"烦",是因为译者在语言、文字、文学等各方面的素养,尤其是中文修养上的不足而生出来的"烦",那就应该坚决地点掉,坚决地点干净。原作不"烦",译作却"烦",就是不忠实。文学翻译中如此"点烦",也是为了追求对原作的忠实,大概不大会有异议,在此不必多说了。

对于前人在文学翻译中的追求和贡献,后人自然应持敬谢之心。对于前人在文学翻译实践中的得与失、经验与教训进行冷静而客观的学术层面上的分析总结,对后人自然会有所启迪和帮助。无论是谁,无论如何努力,任何译作中总会或多或少地存在不尽如人意之处。前人在披荆斩棘艰难开路的过程中有一些缺点或不足之处,后人大可不必对之大惊小怪,应该从历史发展的角度给予应有的理解,而不是横加责难和批判;同样,后人如果发现前人的某些做法不妥,也不必为前人讳而非要去证明前人那样做是应该的、合理的、值得仿效的。后人自然应在前人的基础上努力探索前进,如果真的能比前人考虑得更周到,做得更好,比前人有所前进,那也是应该的。

我这篇文章近三千字,在李景端组的《文汇读书周报》上那一整个专版的右下角刊出了一千多字①,后来,全文发在了《文艺报》②。

---

① 王理行. 原作之"烦"不能"点". 文汇读书周报,2005-11-18(3).
② 王理行. 文学翻译需要"点烦"吗?. 文艺报,2006-01-17(4).

六、健康、科学、富有成效的文学翻译批评的成功尝试

凡是文学译作的读者,都有权进行文学翻译批评,都有可能给译者带来有益的启发和思考。文学翻译批评的形式、方法可以是多种多样的。不论是不对照原文的批评还是对照原文的批评,都有可能促进、加深对文学翻译相关问题的思考和认识。一部出色的文学翻译作品,既要经得起读,又要经得起对。文学翻译批评应该把局部的、微观的批评与整体的、宏观的批评相结合,把译者主观的意图、具体转换过程与客观存在的翻译结果进行统一辩证的评价,力争得出较为客观、全面、合理的结论。

《红与黑》和《堂吉诃德》都是屈指可数的最受中国读者喜爱的外国文学名著,有关它们的不同译本的翻译质量问题的讨论,自然会受到大众媒体和广大读者的高度关注而成为一种现象或事件。从上文可以看出,上述两本名著翻译质量问题的讨论,是有人在积极组织和推动的。而组织推动者的身份、价值判断、推动事件的目的不同,会使事件呈现不同的形态、不同的发展进程、不同的结果。

李景端作为《译林》杂志和译林出版社的创办者,与杨绛在长期的交往中对她既有较深的了解和情谊又怀有崇敬之情。他退休后一直热心而密切关注翻译出版界的动态并发表自己明确的或肯定提倡,或针砭时弊的看法。对于有人把杨绛翻译的《堂吉诃德》当作"反面教材",他实在难以容忍,不吐不快。他除了自己撰文为杨绛辩护外,还邀请翻译界的一些名家参与讨论,相关文章和观点的表达有助于人们进一步认识翻译中的相关问题。由于他介入此事一开始就已有明确的观点和判断,所以他所组织的报道与文章大致上都表达了与他相近的观点,并没有出现持针锋相对观点的双方直接正面的交流或交锋。虽然后来董燕生和支持他观点的学者、翻译家也在其他报刊上发出了自己的声音,但双方大致上是在各说各的。倒是另有未曾就此联系他的新闻媒体的报道综述了报上所见对此事件的不同观点。这一讨论中,有的人明显带有一定的情绪,而情绪化

的表达显然不利于翻译学术讨论正常而深入地进行。客观地说,围绕《堂吉诃德》汉译的争议和批评,有助于人们加深对翻译本质的认识。

许钧组织《红与黑》汉译讨论,是纯粹从翻译学术研究的角度出发,旨在通过多种形式和手段让持有不同翻译观的译者尽可能充分地表达对翻译的看法和在翻译中的追求,让不同的翻译观得到交流与碰撞,给后来的译者以启示和参考,为翻译及相关领域的研究提供不可多得的第一手材料。许钧先后主编了《文字·文学·文化——〈红与黑〉汉译研究》及其增订本,为此次讨论从学理上进行了充分的总结和理论建构。许钧组织的《红与黑》汉译讨论,是他自己一直提倡的健康、科学、富有成效的文学翻译批评的一次成功尝试。

从围绕《红与黑》和《堂吉诃德》汉译的讨论中可以发现,文学翻译批评不应该死守某一派理论进而否定其余理论指导下的翻译实践,而是要去发现不同翻译理论指导下的每一个经译者精雕细琢的译本的价值、得失和存在的意义。文学翻译批评与讨论可以由不同层次和身份的人采取多种多样的形式和方法来进行。文学翻译批评者不宜带着明显的个人情绪,不宜预设、预定结论。文学翻译批评与讨论要尽量让相关各方处于平等的地位充分表达自己的观点。文学翻译批评者应当承认翻译是有限度的,要承认翻译中的障碍和译者的个人风格都是客观存在的,在此基础上,通过比较不同译者克服同一障碍所采取的方法和做出的努力,为后来者探寻提高翻译的可行性与质量的手段。前人在文学翻译实践中披荆斩棘颇为不易,后人首先应持敬谢之心。在此基础上,冷静而客观地在学术层面上分析总结前人翻译实践中的经验与教训,对后人会有所启迪和帮助。后人如果发现前人的翻译中有些不足之处,应该从历史发展的角度给予应有的理解;与此同时,后人也不必为前人讳,更不应该去证明前人的所作所为全部都是合理的、值得后人仿效的。文学翻译批评的最终目的,是提高文学翻译的质量,进而促进文学翻译事业的繁荣与健康发展。

文学翻译还需要忠实吗？

一、又一轮对文学翻译中忠实的质疑

文学翻译还需要忠实吗？一个"还"字,说明文学翻译本来是需要忠实,需要忠实于原作的,只是如今出现了新情况,让人们产生了这样的疑问。

我的文学翻译的启蒙老师,是我在南京大学读本科期间教我翻译课的张柏然先生。当年他给我们讲严复的"信达雅",讲傅雷的"重神似不重形似",讲钱锺书的"化境说",都以忠实于原作为核心。从我学翻译开始到后来成为一位外国文学书刊编辑的相当长的时间内,我一直以为:文学翻译应该忠实于原作,这一点,似乎所有从事文学翻译的人,甚至所有的读者都不会有异议,因而似乎是一个无须讨论的问题。对于文学翻译中的忠实问题,曾经像我这样想当然的一定大有人在。而我国文学翻译的现实并不像我们想当然的那样。在文学翻译实践中,译者出于种种考虑或为了满足种种需要而对原作进行不同程度的增、删、改,甚至脱离原作加入译者主观性的内容并进行具有译者个性的创造或曰再创作等现象并不鲜见。读者不顾原作的个性、旨意而片面地要求译作达到自己心目中的美(这种美常常局限于文句简洁、辞藻华丽、采用译语读者习以为常的行文表达等),这种现象也不在少数。而读者的要求和想法,对译者,尤其对"书、报、刊"图书、报纸、杂志的编辑出版者,有着不可忽视的影响。

近几十年来,随着国外各种理论的引进,一些研究者套用一些新的理论来研究文学翻译,他们视忠实为文学翻译中的陈旧落后的观念,对文学翻译中的忠实提出疑问甚至否定。比如,有些研究者利用女性主义翻译观来否定文学翻译中对原作的忠实,因为坚持文学翻译中对原作的忠实,有时就否定了女性主义翻译观,而女性主义翻译观认为,对于原文中不符合女性主义的内容,翻译时就必须进行适当的改写,而不是忠实地再现原文。在翻译中也要争取女权,即在译文中让女性的身影尽量被看到,女性的声音尽量被听到。"翻译研究在引进各种理论的同时,有一种被其吞食、并吞的趋势,翻译研究的领域看似不断扩大,但在翻译从边缘走向中心的途中,却潜伏着又一步步失去自己位置的危险。"①在某大学的一次讲座中,当有听众就女性主义翻译观向我提问时,我曾经指出,各种相关的理论,包括新出现的理论,都有可能拓宽翻译研究的视角,推动翻译研究向纵深发展,但我们要注意一点,即运用其他理论到翻译研究中,目的是不断地丰富发展翻译研究,而不是被别的理论牵着鼻子走,把翻译研究带上歧途。

近些年来,中国文学与中国文化走向世界已成为国家意志,包括中国文化"走出去"、经典中国国际出版工程等国家主导的项目正在进行中。与此同时,也逐渐有一些国外的出版机构主动介入中国文学外译出版中来。在国家相关政策和措施的大力推动下,在中国文化"走出去"的热潮中,中国文学外译急剧增加,尤其是莫言 2012 年获诺贝尔文学奖,引发中国文学翻译界再次聚焦文学翻译中的忠实问题。

莫言的作品都由美国著名汉学家葛浩文翻译成英语出版,因此为英语世界所熟悉和肯定。不少人认为,莫言能获诺贝尔文学奖,应当归功于葛浩文的翻译。而研究一下葛浩文的翻译便可发现,葛浩文在翻译时常常并不完全忠实于原作。有人把葛浩文的翻译法归纳为"连译带改"。葛浩文希望译者能得到一定的空间。为了充分考虑甚至迎合英语世界读者

---

① 张柏然,许钧. 译学新论丛书.总序// 蔡新乐. 翻译的本体论研究. 上海:上海译文出版社,2005:序 3.

的阅读习惯和趣味,他在翻译中常常对原文进行一定的变动和删改,以便扫除英语读者的阅读障碍。① 他的译作早已被英语世界的读者所接受和喜爱,其至有英美的出版商直截了当地说:葛浩文的名字就是翻译成英语的图书的通行证,是市场的保证。

2013 年 10 月 19 日在重庆四川外国语大学举行的中国翻译学学科建设高层论坛开幕式后的大会发言(本文作者在现场全程聆听了此次大会发言)中,王宁教授以葛浩文的翻译助莫言获诺贝尔文学奖为例,认为中国文学和文化要想走向世界,必须像葛浩文那样在翻译中对原文进行适当的处理,而不能过于强调忠实于原作,翻译只要不违背原作的宗旨即可。在回应王宁的发言时,谢天振教授也从现实中读者接受的角度和传播的效果肯定了葛浩文的翻译。谢天振四天后在上海外国语大学举行的"中国文学走出去:挑战与机遇"学术研讨会上也明确指出:如果要让更多中国文学作品和文化"走出去",当下比较靠谱、高效的办法,就是把作品交给像葛浩文这样既了解西方读者口味,又对中国文学有精深研究的海外汉学家。他认为,葛浩文考虑到西方读者的认知度和阅读兴趣,让中国文学作品有机会"挤"进这个狭小的出版市场去,"连译带改"的思路是一种聪明的做法。② 许钧教授在回应王宁的发言时则指出,应当从历史的阶段性来看待翻译现象,并不完全赞成葛浩文对原作的处理。他们的发言引起了与会者的热烈讨论。

2018 年,美国俄克拉荷马大学《今日中国文学》(*Chinese Literature Today*)半年刊主编,中国文学翻译档案馆创始人、馆长石江山(Jonathan Stalling)教授和南京师范大学翻译系主任,《中华人文》(*Chinese Arts and Literature*)编辑许诗焱教授在南京大学联合作了题为"翻译研究新思路:翻译档案研究"的学术讲座。在讲座前后,我就中国文学外译与他们进行了交

① 樊丽萍,黄纯一."连译带改"风格遭质疑　未来翻译将忠实原著　莫言作品英译者选择"妥协".文汇报,2013-10-24(6).
② 樊丽萍,黄纯一."连译带改"风格遭质疑　未来翻译将忠实原著　莫言作品英译者选择"妥协".文汇报,2013-10-24(6).

流,并得出结论:总体看来,中国文学翻译界更重视文学本身,而美国文学翻译界更重视文学翻译作品的市场。对此,石江山表示完全赞同。他认为,在中国文学外译的过程中,应该根据图书市场和目标读者的需要,对原作进行适当的删改。俄克拉荷马大学中国文学翻译档案馆藏有大量葛浩文翻译的中国文学英译稿的原始稿件和通信等相关资料。

毋庸置疑,葛浩文对莫言作品的英译,为莫言的作品走向世界并得到世界文坛的高度重视,以至于荣获诺贝尔文学奖,都做出了重要贡献。德国汉学家顾彬(Wolfgang Kubin)则将葛浩文视为莫言获得诺贝尔文学奖的最大功臣。① 葛浩文还把贾平凹、刘恒、苏童、王朔、莫言、阿来等二十多位中国当代作家的作品译成英文,带到了西方世界。不过,是否因为有这样喜人的结果,就理所当然地要完全肯定葛浩文的翻译,甚至把葛浩文的翻译作为中国文学作品外译的典范和标杆来对待去仿效呢?

二、相关各方如何看待葛浩文的“连译带改”

以莫言为代表的一批中国作家,出于希望自己的作品能够走向世界的迫切心情,非常高兴、非常放心地把自己的作品交给葛浩文去翻译,因为葛浩文的翻译几近于中国作家走向英语图书市场的通行证。葛浩文认为,自己很幸运的一点是,合作过多位中国作家,与他们打交道都很愉快。莫言对葛浩文尤其信任有加,对葛浩文说:“我不懂英文,作品你拿去翻吧。译作是你的作品。”莫言本人对葛浩文翻译中对原作的处理,大度地给予了认可。他曾表示,他给译者以充分的自由,不会去干涉译者的工作。②

另有一批作家,对翻译的态度则大为不同。他们坚决表示,文学翻译

---

① 樊丽萍,黄纯一.“连译带改”风格遭质疑 未来翻译将忠实原著 莫言作品英译者选择“妥协”. 文汇报,2013-10-24(6).
② 樊丽萍,黄纯一.“连译带改”风格遭质疑 未来翻译将忠实原著 莫言作品英译者选择“妥协”. 文汇报,2013-10-24(6).

必须以信为本，不愿自己的作品被删改后介绍给他国读者。

余华在访谈中明确表示反对译者随意删改他的作品，认为尊重原著应该是翻译的底线。他曾说："在文学翻译作品中做一些内科式的治疗是应该的，打打针、吃吃药，但是我不赞成动外科手术，截掉一条大腿、切掉一个肺，所以最好不要做外科手术。"这在采访者高方看来，也就是"翻译时最好只采取一些保守的治疗方法，不要去改变原文外在的骨骼和形体，也不要去丢弃原文内在的组织和气韵"。[①]

欧阳江河是当代中国屈指可数的最杰出诗人之一，也是当代中国风格最灵活多变的诗人之一，在长期的诗歌创作中专注于语言自身的可能性。他对 2020 年诺贝尔文学奖得主露易丝·格丽克及其诗歌的现有中译有着独到而深刻的见解。在接受凤凰网采访时，他说："格丽克的诗是很有个性的，有一种个人的语言特质，这种特质和她的经历、文化背景以及诗歌主题、诗歌风格都有一种非常契合的关系。但这样一种个人的独特性，在翻译成中文诗歌的时候，基本上使用了一种公共语言，这种语言削弱了格丽克的个性，她自己非常明显的、独特的一些东西被中和掉了、牺牲掉了，更多地符合中国人现在的翻译趣味和习惯，让她变得跟其他被翻译的当代诗人具有了一种共性。这种东西并不是格丽克本人原有的，而是在翻译中后加给她的，翻译者并没有有意识地要强加给她，但是自然而然地用了一种公共性的语言来翻译她，这种语言过于纯熟、过于轻易、过于流畅。这种东西是有很大问题的，它没有重量，它的流畅是中文翻译语言自己的一种习惯，这种习惯又跟中国当代诗人写作带来的一种习惯性的、流行性的、公共性的东西有一个合谋关系，这就让我们认识格丽克的时候，很难把她跟其他诗人截然分开。所以我们能否通过翻译真正读到原样意义上的格丽克我是非常怀疑的。"[②]欧阳江河的这段话，明确地指

---

① 高方，余华."尊重原著应该是翻译的底线"——作家余华访谈录. 中国翻译，2014 (3)：60.

② 徐鹏远. 欧阳江河：疫情三年诺奖选择了文学选择了小众诗人，让人心生敬意. (2020-10-08)[2023-10-19]. https://culture.ifeng.com/c/80PaglpSni4.

出了中外文学翻译实践中的一个普遍现象,即用"公共性的语言"翻译富有个性的原作,其结果就是让个性鲜明的作者通过翻译进入另一语言后便泯然于"众人"矣。作为一个非外语、非翻译专业的中国诗人,欧阳江河对诗歌翻译的看法符合文学与翻译的基本特性,这一点连许多专业的文学与翻译研究者都做不到。他提到的用"公共性的语言"来翻译原作具有明显个性的独特的文学语言,是中外文学翻译界自始至今一直存在的重大问题,但翻译界和文学创作界的绝大多数人一直不认为这是个问题,而绝大部分的中外读者也已习惯并喜爱用"公共性的语言"翻译的译文。

旅美作家高尔泰在《文盲的悲哀——〈寻找家园〉译事琐记》中则提供了一个极为典型又引人深思的作家反对译者随意删改其作品的案例。

美国哈珀·柯林斯出版公司购买了高尔泰的《寻找家园》的版权,并请葛浩文翻译。葛浩文在未与在美国的高尔泰有任何联系的情况下,很快就译毕交稿。这让高尔泰很不放心,他便设法要来了译稿。尽管他英语不是很好,但自己的作品中写了什么译文中却没有,作品中没写的译文中却有,这他还是能看出来的。他发现,葛译和原文最大的不同,是加上了编年:1956年、1957年、1958年……,并根据这个先后顺序,调整和删改了原文的内容。这种翻译法,相当于余华所说的对原作进行了外科大手术,几近于把原作的零件拆开按译者的想法重新组装了。由此而出现的问题,不在于是否可以在直译和意译之间进行再创造。问题在于,所谓调整,实际上改变了书的性质。所谓删节,实际上等于阉割。所以,高尔泰坚决拒绝了葛译本。知道自己的译文被拒绝的事,葛浩文感到非常惊讶。他请人转告高尔泰,中国的许多著名作家,如某某、某某、某某某都说,只要是他葛浩文署名,怎么删改都行,甚至不要版税也可以。对此,高尔泰回答说,别人授权他葛浩文"译",同他高尔泰没有关系。出版社在高尔泰无比坚决的态度面前,虽很不情愿也只好按高尔泰的要求重新找能尽量忠实于原作进行翻译的译者来翻译《寻找家园》。由于交稿时间紧迫,新译者有两位,此前都曾翻译过高尔泰的短篇作品,并因忠实准确的翻译获得好评。罗伯特·多赛特先生住在旧金山郊区,是诗人、执业医生,只译喜欢的东西。英国著名汉学家、伦敦大学讲座教授和香港中文大学客座教授卜立德(David Pollard)先生,分担了一半的翻译工作。两位译者在翻译中遇到疑难点都会与高尔泰沟通,商讨解决的办法。在充分理解并尊重高尔泰的三位责任编辑先后离职后,《寻找家园》新译本终于在2009年10月出版,得到了一些专业人士的肯定,《纽约时报》和《洛杉矶时报》的相关书评也很正面。《寻找家园》英译本曲折的出版过程说明:能够得到好评的,并非仅仅限于葛浩文那种"连译带改"的译本;尽可能忠实于原文的不增、不删、不改的译文也可以得到像《纽约时报》这样的美国主流媒体的肯定和好评。①

其实,在国际翻译界,在文学翻译实践中力求忠实于原文的翻译家,还有不少。比如前一阵子,我在《复旦谈译录》2019年第二辑中读到了美国的日本文学文化学者、翻译家约翰·内森的《忠实与通顺可兼得焉?》一文,我深感与身为译者的内森先生产生了共鸣。他在翻译夏目漱石的《明与暗》时萦绕于心的问题就有:

"为了英语读者的利益,我是否应该尽力驯化他的语言,翻译得浅显易懂一些? 抑或,我必须用抵抗式的翻译方法,使译文如同日语原文般难以理解? 后者体现了我对译者任务的基本看法:为英语读者提供与日语源语读者对等的阅读体验。然而,这种翻译方法太难了。即便假设我拥有达到这种对等的能力,仍需要勇气敢于挑战读者期待的'流畅'的翻译。"

"这种期待的向心力不容低估——至少可以解释多数文学翻译看起来都比较平淡的部分原因——我并不想假装我从未屈服过。"②

内森强调:"我把自己注意到的夏目日语原文里的种种难点,都颇费

---

① 高尔泰.文盲的悲哀——《寻找家园》译事琐记.新世纪周刊,2012(43):98-101.
② 约翰·内森.忠实与通顺可兼得焉?.郑晔,译.//范诺恩,戴从容,主编.复旦谈译录.上海:上海三联书店,2020(2):328-329.

心思地保留在英译中。"①

葛浩文如何看待自己"连译带改"的翻译呢？

莫言获诺贝尔文学奖让葛浩文的名气越来越大,得到的肯定越来越多,但争议也随之而来。有人拿出原著对照研究葛浩文的译文,认为他"把别人的作品删改坏了"。对此,葛浩文说:"有人说我的翻译这个不对那个不对,我一般不作回应,因为我知道自己在做什么;如果作家本人和我讨论,我会告诉他,我是根据我理解的文本在翻译,而不是作家字面上写的那个意思。"然而,葛浩文在发表演讲时,坦率地承认,"莫言获奖后,人们的关注和扑面而来的'对比'太多了"。为数不少的关于他翻译中对原文不够忠实的质疑或指责,让葛浩文备感压力,所以在翻译莫言的作品《蛙》时,他选择了忠实原著。他曾对记者说:"我已翻译完莫言的作品《蛙》,这次,一字不改。"②由此可见,葛浩文尽管面对那么多对他的翻译不够忠实于原文的指责和批评深感委屈、冤枉和不满,但其实他心里还是意识到了,那些指责和批评是有道理的,文学翻译,是必须忠实于原作的,而他以前的翻译,确实不够忠实于原作。

三、文学的引进和输出,话语权均在外不在我

从近几十年来外国文学的引进和中国文学的输出实践中可以清晰地看到,外国文学和中国文学在翻译中的待遇大不一样。

周领顺带领他的十几名研究生穷尽性地检索葛浩文的全部编辑观后,撰写了《西方编辑之于译作形成的影响性——美国翻译家葛浩文西方编辑观述评》,从中可见,葛浩文基本认同西方编辑从读者接受的角度对中国文学原作有可能进行的结构上的调整和内容上的删改,而且他自己

---

① 约翰·内森. 忠实与通顺可兼得焉?. 郑晔,译. //范诺恩,戴从容,主编. 复旦谈译录. 上海:上海三联书店,2020(2):331.

② 转引自:樊丽萍,黄纯一. "连译带改"风格遭质疑　未来翻译将忠实原著　莫言作品英译者选择"妥协". 文汇报,2013-10-24(6).

在翻译过程中也有可能进行这样的调整与删改,尽管他常常把这样的调整与删改完全归因于编辑的要求。① 而多数中国作家为了自己的作品能够走出国门,也都或乐意或不得不接受这样的调整与删改。当然,有少数中国作家拒绝这样的调整与删改。中国文学"走出去"的步伐,至今仍然颇为艰难,一个重要的原因,就是国外中国文学的读者实在很少。

与此同时,外国文学长期以来在中国大受欢迎,所以中国出版界频频在抢购一些优秀的或具有较好市场潜力的外国文学作品。外国作家及其版权代理人往往对中国出版者提出严格忠实于原作、不得对原作进行任何删改变动的要求,其极端例子便是《麦田里的守望者》的作者杰罗姆·塞林格。塞林格及其版权代理人要求,塞林格作品中文版图书里除了小说正文外,不得添加译者前言、后记或文中注释等任何文字或插图,以免误导读者,封面上除了书名、作者名、出版者名之外,不得出现任何其他文字或图像,连丛书名也不得出现! 我长期以来作为《麦田里的守望者》唯一合法中文版的责任编辑,经历了该中文版"从有到无"的整个过程:开始阶段,像普通外国文学著作中文版那样,封面上有或画或照片作配图,封面、封底上有介绍性、营销性文字,正文前有译者序,正文页面的上方有页眉文字图案,正文页码的下方有脚注;到后来,这些文字和图案逐步消失,到最后完全按作家及其版权代理人提出的要求处理,即封面、封底上只出现书名、作者名、出版者名,其余空白,译者序删除了,译者为方便读者阅读理解写的脚注也删除了,为美观并方便读者阅读的页眉文字图案也撤销了,只留下小说正文本身。其中,外国作家及其版权代理人提出的上述的翻译上严格忠实于原作的要求,恰恰又是大部分中国读者所希望的。

时至今日,中外文学交流中,外国文学引入中国,首先是中国读者和出版界的积极的内在需求,外国文学作品的作者、版权所有人或代理人等提出的严格忠实于原作的要求,也是大部分中国译者、读者和出版者的内

---

① 周领顺,周怡珂. 西方编辑之于译作形成的影响性——美国翻译家葛浩文西方编辑观述评. 外语学刊,2018(1):111-115.

在愿望。而中国文学走向世界的过程中,对中国文学有积极的内在需求的外国读者和出版者数量有限,总的来说,是中国有关部门、作家、出版者等有着强烈的让中国文学走向世界的愿望并在积极推动这项工作,所以,长期以来,为了让外国读者有兴趣阅读中国文学,与出版相关的各方大都觉得,翻译中不能过多强调忠实于原文,而必须对原文进行一定的增删改。大部分处于"走出去"进程中的中国文学作品不但得不到任何版权方面的收益,而且还可能要作者、译者或中国有关方面出资赞助,才能让外文版的中国文学作品得以出版,而出版以后是否能到达或有多少能到达外国读者手里,也要打上一个大大的问号。到目前为止,中国文学的输出,外国文学的引入,话语权基本上都在外方,即外国作家、译者或汉学家、出版机构、版权所有人或代理人的手上。当我们引进外国文学时,外方要求我们的翻译必须严格忠实于原作。与此同时,当我们输出中国文学时,外方则要求翻译中要进行适当的增删改,以适合外国读者的口味。无论是引进还是输出文学,处于弱势地位的我们,基本都是听外方的,在翻译中按外方的要求办。中外文学交流中严重的不平等现象,是否要严格忠实于原作,为其一;是取得版权收益还是贴钱出版,为其二。

四、学者的专业评判应当更接近翻译的本质

作为普通读者,对于一些新的事件或现象发一通感慨或赞叹,认为存在的就是合理的,现实中有成功的案例就应当赶紧跟着如法炮制,是可以理解的。作为立足于向世界推广本国文学的相关政府部门,如果急于让本国作品对外的翻译出版见成果,仅以推广的数量和结果论成败而不顾其他,也不足为奇。但是,作为研究翻译的学者,如果仅仅以翻译结果在目的语读者中的接受为文学翻译最主要甚至唯一的衡量标准,则与自己的身份不符了。学者应当对所研究的事件或现象从学理上进行分析研究,探究导致其发生的相关背景和原因,并从历史发展的角度来看待它,从事物本质和规律上来加以判断和分析。现实中有成功的案例,不一定

表明其中的做法就肯定是完全正确、没有瑕疵、无需改进的，更不能仅仅因此就认为值得后人仿效，大家都应当那样做。

在中国谈文学翻译，历来可以分为外译中和中译外两大类，它们都已有很长的历史。但细加分析就可发现，长期以来，谈外译中的大大多于谈中译外的，因此以往人们谈文学翻译，更多的时候是在谈外译中。

中国现代的外国文学翻译，肇始于1899年林纾翻译的《巴黎茶花女遗事》的问世。林纾当年搞翻译，面对的是中国经历了长期的闭关锁国后国人对国外的文学和文化了解很少的社会历史环境。他翻译的时候必须考虑如何让当时对国外的情况知之甚少的中国读者接受的问题。林纾自己不懂外语，他是由懂外语的人把原作的意思说给他听，然后根据听到的进行写作或曰再创作，对原作中民族或地域特色鲜明的因素进行了归化处理。由于林纾本人才情横溢，文学艺术敏感性极强，他的译作在某种程度上也能抓到原作的神，再加上当时特殊的社会历史环境，他的译作大受欢迎。由于林纾本人不懂外语，他的译作自然离原作有较大的距离。后来的翻译家外语越来越好，逐渐能直接读懂原作，对原作的理解能力越来越强，而中国读者对外部世界的了解总体上也越来越多，因此译者的主观能力与意愿和读者的意愿与要求，都使得中国的外国文学翻译有可能向原作逐渐靠近。可以说，从林纾开始至今的中国现当代外国文学翻译，总体趋势上是译作越来越接近原作，即对原作的忠实程度越来越高的发展过程。这种越来越忠实于原作的文学翻译恰好顺应了中国读者越来越希望阅读原汁原味的外国文学作品的需求。林纾当年的翻译，从读者接受的角度来说是成功的，也确实为当时的国人了解国外的文学和文化做出了积极的贡献。但是，林纾当年成功的译作，自然已不可能满足当代读者的需要。现在如果还有人去看林纾的译作，一定是想了解当年林纾翻译的原貌或进行相关研究。如果现在有人用林纾的方法进行文学翻译，相信懂行的出版社是不会接受的。正如王宁在《文化翻译与经典阐释》中所言："显然，在当今的语境下，像林纾那样不懂外语的人是不会被视为翻译家的。并且,他们也不可能进行翻译实践。"①

美国著名诗人埃兹拉·庞德根据美国东方学者欧内斯特·费诺罗萨的译文初稿"翻译"(某种程度上可谓改写)的 17 首中国古诗集《华夏》(*Cathy*,1915)一度深受英语读者的欢迎。凭庞德的诗歌才情,在英语世界的语境中,他亦译亦写的某几首诗完全可能比中国古诗原作更精彩,更令人称绝。英文版《华夏》完全可以称为一本优秀的文学书籍。不过,英语读者想看《华夏》,是想了解中国古诗,而庞德的《华夏》虽然深受英语读者的欢迎,但因离作为原作的中国古诗距离太远,违背了翻译的本质要求,不能算作成功的翻译。庞德把渗入了过多个人因素的译作当作中国古诗介绍给了英语读者,某种程度上甚至可以被视为对英语读者的欺骗。当然,有些读者知道了这样的内情后仍然喜欢看他的译作也是有可能的,因为读起来舒服、省力、感觉好。必须指出的是,从翻译的角度来说,读者甚至大量读者喜欢的译作,可能是优秀的译作,也可能不是,但一定可以说成功地出了一本书。

翻译研究者自然要充分重视翻译的读者接受情况,但不能唯读者接受的马首是瞻,而是要从翻译的本质要求出发去评判译作的优劣。评判译作的优劣,如果仅仅以读者的接受为标准,那几乎所有正常的人都可以胜任,就不需要专门从事翻译研究的学者来做了。搞翻译研究的学者,应该明确并让大家知道什么样的翻译是好的、比较理想的翻译。

到目前为止,而且在可预见的相当长的时间内,中国文学外译所面对的大量的读者基本上仍然处于对中国文学和中国文化知之甚少的阶段,与当年庞德翻译中国古诗时面对的英语读者在这方面总体上并未出现本质性的变化,与当年林纾时代中国读者对外国文学与文化的了解的情况差别也不是很大。处在这样的阶段,大部分外国读者对中国文学的兴趣并不大,是翻译者、出版者或中国相关政府部门希望外国读者来了解和阅读中国文学,而为了达到这样的目的,许多译者常常觉得不得不考虑甚至迎合目标读者的阅读习惯和趣味,在翻译中常常对原文进行一定的变动

---

① 王宁. 文化翻译与经典阐释. 南京:译林出版社,2022:55.

和删改。这么做是可以理解的。在文学翻译中,有一个很重要的因素必须考虑,那就是赞助人的重大影响。文学翻译的成果必须走向市场,走向读者,这中间的赞助人,很可能就是出版者,而其中的编辑,几乎起着决定性的作用。要想让读者能够读到译作,必须有出版者或其他赞助人愿意出版译作并呈现在读者面前。译者翻译的目的,是为了让读者通过译作这个中介去了解原作。如何吸引读者来阅读、喜欢、接受译作,也确实是一个需要考虑的问题。如果外国出版者,尤其是处于主流地位的英美出版者普遍要求对原作进行增删改后才愿意出版,那么,处于弱势地位又渴望中国文学能够尽快走向世界的中国文学的作者和译者,即使从心底里希望中国文学的翻译能够不增不删不改地尽可能忠实于原作,在实践中恐怕也很难把这种翻译观坚持下去。毕竟,像前述的高尔泰那样具备条件评判并坚决拒绝葛浩文这样公认的翻译大家的译文而另起炉灶,到最后还能成功出版的中国作家或译者毕竟太少了。一方面,作为一个作者或者译者,像高尔泰那样百折不挠地坚持译作必须尽可能忠实于原作而不得对原作增删改,固然可敬可佩;从另一方面来说,译者主动适应目标读者或市场的需要,或为了译作能够顺利出版而委曲求全,按出版者或其他赞助人的要求在翻译中对原作进行增删改,当然也是可以理解的。

但是,从学术研究的角度论,存在的并不一定就是合理的。从本源和本质上说,既然是文学翻译,就应当尽可能把原作原原本本地忠实地加以再现。就此而言,不忠实,非翻译。

五、什么是文学翻译的全面忠实观

什么时候需要文学翻译呢?

读者想阅读用他不懂的语言写成的文学作品时,需要有人用他懂的语言把它翻译过来。这里要明确指出的是:1)首先,读者想看的是原作,即用他不懂的语言写成的文学作品;2)读者需要译者把原作翻译成他懂的语言,以满足他阅读、了解原作的愿望。因此,译者的任务是尽其所能地让读者全面接触、了解原作,也就是尽其所能地用读者所懂的语言忠实地再现原作。凡是原作中有的,译作中都要尽可能地体现出来,而不能有意删去丢弃;凡是原作中没有的,译作中不能随意添加进去。译者更不能脱离原作自己去尽兴发挥或尽情展现自己的才华。因此,从文学翻译的起源和本质上来说,尽其所能地忠实、全面地再现原作,是读者对文学翻译者的根本要求,自然也应该是文学翻译者努力的目标和文学翻译批评者掌握的标准。

确认文学翻译必须忠实于原作之后,接着的问题便是:文学翻译应当忠实于原作的什么? 这一点,中外古今的译坛上可谓观点各异,在文学翻译实践中也各行其是。

自严复提出译事三难"信达雅"起,"信达雅"就一直是中国翻译界占主导地位的翻译目标和标准,尽管有的学者也提出过不同的翻译标准,但似乎大同小异,实质上万变不离其宗——"信达雅"之宗,都是对"信达雅"的具体阐释和一定程度上的修正。而在翻译实践中,大部分译者大致上把"信达雅"具体化为:首先理解透原文的意思,然后尽其所能用最优美的汉语把它表达出来。这样的译作,长期以来被中国读者广泛接受,它所忠实的,是原作的意思、原作的内容。

另有一些译者认为,文学作品的意思、文学作品的内容,是文学作品最重要的组成部分,且常常是最重要的组成部分,但不是文学作品的全部。所以,译作若仅仅忠实于原作的意思,那么,翻译的任务并未全面完成。若从内容和形式两大方面来看,在文学翻译中,原作的意思,即原作"说了什么",固然需要忠实地再现于译作,但与此同时,原作的形式因素,即原作的意思是"怎么说"出来的,同样必须得到忠实地再现。有时,尤其是在大量的纯文学作品中,"怎么说"是作家创作个性最明显最直接的展现,是作家区别于他人的标志,比"说了什么"更重要。因此,在文学翻译中,必须尽可能从内容和形式两大方面去忠实地再现原作,既要在译作中忠实地再现原作"说了什么",又要在译作中忠实地再现原作是"怎么说"的。持这种翻译观的译者,在中国翻译界已越来越多了。

文学作品是由包括从内容到形式、从内涵到外延在内的方方面面的因素组成的一个有机的整体,包括题材、思想、意义、意境、风格、创作技巧、遣词造句手法、段落篇章结构、阅读效果、审美效果等。译者应把原作中包括上述因素在内的各种因素,都尽可能从宏观上和微观上去全面地加以把握,并尽其所能在译作中全面忠实地加以再现。在此意义上,忠实就是文学翻译的唯一目标和标准。

在文学翻译中,把原作有机整体中从内容到形式、从内涵到外延在内的一切因素,包括题材、思想、意义、意境、风格、创作技巧、遣词造句手法、段落篇章结构、阅读效果、审美效果等,都尽可能从宏观上和微观上去全面地加以把握,并尽其所能在译作中全面忠实地加以再现,这就是我一直在倡导的文学翻译的全面忠实观。①

从主观和客观两方面来说,把组成一部文学作品的包括从内容到形式、从内涵到外延在内的一切因素加以全面理解和把握,并在译作中全面忠实地加以再现,是文学翻译中的一种理想,是一种应该不断追求、有可能不断接近但永远无法完全实现的理想。

综上所述,在严复提出"信达雅"一百多年后的今天,从本质上强调忠实是文学翻译的目标和标准,是有必要、有针对性并具有现实意义的。

六、翻译中对原作的忠实程度越来越高
是历史发展的必然进程

中国文学与中国文化之走向世界,长期以来而且至今总体上还处在译介中国文学与中国文化的人希望并设法让外国读者来接触了解的阶段。葛浩文式"连译带改"的文学翻译,为莫言的作品走向世界并得到世界文坛的高度重视,以至于荣获诺贝尔文学奖,都做出了重要贡献,由此可见,葛浩文"连译带改"的翻译,在当今中国文学外译中还是有着现实需

---

① 王理行. 忠实是文学翻译的目标和标准. 外国文学,2003 (2):99-104.

求的,其存在也有其合理性。随着中国文学创作水平的不断提高,中国国力的进一步强大,中国在世界上的影响力的进一步扩大,中国文化和中国文学在世界上的影响力也将逐步强大起来,世界各地的读者对中国文学的兴趣必将逐步聚焦于中国文学本身。到那时,世界各地的读者就会逐步希望读到原汁原味的中国文学作品,中国文学作品的外译者也就会逐步建立起真正的对中国文学的信心,葛浩文式的"连译带改"的中国文学作品的英译本,必将被更加全面地忠实于原作的译本所取代,就像近一百多年来不断有更加全面忠实的译本取代林纾当年曾取得巨大成功的译本那样。

值得注意的是,莫言获诺贝尔文学奖后,马上就有不少人指责葛浩文的翻译"连译带改"而不够忠实于原文,他们依据的是莫言获诺贝尔文学奖以前葛浩文的译本。而葛浩文因受到诸多不够忠实于原作的指责,在此后的翻译中,主观上和实践中都已不得不倾向于更加忠实于原文。因此,近些年来,在有一些研究者发现葛浩文的译作"连译带改"而不够忠实于原文的同时,另一些研究者则认为,经过与原文对照,葛浩文的译作还是比较忠实于原文的。之所以不同的研究者会对葛浩文这同一位译者的翻译就忠实于原文这一点上得出不同甚至几乎相反的结论,是因为不同的研究者对照研究的是葛浩文不同时期的译本。我相信,从历史发展的角度看,假以时日,从林纾开始至今的现当代外国文学汉译趋向于越来越接近原作,即对原作的忠实程度越来越高的发展进程,必将重现在中国文学外译的进程中。而必须指出的是,这样的对原作的忠实程度越来越高的过程,已经一定程度上体现在葛浩文的包括莫言作品在内的中国文学英译的实践中。

文学翻译的实践者和研究者们,让我们一起朝着文学翻译全面忠实于原作的理想而不懈努力吧!

(原载于《外国语文》2022 年第 3 期)

文学翻译评奖，是一种倡导，一种引领
——第五届戈宝权文学翻译奖评奖综述

由于工作的关系，更由于个人的兴趣，我跟高校和科研院所的联系一直颇为频繁。近些年来，耳边经常听到的一句话是：谁还把学问当回事呢?! 具体到外国文学翻译出版界，经常听到的一句话是：谁还把翻译当回事呢?! 受高校和科研院所现行评价机制日益数字化、功利化的指挥棒的影响，原本可以把文学翻译工作做得很出色的专家学者中愿意从事文学翻译实践的人越来越少了，外语院系的青年教师和各级学生中愿意涉足文学翻译实践的人也越来越少了。我早在 1999 年就曾专门撰文发出"找译者难"的感叹。文学翻译实践之于中国文学和文化建设的重大作用尽人皆知，早已不需我来强调了。我只想对至今仍凭着对外国文学翻译工作的满腔热忱而踏踏实实地坚守在外国文学翻译工作岗位上的可爱可敬的人们致意！

今年初，我受命具体操作第五届戈宝权文学翻译奖评奖事宜。在这次评奖的整个过程中，我一直为许许多多的人感动着，为此次评奖活动的主办者、参加者、评审者和所有热心的关心支持者而深深地感动着。

国内两大定期举行的全国性文学翻译奖之一的戈宝权文学翻译奖，今年举行的是第五届评奖活动。值得一提的是，为了发现和奖掖中青年翻译人才，提高翻译水平，扩大翻译评奖活动的覆盖面，促进文学翻译事业的健康发展和繁荣，以社长章祖德和副社长兼《译林》杂志主编竺祖慈为首的译林出版社社委会慨然决定：此次评奖活动面向英语、俄语、德语、

法语、日语、西班牙语六大语种同时举行,并在人力、物力、财力等各方面
提供充分的保证。

负责提供六大语种翻译奖评奖原文的专家学者分别是:南开大学外
国语学院英语系博士生导师刘士聪教授、中国社会科学院俄罗斯文学研
究室博士生导师刘文飞研究员、四川大学外语学院及文学与新闻学院博
士生导师杨武能教授、南京大学外国语学院法语系博士生导师刘成富教
授、旅居日本的学者李长生先生、北京大学外语学院西班牙语系博士生导
师赵德明教授。他们通过各种途径,从最新外文书、报、刊、网络上,从大
量资料中精心挑选出较合适的供参赛者翻译的原文。

六大语种翻译奖评奖原文在《译林》2004 年第 1 期上刊出后,许多读
者欢欣鼓舞,全国各地乃至海外的翻译爱好者反响热烈。六大语种同时
举行翻译评奖活动,这在我国翻译史上,乃至在世界翻译史上,都是第一
次。此次的第五届戈宝权文学翻译奖让此前很少有机会参加全国性翻译
评奖的众多翻译爱好者有了不可多得的大显身手的良机,这对他们来说
是个特大的喜讯。相关的翻译爱好者及其父母亲友、高校和科研院所的
一些专家学者和教师奔走相告,为此次活动做了义务宣传动员。

此次评奖活动原定的截稿日期为今年(2004 年)3 月 31 日。有不少
参赛者因原文翻译难度较大而在原定截稿时间之后才寄出参赛译文,并
恳切希望保留他们的参赛资格。为了保护这些为数不少的参赛者的积极
性,尽量扩大竞赛的参与面,这次竞赛的截稿时间做了适当的推迟。此次
评奖活动六大语种分别收到的征文,多的达数百份,少的也有数十份。令
人欣喜的是,包括我国香港特区、澳门特区和台湾省在内的全国每一个省
级行政区,都有参赛译文寄来,美国、俄罗斯、德国、法国、西班牙、比利时、
瑞士、新西兰、日本等国也有参赛译文寄来。参赛者以高校的硕士生和本
科生最多,高校的博士生和青年教师也较多,其中不少是已有副教授职称
的单位业务骨干,有的正在教授高校的外语专业的翻译课程,还有不少有
在国外学习、工作多年的经历。另外,外资企业职员、翻译、中小学教师、
编辑、导游等各行各业都有踊跃的参赛者,还有正在监狱里"将刑期变学

期"的参赛者。他们有的已翻译出版过世界文学名著,有的参加过其他一些图书的翻译,有的已发表过短篇小说、诗歌、散文译作,有的发表过翻译方面的论文,有的参加过外语词典的编撰工作,有的参加过别的翻译奖并曾经获奖,有的有过长期或多次口译的经历,更多的参赛者曾翻译过数量不等的各种科技、商务资料。有的参赛者在动笔翻译前查阅了大量相关资料以熟悉包括创作风格在内的作者的各种情况。当然,大部分的参赛者只是翻译爱好者,基本未从事翻译,尤其是文学翻译,所以他们格外珍惜第五届戈宝权文学翻译奖所提供的宝贵的学习和锻炼机会,对举办此次评奖活动的译林出版社表示衷心感谢。大量的参赛者是在再三修改后眼看截稿日期逼近时才寄出参赛译文的,他们顺便谈了翻译的甘苦、自己对翻译的认识和对此次供翻译的原文的理解,有的还趁机附上自己其他的译作请相关人员指点。许多参赛者表示,这是他们第一次认认真真翻译完一篇完整的作品,以前不敢想象自己能做一件这样的事,这在他们是全新的体验和难忘的经历。一些大学二年级的学生在尚未开始上翻译课的情况下也不愿放弃这次机会,凭着对外国文学的热爱踊跃参加。西安外国语学院(今西安外国语大学)的陈晓婷、孟丽娜两位同学法语才学了 7 个月,就抱着初生牛犊不怕虎的想法寄来了译文。年龄最小的参赛者是黑龙江省牡丹江市第一高级中学高一年级的赵思齐同学。大部分参赛者都是相关外语专业出身,不过,与往届相比,此次的英语奖评奖中,非外语专业出身或自学外语的参赛者的比例有大幅度增加。大部分参赛者把翻译视为一项崇高的事业,表示很愿意从事文学翻译工作,此次参赛重在参与、锻炼、找差距,以促进自己翻译水平的提高,为以后的工作打下基础。工科出身的助理工程师李卉说,她是"抱着参与就是幸福的想法完成了这篇译文"。郑州大学外语学院大四学生傅云威在得知考研无果的苦闷彷徨中"不止一次自问活着的意义","真正用心灵"译出了参赛译文,使自己"沉闷的心超脱了许多"。一些参赛者为了增加锻炼机会,同时参加了两个语种的翻译评奖活动。当年戈宝权先生利用自己捐献个人藏书所得的奖金设立戈宝权文学翻译奖基金,旨在发现和奖掖中青年翻译人才,因此历届戈宝权文学翻译奖把参赛者的年龄定在 45 岁以下，此次却有位热爱文学翻译的年逾七十的老者寄来两个语种的参赛译文，并强烈要求允许他参加评奖活动。尽管他的要求最后未能得到满足，但他对翻译的这份挚爱实在令人感动。

此次评奖活动自始至终力求做到公正和客观。评奖启事中要求参赛译文正文内勿书写姓名等任何与译者个人身份信息相关的文字，另页写明参赛译者的个人信息。译林出版社指定专人对参赛译文的个人信息页和正文进行编号。到初评人员和终评评委手上的只是编过号的参赛译文正文，他们对参赛译文正文的译者一无所知。

对参赛译文的评选工作是在炎炎夏日中进行的。评选分为初评和终评两个阶段。令人感动的是，所有接到邀请的外国文学界的专家、学者，一听说是翻译评奖的事，都愉快地接受了评选工作，并克服种种困难，在约定的时间内认真负责地完成了评选工作。

此次评选过程中，评委们自始至终普遍兼顾准确理解原文与译文本身的通顺，兼顾原文主题、语言、风格等方面的重点、难点句、段的翻译与整篇译文的总体感觉。无论是肯定还是否定一篇译文，都颇为慎重，尽量做到公正、客观。每个语种的初评工作都分为初选和复选两个阶段。初选被否定的译文至少要有两位评审人员看过并统一意见。复选时每篇译文均由所有初评评审人员逐一审读打分。打分采用百分制。每个语种的初评负责人根据本语种的原文和参赛译文的具体情况，组织初评小组，确定评选的具体标准、步骤、方法和时间表。

英语奖负责人为南京大学外国语学院院长、博士生导师王守仁教授，他和该院英语系的柯平教授和赵文书、何成洲、姚媛副教授一起组成了初评工作小组。他们先从 373 篇英语参赛译文中初选出 60 篇进入复选。5 位评审人员对进入复选的 60 篇译文逐一审读打分，其中有 10 篇得到了一致的分数，其余 50 篇经过反复讨论和比较后才确定了得分。最后，按得分高低排序，得分在前 20 位的参赛译文被推荐进入终评。

法语奖负责人为南京大学外国语学院副院长、博士生导师许钧教授，

他和该院法语系主任、博士生导师刘成富教授和高方博士一起组成了初
评工作小组。他们先从 117 篇法语参赛译文中初选出 20 篇进入复选。3
位评审人员对进入复选的 20 篇译文逐一审读打分,并进行讨论。最后,
按得分高低排序,得分在前 10 位的参赛译文被推荐进入终评。

日语奖负责人为上海外国语大学副校长、博士生导师谭晶华教授,他
和该校日本文化经济学院副院长、博士生导师吴大纲教授和张建华博士
组成了初评工作小组。他们先从 57 篇日语参赛译文中初选出 10 篇进入
复选。谭晶华教授对进入复选的 10 篇译文逐一审读打分,经过反复比较
后才确定了得分。最后,按得分高低排序,得分在前 8 位的参赛译文被推
荐进入终评。

德语奖负责人为上海外国语大学西方语学院院长、博士生导师卫茂
平教授。该院德语系的两位博士生、副教授丰卫平和黄崇岭组成了初评
工作小组。他们先从 43 篇德语参赛译文中初选出 10 篇进入复选。卫茂
平教授对进入复选的 10 篇译文逐一审读打分,经过反复比较后才确定了
得分。最后,按得分高低排序,得分在前 8 位的参赛译文被推荐进入
终评。

俄语奖负责人为北京师范大学外国语学院博士生导师郑海陵教授,
他和解放军某部的吕萍博士分别对照俄语原文审读全部 33 篇俄语参赛
译文,然后两人一起逐篇交换看法,初选出 4 篇进入复选。两人对进入复
选的 4 篇译文逐一审读打分。这 4 篇参赛译文被推荐进入终评。

西班牙语奖负责人为北京大学外国语学院博士生导师赵德明教授,
他和在北京师范大学中文系就读的弘玄组成了初评工作小组。赵德明教
授把全部 28 篇参赛译文逐一对照西班牙语原文审读,重点检查对原文的
理解,从中选出 12 篇。弘玄审读进入复选的 12 篇译文时重点检查其汉
语的表达,从中选出 6 篇。赵德明教授再次对这 6 篇译文逐一对照西班
牙语原文进行全面审读打分,最后有 5 篇参赛译文被推荐进入终评。

全体初评人员普遍认为,此次评奖中 6 个语种的原文各有特色,各有
意境,堪称妙文。有的原文看似容易,其实每篇都有一些不易理解之处,

而要把它们全面、忠实、准确、贴切地用汉语表达出来,实属不易。未能进入终评的参赛译文,绝大部分问题都出在对原文的理解错误过多。不能准确理解原文,汉语的功力再好,也无济于事。虽然大部分参赛者都是外语院系专业出身,但从参赛译文来看,他们的外语水平还有待于进一步提高。另有不少参赛译文,中文本身文句不通,显得生硬、别扭,还带有浓重的翻译腔,或者不顾中外两种语言的本质性差异而机械地生搬硬套一些外文中的语言因素,自然都不是好的译文。有的译文,看上去对原文是理解的,但中文本身实在无法让人欣赏。扎实的中外文基本功和较好的文学修养,是从事文学翻译的必备条件。

本届戈宝权文学翻译奖各语种的终评评委都是全国外国文学研究和翻译界的权威。英语奖终评评委有(按姓氏笔画为序,下同):王宁(清华大学外语系教授,博士生导师)、王守仁(南京大学外国语学院院长,教授,博士生导师)、王理行(译林出版社副编审)、孙致礼(解放军外国语学院教授,博士生导师)、何其莘(北京外国语大学副校长,教授,博士生导师)、张柏然(南京大学双语词典研究中心主任,教授,博士生导师)、陆建德(中国社科院外文所副所长,研究员,博士生导师)、郭继德(山东大学外国语学院外文所所长,教授,博士生导师)、章祖德(译林出版社社长,编审)、黄源深(上海对外贸易学院教授,博士生导师)、虞建华(上海外国语大学国际经济法学院院长,教授,博士生导师)。法语奖终评评委有:朱静(复旦大学外文学院法语系教授,博士生导师)、许钧(南京大学外国语学院副院长,教授,博士生导师)、秦海鹰(北京大学外国语学院法语系教授,博士生导师)、郭宏安(中国社科院外文所研究员,博士生导师)、曹德明(上海外国语大学西方语学院法语系教授,博士生导师)。日语奖终评评委有:于荣胜(北京大学外国语学院日语系教授,博士生导师)、竺祖慈(译林出版社副社长兼《译林》杂志主编,编审)、陶振孝(北京外国语大学日语系教授)、高慧勤(中国社科院外文所研究员)、谭晶华(上海外国语大学副校长,教授,博士生导师)。德语奖终评评委有:卫茂平(上海外国语大学西方语学院院长,教授,博士生导师)、王炳钧(北京外国语大学德语系教授)、叶廷芳(中国社科院外文所研究员,博士生导师)、张玉书(北京大学外国语学院德语系教授,博士生导师)、洪天富(南京大学外国语学院德语系教授)。俄语奖终评评委有:刘文飞(中国社科院外文所俄罗斯文学研究室副主任,研究员,博士生导师)、张建华(北京外国语大学俄语学院教授,博士生导师)、郑体武(上海外国语大学俄语系副主任,教授,博士生导师)、郑海凌(北京师范大学外国语学院教授,博士生导师)、赵桂莲(北京大学外国语学院俄语系主任,教授)。西班牙语奖终评评委有:陆经生(上海外国语大学西方语学院副院长,教授)、陈众议(中国社科院外文所副所长,研究员,博士生导师)、陈凯先(南京大学外国语学院西班牙语系教授)、赵德明(北京大学外国语学院西班牙语系教授,博士生导师)、董燕生(北京外国语大学西班牙语系教授,博士生导师)。

每位终评评委都收到了此次评奖中自己所精通的语种的原文和初评推荐的参赛译文的复印件。他们各自给每篇译文逐一评审打分,排出名次,同时给出简短评语。为了保证戈宝权文学翻译奖的水准、声望和权威性,他们还根据全部进入终评的参赛译文的总体情况,尤其是根据各自给予最高分的参赛译文的质量,对此次评奖相应的语种奖是否宜设立一等奖提出建议。

终评评委们普遍认为,此次经初评推荐的参赛译文,其中文本身基本上都能做到通顺流畅,有的还颇具文采,对原文的理解基本上也没大问题,总的来说都已达到一定的翻译水准,令人欣喜,说明我国的翻译事业具有值得信赖的后备力量。许多译者在必要的地方还加了注,体现了严肃认真的态度。当然,正常情况下,文学作品的注并非加得越多越好。不过,每篇译文中都或多或少地有不该出现的理解错误。在理解原文的基础上,如何用准确、贴切的中文把原文从内容到形式、从内涵到外延在内的方方面面的因素忠实地表达出来,是每位译者绞尽脑汁而不易做到的事。在行文风格上,是典雅还是通俗,是书面化还是口语化,是简洁还是长句,是严肃还是俏皮,不能光凭译者自己的偏爱或习惯,而是要根据原文的具体情况来定。黄源深指出,同往届相比,本届进入终评的参赛译文的中文水平有明显提高,但其中并没有特别好的、令人眼睛为之一亮的译文。陆建德强调译文风格与原文的一致性,要细心揣摩原文的语气和口气,不宜刻意采用四字结构或成语,更不能无端出现中文典故,原文模糊处译文中不能太直白。许钧、秦海鹰等许多评委认为,此次根据同一篇原文译出的这么多参赛译文,是供翻译教学、研究用的不可多得的好材料,从中可发现、清理出许多值得研究的素材。许钧甚至在自己评审工作结束一个多月后仍然能清楚记得编过号的一篇篇进入法语奖终评的参赛译文各方面的具体情况,其评审态度之认真、印象之深刻由此可见一斑。郑海凌确立的具体评选原则中,强调译文的整体和谐性,在不允许脱离原文的前提下看重译者的艺术再创造,认为语言应符合文学语言的基本要求。赵桂莲认为,译文应尽可能体现原作的风格,原文中的朦胧美,译文中不宜变成解释性的文字而显得清清楚楚。张玉书特别强调理解的重要性,凡译文中出现的问题多半都是理解不透彻、不全面所致;理解了定能找到表达的方式,否则就是汉语修养的问题。洪天富认为,翻译中应避免未理解透原文而在译文中展现译者过于丰富的想象和创造。陶振孝在一篇5000字的评选感言中,从"度"的把握、忠实语境、重点难点的驾驭等三个方面,谈了自己对此次日语翻译奖的看法。赵德明设定的评选尺度中,要求不仅正确理解字面上的语法关系,而且要捕捉到文字深处的寓意、行文韵味和叙事风格。董燕生的评分精确到零点几分,把评审中发现的问题分为理解错误和理解不贴切两大类,分别以西班牙文和中文对照的方式列出十多个词组或句子。评委们一致认为,不宜随意对原文进行增删和改动,不宜脱离原文随意大加想象和发挥。在此次评奖中,评委们的口中、笔下出现频率较高的词是:原文、理解、准确、忠实、表达、通顺、流畅、文体、风格、统一、协调、整体、局部、贴切、想象、发挥、创造、认真、严谨、文学味、规范、拘泥、自由、增加、遗漏、随意性、错译、分寸、别扭、生硬、干巴、脱离原文、注解、标题等。评委们所强调的,正是他们多年来文学翻译的目标与经验之谈,而他们口中、笔下出现频率较高的词汇,是他们评判译文优劣的角度,这些都值得初涉文学翻译的后来者认真学习和思考。

全部终评评委的评审结果分语种按得分和名次汇总,分别得出每篇进入终评的参赛译文的总分和名次分,由此分别产生一种终评名次。各语种获奖名次是综合这两种终评名次后产生的:一篇参赛译文的两种终评名次一致,即为获奖名次;两篇参赛译文在同一种终评名次中一致,则以他们在另一种终评名次的排名先后为准;几篇参赛译文在两种终评名次中互有先后,则综合考虑其在两种终评名次中的差距后决定其获奖名次。由此可见,在整个评奖过程中,每位终评评委权力均等,只能凭自己的评审结果起到同等的作用。

戈宝权先生当初设立戈宝权文学翻译奖基金时的初衷是"发现和奖掖中青年翻译人才,提高翻译水平,促进文学翻译事业的健康发展和繁荣"。此次评奖中,许多终评评委认为,自己评审的语种的参赛译文中并没有特别突出的、令人眼睛为之一亮的译文,所以建议自己所评审的语种此次不设一等奖。译林出版社充分考虑了上述情况和本届戈宝权文学翻译奖的总体情况,经与有关人员反复磋商,确定了各语种获奖的等次和各等次的名额,然后,按各语种获奖名次的排名先后对号入座,确定各语种各获奖名次获奖的参赛译文。最后,根据每一获奖的参赛译文的编号,找到具有相同编号的个人信息页,确定获奖者的身份。

第五届戈宝权文学翻译奖各语种的获奖者分别是:

英语奖一等奖(1 名):苏州科技大学外语系讲师、上海师范大学比较文学与世界文学专业博士研究生祝平;二等奖(3 名):北京外语教学与研究出版社综合英语事业部编辑陶雪蕾(女),华东师范大学对外汉语学院硕士研究生蔡立胜,上海第二军医大学基础部外语教研室助教张鲲;三等奖(5 名):厦门大学外文学院英语系四年级本科生叶丽贤,湖南长沙第一社会福利院绿洲中心翻译宋小勇,江苏常熟市高等专科学校外语系讲师、四川外语学院硕士研究生龙飞,解放军外国语学院硕士研究生陈昕(女),上海外国语大学硕士研究生楼燕斐(女);优秀奖(7 名):南京大学外国语学院英语系硕士研究生吴志杰,上海外国语大学硕士研究生李慧娟(女),南京大学外国语学院英语系三年级本科生白杨(女),南京大学外国语学院英语系三年级本科生宋韵雅(女),四川外语学院硕士研究生钟毅(女),解放军国际关系学院硕士研究生裔传萍(女),潍坊学院外语系讲师、上海交通大学外国语学院博士研究生王勇。

法语奖一等奖(1名):南京大学外国语学院法语系三年级本科生陈寒(女);二等奖(2名):南京大学外国语学院法语系四年级本科生刘斌(女),南京大学外国语学院法语系三年级本科生孔潜(女);三等奖(3名):复旦大学外文学院法语系三年级本科生陆斐琼(女),南京大学外国语学院法语系四年级本科生罗晓亮,南京大学外国语学院法语系四年级本科生时利和(女);优秀奖(4名):大连外国语学院法语系三年级本科生周新凯(女),复旦大学外文学院法语系三年级本科生张逸婧(女),复旦大学外文学院法语系三年级本科生胡娜(女),大连外国语学院法语系三年级本科生何放(女)。

日语奖一等奖(1名):上海外国语大学日本文化经济学院博士研究生王蔚(女);二等奖(1名):上海外国语大学日本文化经济学院硕士研究生曹艺;三等奖(2名):南京大学外国语学院日语系三年级本科生季春鹏,四川外语学院日语系四年级本科生蒋葳(女);优秀奖(3名):长春税务学院外语系日语教研室副教授刘余馥(女),上海外国语大学日本文化经济学院硕士研究生朱薇娜(女),南京大学外国语学院日语系三年级本科生李涛。

德语奖一等奖空缺;二等奖(1名):四川外语学院德语系硕士研究生何晓玲(女);三等奖(2名):德国海德堡大学法学系硕士研究生熊琦,上海外国语大学西方语学院德语系硕士研究生孟雅丽(女);优秀奖(4名):南京大学外国语学院德语系四年级本科生甄楠楠(女),南京大学外国语学院德语系三年级本科生王莹(女),上海外国语大学西方语学院德语系博士研究生梁锡江,北京第二外国语学院德语系二年级本科生陈博琳(女)。

俄语奖一等奖空缺,二等奖(1名):上海外国语大学俄语系硕士研究生陈晓菁(女);三等奖(1名):南京大学外国语学院俄语系硕士研究生孙飞燕(女);优秀奖(2名):上海外国语大学俄语系博士研究生王正良,上海外国语大学俄语系硕士研究生黄杨英(女)。

西班牙语奖一等奖空缺,二等奖(1 名):北京外国语大学西班牙语系硕士研究生王磊;三等奖(1 名):北京外国语大学西班牙语系硕士研究生张慧玲(女);优秀奖(2 名):南京大学外国语学院西班牙语系三年级本科生张其美(女),南京大学外国语学院西班牙语系三年级本科生吴晓雯(女)。

此次评奖活动共有 48 名参赛者获奖,从上述获奖名单中可以发现这样几个特点:获奖面较广,获奖者来自 18 所院校和两个非教学单位,分布在 10 个省市和海外,又相对集中在北京、上海和南京三地。一些大学二年级的学生在尚未开始上翻译课的情况下,凭着对外国文学的热爱踊跃参加,而且表现出较好的文学翻译方面的天资和素养,其中北京第二外国语大学德语系的陈博琳同学居然在与一些堪称师长的副教授和博士生的竞争中脱颖而出荣获德语奖优秀奖。与往届相比,此次的英语奖评奖中,非外语专业出身或自学外语的参赛者的比例大幅度增加,其中自学考试英语本科毕业的湖南长沙第一社会福利院绿洲中心翻译宋小勇,在与全国各名校各级师生的竞争中勇夺三等奖。此次评奖活动还有一个令人关注的特点是:寄来翻译征文的译者中,男性占 23%,在最后的获奖者中,男性占 33%,这与全国外语院系男女学生比例严重失衡的现状一致。

本届戈宝权文学翻译奖各语种的终评评委都是全国外国文学研究和翻译界的权威,他们普遍认为,此次评奖活动一定程度上是对我国翻译后备力量的一次检阅,具有一定的代表性。同往届相比,本届进入终评的参赛译文的总体翻译水平有所提高,从中可以发掘出一批从事文学翻译的好苗子,令人欣喜,说明我国的翻译事业具有值得信赖的后备力量。在高校和科研院所现行评价机制日益数字化、功利化的指挥棒的影响下,仍然有众多中青年对外国文学翻译工作满腔热忱,令人欣慰。译林出版社投入如此人力、物力和财力举办如此空前规模的翻译评奖活动,必将促进我国翻译事业的健康发展和繁荣,令人赞赏。

戈宝权文学翻译奖是国内两大定期举行的全国性文学翻译奖之一。

我国著名外国文学专家、翻译家戈宝权先生于 1986 年把自己毕生的藏书捐献给南京图书馆,于 1987 年利用江苏省政府颁发的奖金设立了戈宝权文学翻译奖基金。每三年一届的戈宝权文学翻译奖,在已经举办的五届评奖活动中,为发现和奖掖中青年翻译人才,提高翻译水平,促进文学翻译事业的健康发展和繁荣所做出的独特贡献有目共睹。该奖得主中,有现任中国社科院外文所研究员、博士生导师、全国英国文学学会副会长黄梅,有先后任上海译文出版社总编辑、党委书记的杨心慈,有现任西南交通大学外国语学院副院长、教授、成都市政协副主席的傅勇林,有北京师范大学外国语学院教授、博士生导师、外国语言文学研究所所长郑海凌,有现居澳大利亚的著名华人作家欧阳昱,以及现任译林出版社副总编辑刘锋。

(本文的主要内容,曾以《第五届戈宝权文学翻译奖评奖综述》之名,发表在《译林》2004 年第 6 期)

论 Chinese American Literature
的中文译名及其界定

一、Chinese American Literature 的中文译名

目前,国内外的学术界对 Chinese American Literature 的研究方兴未艾,但在一些最基本的问题上,仍存在着分歧。我们以为,如果不对这些涉及原则性的问题加以界定,将会影响该研究的进一步发展。本文将对两个最基本的问题加以探讨,一个是 Chinese American Literature 的中文译名问题,一个是对其界定的问题。

目前在中国学术界,Chinese American Literature 的中文译名,大致有三种:华裔美国人文学①、华裔美国文学②、美国华裔文学③。这三种译法有何区别? 究竟哪个最准确、恰当呢?

我们知道,Chinese American 作为固定词组出现时,American 是中心词,Chinese 是用来修饰 American 的定语,这一固定词组应译为"华裔

---

① 参见:埃默里·埃利奥特,主编. 哥伦比亚美国文学史. 朱通伯,等译. 成都:四川辞书出版社,1994:679.

② 参见:何文敬,单德兴,主编. 再现政治与华裔美国文学. 台北:"中央研究院"欧美研究所,1996;张子清. 与亚裔美国文学共生共荣的华裔美国文学. 外国文学评论,2000(1):93-103.

③ 参见:张子清. 美国华裔小说初探. 当代外国文学,1992(2):149-157;王家湘. 浅谈美国华裔作家作品之主题. 外国文学,1993(2):73-78;张龙海. 美国华裔文学的历史和现状. 外国文学动态,1999(2):4-9.

美国人"，以前有人译之为"美籍华人"，那是站在中国人的立场上，把原来的修饰词"华裔、华人"(Chinese)升格为中心词，而把原来的中心词"美国人"(American)降格为修饰词，翻译中这样处理显然过于主观化，感情色彩过重，因而不够忠实。而在 Chinese American Literature 这一专有名词中，从词义的角度看，Chinese 和 American 两个单词虽然仍是一前一后写在一起，却已不是一个用来指涉"华裔美国人"的固定词组，而是分别用来修饰 Literature 这个中心词的两个相对独立的修饰词。Chinese 一词本身的中文译项较多，可以是指涉人的"中国人、华人、华裔"，也可以是指涉语言的"中国话、汉语、中文、华文"，还可以是指涉国家的"中国"，但无论是指涉人还是指涉语言，其各个译项之间的内涵和外延并不完全一致。上述三种译法一致认为，Chinese American Literature 中的 Chinese Literature 指的是"华裔文学"，而非"华文文学"，亦非"华人文学"，更非"中国文学"。在此，"华裔"的译法是准确的。American 一词本身可指涉"美国""美国人"和"美洲"，而上述三种译法中，American 出现了"美国"和"美国人"两种译法。显而易见，"美洲"的译项无人采用，也不能使用。Chinese American Literature 中的 American Literature 指的是作为国别文学的"美国文学"，想必不会引起人们太大的争议。但问题的关键在于：究竟将 Chinese American Literature 译为"华裔美国人文学""华裔美国文学"，还是"美国华裔文学"呢？严格按照原文的次序译，自然就是"华裔美国文学"。但是，根据 Chinese American Literature 的原文看，它首先强调的是"美国文学"，然后才进一步有所限定(也就是说，是"由华裔创作的")。在此概念中，"华裔文学"是整个"美国文学"的一部分。按照中文的表达习惯，应该是涵盖面大的在前，首先强调的内容在前，因而 Chinese American Literature 的中文译名应该是"美国华裔文学"。它和业已被广泛接受的译名"美国犹太文学"(Jewish American Literature)、"美国黑人文学"(Black American Literature)、"美国印第安文学"(Indian American Literature)等一样，各属于作为一个整体的美国文学的组成部分。在汉语中，"美国文学"已含"美国人创作的文学"之意，没有必要再译为"美国人文学",因此,Chinese American Literature 译为"华裔美国人文学"也不足取。

综上所述,我们认为,把 Chinese American Literature 译成中文时应为"美国华裔文学"。

二、"美国华裔文学"的界定

从 1875 年王山(San Wang)用中英对照的形式出版准文学作品《英汉手册》、1887 年李恩富(Yan Phou Lee,1861—1937)出版自传《我在中国的少年时代》(*When I Was a Boy in China*)开始,美国华裔文学已有一百多年的发展史。然而,美国华裔文学真正引起美国文坛的高度重视和美国读者的广泛兴趣,则始于马克辛·洪·金斯顿(Maxine Hong Kingston,中文名汤亭亭,1940—)的《女勇士》(*The Woman Warrior*,1976)的大获成功。该小说获得了包括美国全国书评家协会奖非小说奖在内的几项重要文学奖项。时隔 13 年后,以艾米·谭(Amy Tan,中文名谭恩美,1952—)的《喜福会》(*The Joy Luck Club*,1989)畅销并在美国文坛引起轰动为发端,一批美国华裔作家脱颖而出,使人们不得不把他们作为一个群体现象和美国文坛的新生力量来看待。如今,金斯顿已被普遍视为当代主要美国作家之一,艾米·谭已成为美国最受欢迎的小说家之一。就连 1985 年从中国大陆赴美留学、后在美从事教学和写作、1997 年才加入美国国籍的哈·金(Ha Jin,中文名金雪飞,1965—)也被视为"不仅是最重要的美国青年作家之一,而且也是最不寻常的作家之一",他的小说《等待》(*Waiting*,1999)荣获美国全国图书奖小说奖。至此,可以说,美国华裔文学已成为美国文坛上一个不可忽视的组成部分。

近 20 年来,美国华裔文学得到了美国学术界广泛的关注。在美国,美国华裔文学往往被放在美国亚裔文学(Asian American Literature)中进行介绍研究,如前述《哥伦比亚美国文学史》。20 世纪 70 年代推出的一批美国亚裔文学作品选集、导读、书目提要类的书籍,都分别大量甚或主要收入美国华裔文学作品,但专门收入美国华裔文学作品的书籍,只有《美国华裔诗选》(*Chinese American Poetry: An Anthology*)等少数几本。以一个作家、一部作品或一批作家、一批作品为论述研究对象的文章在各类报刊中发表不少,但以整个美国华裔文学为研究对象的论著则不易寻觅。

而在中国,美国华裔文学长期以来少有人涉及,在中国大陆学者撰写的美国文学史与词典类书籍中都少有提及。如《美国文学史》①、《当代美国文学词典》②,以及新近出版的《新编二十世纪外国文学大词典》③,都对美国华裔文学不着一字。也就是在近十年来,中国大陆才逐渐有学者涉足这一领域,至今已在公开发行的期刊上发表相关论文十多篇。张子清先生近年来着力译介美国华裔文学。由他主编的"美国华裔文学精品"丛书在 1998 年曾推出汤亭亭的《女勇士》和《孙行者》的译本④。他近期又在推出其续篇"华裔美国文学丛书"的第一本《中国佬》⑤。中国台湾方面对美国华裔文学有较深入的研究,其中驰名的论著有《文化属性与华裔美国文学》⑥等。由此看来,中美学者对美国华裔文学的研究处在一个逐渐成熟的阶段。

对于美国华裔文学,中美学者都提出过不尽相同的多种界定,这就像"华裔美国人"一词,即使在族裔内部,在使用该词时所指涉的人群范围也不尽一致。张子清在最近的一篇文章中,根据美国有关学者的观点,综述了对美国华裔文学的三种界定。这三种界定中牵涉的要点有:1)作家的

---

① 董衡巽,主编. 美国文学史. 北京:人民文学出版社,1986.
② 郭继德,等编译. 当代美国文学词典. 南京:江苏人民出版社,1987.
③ 王逢振,等主编. 新编二十世纪外国文学大词典. 南京:译林出版社,1998. 该词典收入 178 个国家和地区的二万余相关条目.
④ 两书均由漓江出版社分别于 1998 年 2 月、6 月出版. 后该丛书搁浅.
⑤ 该书由译林出版社于 2000 年 5 月出版.
⑥ 单德兴,何文敬,等主编. 文化属性与华裔美国文学. 台北:"中央研究院"欧美研究所,1994;何文敬,单德兴,主编. 再现政治与华裔美国文学. 台北:"中央研究院"欧美研究所,1996.

出生地:或在美国,或在中国,或在中美以外的别的国家;2)作家的成长地:或在美国,或在中国,在各地生活时间或长或短;3)作家受教育、工作、生活之地:均在美国;4)作家身份:华裔,也可以是华人和欧美人混血的子女;5)写作语言:英语;6)文学作品的题材:作家在美国的生活经历和体验。① 而张龙海对美国华裔文学的定义是"由美国华人后裔作家用英语创作的各种作品"。他在此定义及之前的说明中强调的其实有:1)文学作品的题材:"展示华人在美的奋斗过程及其辛酸苦辣";2)作家身份:美国华人后裔,而华人后裔是"在美国出生、长大的第二代以上的华裔,他们决定在美国定居";3)写作语言:英语。② 在我们看来,在对美国华裔文学的界定中,美国和中国的学者们都似有过于强调自身(个体性和群体性的)经历体验的倾向,正是这种倾向导致他们在界定中提出了过多的限制,因而各自的界定都不尽相同,按照自身的情况求同排异,缺乏较为客观的求同存异的科学态度。

我们认为,"美国华裔文学"的界定,应从概念本身出发,结合实际情况,具有一定的包容性和开放性。对于"美国华裔文学"这一概念,必须界定的是"美国"和"华裔"这两个限定修饰成分。

何为"美国"文学?自然应该是"美国人"创作的文学。何为"美国人"?自然是持有美国国籍的人。按照世界文坛的惯例,是否把某位作家归入某国文学的范畴,正常情况下,依其国籍而定。著名现代主义诗人T.S.艾略特生于美国,持有美国国籍,年至不惑加入英国国籍。著名小说家亨利·詹姆斯生于美国,一生大半辈子是美国国籍,去世的前一年加入英国国籍。英美两国的文学史著作上都分别有对这两位大师的介绍。至于英国文学史中把曾对英国文学的发展产生过一定影响但从未加入英国国籍的英联邦国家的作家,如爱尔兰的詹姆斯·乔伊斯、新西兰的凯瑟琳

---

① 张子清. 与亚裔美国文学共生共荣的华裔美国文学. 外国文学评论,2000(1):93-103.
② 张龙海. 美国华裔文学的历史和现状. 外国文学动态,1999(2):4-9.

·曼斯菲尔德等,也写入英国文学史,那就是一种更具包容性和现实性的研究视野了。仿照这种更具包容性和现实性的研究视野,我们可把在美国生活约 30 年,在美期间曾写出《吾国吾民》等对当年美国文坛及社会产生较大影响的作品,但从未加入美国国籍的林语堂这样的作家也纳入美国华裔文学的范畴进行研究。所以,一般说来,凡是持有美国国籍的人写的文学作品,都属于美国文学的范畴。至于作家是在哪里出生、成长、受教育、工作、生活的,不能作为其是否应归入美国文学范畴的依据。

何为"华裔"文学?自然应该是华裔创作的文学。何谓"华裔"?在国内出版的汉语词典中,在相关文学研究领域内,对这个问题有着各不相同的说法。上文中提到的张子清综述的对美国华裔文学的三种界定中,其实各从特定的角度对"华裔"的概念下了不同的定义。张龙海也对"华裔"作了定义。这些定义的一个共同特征,就是都对"华裔"的指涉范围加强了某种限制,具有较强的排斥性。我们认为,"华裔"的含义,宜采用《辞海》的解释:华裔即外籍华人,指原是华侨(即侨居国外的中国公民)或是华侨后裔,后已加入居住国国籍者。换句话说,外籍华人是指取得了所在国国籍而有中国血统的外国公民。① 据此,华人(中国人的简称)、华人所生的子女、华人与欧美白人或别的国家和地区人种和肤色的人所生的子女,因为有中国血统,只要取得了中国以外的国籍,便都属华裔之列。也就是说,"凡是已取得所在国国籍的、有中国血统的外国公民创作的文学作品,皆可归入华裔文学的范畴"。至于作品的题材是否反映、展示(华裔)作家在某个特定国家(华裔作家所在国)的生活经历和体验、奋斗过程及其辛酸苦辣,作家是否决定在某个特定国家定居,都不应作为其是否归入"华裔文学"范畴的依据。作家在创作中自然有选择题材的自由。华裔作家在任何时候都有权选择写或是不写自己或他人在美国或在中国甚或在世界任何一隅的生活经历和体验的自由。华裔作家自由做出这种选择,并不会改变自己身为华裔的事实。

---

① 辞海编辑委员会. 辞海. 上海:上海辞书出版社,1999:342-344.

　　从理论上说,美国华裔作家创作中使用的语言不应成为其是否归入"美国华裔文学"范畴的依据,即凡是美国华裔作家创作的文学作品,不论其使用的创作语言是中文还是英语,都应归入"美国华裔文学"的范畴。但从现实的角度来考虑,一方面,美国华裔作家用中文创作的文学作品在美国的读者有限,对美国文学鲜有影响甚至几乎没有影响,美国文学史中对此也未有提及,可以说它根本就没有进入美国文学之中。另一方面,国内外有一批学者已确立了"海外华文文学"或"世界华文文学"的研究对象(并正在进行着卓有成就的研究),这种研究对象已涵盖了美国华裔作家用中文创作的文学作品。① 鉴于这种情况,我们以为,美国华裔文学应特指"美国华裔作家用英语创作的文学作品"。

　　综上所述,"美国华裔文学"是指"有中国血统的美国公民用英语创作的文学作品"。这一界定强调了美国华裔文学中的三个重要特性:1)作家持有美国国籍;2)作家具有中国血统;3)文学作品是用英语创作的。我们以为,这种界定具有较强的包容性和较广的涵盖面,它指涉的对象涵盖了上述美、中学者对美国华裔文学的各个不同界定中所包含的全部作家的文学作品,并有所扩展,体现了求同存异的科学态度,并且考虑到了客观现实,照应到了相关研究对象的涵盖。同时,这样的界定简洁明了,易于掌握、易于划清界线,明确归属。

　　　　　　　　　　(原载于《外国文学》2001 年第 2 期,与郭英剑合作)

---

① 　参见:王润华. 论世界华文文学之形成——从中国文学传统到海外本土文学传统. 学术研究,1991(5):111-115;王晋民. 美国华文小说概论. 学术研究,1993(6):91-96.

论美国华裔作家的姓名问题

在当今我国翻译界,对于外国作家的姓名,一般是按照新华通讯社译名室编、商务印书馆出版的各语种姓名译名手册或两大卷的中国对外翻译出版公司出版的《世界人名翻译大辞典》译出的。这样做利于统一规范。少数查不到的姓名,可按这些工具书的发音规则推断译出,但一些著名的经典作家,如"莎士比亚"等,则不按这些工具书或其发音规则译出,而采用约定俗成的译法。

美国华裔作家总的说来自然也属于外国作家[①],但由于其家庭出身、成长环境、背景等不尽相同,更由于他们有中国血统,与中国有割不断的关系,他们的姓名、他们在中文里如何称呼,自然也不是一个简单的问题。他们当中,大致有两种情况。第一种情况是,作家自己若干年前从中国移民去美国。他们在中国出生前后,父母已为他们取了中文姓名。他们移民美国后,为了在新的生活环境中便于交流,一般都新取并采用英文名字。他们新取的英文名字中,有的基本与原中文名字相同,把中文名字转化成拼音,仅按照英语国家的习惯,把名置于姓前,如李恩富(Yan Phou Lee)、黎锦扬(Chin Yang Lee)等;许多人保留了自己原来的姓,原来的姓用拼音的方式置于英文姓名中放置姓的位置,即英文姓名的最后,因为姓是自己祖祖辈辈流传继承下来的,而名则完全采用西方的,如帕迪·刘

① 王理行,郭英剑. 论 Chinese American Literature 的中文译名及其界定. 外国文学,2001(2):88-91.

（Pardee Lowe，中文名叫刘裔昌），其中的名"帕迪"与原来的"裔昌"无关 又如路易·朱（Louis Chu，中文名叫雷霆超）；有少数作家把中文名字的 每个字翻译成英语，再按西方人名在前姓在后的顺序排列，而原来的姓用 拼音的方式置于英文姓名中放置姓的位置，如黄玉雪（Jade Snow Wong）； 也有的作家新取的英文名字与自己原来的姓名毫无关系，。第二种情况 是，作家出生于中国以外的国家（大部分情况是美国或某一西方国家），父 母自然按所在国的文化习惯给其取了西方人的名字，但由于对祖国的深 情难以割舍，也希望儿女别忘了自己的中国人身份，同时会给作家取一个 中文名字，如马克辛·洪·金斯顿（Maxine Hong Kingston，中文名叫汤 亭亭）。到目前为止，第二种情况占美国华裔作家的姓名的大多数。

目前所见用中文发表的美国华裔文学方面的论文，提及作家时，绝大 部分情况下采用作家的中文名字，首次提到某一位华裔作家时一般会在 其中文名字后的括号内注明其英文名字。这种通行的做法在实际操作中 会遇到很大的麻烦或尴尬，而且与作家的实际生活状况相背。

由于汉语中的一音多字现象极为普遍，由汉语拼音转化过去的英文 名字中的姓或名，在得不到作家本人、其父母或知情者的确认的情况下， 很难准确地还原为作家原来中文名字中的姓或名。如果取名者是按自己 故乡的方言土音把自己中文的姓或名转化到英文名字中的，那对不掌握 相关背景情况的研究者来说，再要把它们从英文名字中的姓或名准确地 还原为作家原来中文名字中的姓或名，就完全是不可能的了。至于作家 的中文名字与英文名字完全无关的情形中，研究者除了逐个从作家本人、 其父母或知情者那里查问以外，可以说是一筹莫展了。尽管当今通信联 络手段极为丰富发达，但作为个体或群体的研究者要想把美国华裔作家 的中文名字全部搞清楚、搞准确，实际上是不可能的。许多美国华裔文学 研究者在多数情况下是从别的同行那里知道美国华裔作家的中文名字 的，对于少数暂时无法知道的，就只好采取音译的办法了，但这样做就造 成了同一篇文章中对同一个问题采用不同处理办法的尴尬情况。因此， 研究者想尽各种办法、通过各种途径好不容易搞清楚某位美国华裔作家的中文名字后,都会如有重大发现般的高兴一阵子。

美国华裔文学方面的论文中通行采用作家的中文名字的做法,其好处是,中文名字让中文读者容易记住。同时,这种做法无形中拉近了美国华裔作家与中文读者的距离,仿佛他们都是自己人,甚至有一种亲近感。然而,这种做法却与作家的实际生活状况相背,与作家自身的文化身份定位有距离。本人根据自己近年来掌握的有限信息推断,在美国社会中的华裔作家,在其日常生活中是极少有人,甚至绝大多数情况下根本没人用其中文名字来称呼的。大部分美国华裔作家几乎甚至完全不识中文,很可能根本就不认识也不会写父母精心为自己取的中文名字。对于绝大部分美国华裔作家来说,他们的中文名字对他们的生活并没有多大实际的意义,对他们的文学创作则近乎毫无意义。美国的文学研究界、新闻界、出版界和相关媒体都是用他们的英文名字称呼他们的。因此,在大多数情况下,不知道美国华裔作家的中文名字,并无碍于美国华裔文学的研究。

正是基于上述原因,我一直主张并身体力行,像对待普通美国人(西方人)的姓名那样来处理华裔作家的姓名,即用其英文名字音译,当然,第一次提到时宜在音译名字后括号内加注英文名字,如果知道,就同时加注其中文名字。在我涉足美国华裔文学之前和之后,也一直有部分研究者这样做,所不同的是,有的研究者是明确而清醒地这样做的,有的研究者则是习惯性地这样做,而有的研究者则是在其研究过程中时而用华裔作家的中文姓名,时而用华裔作家的英文姓名的音译。

2004 年 2 月 23 日,著名美国华裔文学学者金－科克·张(King-Kok Cheung,中文名叫张敬珏,她本人就是 19 岁时从中国香港去美国定居的华裔)在南京师范大学讲学时,我曾经就我对美国华裔作家姓名问题的推断当面求教于她,得到了这位与美国华裔作家有广泛联系的学者的证实和充分肯定。

2006 年 11 月 31 日,著名美国华裔作家马克辛·洪·金斯顿在南京举行了一个座谈会,我趁机请她谈谈自己的名字。

汤亭亭说，Maxine Hong Kingston 这个名字中，Kingston 是她丈夫的姓，而她丈夫家也是从他国移居美国的少数族裔。Kingston 是美国一个小城的名字，他们家到美国后给自己取英文名字时，就拿这个小城的名字用作自己家的英文姓名中的姓。中间名 Hong 是她父亲家的姓"汤"在广东方言中的发音。Maxine 是为她专门取的名字。而汤亭亭这个名字则是她小时候上中文学校时取的。她婚后的生活和文学生涯里一直使用 Maxine Hong Kingston 这个名字。2005 年她去复旦大学访问，发现校园里欢迎她的横幅上她的名字全都用汤亭亭而不是 Maxine Hong Kingston 时，觉得怪怪的。我把中国大陆用中文发表的美国华裔文学方面的论文里提及作家时绝大部分都采用作家的中文名字的情况及遇到的尴尬告诉了她。赵文书教授则告诉她，用汤亭亭这个中文名字能让中国读者产生一种亲切感，能拉近她与中国读者的距离，有利于她和她的作品在中国的传播和接受。这时，刘俊教授抢先把我的关键问题提了出来：作为美国华裔作家的一员，她喜欢自己在中文的文章里被称为汤亭亭还是马克辛·洪·金斯顿（Maxine Hong Kingston）？她想了想，最后说道："Tang Tingting is OK（汤亭亭也是可以的）。"

对于她的这种回答，有必要仔细分析其真实的含义和她说这句话时的心态。"可以的"并非"最好"，并非她要提倡在中文的文章里称她为汤亭亭。相反，其言外之意似乎更乐意被称为马克辛·洪·金斯顿（Maxine Hong Kingston），但既然用中文发表的相关论文里绝大部分都称她为汤亭亭，而且考虑到这样做还能拉近她与中国读者的距离，有利于她和她的作品在中国的传播和接受，那她就不反对了，也是可以接受的了（这多少带有实用与功利的色彩）。如果把她这句"想了想"后说出来的话理解为她更赞成使用汤亭亭而非马克辛·洪·金斯顿，那就与前面我还没提出关于美国华裔作家的名字的麻烦或尴尬时她流畅而自然地叙述的在复旦的那种"怪怪的"感觉相矛盾了。

美国华裔文学学者金－科克·张和美国华裔作家马克辛·洪·金斯顿都可谓这一领域里最具代表性的人物。她们对美国华裔作家的姓名问题的回答,尤其是后者回答的真实含义及回答时的情景,使我更加坚定了自己一贯对待美国华裔作家的姓名的方法,即用中文发表的美国华裔文学方面的论文中,提到华裔作家的名字时,为了避免找不到其中某几位的准确的中文名字的麻烦,可以干脆统一采用下列办法:像对待普通美国人(西方人)的姓名那样来处理华裔作家的姓名,即用其英文名字音译,当然,第一次提到时在音译名字后括号内加注英文名字,如果知道,可同时加注其中文名字。这样处理,说明其英文名字(在中文里是其音译)是首要的,而中文名字在括号里就是次要的了,既然是次要的,不知道时空缺也就没问题了。英文名字和中文名字之间这样的关系,与美国华裔作家实际生活中的情况相符。

在国内美国华裔文学方面的论文普遍采用作家的中文名字的同时,有一个有趣的例外:对于 1999 年美国全国图书奖获得者,那位在山东大学取得硕士学位后 1985 年赴美的长篇小说《等待》的作者,所有论文中都一致称他为哈·金(Ha Jin,他在美国使用的姓名,有的研究者喊习惯了竟忘了英文姓名音译为中文时姓名中间是要加中圆点的,直接称他为哈金),而没有人用其中文姓名金雪飞来称呼他。这种惊人的一致完全是无意识的巧合吗?其背后的文化心态恐怕是颇为耐人寻味的。如果说,对其他几十年前早已赴美甚至是在美国出生的华裔作家,需要放开胸怀拥抱他们并通过用其中文姓名称呼的方式来拉近他们与读者的距离,甚至希望读者认为他们都是中国人在远方的亲戚,他们的创作就是中国文学的一部分,那为什么对在中国生长并受教育、离开中国没多少年的那位很为华夏后裔争脸的作家,却一致不用他在中国一直使用、在华裔文学研究者中也广为人知的金雪飞这个名字来称呼他,而非要用他到美国后新起的名字哈·金或哈金来称呼他呢?难道对于他,就不需要拉近与读者的距离,而需要通过使用其在美国使用的名字让读者误以为他是与中国无关的外国人来拉远他与中国读者的距离吗?

说到底,目前对美国华裔作家中英文名字的选用,代表着选用者或明确,或模糊,或潜意识中对美国华裔作家的身份的不同理解。必须明确的是,从客观上来说,美国华裔作家首先是美国人,然后才是(也许许多中国读者从感情上更倾向于强调)有中国血统、与中华民族有着无法否认又难以割断的血脉联系这一特性。作为中国(中文)读者,既然能够接受并记住普通美国人(西方人)的英文名字音译,那么接受并记住美国华裔作家的英文名字音译,也应该是没有问题的。而作为研究者,如何对待研究对象,不能片面强调自己的感受和方便,或凭自己想象中方便于读者,甚至从狭隘的民族主义出发,便不顾研究对象具体、客观而真实的情况了。更何况,研究中采用美国华裔作家的中文名字,对研究者来说其实并不方便。几乎可以肯定地说,任何一位研究者,对于自己已查清的那些美国华裔作家的中英文名字,都无法做到个个耳熟能详、运用自如,而常常看着一位华裔作家的英文名字却一时想不起其中文名字,非得去查一查才行,可查与不查对研究本身其实并无什么本质性的影响。如果在研究中一律用美国华裔作家的英文名字音译,则可免去这一麻烦。这样处理,在提到美国华裔作家的名字时,由拼音转化过去的英文名字中的姓或名能还原时还是尽量还原,因为那是取名时的用意所在,还原为中文时的麻烦,仍然无法避免,但毕竟这样的情况为数不多,而此外的麻烦都自然消失了。

用中文发表的美国华裔文学方面的论文中究竟该采用作家的中文名字还是英文名字,在笔者看来已是很清楚明确的事。不过,在整个中文的美国华裔文学研究界,这个问题暂时还不可能迅速解决并得到统一,还值得进一步探讨、争论和研究。笔者相信,这个问题总会有越辩越明并得到统一的时候。

(原载于《外国文学》2007 年第 6 期)

一部小说断断续续翻译了 24 年

——亨利·詹姆斯的《专使》译后记

　　《专使》的翻译,始于 1994 年秋。时值《中华读书报》创刊不久,当时在该报主管外国文学版面的记者赵武平来南京联系作者。因为我那段时间经常为《文汇读书周报》写一些外国文学最新动态和书评方面的稿子,同事便把我介绍给了他。和赵武平一起来的,还有一位国家新闻机构的记者,他回京不久,打电话给我,说他工作以外也在做书(当年国有出版社以外做书的人叫书商),希望出一些品位较高的书。他很喜欢亨利·詹姆斯这位作家,希望我自己,加上另找两个人,把亨利·詹姆斯后期的三部重要小说《鸽翼》《专使》和《金碗》翻译出来,由他来负责出版。我知道亨利·詹姆斯的小说,尤其是他后期的小说,以艰深难解著称,翻译难度很大,因此在电话里很是犹豫。可他在电话那头说个不停,其中说到,我刚到而立之年,是该啃一些硬骨头了,这样到年纪大了也可以有些回味。我觉得此话不无道理,终于答应下来。

　　既然答应了,我马上找了一同事译《鸽翼》,一南京大学的老师译《金碗》,我自己就开始翻译《专使》。因担心由于难度大翻译的时间会拖很久,我后来又请南京大学的一位老师帮我分担此书后面三分之一的翻译。几位译者都为能参与翻译这位名家的名作而欣喜。一晃半年过去了,图书市场已转向低迷,北京那位记者在电话里对我谈到出书难的问题,但又说他还是看好亨利·詹姆斯的这几部小说。我马上了解了一下各位的翻译进度,不知是因为各位都太忙还是因为翻译难度实在太大,结果是,《鸽翼》译出了三四万字;《金碗》还没开始翻译;帮我分担《专使》后面三分之一翻译的老师只译了两千字。鉴于这些情况，我与北京那位记者商定，立即让那三位译者终止翻译工作。三位译者一听此消息，个个如释重负。当时我自己《专使》的译文已有七八万字，这七八万字可是我这半年里除了非干不可的事以外全力投入、费尽心机、绞尽脑汁的成果，如果就此终止《专使》的翻译，我心有不甘。再说，像《专使》这样富有文学个性和价值的名著，不论什么时候，只要认认真真翻译好了，就不愁没人出版。于是我仍然继续《专使》的翻译。

到 1996 年夏，我的工作岗位有了变化，工作责任和压力急剧增加，不仅八小时以内，连八小时以外的晚上、周末，乃至睡梦中，都经常在考虑工作上的事，完全无暇他顾，《专使》的翻译自然不得不暂停。此时，《专使》已译出三分之二。这 20 来万字的译文，都是一个字一个字地写在稿纸上的，写满了六七本每本 100 页、每页 300 字的稿纸。当时人们把在稿纸上写作、翻译叫做爬格子。

此后的十多年，虽然工作岗位有过几次变化，但总的来说，都免不了又忙又累，尽管我心里一直记挂着《专使》的翻译，但只是偶尔拿起笔译上几页，翻译几乎没有什么大进展。

时光飞逝。到 2012 年，尽管当时的工作还是比较紧张，但经过两年的适应后，我终于基本上可以在周末翻译《专使》了。这时的翻译，当然已经不是爬格子，而是用上电脑了。同时，为了方便以后修改，我请人把前面写在稿纸上的 20 多万字译稿输入电脑。由于只是周末搞翻译，而周末又还不时会有因公因私的杂事打扰，所以，我的翻译进展仍然比较缓慢，直到 2014 年上半年，才译完《专使》全书。不过，此处所谓的译完，其实只是译出了初稿。

前面已提到过，《专使》以艰深难解著称。这部小说即使对母语是英语的文学读者来说也有较高阅读与理解上的难度。有位美国某大学的文学教授在得知我在翻译此书时，马上瞪大眼睛张大嘴巴看着我，惊讶地"啊"了一声，随即向我竖起大拇指。

初稿出来后，我就开始逐句对照原文修改译稿。修改《专使》译稿的工作,难度依然很大,进展依然缓慢。即使在修改译稿的阶段,我仍然经常查一本本词典,反复琢磨推敲,或就一些疑难问题请教相关专家和同学,一个句子花上一两个小时、半天,甚至更长的时间,是常有的事。

到 2016 年秋,集编辑、作家、翻译家于一身的漓江出版社的老朋友沈东子先生知道我在翻译《专使》,表示可以将此小说收入该社的"英语文学典藏译丛·长篇小说卷"。我的第一本译著就是在漓江出版社出版的,该社的第一代外国文学出版人刘硕良、宋安群、莫雅平等都是我的老朋友。我欣然与该社重续前缘,签了出版合同。这样我就不得不尽量排除各种干扰,以便加快修改译稿的进度。不过,到 2017 年 4 月 30 日交稿截止期到时,修改译稿的工作仍未完成。蒙东子兄又宽限我两个月,终于,到 7 月 3 日,我交出了 30 万字的《专使》正文译稿。

交稿前的半年,由于有交稿期限的限制,我一直在紧张地修改译稿。也许弦绷得太紧,用脑过度,以至于交出《专使》正文译稿近一个月后,才得以开始修改亨利·詹姆斯为纽约版《专使》写的那篇著名序言的译文。此序言谈《专使》的创作,和其正文一样,许多词句看上去每个单词都认识,但在整个句子里、在上下文里的确切含义却颇费思量,比正文更加艰涩难译。修改其译文,其实仍然是对原文逐句反复琢磨推敲然后又绞尽脑汁尽可能用贴切的中文表达的过程。

前面一直在谈《专使》的理解与翻译之艰难,下面试举一例。

《专使》第八部第一章第一段的最后一句,原文是:

> It was all very funny he knew, and but the difference, as he often said to himself, of tweedledum and tweedledee—an emancipation so purely comparative that it was like the advance of the door-mat on the scraper...

这里的 scraper 究竟是什么?各种词典上可以查到它的十几个释义,但在这个句子里究竟该采用哪个?我反复琢磨也难以确定。而这个单词的意义不确定,整句话的意思也就难以确定。最后,想起作者詹姆斯生长于美国后来又在英国生活多年最后加入了英国籍,我通过微信,同时问了两个同学和一个同学微信群:一个同学叫季晨,曾在南京大学担任英语专业老师,参与词典编撰,后在英国生活多年,曾担任 BBC 中文台制片人,现在纽约联合国总部做同声传译;一个同学叫高寿娣,多年来来回生活于中国和英国,从事贸易工作;小微信群里有在中国、美国、加拿大工作、生活多年的同学。我一开始同时问他们的问题是:it was like the advance of the door-mat on the scraper 中的这个 scraper 会是什么? door-mat 是放在 scraper 上面的吗? the door-mat 会在 the scraper 上 advance ?

在英国的高寿娣说,scraper 是刮土机,刮土机是架起来用的;doormat 是门垫。鞋先后在上面磨擦,鞋上的泥土就会掉下来。会是这样吗?

我问高寿娣,意思是这个过程中 the door-mat 在 the scraper 上 advance 的距离很有限?

为了让参与讨论的同学及时了解其他同学说了什么,我及时把两个同学和一个微信群里每个同学说的话都贴到上述另外同学的微信或微信群里。

微信群里的童琇瑽大学毕业后曾在国家外文局从事英语书刊编辑工作,在美国生活多年。她说,这句话里的 tweedledum and tweedledee 是一对双胞胎,好比门垫和刮刀,都用来擦鞋。而在美国出生长大、刚刚大学毕业的她女儿在一旁听到她在为 the door-mat 和 the scraper 纠缠不清,马上脱口而出,这两个单词指的是一样东西,两样同时用毫无必要,很荒谬。童琇瑽认为,advance 这里应该是 in front of 的意思。把 the door-mat 放在 the scraper 前面是多此一举、毫无必要的意思。

曾在南京大学当英语老师、现已在纽约生活工作多年、经常在世界各地跑的祁拯平把网店里各种 scraper 的照片发给我,以让我增加直观认识。

祁拯平指出,scraper 也是 door-mat 的一种。根据上下文,这句话的意思或许是多此一举或者是彼此彼此、大哥二哥的意思。她和童琇瑽都觉得，scraper 可以译作擦鞋垫。童琇瑢还说，有些人在车库入口或大门入口处就放置这样的擦鞋垫，以前在堪萨斯还见过竹制的。

我说，door-mat 一般译作擦鞋垫，scraper 要换一个译法。

祁拯平说，你不会把 door-mat 译作门垫，scaper 译作擦鞋垫？advance 是领先，这句话的意思，就像说 door-mat 比 scraper 好一样好笑，因为其实是一样的东西。

季晨发了一张照片来，说这玩意儿叫 scraper，有的干脆就是一个金属架子，可以"刮"掉泥巴，可以叫刮泥垫吧，正好对应 door-mat 蹭鞋垫。在英国，人们喜欢穿着套鞋在乡间泥泞道上散步，回家先在 scraper 上把粗泥巴刮蹭掉，再到 door-mat 上面把剩余的脏东西蹭干净，两个都需要，但两者如孪生兄弟。

我说，那么可以这样理解：他知道这十分可笑，但正如他经常想到的，其差别可谓微乎其微——纯粹是相比较而言，就像是门口在刮泥垫上往前到蹭鞋垫，移动很有限。

要搞懂整句话的意思，还要搞明白，此处 advance 是什么意思？

暂待美国的杜骏遥本科学的是俄语，那阵子在强化学英语。她看了半天，终于给出了这句话的译文：这很好玩，但是他知道两者之间的差别微乎其微，就像蹭鞋垫和进门垫，非要找出差别，也是半斤八两。她还说：这段话不宜逐字逐句翻译，意译是不是更妥？

我说：不一定每个单词都对应翻出来，但这么难理解的一句话，必须明白每个单词、词组在句子中的作用，先直译出来，然后综合考虑把译文处理妥当。有了大致的意思，把中文理顺就行了的想法不可取。我还处于琢磨意思的阶段，刚才给出的不是最终的译文。原文中 advance 和 emancipation 这两个词的确切含义还没搞清楚。另外，半斤八两这种中国文化色彩太重的词，不宜出现在译文中。

emancipation 的基本含义"解放"，意思是接近的。前面说的是从一个比较闭塞的小城来的两个美国人，在欧洲待了一阵子，一个脑子顽固不化，一个在逐步接受欧洲的新思想、新的生活方式的影响，但后者觉得，其实,他们的差别微乎其微。后者相对于前者,是有点解放了的意思。

我还说,翻译是个很有意思的事情,有兴趣讨论的人,人人都有想法,都有话可说。而且讨论常常会没完没了,还经常分不出绝对的对错,互相难以说服。

说到这里,我就先午休去了。可是,由于刚才脑子动狠了,躺在床上也睡不着,想来想去,想到 emancipation 应该是"开化"的意思。

起来后看到杜骏遥已给出更新的译文:这很有意思,但是他知道这所谓的开化其实也似有若无,就像蹭泥刷和进门垫,如果非要比较出两者之间的差异,就算真有优劣,也是微乎其微!

她还激动地大喊:不是解放! 是开化! 开化! 开化! 我洗澡时想到开化,高兴死了。

我告诉她:我刚才躺在床上睡不着也想到开化这个词了。"英雄"所见略同。

到此,就剩下 advance 这个词的确切含义没搞清了。季晨说,夜已深,他要先去睡觉了。等明天他再好好想想。

第二天,他告诉我:看懂了,advance 是 improvement,关键词是介词 on;其实情况好不到哪儿去,充其量等于把粗糙的刮泥垫换成了稍微精致一点的蹭鞋垫,但半斤八两,差别微乎其微。大概是这个思路。

我觉得他对 advance 的这个理解可以接受。综合同学们提供的各种思路和建议,我准备翻译成:他知道这十分可笑,正如他经常想到的,这不过是两个双胞胎之间微乎其微的差别——完全是相比较而言的开化,就像是门口由刮泥垫到蹭鞋垫,也好不到哪里去……

另外我将加一个脚注,把季晨说的那两个门垫的含义与用途说清楚。我的脚注是:中国人入户门口一般放一块门垫,用来擦去鞋底的泥巴或脏污。英国人在入户门口一般放两块门垫,因为英国人习惯穿着套鞋在乡间泥泞道上散步,回到家门口先在比较粗糙的垫子(scraper,刮泥垫)上把鞋上明显的泥巴刮掉,再在比较精细的垫子(door-mat,蹭鞋垫)上把鞋底上的脏污尽量蹭擦干净。

季晨看后,把脚注改得更准确而贴切:中国人一般在家门口放一块门垫,用来擦去鞋底的泥巴或脏污。英国一些人家在入户门口放两块门垫,这样他们穿着套鞋或靴子在乡间泥泞道上行走回来,先在比较粗糙的垫子(scraper,刮泥垫,置于门前台阶)上把鞋上较厚的泥巴刮掉,再在纹理更细的垫子(door-mat,蹭鞋垫,置于门前)上把鞋底上的脏污尽量蹭擦干净。

这大半句话,总算译好了。我终于有心情说说闲话了:翻译这大半句话,让这么多人耗费这么多时间精力,这稿费该付多少钱才合理呢?

祁拯平马上说:请每人一顿红烧肉,外加一碗辣油馄饨!

杜骏遥说:还有一笼小笼包吧。

(辣油馄饨、小笼包,是我们在南京大学读书时经常在校门口小吃店里吃的两种小吃,离校几十年了,同学们一想起南大就会想到它们。红烧肉是如今南京大学餐厅里最著名的美味。)

童琇璗说:我要一桌淮扬菜,外送这本王理行签名的大作。

我说:各位,要我请客吃饭肯定没问题。不过要向大家说明一个实情:我这本书的稿费是每千字 90 元,这是出版社充分考虑此书翻译难度后才定的稿酬标准。这大半句话的译文共 65 个字,稿费是 5.85 元。我是靠当编辑的工资收入过日子的,请同学吃饭肯定请得起,请放心。要是我专门靠翻译稿费过日子,那要想不饿死,就要向同学们募捐了。

杜骏遥说:这几块钱不容易!

马强在国内当过英语教师,后辗转欧美,已在加拿大生活多年,前面可能一直忙于要事,此时突然冒出来说:点睛之笔,无价!

是啊,毕业 30 多年、身在四国的五六位同学,前后花了两天时间商讨出最后共 65 个字的译文,其中蕴含的同窗之情、对文学翻译的热爱与精益求精,用多少钱也买不到啊! 当然是无价的!

这么聊着,好像比实际吃了任何美味佳肴还开心! 这样探讨文学翻译,其乐无穷!

亨利·詹姆斯是 19 世纪末 20 世纪初英美文学由现实主义向现代主

义过渡时期的代表人物。《专使》是他后期最重要的一部作品,也是他最喜欢的自己的作品,其中贯穿着大量的人物心理活动,其明显的语言特征是接连不断的长句,一个句子中为了传达作者想表达的各种信息会不断地塞入各种成分,句子结构常常十分错综复杂,太多的句子看上去似乎每个单词都认识但就是不易吃准具体含意。这些是这部小说难译的主要原因。

文学作品是由包括从内容到形式、从内涵到外延在内的方方面面的因素组成的一个有机的整体,包括题材、思想、意义、意境、语言、风格、创作技巧、遣词造句手法、段落篇章结构、阅读效果、审美效果等。译者应把原作中包括上述因素在内的各种因素,都尽可能从宏观上和微观上去全面地加以把握,并尽其所能在译作中全面忠实地加以再现。我向来主张在文学翻译实践中、在文学翻译批评中都秉持这一文学翻译的全面忠实观,而不是不顾原作风格只顾片面追求译文简洁、优美、朗朗上口,更不能在译文中刻意展现译者个人的风格甚或才情。当然,从主观和客观两方面来说,这样的文学翻译的全面忠实观,是文学翻译中的一种理想,是一种应该不断追求、有可能不断接近但永远无法完全实现的理想。然而,不可能完全做到全面忠实,绝不应该成为译者随心所欲地脱离原作而自行其是地对原作任意添、删、改甚至译者自己大加发挥进行"再创作"的借口。有了全面忠实这个理想,译者是否朝此目标努力及努力程度的大小,其结果必然有所区别,甚至有本质性的区别。我在《专使》的文学翻译实践中,一直尽力全面忠实于原作,但因自身各方面的积累、能力、水平所限,虽前后断断续续翻译了 24 年,但译文中一定仍然有各种各样的不足与差错,仍有较大的改进空间。欢迎广大读者不吝赐教。

2017 年 8 月 28 日

(原载于《东方翻译》2018 年第 3 期)

藜蓓黛？自由？

——《自由小姐》中人名译名引发的争议

在当今我国翻译界，外国文学翻译中的人名译名，一般是按照新华通讯社译名室编、商务印书馆出版的各语种姓名译名手册或两大卷的中国对外翻译出版公司出版的《世界人名翻译大辞典》译出的。这样做利于统一规范。少数查不到，或作者杜撰的人名，可按这些工具书的发音规则推断译出，但一些著名的人物，如"莎士比亚""司徒雷登"等，则不按这些工具书或其发音规则译出，而采用约定俗成的译法。

时至今日，仍然有一些译者不知是不清楚有这种规范性做法还是出于其他各种原因没有或不愿采用这种做法，有一些译者则在人名翻译时仅凭印象(可能觉得一个一个地查人名译名太麻烦，没必要)或干脆随心所欲，这种做法除了让懂行的读者觉得不规范或别扭外，一般也不会引起什么争议。不过，2003年《译林》增刊上的《自由小姐》中的人名译名，却在正式出版前便在译者、编者和为之写评介文章的学者、作家之间引起了两种针锋相对的意见。《译林》创刊二十多年来，因为作品的内容在编辑部内引起争议(《自由小姐》由于展现了从富有浪漫气息和想象力的法兰西土地上舶来的极端的爱情观和生活观，在其中文版的编辑、出版过程中，也在编辑部内引起了激烈的争议)，已经不在少数，但因为作品中的人名译名引发争议，这是第一次。

法国小说家亚历山大·雅尔丹曾经以别具一格的另类爱情故事屡屡获奖并畅销全球。他于2001年出版的长篇小说《自由小姐》中，一位渴望冒险、狂热奔放的中学校长和他的一个追求绝对自由、完美爱情的女学生听凭心灵的呼唤,不顾一切地投入了极尽精神喜悦和肉体欢愉的浪漫之旅,演绎了一曲当代法国土地上追求绝对自由、完美无缺、爱情至上的悲歌。

出自北京第二外国语学院法语系李焰明副教授之手的《自由小姐》译稿到达编辑部后,我大致一读,在感到译文清新流畅、富有文学味的同时,还有了一个疑问:译者把《自由小姐》中的人名按规范的法语音译法来翻译合适吗? 小说名法语为 Mademoiselle Liberté,译为"自由小姐",女主人公的名字法语为 Liberté,却译为"蕸蓓黛",同一个词 Liberté,指涉的意义也完全相同,一个在书名中,一个在女主人公的姓名中,为什么译法就不一样了呢? 再一想,在确定这个选题前,我们曾经请南京大学外国语学院许钧先生的高足,当时在攻读翻译专业硕士学位的高方(现已开始攻读博士学位)根据原版书写过一个故事梗概,供我们参考。把故事梗概和译稿一对照,发现男女主人公的姓名译名都有差异:在故事梗概中,男主人公姓名为"贺拉斯·德·雷",女主人公姓名为"自由·拜伦",女主人公父亲的姓名为"劳伦斯·拜伦";而在译稿中,男主人公姓名为"奥拉斯·德·雷",女主人公姓名为"蕸蓓黛·比隆";女主人公父亲的姓名为"劳伦斯·比隆"。究竟谁的译法更合适呢?

从整部小说的创作特色来看,无论是书名,还是人名,作者都不是随意而为,而是有意给予了提示。书名中的提示一目了然。男主人公的姓名原文为 Horace de Tonnerre,其中的名字按法语音译为"奥拉斯",看上去只是一个普通的人名。其实,Horace 是古罗马诗人贺拉斯的名字。男主人公的姓 Tonnerre 是"雷电"的意思,小说第三段在简要介绍了他的经历和性情后写道:"他的名字对他很相配:贺拉斯·德·雷,没错,他应该姓雷。"正因为有了这句话,原来倾向于按法语规范音译人名的译者对 Tonnerre 也采用了意译。男主人公的中文译名"贺拉斯·德·雷",其提示的含义是:如古罗马诗人贺拉斯般崇尚爱情,奔放如雷霆万钧,血管里奔涌着不安分的血液,对一切都渴望冒险,渴望尝尽生命的所有滋味。女主人公姓名中的提示则须先看其父亲姓名中的提示。作品中曾经提到:

他父亲是个奇特的英国人,是英国贵族拜伦家族直系后代,所以其姓名原文 Lawrence Byron 不应按法语音译为"劳伦斯·比隆",而应该按英语音译为"劳伦斯·拜伦"。他身上集中了狂放不羁的英国浪漫诗人拜伦和冲破禁欲主义、歌颂自由性爱的小说家劳伦斯的个性特征,因此他精心教育出一个"渴望完美的爱情,否则宁可无""生就是为了享乐的,所以总是尽情地享受"的女儿,也是自然而然的了,他女儿自然也姓"拜伦"。

至此,《自由小姐》中人名译名唯一剩下的问题是:女主人公的名字应按法语音译为"藜蓓黛",还是意译为"自由"呢?这其实涉及翻译观问题了。我曾经提出自己的文学翻译的全面忠实观:文学作品是由包括从内容到形式、从内涵到外延在内的方方面面的因素组成的一个有机的整体。译者应把原作有机整体中的一切因素,包括题材、思想、意义、意境、风格、技巧、手法、遣词造句、段落篇章结构、阅读效果、审美效果等,都尽可能从宏观上和微观上去全面地把握,并尽其所能在译作中全面忠实地加以再现。按照这种全面忠实观,既然原作书名中和女主人公的姓名中用了同一个词且意义相同,译文中也应尽量用同一个词,所以女主人公的名字还是意译为"自由"为好。

有了相对成熟的想法后,我打电话与译者交流看法。李焰明同意把"奥拉斯"改为"贺拉斯",把"劳伦斯·比隆"改为"劳伦斯·拜伦",但要求保留"藜蓓黛"这一译名,因为她确实是按统一规范的法语音译法来处理人名译名的,具体到《自由小姐》这部小说,一概这样处理确实欠妥。不过,"藜蓓黛"这一译名,她是经过反复思考的。比如,她没有译为法语音译中常见的用字"丽贝戴"之类的,就是考虑到鲜见法语中 liberté 一词用来作人名这一因素。"自由"在中文里实在不像人的名字。

关于是用"藜蓓黛"还是用"自由",我又与仔细看过该作品的编辑和校对人员逐个进行了探讨,他们一致反复强烈要求用"藜蓓黛"而排斥"自由",理由都是"自由"在中文里太不像人名,也不像外国人的名字。我反驳他们的理由是:liberté 在法语中也不像个人名。这恰恰就是应该译为"自由"而不是"藜蓓黛"的一个重要原因。在法语中,liberté 一词即使用在人名中,仍然会使人马上想到其本意"自由",如果把它译为"藜蓓黛",中文读者是无论如何也不会想到其"自由"的本意的。全面忠实于原作,也应该包括阅读感受上的忠实。

我事先曾经请几位学者和作家写《自由小姐》的评论,便就此与他们交流看法。上海作家张生是我在南京大学中文系读博士时的同学。他极为赞赏这部作品及其中译文,同时坚决反对把"藜蓓黛"改为"自由",说用"自由"代替"藜蓓黛",简直难以读下去,那太难以想象了。北京作家邱华栋和南京大学中文系副教授刘俊则一致认为,应该译为"自由",因为这样可以更贴切地反映作者本人的意旨。

两种观点完全针锋相对,我便向法国文学翻译家许钧先生讨教。许钧先生事先已经看过《自由小姐》的法文版和中文版,他赞成用"自由"代替"藜蓓黛",并进一步从翻译研究的角度来分析这一问题,使我更坚定了自己的看法。不过,我又想起,《自由小姐》中有一句话:"在预科一年级的学生中,没有人能说出她为什么那么矜持保守,怎么会在这个年纪就得了个'自由小姐'的绰号。"如果她名叫"自由",那人们喊她"自由小姐"就不是绰号了,就像有个姑娘名叫"玛丽",人们喊她"玛丽小姐"不是很正常吗?就此,我和许先生商量的结果是,把句尾的"就得了个'自由小姐'的绰号"改为"就被视为名副其实的'自由小姐'"。这样改,从这一句话看,是改得不忠实了,但在如此不得已的情况下,部分地牺牲,是为了整体上的更忠实。因两种语言及依托其上的文化的差异造成无法全面忠实地翻译之际,便是译者需要进行适当变通之际,此时也是最能体现、发挥译者创造性之际。不过,译者应当始终牢记:创造只是手段,而非目的;文学翻译中的创造、译者创造性的发挥,都是为了尽可能全面忠实地再现原作。许先生认为,这是翻译中具有典型意义的个案,值得研究。

在与译者李焰明的多次交流中,她曾经表示在持保留意见的同时请《译林》编辑部在人名译名问题上作最后定夺,因此,我便越俎代庖,最终确定"自由小姐"的中文名叫"自由",而不是"藜蓓黛"。

不论是译者、编者,还是学者、作家,抑或专家,个人的意见只能代表个人。虽然我坚持,用"自由"代替"藜蓓黛"是较恰当的选择,但此举是对是错,最终要由实践来检验,要由广大读者说了算,因为文学翻译作品最终是要由人来读的。因此,我内心其实有着几分不安,几分期待。假如大部分读者认为,此举错了,我接受这样的审判,并向译者李焰明,向作者雅尔丹,向《译林》的每一位读者致以深深的歉意。

(原载于《译林》2003 年第 6 期)

世上并无瑞典文学院，
美国没有国家图书奖

    国内媒体有关诺贝尔文学奖的报道中，许多专家学者论及诺贝尔文学奖时，常常会提到瑞典学院、瑞典文学院、瑞典皇家文学院三个机构名，他们指的都是诺贝尔文学奖的评奖机构，实际所指为同一家机构 Swedish Academy。Swedish Academy 是瑞典皇家学院（Royal Academies of Sweden）之一，瑞典学院是其准确的译名。瑞典学院由瑞典国王古斯塔夫三世于 1786 年创立。瑞典学院参照法兰西学院模式，共设有 18 名成员，其主要职责为保持瑞典语纯正、健康和高尚，提高对文学作品的鉴赏能力，促进文化事业的发展。自 1901 年以来，瑞典学院每年颁发诺贝尔文学奖。作为颁发诺贝尔文学奖的机构，许多人想当然地认为它应该是瑞典文学院；又由于它是瑞典国王创立的，许多人又想当然地认为它应该是瑞典皇家文学院。其实，世上有一家瑞典学院，有多家瑞典皇家学院，但并无瑞典文学院，也不存在瑞典皇家文学院。

    与瑞典文学院类似，常常被用错的，还有美国国家图书奖。

    2022 年，在一个微信群里，有位叫龙跃的老师发了求助信息：请问美国有两个名字相近但不同的文学奖项美国图书奖（The American Book Award）和美国国家图书奖（American National Book Award）吗？

    我立即给予了解答：美国没有国家图书奖。美国的所有图书奖都是由民间或行业机构、组织颁发的，而且美国的民间或行业机构都是独立的，没有政府背景。美国有 The American Book Award（美国图书奖），该奖影响不是很大，但没有 American National Book Award，不过，有 National Book Award（全国图书奖）。因为中国人提及 National Book Award 时，如果直接说其中译名全国图书奖，恐让读者不明所指，不知是哪个国家的，所以会在前面加上美国两字，称之为美国全国图书奖，而美国全国（国家）图书奖返译为英语就成了在美国并不存在的 American National Book Award。在现实中，由于许多人不明真相，加上中国人的某些习惯性思维，一看到 National，就译为国家，因为国家级的奖项比较权威，再加上 National Book Award 确实是最权威的美国三大图书奖之一，所以很多人都把 National Book Award 误译为美国国家图书奖。

过了一段时间，解放军洛阳外国语学院的胡亚敏教授也在微信里与我谈起了 National Book Award 的译法。原来，当时她和同事们正在修订英国文学教材和美国文学教材，里面就涉及这一奖项的译法。她将我的上述意见转告给了编辑。编辑也对这个奖项查了一些资料，查到《中国大百科全书》的数据库中用的是"国家图书奖"，北京大学图书馆资料中也使用了"国家图书奖"，因此建议参照使用"国家图书奖"，以便需要解释的时候有相对权威的出处。而胡亚敏自己则比较倾向于按照我说的，使用"全国图书奖"。她问我，这一奖项的这一译法，目前国内是否有权威的出处。

我对她说，她那位编辑可能认为中国大百科全书和北京大学图书馆就是权威出版物和机构了，所以他们的译法就是权威译法了。而事实是，National Book Award 是由 National Book Foundation 颁发的一年一度的图书奖。National Book Foundation 是一个民间的基金会，与国家、政府没有关系，详情可上网查。任何权威的机构公布或采用的译法，都很可能是正确的，但有时也有可能是错误的。在此，坚持采用"国家图书奖"的译法，就是坚持错误的译法。美国的图书奖或文学奖，都是民间的，不分国家级、州级之类的，是否权威，就看多年积累起来的声誉和影响。

于是，她又一次与编辑沟通，最后，编辑采纳了"全国图书奖"这一译法。对此，我们都感到很欣慰。

　　我写下这些文字,是希望我国媒体和出版社的编辑,能够像上述那位编辑那样,知道权威出版物或机构使用的称呼或译法错了,知道自己一直习惯或倾向于使用的称呼或译法错了,就能改过来,采用正确的称呼或译法,使我国的媒体和出版物上不再出现像瑞典文学院、美国国家图书奖这种世上根本就不存在的机构或奖项。

(原载于《中华读书报》2024 年 5 月 1 日第 19 版)

"Stay hungry. Stay foolish."怎么译?

　　一位在澳大利亚的友人,发来乔布斯在 2005 年斯坦福大学毕业典礼上演说中最后送给年轻人的一句话:"Stay hungry. Stay foolish."我们探讨了该怎么解读这句话。下面是我的解读:

　　Stay hungry,不停地追求。不过,不停地追求事业,追求远大的理想,只是一部分人的人生选择,或者说,只可能是许多人在人生某个阶段的选择。按能让自己感到快乐的方向做出的选择,才是最佳选择。当然,能让每个个体快乐的东西是不一样的,因而人跟人之间的追求也是千差万别的,因此世界是丰富多彩的。

　　Stay foolish,傻就傻吧。任何时候,都要倾听自己内心的声音和愿望,从心而行,走自己的路,让别人说去吧,别人说你傻就说你傻吧,傻就傻吧,我愿意! 我快乐!

　　追求不应仅指向狭义的事业和所谓的远大理想,每个人内心想要达到的各种愿望都可成为自己追求的目标。由此看来,乔布斯的 Stay hungry 就适合任何时候的任何人了。一个人如果没有了任何愿望或希望,那就等于死了,或者说正在走向死亡,也许真的很快就会结束生命了。

　　很可能多数人都不会选择像乔布斯那样度过一生。而且,问题是:他们还没明白自己想要什么,什么能让自己快乐,应该从心而行的道理。他们只知道不停地拼命地赚钱,不知道该怎么花钱,有钱后应该怎么过日子。

　　许多道理说起来就是简单的一两句话,但人往往只有自己有过丰富复杂的经历并有过足够的思考之后才会真正明白其含义,没到那份上,你跟他说了他也不会理解,更不会付诸行动。我说的经历不是特定的经历,而是什么经历都可以,但必须有过较多的经历。看书与思考可以成为间接的经历,也就是说,多看书,也可以丰富人的生活和阅历,边看书边思考,久而久之,也会真的明白许多道理。

　　在澳友人读到我上面这段文字后,告诉我他看到过这句话(Stay hungry. Stay foolish.)的一种译文:"求知若饥,虚心若愚。"但他感觉还是不到位。

　　就此,我认为,hungry 不限于求知,foolish 与虚心无关。此处的foolish(犯傻)并非真的傻,而是你追求的过程中常人不理解而视之为傻,但你不顾他人的非议坚持自己认定的追求,所以才 Stay foolish,不停地犯傻,傻就傻呗。

　　在澳友人接着又从中国台湾网站上找到了有人对 Stay hungry. Stay foolish.的解释,我看了感到与我的表述不同,但对乔布斯这句话的理解却几乎与我完全一致,现抄录如下,与有兴趣者分享:

　　什么叫 hungry?

　　美国人不会用 hungry 来形容对于知识的追求。对知识,他们用的是"好奇"(curious)这个词。一个求知若渴的人,叫做"intellectually curious"或是"eager to learn",但绝对不会是"intellectually hungry",也极少是"hungry to learn"。

　　用到 hungry 的时候,针对的"成功",也就是"hungry for success"。所以 Steve Jobs 的"Stay hungry",根本不是叫你去求"知"的意思,他真正想说的,是要你去不停地寻找成功,永远不知道满足。为什么? 因为创业者最常犯的错误,除了做出没人要的东西之外,就是太快满足于初期的成功,接着开始以为自己是神,再也不会失败。

　　杨致远就是最好的例子,90 年代末期 Yahoo 叱咤网络圈后,他开始陶醉于成功之中,成天打高尔夫球、旅行,结果呢? 快转十年之后,Yahoo 现在的市值等于他们手中持有的阿里巴巴股票,也就是说这家母公司是一毛不值。为什么? 因为他失去了 hungry。

回头看 Steve Jobs,过去 14 年来,他像一头饥饿的猛兽,永远不会满足,Mac、iPod、iPhone、iPad,一招接一招,不停直捣对手的心脏,如果不是因为健康状况,他大概永远没有停歇的一天,这,就是 hungry,这,就是 Fox 写的"稀有的猪"。

什么叫 foolish?

美国人也不会用 foolish 来形容虚心,虚心叫作"humble"、叫作"be a good listener"、叫作"be open to new ideas"。而 fool,根本不是"虚心的人",fool 是"笨蛋"的意思。

"You gotta be a fool to believe that will work."(你一定是个白痴才会相信那东西会成功。)是所有创业者最常听到的,而 Steve Jobs 想告诉你的,就是别理他们,继续当你的傻瓜。因为要革命,你就注定要在众人的误会中孤独前进。①

在澳友人问我如何翻译这句话。本来,前述我与第一位友人谈对这句话的理解时提到的"不停地追求,傻就傻吧"就是我的译文了,但现在被他这么一问,我就重新审视了一下,为了从句子结构的形式上与原文有一种对应关系,我把译文修改为:"不停地追求,不停地犯傻。"

(原载于《东方翻译》2015 年第 3 期)

---

① Mr Jamie. Stay Hungary, Stay Foolish. (2011-09-16) [2015-04-17]. http://mrjamie.cc/2011/09/16/stay-hungry-stay-foolish/.

den 是什么?

2019 年春节前,有出版机构托我的博士同学转请我翻译一本侦探小说。

要我翻译的,是美国华裔神探李昌钰迄今唯一的小说 *The Budapest Connection*(当时出版者把书名定为《布达佩斯奇案》)。

李昌钰可是大名鼎鼎啊! 他有"现场之王"和"当代福尔摩斯"之称。他先后参与调查肯尼迪遇刺案、尼克松"水门事件"、"9·11"事件、南斯拉夫种族屠杀万人案……为调查"3·19"枪击案,他检查过陈水扁肚皮上的枪伤;因调查克林顿总统的性丑闻,他研究过莫妮卡·莱温斯基的裙子,发现了克林顿的 DNA。由他侦办过的许多刑案,都成为国际法庭科学界与警界的教学范例。

一般人总以为,翻译侦探小说应该是比较轻松的。其实,如果只是满足于用通顺流畅的中文把原文大致的意思和故事重述一遍,那确实不会很难;如果要把原文从内容到形式在内的方方面面的因素尽可能从宏观和微观上都忠实地再现于译文中,那么,翻译包括侦探小说在内的通俗小说,也就不会那么轻松了。

比如,许多通俗小说为了让读者容易产生真实感乃至代入感,会直接把大量所涉及历史时段相关的真实的人、物、事件等写入小说,努力把虚构小说(尤其是其中的细节)写得像真的发生过的事情。而这些真实的人、物、事件中相当大的一部分,对于另一种语言(文化)中的译者来说,往往是陌生的,是翻译中的拦路虎,需要通过各种途径去查证了解。而且,有时候好不容易搞清楚是什么了,中文里却没有对应的语汇,因为中文的语境或中国文化里并没有相同的事物,只有自己去新造一个词或表达了。

就拿李昌钰这唯一的小说来说吧。里面的主人公刘亨利身上有李昌钰自己的影子。刘亨利也是华裔,是位刑事鉴定专家。李昌钰接触过的多种语言、组织、机构,经历过的警界、学术界的许多地点、事件等等,在刘亨利破案的过程中,都提到或出现了。当然,像这些真实存在的人、物、事件,对生活在另一地域或国家的译者来说,肯定有不少是陌生的,但一般都能查到,虽然翻译时比较费时耗力,但还是可以解决的,担心中文读者不理解,就给它们加个尽量简洁明了的脚注。有的词,虽然查遍各种词典、工具书或网站,查到了几种甚至几十种释义,但放到原文具体的上下文里,没有一个是合适的,这样的词就让人头疼了。下面试举一例。

The Budapest Connection 第一章快要结束的地方,有一句:

The home's interior consisted of a basic kitchen, living/dining room, den, and two bedrooms.

家里有厨房、客厅兼餐厅、den 和两个卧室等基本配置。

句中的 den 是什么呢? den 有"兽穴""窝"的意思,想到许多人家里养狗,那 den 在这里会不会是"狗窝"呢? 不过,den 前面有一个 basic 作为修饰词,也就是 den 和 kitchen(厨房)与 living/dining room(客厅兼餐厅)一样,是一幢别墅里的基本配置,美国虽然很多人家都养狗,但并非家家户户都养狗,那么狗窝并非家家户户都需要的基本配置,所以,den 在这里应该不是"狗窝"的意思。

我把这个问题发在了主要由在美国、英国和加拿大的同学组成的微信群里。

我再查,发现 den 可以指书房,而书房作为一幢别墅里的基本配置就顺理成章了。这样,我以为问题就解决了。

不过,同一段接着还说:

In 1983 when they were house hunting, it was the den that

swayed them, the largest room there. Henry would use it as his study. It soon became crammed with books, filing cabinets, two computers, a printer, a copier, a fax machine, a shredder, a short-wave radio, and an elaborate phone console. Three walls were plastered with diplomas, certificates, medals, and awards. The fourth contained shelves of rocks...

　　1983年他们在找房子时，就是屋里最大的地方，那个den，让他们动了心。亨利要用它作工作室。很快，那里就拥挤不堪，塞满了书籍、资料柜、两台电脑、打印机、复印机、传真机、碎纸机、短波收音机和精致的电话控制台。三面墙上都挂满了毕业文凭、证书、奖章和奖状。第四面墙则是摆放着石头的架子……

根据 Henry would use it as his study(亨利要用它做工作室)这一句，den本身并非工作室/书房，因为不能说"要用工作室/书房做工作室/书房"，但可以"用它做工作室/书房"，那den究竟是什么呢？

在美国洛杉矶多年从事房产中介的江坚说：den，就是一个开放小空间，可以作书房，也可以作其他用途。

在加拿大的马强说：den按照我们国内买房子的说法，就是多了一块地方，多了点面积，在国外den是可以作任意用途的小房间，多数用作书房，也可以用作储藏室、活动室、衣帽间等。

他还发来一张照片，接着说，这个是我在温哥华的楼房，入户门左手第一个房间就是den，大约四个平方，有门无窗，里面是空的，只有墙上的两个线路管道箱。

我在群里询问马强和江坚，那么，den是新房里一片有待确定功用的敞开的空间？den在中文里没有对应的称呼，因为我印象中，中国人造的房子里没有den这样的配置。

在美国明尼苏达州的著名华人律师周东发说：den不妨翻成"老巢"。

我问周东发：一幢小别墅里，有个老巢？

周东发又说："土匪窝"？"小天地""斗室"，诸如此类的地方。

在美国教授英语文学的欧阳慧宁教授把她在 Wikipedia 上搜到的
den 的解释贴了上来：

A den is a small room in a house where people can pursue
activities in private.

In the United States, the type of rooms described by the term
den varies considerably by region. It is used to describe many
different kinds of bonus rooms, including studies, family rooms,
home offices, libraries, home cinemas, or even spare bedrooms.

In some places, particularly in parts of the British Isles, a
small den may be known as a snug.

While living rooms tend to be used for entertaining company
on formal occasions, dens, like other family rooms, tend toward
the more informal. In houses that do not have dedicated family
rooms or recreation rooms, a den may fill that niche. Dens can
also be private areas primarily used by adult members of the
household, possibly restricting access to the room by their
children. Dens with home theater systems and large screen
televisions may be referred to as media rooms instead. Most den
floors are made out of wood, carpet, or floor tiling.

Dens can serve the same purpose as cabinets in the past,
becoming a modern man cave—a place for men to gather and
entertain. In such cases, the design and decor may be distinctively
masculine.

In Canada, the word "den" is frequently used in real estate
listings (in accordance to Canadian building codes) to refer to a
room in a condo without a window.

这比较详尽的解释，主要意思与江坚、马强所言相似，不过强调了私密性和不同地区的相异性,所以,欧阳慧宁更倾向于周东发的解释。

综合上述讨论,鉴于中国人造的房子里没有 den 这样的配置,我就只能自己给它一个中文名字了。我准备把 den 译作"多功能空间"。

周东发和杜骏遥纷纷表示这个名字不理想。我说,中文里没有对应词。我也对"多功能空间"感觉不是很好,希望大家帮忙提供更好的译名。结果,一直没人提供。

后来,想起我太太同事的先生李总在设计院工作。他如果经常涉及别墅之类的,也许比我更了解相关情况,也许能提供一个比较理想的对应词。

李总听了我对相关情况的介绍后说:中国人设计建造的房子里,确实没有 den 这样一个配置。他知道我准备把 den 翻译成"多功能空间"后给出的建议是:多功能室,多功能厅,共享空间。我接着说:还是"多功能厅"吧,少一个字。他又说:我感觉多功能室比较适合,厅应该大一些。我说:在跟同学讨论中,他们说,den 是可大可小的。具体到这部小说里,这个多功能厅,是别墅里最大的地方。另外,酒店里的包间,不论大小,都叫厅。

至此,李总同意我把 den 译成"多功能厅"。

第二辑

文学翻译断想

"纯粹的汉语"已不复存在

——略论文学翻译对现代汉语形成与发展的作用

译者孙仲旭 2012 年 9 月 18 日发的一条微博说：

> 有同学评论我译的卡佛的一篇文章《火》（http：//t.cn/h5fej1）："这篇文章翻译得像一篇中文作品，不知道是好事还是坏事，现在翻译的东西越来越像中文本身了～！看不到语言上的明显特性，真不知道是该怎么个读法！"一会儿被指责译得不像中文，一会儿被指责译得太像中文，当译者，真是太不容易了。

这位同学心目中好的译文不该太像中文，应该有不同于日常中文的明显特性。

而在另外一些场合，我们又常常听到有人呼吁，要避免翻译腔，好的译文就像作者在用中文写作，要维护汉语的纯洁性，译文的语言必须是纯粹的汉语。

要成为一个优秀的译者，确实是很难的。仅从语言的层面来说，译得不像中文和译得太像中文，都是某种程度上偏向了一个极端，即不顾两种语言的本质性差异去死扣原文，或不顾原作语言文学方面的独特个性而片面采用汉语中耳熟能详的表达。这样做，没有充分兼顾原作语言与译文语言的异与同，没有掌握好双方的平衡，没有掌握好"太像中文"和"不像中文"之间的度，因而都要挨读者骂，读者有这个骂的权利。译文就是要让读者看的，读者不满意，说明翻译工作做得不够好。

不同语言之间自然存在或大或小的差异，没有了差异，就是同一种语言了。不同语言之间的字、词、句的组合规律和语法结构等都会有或大或小的差异。正因为有差异，才需要翻译。与此同时，不同的语言之间在许多语言要素上都具有共同或相似的规律。正因为有共同点，翻译才有可能。在文学翻译中，既要充分认识不同语言之间客观上存在的差异，又不宜过分地夸大这种差异。同时，还应充分意识到，任何一种活的语言都既有相对的稳定性，又不断处于动态的变化发展之中。不同语言之间具有一定的相互包容性，相互间有时会吸收对方的某些因素。

现代汉语的吸收能力和包容性都很强，现代汉语中的一些标点符号、许多词汇与语法因素、许多表达法都直接来自外语，其中，翻译，尤其是文学翻译，起到了极其重要的作用与影响。

中国古时候写文章是没有标点符号的，读起来很吃力，甚至产生误解。到了汉朝才发明了"句读"符号。语意完整的一小段为"句"；句中语意未完，语气可停顿的一段为"读"（相当于现在的逗号）。宋朝开始使用"。""，"来表示句读。明代才出现了人名号和地名号。这些就是我国最早的标点符号。现代汉语从 20 世纪初期的白话文运动及相关争论开始，而外国文学的翻译一直陪伴甚至一定程度上引导着现代汉语的肇始与发展。1919 年国语统一筹备会在我国原有标点符号的基础上，参考各国通用的标点符号，规定了 12 种符号，由当时的教育部颁布全国。新中国成立后，出版总署进一步总结了标点符号的用法规律，于 1951 年刊发了《标点符号用法》，同年 10 月政务院发布了《关于学习标点符号用法的指示》。从此，标点符号才趋于完善，有了统一的用法。1990 年 4 月，国家语言文字工作委员会和新闻出版署修订颁布了《标点符号用法》，对标点符号及其用法又作了新的规定和说明。2011 年 12 月 30 日，中华人民共和国国家质量监督检验检疫总局和中国国家标准化管理委员会联合发布了作为国家标准的《标点符号用法》。

现代汉语语法草创初期，根据"西文已有之规矩"，按照西方讲语法总是以词法为主的传统，建立了词本位的语法体系。后来发现以词类为纲来描写汉语语法现象不能充分反映现代汉语的实际,因而开始探求句本位的语法体系。到 20 世纪 80 年代,在结构主义语法观的观照下,又产生了短语本位的语法体系。

哲学、经济、文学、艺术、美术,宗教、理论、组织、纪律、宪法、进步、改良、预算、方针、民族、干部、巡捕、议员、民主、文明、义务、进步、程度、殖民、扩张、抵制、服务、后勤、统计、社会、联合体、俱乐部、会社、目的、普通、取消、命令、问题、发言、报告、演说、特别、特权、困难、团结、健康、市场、商业、营业税、地方税、所得税、准备金、证券、商品、商标、逻辑、抽象、领海、领土、时间、空间、电话……这些现代汉语中的常用词,竟然都是来自日语。

经过三十多年改革开放后的今天,越来越多的中国读者希望读到原汁原味的外国文学作品,希望从中了解包括外国语言、文化在内的原作中蕴含的方方面面。所以,译作中应当尽量保留原作中的语言特色、作者的言语方式(特有的表达法)、文化因素等。

通过文学翻译的途径从别的国家或民族移植过来的语言因素,后来进入日常汉语而被广泛运用的例子不胜枚举。比如,“一石二鸟”。当然,有的读者还是习惯于用“一箭双雕”来表达。两者不妨共存。需要指出的是,“一石二鸟”让中文读者了解到了一个新的比喻。我自己在翻译中也有过有意识地移植的例子。早在大学本科期间,我翻译发表的一篇文章里有个短语 castle in the dream,它跟中文里的“空中楼阁”的意思相近,我译为“梦中城堡”。在西方许多国家,人们看到城堡和中国人看到亭台楼阁的感受有些相似。如果汉语读者接受了西方人“梦中城堡”的表达,就能增加一点对西方文化的理解。另外,2000 年初,我曾撰专文《习惯“1990 年代”》,认为移植自英语 in the 1990's 的“1990 年代”比汉语中的“20 世纪 90 年代”更简洁,表现力更全面而完善,所以呼吁读者接受这样的表达。

在翻译中,有的译者因缺乏足够的汉语语言文学的修养与功力,只顾跟着原文亦步亦趋,结果造成译文令人费解、难解、不解,因而容易被读者指责为"不像中文",这种现象应当避免。

另有一些译者则强调译文必须是"纯粹的汉语",在译文中刻意多用、频繁套用、堆砌令人耳熟能详的成语、四字结构或其他惯用结构,甚至一些中国历史、文化积淀很深的表达法,而原作中能体现作者的艺术特色和创作个性的语言、文学、文化等方面的因素却不见了。其实,在吸收了诸多外来语言因素之后丰富发展起来的现代汉语早已不是所谓的"纯粹的汉语"了,"纯粹的汉语"早已不复存在。有的成语适当地用在译文中会令人称妙,但成语在译文中应慎用,决不能刻意多用,因为频繁套用已有固定意义的成语,势必使原文的意义有所损失或歪曲。过多使用四字结构,很可能与原文语言特色不符。使用具有浓郁中国文化色彩与积淀的成语、习语,则会误导一些读者,使之产生语言文化上的错位。这样的翻译,会让有的读者觉得"太像中文"而感到不满。

有人强调,要让译语读者读译文的体会、感受、所得和源语读者读原文的体会、感受、所得完全一致。在大多数情况下,这是不可能的。译语读者与源语读者使用两种不同的语言,而两种语言即依托着两种不同的文化。两种语言的读者在社会、历史、文化等各方面的背景都有差别,他们生活其中的社会制度、教育方式、宗教信仰等都可能有差异,他们看到同一对象所产生的体会、感受和所得必然也存在或大或小的差异。令源语读者非常激动的事情到了译语读者那里可能就反应平平甚至无动于衷。再说,读者对本土语文学作品和外国文学翻译作品在阅读前的期待就不同。读者准备阅读一部外国文学翻译作品时,往往期望看到一些与本土语文学作品中所不同的题材、故事、人物、文化历史背景、生活方式、语言、叙述手法、表达法等,这从另一侧面证明了译文中适当移植原作中的语言文化因素、适当体现洋味的合理性和必要性。

在文学翻译中移植原文中的语言因素,要以符合译文语言的内在规律、译文语言的读者能够接受或逐渐接受为前提,要以丰富译文语言为目的。从 1899 年林纾译《巴黎茶花女遗事》出版为标志开始的中国现代外国文学翻译，在一百多年的历程里，为现代汉语的肇始、发展起到了不可替代、不可磨灭的贡献。中国现当代外国文学翻译，使现代汉语逐步成为不再纯粹、不再纯洁的汉语，却使现代汉语成为更加丰富、更加适合现当代中国人使用的汉语。

（原载于《东方翻译》2013 年第 2 期）

忠实、通顺与"公共性的语言"

——与约翰·内森的《忠实与通顺可兼得焉?》共鸣

英译《明与暗》与汉译《专使》碰到相似的困难

约翰·内森(John Nathan,1940—　　)是美国加利福尼亚大学圣芭芭拉分校东亚语言与文化研究系教授,日本研究学者,日本文学翻译家和评论家。内森是第一个在东京大学修满学分后获得毕业证书的西方人。他是夏目漱石、大江健三郎、三岛由纪夫和安部公房等日本作家作品的英文本译者。1994 年,大江健三郎赴斯德哥尔摩领受诺贝尔文学奖时,内森为其随行人员。内森一度致力于摄制日本题材的影视作品。1982 年,其导演的纪录片《上校去日本》(*The Colonel Goes to Japan*)获艾美奖。

2020 年的某一天,我读了约翰·内森的《忠实与通顺可兼得焉?》①一文,深感与同样身为译者的内森先生产生了共鸣。

此文读了个开头,我便觉得,内森在英译夏目漱石的《明与暗》时碰到的困难,很可能与我在汉译亨利·詹姆斯(Henry James)的《专使》时碰到的情形相似。果然,再往下读,便看到内森说:"为了创造出语言的微妙之处,我时常陷入挣扎之中。必须提及的是,在我试图'拯救'我的翻译时,

---

① 约翰·内森.忠实与通顺可兼得焉?.郑晔,译.//范诺恩,戴从容主编.复旦谈译录(第二辑).上海:上海三联书店,2020:326-331.

我不得不求助于亨利·詹姆斯,从他的遣词造句中收获颇多,他的语言让我想起《明与暗》描述的那个时代。"

《忠实与通顺可兼得焉?》的译者郑晔曾经是现已停刊的《东方翻译》的编辑,责编过我在该刊发表的好几篇谈翻译的文章,其中包括我翻译《专使》的译后记《一部小说断断续续翻译了二十四年》①。郑晔在此文的译者按中说:"夏目漱石的这部作品语言晦涩难懂,甚至连日本本土的研究者都难以回答内森教授在翻译过程中提出的许多问题。为了再现原作的语言特色,译者似乎应该采取忠实于原文的翻译原则,但这样英语读者就将面临极大的阅读挑战,并且也违背了出版商和评论家对译作读起来应该流畅透明的要求。那么,面对语言如此独特的文本,译者在忠实与通顺之间会做出何种考虑?"我在翻译《专使》的过程中深有体会:如果把晦涩难懂的原作,翻译成流畅透明的译作,那样的译作只不过让读者读起来容易些罢了,可以说是稀释了原作,其行文风格必定与原文相距甚远,无法让译文读者体会到原作的风格。

内森指出:"夏目的《明与暗》语言艰深,以至于对源语读者来说,在理解上也是一种挑战……那些日本人称之为'心理描写'的叙述性篇章段落,尤为如此。夏目赋予语言以特殊的含义,带着强烈的个人色彩。他的句法并非不确定至折磨人的程度:句子聚合成篇章,但从未指出其中的意思。"他在翻译夏目漱石的《明与暗》时萦绕于心的问题有:

"为了英语读者的利益,我是否应该尽力驯化他的语言,翻译得浅显易懂一些?"

"抑或,我必须用抵抗式的翻译方法,使译文如同日语原文般难以理解?后者体现了我对译者任务的基本看法:为英语读者提供与日语源语读者对等的阅读体验。然而,这种翻译方法太难了。即便假设我拥有达到这种对等的能力,仍需要勇气敢于挑战读者期待的'流畅'的翻译。"

---

① 王理行. 一部小说断断续续翻译了二十四年——亨利·詹姆斯的《专使》译后记. 东方翻译,2018(3):40-43.

"这种期待的向心力不容低估——至少可以解释多数文学翻译看起来都比较平淡的部分原因——我并不想假装我从未屈服过。"

内森强调:"我把自己注意到的夏目日语原文里的种种难点,都颇费心思地保留在英译中。"

我在《专使》的译后记里,也曾提到《专使》以艰深难解著称:"这部小说即使对母语是英语的文学读者来说也有较高阅读与理解上的难度。有位美国某大学的文学教授在得知我在翻译此书时,马上瞪大眼睛张大嘴巴看着我,惊讶地'啊'了一声,随即向我竖起大拇指。"内森提到,那些"心理描写"尤其难以理解;我在《专使》译后记中也曾指出:"其中贯穿着大量的人物心理活动,其明显的语言特征是接连不断的长句,一个句子中为了传达作者想表达的各种信息会不断地塞入各种成分,句子结构常常错综复杂,太多的句子看上去似乎每个单词都认识但就是不易吃准具体含意。这些是这部小说难译的主要原因。"

因此,约翰·内森英译《明与暗》,与我汉译《专使》,确实是碰到了相似的困难。

通顺与"公共性的语言"

由此我又一次想到,通顺作为翻译中的一般性要求,是自然而然的,但也不能一概而论,应视原作的具体情况而定。在翻译中,绝大部分原作总体上是通顺的,翻译自然要以通顺还通顺;不过,也有一些原作,包括许多原作的某些部分或语句,语言风格独特,甚至晦涩难懂,这样的原作,就不宜翻译成通顺或流畅透明的语言,而应充分体会把握原作的语言风格和特色,并使之尽可能体现在译文当中。越是文学价值高的文学作品,其语言往往也越独具个性。因此,译文的读者,包括出版者、评论家在内,不宜一概要求所有译文都要通顺流畅、透明易懂,完全符合自己的阅读习惯,因为有的时候,自己不大习惯的语言,恰恰蕴含着独特的个性、作者刻意追求的风格和较高的审美价值。而不顾一切地过分强调通顺、流畅、透明的译文语言,其结果很可能是诗人欧阳江河所批评的翻译中的"公共性的语言"。

　　欧阳江河身为当代中国屈指可数的最杰出诗人之一,对 2020 年诺贝尔文学奖得主路易丝·格吕克及其诗歌的现有中译有着独到而深刻的见解。他在接受凤凰网采访时说:"格丽克的诗是很有个性的,有一种个人的语言特质,这种特质和她的经历、文化背景以及诗歌主题、诗歌风格都有一种非常契合的关系。但这样一种个人的独特性,在翻译成中文诗歌的时候,基本上使用了一种公共语言,这种语言削弱了格丽克的个性,她自己非常明显的、独特的一些东西被中和掉了、牺牲掉了,更多的符合中国人现在的翻译趣味和习惯,让她变得跟其他被翻译的当代诗人具有了一种共性。这种东西并不是格丽克本人原有的,而是在翻译中后加给她的,翻译者并没有有意识地要强加给她,但是自然而然地用了一种公共性的语言来翻译她,这种语言过于纯熟、过于轻易、过于流畅。这种东西是有很大问题的,它没有重量,它的流畅是中文翻译语言自己的一种习惯,这种习惯又跟中国当代诗人写作带来的一种习惯性的、流行性的、公共性的东西有一个合谋关系,这就让我们认识格丽克的时候,很难把她跟其他诗人截然分开。所以我们能否通过翻译真正读到原样意义上的格丽克我是非常怀疑的。"①欧阳江河的这段话,明确地指出了中外文学翻译实践中的一个普遍现象,即用"公共性的语言"翻译富有个性的原作,其结果就是让个性鲜明的作者通过翻译进入另一语言的读者中便泯然于"众人"矣。

　　欧阳江河提到的"格丽克"这一译名,来自柳向阳的中译本《月光的合金》《直到世界反映了灵魂最深层的需要》②。"格丽克"是这位诺贝尔文学奖得主的姓,因为是女性,柳向阳用了"丽"字便把她的姓氏也译得女性

---

①　徐鹏远. 欧阳江河:疫情三年诺奖选择了文学选择了小众诗人,让人心生敬意. (2020-10-08)[2023-10-19]. https://culture.ifeng.com/c/80PaglpSni4.

②　露易丝·格丽克. 月光的合金. 柳向阳,译. 上海:上海人民出版社,2016;露易丝·格里克.直到世界反映了灵魂最深层的需要.柳向阳,范静晔,译. 上海:上海人民出版社,2016.

化,颇为不妥,因为自从进入父系社会后,世界各国的姓氏都是男性化的。因为姓名的主人是女性,便把其男性化的姓氏译得充满女性气息,这种姓氏翻译中女冠男戴的现象,在我国长期以来都并不鲜见。关于这位诺贝尔文学奖得主的姓名译名问题,我曾有专文论述①,在此不再赘述。

作为一个非外语、非翻译专业的中国诗人,欧阳江河对诗歌翻译的看法符合文学与翻译的基本特性与要求。他不仅指出了一个人们熟视无睹又十分重要的问题,还明确提出了自己的立场鲜明的观点。这是许多专业的文学与翻译研究者都未曾意识到更未曾提及的。他提到的用"公共性的语言"来翻译原作明显个性化的独特的文学语言,是中国乃至世界各国的文学翻译界长期以来一直存在的普遍现象,但翻译界和文学创作界的多数人一直不认为这是个问题,而绝大部分的读者也已习惯并喜爱用"公共性的语言"翻译的译文。

文学翻译的全面忠实观

欧阳江河所不满的采用"公共性的语言"翻译的普遍性现象,用约翰·内森的"至少可以解释多数文学翻译看起来都比较平淡的部分原因"来接,毫无违和感。他们两个的话接起来就形成一句完整的话:采用"公共性的语言"翻译的普遍性现象,"至少可以解释多数文学翻译看起来都比较平淡的部分原因"。就文学作品的语言而言,个性越鲜明,文学价值就越高。在文学翻译中,不能把原作个性化的语言风格尽可能再现于译作里,便难言成功的翻译。

自严复提出译事三难"信达雅"起,"信达雅"就一直是中国翻译界占主导地位的翻译目标和标准,尽管一些学者也提出过不同的翻译标准,但

---

① 王理行. 关于 2020 年诺贝尔文学奖得主的姓名与授奖词的翻译. 外国语言与文化,2020(4):146-154;《格丽克 or 格吕克,这是个问题》续篇."外国语言与文化杂志"微信公众号.

似乎大同小异,实质上万变不离其宗——"信达雅"之宗,都是对"信达雅"的具体阐释和一定程度上的修正。而在翻译实践中,大部分译者大致上把"信达雅"具体化为:首先理解透原文的意思,然后尽其所能用最优美的汉语把它表达出来。而所谓的"最优美的汉语",在译文中常常表现为多用成语、四字结构、耳熟能详的华丽辞藻、简洁的语句甚至陈词滥调等,这大概差不多就属于欧阳江河所不满的"公共性的语言"了。这样的译作,长期以来被中国读者广泛接受,它所忠实的,是原作的意思、原作的内容。

另有一些译者认为,文学作品的意思、文学作品的内容,是文学作品最重要的组成部分,且常常就是最重要的组成部分,但不是文学作品的全部。所以,译作若仅仅忠实于原作的意思,那么,翻译的任务并未全面完成。若从内容和形式两大方面来看,在文学翻译中,原作的意思,即原作"说了什么",固然需要忠实地再现于译作,但与此同时,原作的形式因素,即原作的意思是"怎么说"出来的,同样必须得到忠实地再现。有时,尤其是在许多纯文学作品中,"怎么说"是作家创作个性最明显最直接的展现,是作家区别于他人的标志,比"说了什么"更重要。因此,在文学翻译中,必须尽可能从内容和形式两大方面去忠实地再现原作,既要在译作中忠实地再现原作"说了什么",又要在译作中忠实地再现原作是"怎么说"的。持这种翻译观的译者,在中国翻译界已越来越多了。

文学作品是由包括从内容到形式、从内涵到外延在内的方方面面的因素组成的一个有机的整体,包括题材、思想、意义、意境、风格、创作技巧、遣词造句手法、段落篇章结构、阅读体验、审美效果等。译者应把原作中包括上述因素在内的各种因素,都尽可能从宏观上和微观上去全面地把握,并尽其所能在译作中全面忠实地加以再现。在此意义上,忠实就是文学翻译的唯一目标和标准。

在文学翻译中,把原作有机整体中从内容到形式、从内涵到外延在内的一切因素,包括题材、思想、意义、意境、风格、创作技巧、遣词造句手法、段落篇章结构、阅读体验、审美效果等,都尽可能从宏观上和微观上去全面地加以把握,并尽可能在译作中全面忠实地加以再现,这就是我一直在倡导的文学翻译的全面忠实观。

从主观和客观两方面来说,把组成一部文学作品的包括从内容到形式、从内涵到外延在内的一切因素加以全面理解和把握,并在译作中全面忠实地加以再现,是文学翻译中的一种理想,是一种应该不断追求、有可能不断接近但永远无法完全实现的理想。①

就文学翻译的全面忠实观而言,强调忠实,便已包括通顺与否的问题,译文是否要通顺,要依原文读上去是否通顺来定;而用"公共性的语言"来翻译原作明显个性化的独特的文学语言,就是对原作语言风格的不忠实。

内森所追求的"为英语读者提供与日语源语读者对等的阅读体验",也即我的文学翻译的全面忠实观所包含的阅读体验上的忠实。

结　论

从本文一开始就在谈的约翰·内森的这篇简短却引人深思的文章《忠实与通顺可兼得焉?》来看,我这个中国译者对文学翻译的论述,包括我的文章《一部小说断断续续翻译了二十四年——亨利·詹姆斯的〈专使〉译后记》,美国译者约翰·内森如果看了,可能也会感到有所共鸣。而对文学翻译的忠实问题的讨论,自人类开始翻译起的古今中外,可谓绵延不绝,常论常新。本文就算增添了一个新的案例吧。

（原载于《复旦谈译录》2023 年第 5 期）

---

① 　参见:王理行. 忠实是文学翻译的目标和标准. 外国文学,2003(2):99-104.

文学翻译需要"点烦"吗？

不久前,身为众多《堂吉诃德》中译本译者之一的董燕生先生,批评第一个从西班牙语翻译,至今仍然是中国发行量最大,因而也可谓最受中国读者欢迎的杨绛先生的《堂吉诃德》中译本,因为他的译本有 83.9 万字,而杨绛译本只有 72 万字,少了 11 万字。他认为这是杨绛删节误译造成的,并以此为"翻译课的反面教材,避免学生再犯这种错误"。此语一出,在翻译界和读书界引起不小的波浪。

从李景端先生的文章得知,杨绛先生为尊重塞万提斯本意,参照欧洲有些译本,也有意不译《堂吉诃德》那些卷首诗。唐代刘知几著有《史通》,其中有一名篇《点烦》,主张对文章要删繁就简,点掉多余烦琐的文字。杨绛把中国古代史学编纂中的"点烦",扩展应用到译文的处理上了。"起初我也译有 80 多万字,后经我认真'点烦',才减到 70 多万字,这样文字'明净'多了,但原义一点没有'点掉'。我'点烦'掉 10 多万字,就是想使读者读得明白省力些。"塞万提斯讲故事和用词,常常十分冗长啰唆,适当"点烦",确实会使语意更加突出,情节更加紧凑。

看来,引起翻译界这场风波的关键之一,就是"点烦"二字了。我不懂西班牙语,对于杨、董两位先生在文学翻译实践中的一些具体做法自然没资格说话,我只想谈谈,文学翻译中需不需要、应不应该"点烦"?

之所以需要译者,是因为读者想阅读用他不懂的语言写成的文学作品,在此,读者想看的是原作。那么,译者的任务,就是尽其所能地全面再现原作。文学作品是由包括从内容到形式、从内涵到外延在内的方方面面的因素组成的一个有机的整体。译者应把原作中存在的一切因素,包括题材、思想、意义、意境、风格、技巧、手法、遣词造句、段落篇章结构、阅读效果、审美效果等,都尽可能从宏观上和微观上去全面地把握,并尽其所能在译作中全面忠实地加以再现。在此意义上,忠实就是文学翻译的唯一目标和标准。

文学作品的意思,或曰文学作品的意义、内容,即原作"说了什么",是文学作品最重要的组成部分,且常常就是最重要的组成部分,但不是文学作品的全部。译作自然必须忠实地再现原作的意思,但若仅仅限于或满足于忠实地再现原作的意思,那么翻译的任务并未全面完成。译作还必须同时再现原作的意思是"怎么说"出来的,因为,"怎么说"同样是文学作品最重要的组成部分之一,有时,尤其是在某些纯文学作品中,"怎么说"是作家创作个性最明显最直接的展现,是作家区别于他人的标志,比"说了什么"更重要。

"烦"与"不烦",属于文学作品的语言风格范畴的问题。原作的"烦",也许是作者出于某种目的有意为之,也许是作者的叙述习惯,也许是自有其妙处而译者意识不到其妙处的非烦之烦,也许就是原作的一个不足之处,但无论如何,都是一个整体的原作的有机组成部分。作者在创作过程中,在任何时候,都可以随心所欲地对自己的作品进行"点烦"或任何其他形式的改动。译者的任务是全面忠实地再现原作,即使是原作的不足之处,也应尽力如实在译文中展现出来。即使是原作中的"烦",译者也无权去点,这事关版权中保证作品的完整性,未经原作版权所有人同意去点原作之"烦",是违背版权法的。而且,认识原著就像认识一个人,一个人全部优点和缺点之和才是一个完整的人,光认识其优点而不知其缺点,这种认识是不全面的。一个人有些缺点是正常的、可信的,硬要弥补其缺点使之成为完人,是不现实、不可信、不可能的。雕塑《断臂的维纳斯》很美,而多少年来,总有些好心的艺术家想为之补接断臂,但断臂被补接上后的维纳斯没有一个是成功的,人们看来看去还是觉得断臂的维纳斯美。译作中只展现原作的长处,而为原作讳,有意地遮蔽、去掉其短处,甚或刻意对原作进行增、删、改以图对原作进行美化、补救、提高，尽管主观上可能是为读者好，但在客观上，且不论这样的译作是否真的比原作美了、好了(总体上说，多半不可能，试问几人有凭小修小补便能点石成金之功力?)，说重了，这是否有故意误导甚至欺骗读者之嫌呢？这种努力被无辜的读者知道了，恐怕有的读者不但不会领情感激，而且还会感到气愤。译者不能越俎代庖，而只需尽可能全面忠实地再现原作，尽可能让读者自己通过译作去判断原作中的"烦"与"不烦"、美与不美。如果译者觉得原作有什么缺点、不足或难以欣赏之处，就有权对之动手术，那么译作与原作的距离必然越拉越大，甚至面目全非，也就不能满足读者想通过译作(全面)了解原作的目的了。那样的话，有多少个译者，便真的就有多少个各不相同甚或个性鲜明的"哈姆莱特"了，但遗憾的是，其中鲜明的个性是译者的，而非原作者的。

同样，译者在翻译中应该追求原作的风格，而不是刻意展现、追求自己的风格。如果译者觉得自己的语言文字风格极为个性化且欲在翻译中加以展示，那么最好选译与自己风格相近的作品，即使此时，译者也应充分注意自己与原作在风格上的差异。一个出色的译者，应该译什么就追求什么并尽可能像什么，而不该译什么都只是他自己的风格。

当然，如果译文中的"烦"是原作中所没有的"烦"，是因为译者在语言、文字、文学等各方面的素养，尤其是中文修养上的不足而生出来的"烦"，那就应该坚决地点掉，坚决地点干净。原作不"烦"，译作却"烦"，就是不忠实。文学翻译中如此"点烦"，也是为了追求对原作的忠实，大概不大会有异议，在此不必多说了。

对于前人在文学翻译中的追求和贡献，后人自然应持敬意。对于前人在文学翻译实践中的得与失、经验与教训进行冷静而客观的学术层面上的分析总结，对后人自然会有所启迪和帮助。人无完人，无论是谁，无论如何努力，任何译作中总会或多或少地存在不尽如人意之处。前人在披荆斩棘艰难开路的过程中如果有一些缺点或不足之处，后人大可不必对此大惊小怪，应该从历史发展的角度给予应有的理解，而不是横加责难和批判;同样,后人如果发现前人的某些做法不妥,也不必为前人讳而非要去证明前人那样做是应该的、合理的、值得仿效的。后人自然应在前人的基础上努力探索前进,如果真的能比前人考虑得更周到,做得更好,比前人有所前进,那也是应该的。

　　(此文的部分内容曾以《原作之"烦"不能"点"》之名发表在《文汇读书周报》2005 年 11 月 18 日第 3 版,全文发表在《文艺报》2006 年 1 月 17 日第 4 版)

出色的译作:既经得起读 又经得起对

自严复提出译事三难"信达雅"起,"信达雅"就一直是中国翻译界占主导地位的翻译目标和标准,尽管有的学者也提出过不同的翻译标准,但它们似乎大同小异,实质上万变不离其宗——"信达雅"之宗,不同之处在于对"信达雅"做出了各种不同的解释和不同程度上的修正。而在翻译实践中,大部分译者大致上把"信达雅"具体化为:首先理解透原文的意思,然后尽其所能用最优美的汉语把它表达出来。这样的译作,长期以来被中国读者广泛接受,它所忠实的,是原作的意思、原作的内容。

另有一些译者认为,文学作品的意思、文学作品的内容,是文学作品最重要的组成部分,且常常是最重要的组成部分,但不是文学作品的全部,所以,译作若仅仅忠实于原作的意思,那么,翻译的任务并未全面完成。若从内容和形式两大方面来看,在文学翻译中,原作的意思,即原作"说了什么",固然需要忠实地再现于译作,但与此同时,原作的形式因素,即原作的意思是"怎么说"出来的,同样必须得到忠实地再现。有时,尤其是在某些纯文学作品中,"怎么说"是作家创作个性最明显最直接的展现,是作家区别于他人的标志,比"说了什么"更重要。因此,在文学翻译中,必须尽可能从内容和形式两大方面去忠实地再现原作,既要在译作中忠实地再现原作"说了什么",又要在译作中忠实地再现原作是"怎么说"的。持这种翻译观的译者,在中国翻译界已越来越多了。

上述两种翻译观指导下的文学翻译,各自都产生了一大批较出色的令不同的读者群喜爱的译作。

　　文学作品是由包括从内容到形式、从内涵到外延在内的方方面面的因素组成的一个有机的整体。译者应把原作中存在的一切因素,包括题材、思想、意义、意境、风格、技巧、手法、遣词造句、段落篇章结构、阅读效果、审美效果等,都尽可能从宏观上和微观上去全面地把握,并尽其所能在译作中全面忠实地加以再现。在此意义上,忠实就是文学翻译的惟一目标和标准。从主观和客观两方面来说,把组成一部文学作品的所有因素加以全面理解和把握,并在译作中全面忠实地加以再现,是文学翻译中的一种理想,是一种应该不断追求、有可能不断接近但永远无法完全实现的理想。不可能完全做到全面忠实,绝不应成为译者随心所欲地脱离原作而自行其是地对原作任意添、删、改,甚至译者自己大加发挥地进行"再创作"的借口。译者是否朝全面忠实这个目标努力及努力的程度的大小,其结果必然有所区别,甚至有本质性的区别。

　　任何一个外国文学译作的读者,包括新闻媒体的编辑、记者,作家,文学评论家,发表出版文学翻译作品的期刊、出版社的编辑人员,外语专业出身而极少涉足文学翻译的专家学者,有一定的文学翻译实践并对文学翻译批评有所思考、有所研究的专家学者,都在有意或无意之中,以这样或那样的方式进行着文学翻译批评。这些批评可以归为两大类:不对照原文的批评和对照原文的批评。不对照原文是可以进行文学翻译批评的。不对照原文,光看译文,就过多地发现诸如用词不当、语句不通、行文不流畅、逻辑紊乱、常识性错误导致不堪卒读等现象,即可认定该译文质量太差。不对照原文的批评完全可以否定一部译作,但要肯定一部译作,则不一定可靠。比较可靠的文学翻译批评是有一定的文学翻译实践并对文学翻译批评有所思考、有所研究的专家学者对照原文的批评。

　　在现实中,往往是不对照原文的文学翻译批评更多,并对作为个体的译者乃至整个翻译界产生着更大的实际影响。而译者心理上更希望得到上述两大类批评者中哪类批评者的首肯,其实践中的追求、做法和结果便不尽相同甚至相距极大。严谨认真的译者应该欢迎并认真对待来自各个方面、各种形式的批评,目的在于提高文学翻译的质量。

　　把组成一部文学作品的包括从内容到形式、从内涵到外延在内的一切因素都尽可能在译作中全面忠实地加以再现，既是译者在文学翻译实践中追求的目标，也应当是批评者在文学翻译批评中掌握的评判译作的标准。实践者追求的目标及其批评者所掌握的评判标准相一致了，双方的所作所为，双方共同的文学翻译事业就有可能步入井然有序的正常轨道。一部出色的文学翻译作品，既要经得起读，又要经得起对。是否经得起读，就是不对照原文，光看译作，从译文本身得出的印象和结论。不对照原文对译作做出的评判，一方面可能是通过译作对原作进行的评判，另一方面也可能是对译作翻译质量的评判。一部经得起读的译作，可能是一部出色的译作，也可能是一部失败的译作，关键还要看是否经得起对。是否经得起对，就是拿译作与原作进行对照，看看原作从内容到形式、从内涵到外延在内的组成一部文学作品的所有因素在多大程度上在译作中得到了全面忠实的再现。如果光看译作很精彩，但一对照原作却发现，译作中的精彩在原作中找不到；原作中的精彩在译作中却不见了；原作中的大量形式和内容方面的因素在译文中已被有意或无意之中改得面目全非了或丢失了……这样的译作，尽管经得起读，但由于经不起对，也绝非好的译作。

（原载于《中华读书报》2003 年 7 月 30 日第 23 版）

习惯"1990 年代"

平时常用的计年单位中,百年为一世纪,每一世纪中又以十年为一年代,如 20 世纪 90 年代,习惯上指 1990 至 1999 年,即以 1990 年为 20 世纪 90 年代之始。在上下文中不至于产生歧义时,人们常省略××世纪,而只说×0 年代。

在数月之前,即在进入 21 世纪前的 20 世纪中,人们提及 20 世纪的某一年代,一般都简称为×0 年代而不致产生什么误会。时到如今,虽仅隔数月,情况却已大不相同,即提及 20 世纪的任何一个年代都必须在原先简便的"×0 年代"前加上"20 世纪"几个字,否则就可能产生疑问或歧义。报、刊、出版社的编辑们在编发 1999 年收到的许多稿件时,忽然多了一件事,就是要把其中出现的"×0 年代"之前加上"20 世纪"几个字。

笔者身为编辑,自然没少做这类事,做多了便嫌烦,便想着能否找出个简单省事的办法,于是想到了港台出版物中的一种表达法:1990 年代。1990 年所指明确无疑,年代指的是十年,1990 年代用来指 1990 至 1999 这十年,明白无误,比起内地(大陆)的人们惯用的 20 世纪 90 年代来,简洁多了。1990 年代这种表达已是全称,本身已很简洁,无须再省略,因而也不至于引起误解。

再说,××世纪×0 年代这种表达法有时会让人一不留神中就出错。由于 20 世纪刚刚过去,20 世纪×0 年代指的是 19×0 年开始的十年,这在人们脑子中不易搞混搞错。若碰到距今较远的时间,比如 13 世纪 30 年代,那么在人们的脑子中需要一个换算过程,即先要把代表世纪的数字

13 减去 1,得 12,然后得出 13 世纪 30 年代指的是 1230 年开始到 1239 年这十年。反之亦然,即 1230 年至 1239 年这十年要用××世纪×0 年代来表示时,必须把前面的两位数 12 加上 1,才得出代表世纪的数字 13。写作者或读者出于种种原因一不留神在采用或碰到这种表达法时忘了加 1 或减 1 的换算过程而造成笔误或误解,即把 1230 年至 1239 年这十年表达为 12 世纪 30 年代,或一看到 13 世纪 30 年代就想到 1330 年至 1339 年这十年,这样的差错并不罕见,许多人都碰到过。采用 1230 年代这种简洁而直观的表达法则不可能引起这类差错。

另外,我心中怀疑,港台通行的 1230 年代这种表达法与英语中的相应的 in the 1230's 有关。英语中表示年代,是在逢 10 的年份前加 the,后加"'s",同样简洁、直观、方便,无需换算,不易致错。

港台土地上滋生的独特的语汇表达,就我个人而言,有的感到鲜活生动,有的则不大适应,不大习惯。凭我有限的阅读经验来说,港台的文学翻译,我觉得总体上不及大陆。但是,如果 1990 年代这种表达法直接译自英语或其他外语,是一种移植,我认为这种翻译是成功的,是值得肯定的,因为它可以丰富汉语的表达。汉语语言本来就是开放的,具有较强的吸收能力和较大的包容性。"五四"以来的白话文、现代汉语,便是在直接吸收许多外来语言因素的基础上丰富发展起来的。

当然,在目前的中国内地(大陆),绝大多数人尚不习惯 1990 年代这种表达法,包括本人供职的出版社在内的多数新闻出版单位,都不会让 1990 年代这种表达法出现在出版物上,可是,静心思之,1990 年代难道不比 20 世纪 90 年代简洁、方便、直观、明了吗? 不就是不习惯吗? 从不习惯到习惯,人们对新东西一般都有这么一个过程的。

对于像 1990 年代这么一种表达法,若能明白其妙处,相信会有越来越多的人习惯它,喜欢看到它、使用它的。

(原载于《文汇读书周报》2000 年 12 月 30 日第 3 版)

作家亲口说的话也不能句句当真

——由汤亭亭在译林出版社的座谈会所想到的

在文学研究中,研究者在阅读作品时,常常会碰到一些疑问,其中有的疑问如果能得到作者本人的解答,会对研究者有很大的帮助,有的疑问则恐怕只有亲自问作家本人才能解决。因此,文学研究者往往会把作家的书信、日记、访谈录、创作论、演说、发言、散文、杂感等视为非常重要的资料,更是珍惜与作家本人交谈、座谈的机会,希望借此解决自己研究中的一些疑惑。对于作家本人亲口说、亲笔写的话,研究者自然应当给予足够的重视,但也不能句句当真,更不能完全当作自己的疑问的正确答案,而应当保持清醒的头脑加以分析和鉴别,要弄清作者说或写相关言语时的时间、场合、动机,要弄清作者是否有所顾忌、有所迎合,是否在说真话、心里话,甚至要判断作者是否解答相关疑问的最合适的人选。

2006 年 11 月 31 日,著名美国华裔作家汤亭亭来到南京,访问了包括她的名作《中国佬》(*China Men*)在内的"华裔美国文学丛书"的出版者译林出版社。汤亭亭与在宁的美国华裔文学研究学者举行了座谈。参加座谈会的有南京大学外国语学院的张子清教授和赵文书教授,译林出版社的王理行编审(这三位都是北京外国语大学英语学院华裔美国文学研究中心客座研究员),以及汤亭亭最有名的代表作《女勇士》(*The Woman Warrior : Memoirs of a Girlhood Among Ghosts*)的中文译者,解放军国际关系学院的李建波教授,还有南京大学中文系的海外华文文学研究学者刘俊教授。

近年来,我在工作之余主要从事美国华裔文学的研究,便趁这次难得的机会,拿长期萦绕自己心头的有关汤亭亭及其作品的两个疑问当面求教于她。

由于美国华裔作家的家庭出身、成长环境、背景不尽相同,他们的姓名自然也不是一个简单的问题。他们几乎都有英文和中文两个名字。目前所见用中文发表的美国华裔文学方面的论文,提及作家时,绝大部分都采用作家的中文名字,首次提到某一位华裔作家时一般会在中文名字后的括号内注明其英文名字。然而,美国华裔作家在美国的出版物或媒体上用的都是其英文名字,在其生活或工作中绝大部分情况下用的也是英文名字。尽管当今通信联络手段极为丰富发达,但作为个体或群体的研究者要想把美国华裔作家的中文名字全部搞清楚、搞准确,实际上是不可能的。因此,这种做法在实际操作中会遇到很大的麻烦或尴尬。所以,我一直主张并身体力行,像对待普通美国人(西方人)的姓名那样来处理华裔作家的姓名,即用其英文名字音译,当然,第一次提到时在音译名字后括号内加注英文名字,如果知道,可同时加注其中文名字。我这样做,是有一定的根据的。本人根据自己近年来掌握的有限信息推断,美国华裔作家,在其日常生活中极少甚至完全不使用其中文名字。大部分美国华裔作家几乎甚至完全不识中文,父母精心为自己取的中文名字,他们可能根本就不认识,也不会写。对于绝大部分美国华裔作家来说,他们的中文名字对他们的生活并没有多大实际的意义,对他们的文学创作则近乎毫无意义。因此,在正常情况下,不知道美国华裔作家的中文名字,并无碍于美国华裔文学的研究。比如,我和部分美国华裔文学研究者的论文中,汤亭亭并不是用汤亭亭,而是用其英文名字音译马克辛·洪·金斯顿来称呼的,当然,第一次提到时在音译名字后括号内加注英文名字,并同时加注其中文名字,即马克辛·洪·金斯顿(Maxine Hong Kingston,中文名叫汤亭亭)。(本文为行文方便,从大流而采用华裔作家的中文名字来称呼。)2004 年 2 月 23 日,本人曾经就这种推断当面求教于在南京师范大学讲学的著名美国华裔文学学者张敬珏(King-Kok Cheung,她本人就是十九岁时从香港去美国定居的华裔），得到了这位与美国华裔作家有广泛联系的学者的证实和充分肯定。这次汤亭亭本人来了，我当然要抓住机会了。我首先请她谈谈她自己的名字。

汤亭亭说，Maxine Hong Kingston 这个名字中，Kingston 是她丈夫的姓，而她丈夫家也是从他国移居美国的少数族裔。Kingston 是美国一个小城的名字，他们家到美国后给自己取英文名字时，就拿这个小城的名字用作自己家的英文姓名中的姓。Hong 是汤亭亭的父亲家的姓"汤"在广东方言中的发音。Maxine 是为她专门取的名字。而汤亭亭这个名字则是小时候上中文学校时取的。她婚后的生活和文学生涯里一直使用 Maxine Hong Kingston 这个名字。2005 年她去复旦大学访问，发现校园里欢迎她的横幅上她的名字全都用汤亭亭而不是 Maxine Hong Kingston 时，觉得怪怪的。我把中国用中文发表的美国华裔文学方面的论文里提及作家时绝大部分都采用作家的中文名字的情况及其遇到的尴尬告诉了她。赵文书教授则告诉她，用汤亭亭这个中文名字能让中国读者产生一种亲切感，能拉近她与中国读者的距离，有利于她和她的作品在中国的传播和接受。这时，刘俊教授抢先把我的关键问题提了出来：作为美国华裔作家的一员，她喜欢自己在中文的文章里被称为汤亭亭还是马克辛·洪·金斯顿（Maxine Hong Kingston）？她想了想，最后说道："Tang Tingting is OK（汤亭亭也是可以的）。"

对于她的这种回答，有必要仔细分析其真实的含义和她说这句话时的心态。首先，"可以的"并非"最好"，并非她要提倡在中文的文章里称她为汤亭亭。相反，其言外之意似乎更乐意被称为马克辛·洪·金斯顿（Maxine Hong Kingston），但既然用中文发表的相关论文里绝大部分都称她为汤亭亭，而且考虑到这样做还能拉近她与中国读者的距离，有利于她和她的作品在中国的传播和接受，那她就不反对了，也是可以接受的了（这多少带有实用与功利的色彩）。如果把她这句"想了想"后说出来的话理解为她更赞成使用汤亭亭而非马克辛·洪·金斯顿，那就与前面我还没提出关于美国华裔作家的名字的麻烦或尴尬时她流畅而自然地叙述的在复旦的那种"怪怪的"感觉相矛盾了。因此,在考虑了她的回答后,我仍然坚持,在用中文发表的论文中称她为马克辛·洪·金斯顿。

汤亭亭的名作 *China Men* 这一书名,在中文里有多个译名,张子清先生主持的中译本把它译为"中国佬",另外还有"中国人""中国男人"等译名。此前,我一直把它翻译为"中国汉子"。我的理由是,在参考一位美国学者的观点的基础上,我认为,处于主流社会的美国人长期以来把处于美国社会边缘的中国人称为 Chinaman,这是一个带有严重歧视意味的词汇,而她的 China Men 这一书名首先把 Chinaman 这一带有严重歧视意味的单词一分为二,变为由两个单词组成的一个词组,而且 Men 是首字母大写的,可以理解为大写的人。作者显然不愿沿用主流社会强加的带有严重歧视意味的 Chinaman,想改变人们对中国人的看法,因此 *China Men* 这一书名不能像 Chinaman 那样翻译为"中国佬",同时考虑到这本书主要是写父亲的,所以我主张把它翻译为"中国汉子"。

在座谈中,我又请汤亭亭谈谈 *China Men* 这一书名。她说,19 世纪中叶起,大量中国人到达美国,一开始,这些人没有称呼,连他们自己也不知道该怎么称呼自己。后来美国人就用 Chinaman 来称呼在美国的中国人,尽管这个单词带有严重歧视意味,但在美国的中国人慢慢也就习惯了,他们自己也用 Chinaman 来称呼自己,但在使用这个单词的过程中,他们自己逐渐把其中的歧视意味去掉了,还力图给它加上"了不起""堂堂正正"的意味。她拿 China Men 这个词组来做书名,也想表达这个意思。我把上述的我对 China Men 与 Chinaman 的区别的理解告诉了她,她听了满面笑容地连连称是。这时,张子清先生解释了为何要把 China Men 翻译为"中国佬"。他说,关键是这个"佬"字。它在中国本来是带有骂人意味的,如"日本佬""美国佬"等,但后来被称为"佬"的人又成了令人羡慕的人,如中国刚开始搞对外开放时,连和"外国佬"有联系或关系好的人也令人羡慕,也成了有能耐的人。她听了笑着说,那么这样翻译真是太好了。

听了这番交谈,我觉得自己原来主张把 *China Men* 这一书名翻译为

"中国汉子"是不妥的,因为它指涉的并不仅仅是作为主人公的父亲,也不仅仅是在美国的中国人中的男性,而是在美国的所有中国人。不过,把它翻译为"中国佬"是否妥当呢?这个得到了原文作者满心欢喜的肯定和确认的书名是否可以成为定译了呢?

汤亭亭为何采用 China Men 这一书名?她当时是怎么考虑的?她究竟想用 China Men 这一书名来表达什么含义?对于这些问题,她自己的回答应该是最权威、最可靠的。然而,对于这个书名的中文译名,关键确实还是在这个"佬"字。一直生长、生活在美国并只讲英语不懂中文的汤亭亭,是不可能自己真正了解这个"佬"字在中文里的内涵与外延的,只有通过他人才有可能做一些了解,因而她并非对"中国佬"这一译名是否妥当的问题做出判断的最佳人选。我觉得,张子清先生说的被称为"佬"的人成了令人羡慕的人,只是中国对外开放初期的暂时现象。被称为"佬"的人此前一直是被人看不起或令人痛恨的人,到现在在大多数中国人心里仍然是一定程度上受歧视的人。因此,"中国佬"这个词与作者使用 China Men 时的内涵和外延并不一致,这样翻译也不妥。说实话,要找到一个能包含"了不起""堂堂正正""令人羡慕"等含义的"中国人"的词,还真是蛮难的,我苦思多日,至今没找到。然而,在中文里论及这本书时,总得有个中文译名的。在认为"中国佬"不妥又找不到更恰当的译名前,我建议用"中国人"。"中国人"至少没有"中国佬"所包含的受人歧视或令人痛恨的意味,而且它是个中性词,可以往各个方向理解,自然也是可以在特定的语境里往"了不起""堂堂正正""令人羡慕"等方向理解的。

座谈会结束后,一行人来到走廊上等电梯。这时,汤亭亭对我说:"你提的问题最难回答!"这句话恰恰又成为对作家本人说的话要充分重视但又不能句句当真甚至奉为圭臬的一个佐证。

应尽量从作家创作的原文翻译文学名著

《希腊神话英雄》及随后的《希腊古典神话》，都是华东师范大学外语系曹乃云先生直接从古斯塔夫·施瓦布的德语原版作品翻译成中文的，翻译态度严肃认真，一丝不苟。在阅读《希腊神话英雄》的过程中，笔者把楚图南先生早年从英译本转译过来的《希腊的神话和传说》找了出来，并就有关部分把楚、曹两先生的译文进行了对照。楚先生的译文，优点之一便是前后连贯的一种气势，且多有生花之妙笔，但由于是从英译本转译的，在准确性上毕竟不如曹先生的译文。这当然不能怪楚先生。因为，译作哪怕再忠实，再准确，与原作相比，仍不可避免地在一定程度上打了折扣的。何况楚先生的译本又是从另一国译本转译过来的，这与直接从作品原版翻译过来相比，所打的折扣自然会加大。

过去，由于种种条件所限，许多外国文学名著，都不是从作品原版，而是从其他语言的译本转译成中文的。那些转译本在问世后的一定时间内，对中国读者了解、学习和借鉴外国文学，起到了相当大的、不可磨灭的作用。如今，在我国翻译界，各大语种，甚至包括一些小语种，都已拥有一批优秀的翻译工作者，已完全有能力，当然也有必要把绝大部分过去从其他语言的译本转译成中文的那些外国文学名著，重新直接从作品原版翻译过来。而今天出版的外国文学名著，如果不是在迫不得已的情况下，都应从作品原版翻译，而不是从其他语言的译本去转译，以便让中国读者看到更接近于真实的译本。这点想来已在翻译界、出版界甚至广大读者中形成共识。

　　不过,这毕竟只是想想而已,事实未必尽然。不久前听说某国语言在世界上虽属小语种,却出了个世界级的大作家。该作家的作品集,早已由我国一著名翻译家直接从该作家创作时用的小语种译成中文,其译文在作家的祖国受到了政府及汉学家的高度肯定,在我国则在专家和广大读者中有口皆碑,其译本多年来一直畅销不衰。可不久前,国内某很有魄力的出版社竟要请人把该作家的作品集重新从某一大语种转译成中文出版。不知这样做是为了什么,我想,大概是看到这个作家的作品集畅销便想独辟蹊径再搞个新版本而名利双收,可一时又找不到合适的那个小语种的译者,便决定从其他语种转译。反正中国目前正流行世界文学名著翻译热,读者一时不会考虑这一名著是谁从什么语言翻译过来的,但他们迟早会加以识别,并指出这是不必要的重复出版。作为一家严肃的出版社,是否应该这样做,是很值得提出来研究的。

(本文曾以《我看名著翻译》之名发表于《书与人》1995 年第 6 期)

名著不厌多回译

简·奥斯丁是18世纪末19世纪初英国伟大的现实主义作家。一百多年来,英国文学史上出现过几次趣味革命,文学口味的翻新影响了几乎所有作家的声誉,唯独莎士比亚和奥斯丁经久不衰。奥斯丁的创作风格至今仍影响着世界文坛上的一些作家。她的作品以细腻引人、幽默讽刺的笔调描写了她那个时代的中产阶级生活。她善于惟妙惟肖地描写人们的日常生活、内心情感及错综复杂的琐事,对人物的刻画精确、细致而真实,对生活具有极其敏锐的观察力,这充分体现出了她高度成熟的现实主义手法。

奥斯丁的6部长篇小说,历经近两百年,部部都受到一代代读者的交口称赞,而脍炙人口的《傲慢与偏见》,则被英国著名作家毛姆列入世界十大小说名著之一。这是作者凭理智领会世界而创作出的一部描写世态人情的喜剧作品,这些喜剧犹如生活的一面镜子,照出了人们的愚蠢、盲目和自负。小说以爱情纠葛为主线,展现了富有喜剧色彩的四起姻缘,文笔辛辣而滑稽,发人深省。

以前,许多读者朋友都已看过《傲慢与偏见》的中译本,那是由已故的著名翻译家王科一先生在新中国成立初翻译的。王先生的译本出神入化、浑然一体,给翻译界和广大读者留下了较深的印象。最近,译林出版社推出了这部举世名著的全新译本。译者孙致礼先生是在洛阳的解放军外国语学院的教授,近些年已出版十多部外国文学译著,计有奥斯丁的《理智与情感》《劝导》和《诺桑觉寺》等。1987年,孙致礼先生去澳大利亚国立大学进修,专门研究过简·奥斯丁,回国后发表了有关这位女作家的系列研究论文。经过大量的研究与翻译实践,孙先生对奥斯丁原作的理解及其创作风格与语言特点的把握更为准确了,他的译文忠实地传达了原作的风貌和神韵,这些特点在《傲慢与偏见》中得到了充分的体现。

（原载于《文汇读书周报》1990 年 10 月 13 日第 2 版）

第三辑

文学翻译研究评析

跨世纪的"翻译漫谈"

王理行：许先生，您为《译林》主持的《翻译漫谈》栏目，从 1998 年第 1 期起始，至今共刊出 17 篇，为期 3 年，正好横跨新旧两个世纪，引起了国内翻译界、文学界、新闻界和多层次读者的普遍的、持续的热情关注和高度好评；其中每一篇都被收入国内多种学术索引，多篇被学术期刊转载；其中的大量言论被各类报刊上的文章所引用；不少报刊就这一栏目作过报道；许多翻译家，甚至还有作家和普通读者，纷纷通过不同渠道以不同方式表达了直接参与"翻译漫谈"的愿望。看来，您为中国翻译界、文化界做了一件大好事。在某种程度上可以说，您主持的"翻译漫谈"，对刚刚过去的 20 世纪的中国文学翻译做了一次梳理和总结，为文学翻译实践的后来者提供了丰富的切实可行的经验，为以后的中国翻译理论研究提供了宝贵的第一手材料，因而堪称中国文学翻译史上承前启后的工作。在过去的整整三年中，您为此而投入了大量的心力、精力、财力和时间，也因此而尝到了非常的酸甜苦辣，这恐非他人所能想象的。在这项工作就要告一段落之际，您最想说的话是什么？

许钧：不知道该说些什么。四年前，当我承担国家教委人文社会科学研究"九五"博士点重点项目"文学翻译基本问题研究"时，我主要的想法，就是想对一个世纪来的中国文学翻译做一点梳理和总结工作。一个世纪来，我国一代又一代的文学翻译家们为中外文学、文化交流，为中国文化建设呕心沥血，做出了重要的贡献。在 20 世纪末，我国译坛上还活跃着一批老翻译家，他们在长期的文学翻译活动中，积累了丰富的经验，对文学翻译进行了多方面的思考,对翻译活动、文学翻译的特殊本质、文学与文化的关系提出过许多精辟的见解。我想,在对他们的翻译活动和翻译思考有个基本了解的基础上,若能有机会向他们当面请教,就翻译的一些基本问题进行探讨,进而加以系统的理论梳理,那无论对我的课题研究,还是对年轻一代的翻译实践,都是受益无穷的。多亏《译林》的支持,这项工作得以顺利地开展。令人悲痛的是,在我们访问的20位翻译家中,萧乾、叶君健、赵瑞蕻三位老先生相继离开了我们,还有董乐山先生,也过早地离开了我们。我想借这个机会,向他们表示深深的怀念。他们为我们留下的精神财富是永不磨灭的。三年来,我个人的付出微不足道,应该说,我们从老一辈翻译家那儿得到的是一笔笔价值无可估量的精神财富。遗憾的是,我们国内,包括香港、台湾地区,还有几位杰出的翻译家,限于种种条件,我们未能有幸当面聆听他们的翻译经验和见解,与他们一起探讨,但愿以后会有这样的机会。

王理行:在过去三年的"翻译漫谈"中,您一直是提问者。今天,能不能由我就文学翻译中的一些问题来向您请教?自从严复当年提出译事三难"信达雅"起,"信达雅"就一直是中国翻译界占主导地位的翻译目标和标准,尽管有的学者也提出过不同的翻译标准,但似乎大同小异,实质上万变不离其宗——"信达雅"之宗。而在翻译实践中,大部分译者大致上把"信达雅"具体化为:首先理解透原文的意思,然后用最优美的语言把它表达出来。这样的译文,已被中国读者广泛接受。另有一些译者,则从组成文学作品的内容和形式两大方面去理解并忠实地再现原文。其实,文学作品是由包括从内容到形式,从内涵到外延在内的方方面面的因素组成的一个整体。译者应当把原作中存在的一切因素,包括题材、思想、意义、意境、风格、技巧、手法、遣词造句、段落篇章结构、阅读效果、审美效果等,从宏观上和微观上去全面地把握,并尽可能在译作中全面忠实地再现出来。在此意义上,翻译的标准即忠实。对于这个问题,您是怎么看的?

许钧:翻译的"忠实性"问题,可以说是翻译的根本问题。法国著名翻译家和翻译理论家爱德蒙·加里说过,翻译的"忠实性"问题,像一条主线,贯穿了数千年的翻译史,有关翻译的种种论争,都是从"忠实性"而起。在中国,情况也大抵如此。是"形似"还是"神似","直译"还是"意译",这些论争,实际上都跟"忠实"这个问题有瓜葛。忠实,涉及多个层面的问题。在与老一辈翻译家的探讨中,我发现任何一个翻译家,在任何一个时期,都不可避免地要面对翻译的忠实性问题。应该看到,翻译家们对翻译应以"忠实"为原则,并没有什么分歧。从支谦的"因循本旨,不加文饰",到鸠摩罗什的"依实出华",再到严复的"信达雅",有分歧的只是对"忠实"的理解。忠实于什么? 如何才叫忠实? 对这些问题,翻译家们有不同的理解,在不同的理解基础上,也有各人不同的实践。我想,翻译作为一项文化交流活动,"求真"是根本,而"忠实"是"求真"所要求的。我们探讨忠实性问题,有哲学层面上的,也有文学理论层面上的,更有实践技巧层面上的。对"忠实性"问题任何一个层面上的探讨,都是有益的。三年来,老一辈翻译家们从各自的角度,对这个问题进行了讨论,其中许多见解是很值得我们学习的。

王理行:有人说翻译也是一种创作,也是一种创造,有人说翻译是一种以原作为基础的再创作(造)或二度创作(造)。有人说,翻译是一种富有创造性的劳动。翻译和创造之间存在着怎样的关系? 翻译中蕴含的创造性问题应如何把握其度,译者在翻译中如何体现其创造性?

许钧:翻译的创造是多方面的,就其广义而言,从思到言的过程,就是翻译。狭义的翻译,至少也有三类:符际翻译、语际翻译和语内翻译。无论是从思到言的广义翻译,还是符际、语际和语内的转换,都涉及语言的运用,而语言的运用,本身就是一种创造。具体到文学翻译,它涉及文字、文学和文化三个相互关联的层面。翻译一部文学作品,文字的转换需要有创造力,文学性的体现需要有创造力,文化的传达和移植也需要有创造力。但这种创造是有限度的。所谓的限度,有两个层面的意思:一是不同文字、文学和文化的差异,给翻译造成了种种障碍,因此,翻译不是万能的,其自身存在着局限。二是翻译以传达与交流为目的,原作为译者的理解与再创作提供的空间是有一定的限度的,换句话说,翻译不能离开原作,不能脱离原作所提供的空间,拿意大利符号学家安贝托·艾柯的话说,翻译不能作"过度诠释"。对这个问题,有兴趣的朋友,不妨读一读艾柯的《诠释与过度诠释》,里面谈的许多问题有助于提高我们对翻译再创作的"度"的理解和认识。关于翻译与创作的关系问题,罗新璋先生写过一篇《释"译作"》,非常精彩。他对"译"与"作"的关系作了辩证的论述,提倡"译而作":美需要创造,译作之美需要翻译家去进行艺术创造。但他指出:"不过,这是一种特殊的艺术创造。译者的创作,不同于作家的创作,是一种二度创作。不是拜倒在原作前,无所作为,也不是甩开原作,随意挥洒,而是在两种语言交汇的有限空间里自由驰骋。"

王理行:刚才您谈到翻译的局限,我觉得,翻译的局限性主要来自出发语和目标语之间的差异及译者本人的能力和素养的局限性。因两种语言及依托其上的文化的差异造成无法全面忠实地翻译之际,正是最能体现译者创造性之处。然而,有的译者往往片面扩大两种语言之间的差异,在翻译中有意无意地偏离原文去发挥自己的创造性,有时甚至到了刻意表现自己、为创造而创造的地步。请问许先生,在翻译中应该如何正确对待两种语言之间的差异?

许钧:这个问题非常复杂。我觉得,正是因为世界上有不同的语言,造成了交流的障碍,才需要翻译。因此,翻译要做的第一件事是克服语言的差异。但是,语言中有文化的沉淀,对语言之中所沉淀的异的文化,又需要我们在翻译中尽可能地表现出来。这实际上,是一个悖论:翻译既要克服差异,又要表现差异。前不久读到北京大学出版社出的一部书,是德国汉学家顾彬在北京大学的系列演讲的基础上整理成册的,叫《关于"异"的研究》。我读后深受启发。人类的文化交流以"同"为基础,以吸收"异"为目的。共同的东西,无所谓交流,而"异"的东西的存在,才有交流的必要。做文学翻译,我们要透过异语,抓住异语所表现的不同价值,包括文学的、文化的,尽可能传达出来。从语言学上讲,我们翻译一部文学作品,要注意区分语言与言语的关系。语言的差异,当然是要克服的,但言语的差异,则要尽可能去表现。一部文学作品的价值,在很大程度上取决于作者的创作个性,其中之一,就是对语言的艺术运用,这种运用,就是个人的,属于个人的言语创造范畴。如普鲁斯特《追忆似水年华》中的长句,就不同于法语语法意义上的长句,普鲁斯特充分利用法语的句法,借用连绵、并列或交错的大容量句法结构,以表达复杂、连绵、细腻的意识流动过程,将句法结构手段与意识流动的特征有机地结合起来,形成了独特的风格。对这种个性化的创造,虽然翻译起来很困难,但作为译者,不应该视而不见,而应该尽可能设法去表现。正如你所说的,翻译的障碍,往往是译者一显身手的好时机,翻译的创造性,往往是在限制之中体现出来的。

王理行:现代汉语的吸收能力和包容性都很强,现代汉语中的标点符号、许多词汇与语法因素、许多表达法都直接来自外语。在翻译中,有的译者因缺乏足够的汉语语言文学功力,只顾跟着原文亦步亦趋,结果造成译文令人费解、难解、不解,而另有一些译者则强调译文必须是纯粹的汉语,在译文中刻意多用、频繁套用、堆砌汉语中令人耳熟能详的成语、四字结构或其他惯用结构,甚至一些中国文化积淀很浓的表达法。对这些现象您怎么看?

许钧:你说的这些现象,我想是一些极端的例子。这里涉及的是语言问题。翻译对于译入语来说,无疑存在着影响。考察中西翻译史,我们不难看到翻译对译入语的影响,这种影响可能是积极的,也可能是消极的。积极的例子,如翻译之于德语。马丁·路德的《圣经》德译本,不仅对德国的文化和宗教产生过深远的影响,对德国语言的统一和发展也起到了不可估量的作用。在我们的翻译历史上,通过翻译,引入新的词、新的表达法、新的语法结构,来达到丰富汉语的目的,其意义也是十分积极的。值得注意的是,引入异语的各种新要素,是为了丰富完善本族语,本末不能倒置。德国的赫尔德说过一段话:"当然不乏种种理由利用翻译来帮助语言的完善,却也应小心翼翼有所预防。未受翻译作品影响的本族语,犹如一名不曾与异性接触的少女……她虽然幼稚、脆弱,却也十分纯洁并表现出其极为宝贵的本色。"我想,吸收外来语言和文化,不能以牺牲本族语为代价,而为了维护本族语的纯洁,也不能就自我封闭,失去丰富完善自己的机会。在这个意义上说,以吸收为借口,以异国语言来侵犯本族语的纯洁性,生产一些费解、难解的译文,是不可取的,因为它有悖于翻译的目的。同样,将原作中所表现的异域文化、风情、习俗,以及新鲜的形象、新鲜的表述法完全归化,随意取代,也同样是不可取的。陈原先生对翻译与语言的关系,阐述得十分清楚。我完全赞同他的观点。

王理行:一些著名翻译家在介绍自己的翻译经验时,往往强调在译作中体现出来的译家个人的翻译风格,如简洁、华丽、漂亮、工致等,视个人风格为其译作的最大特色和长处。另一种观点则认为,在翻译中,译者的个人风格不仅不能强调,而且应尽量淡化,尽量忘却,除非译者的个人风格与某部具体的原作的风格相吻合,甚至达到水乳交融的地步。可是,所谓的"心心相印",是一种理想境界,在实践中几乎不可能。从原则上说,在翻译中,译者应以所译原作的风格为依归。但从实践中看,一个译者的知识面、认识水平、常用词汇、遣词造句的方式手段、思维习惯等与风格相关的因素是相对稳定的,是有局限性的,无论如何,译者的个人风格会自觉或不自觉地、或多或少地体现在他的所有译作中。您曾说过,译者的个人风格在翻译中并非一个完全被动、消极的因素,能否请您具体谈谈?

许钧:对翻译的风格问题,翻译家谈得已经不少了。我只想谈几点不成熟的原则意见。法国著名作家福楼拜说过:"风格就是生命。这是思想的血液。"翻译文学作品,自然不能忽视原作的风格。因此,首先一条,就是原作风格必须加以再现。其次,我认为风格也是可以再现的,虽然有一定难度。再次是不能否认译者风格的客观存在。如傅雷,他的译文风格就十分明显,尤其是译文的文字风格,不可能不打上译者个性的标记。对一个翻译家来说,能充分调遣译入语的表现手段,去再现原作的风格,自然是值得鼓励的,因为这是一种积极的态度。在翻译中,如果仅仅从形式上去模仿原作的结构、遣词造句手段,有时会陷入被动的境地,不仅没有再现原作的风格,反而丧失了原作的生命。从语言角度看,形式的模仿不是目的所在,关键是要透过原作的语言形式,把握形式所蕴含的价值和风格,用译入语相应的手段,去加以再现。因此,识别原作的风格特征是非常重要的一点，这是基础。比如译杜拉斯的作品，她的文字经常会出现一种断裂，故意留下空间，句式上，喜爱用短句，词汇选择上，避免运用那些太旧太没有新意的字眼，她写的《情人》如此，《中国北方的情人》也如此。好的译者，自然应该想方设法把这些风格特点在译文中表现出来。王道乾先生译的《情人》，把杜拉斯的风格表现得十分充分。著名作家赵玫说王先生不仅翻译了杜拉斯的短句子，还翻译了杜拉斯的灵魂，总觉得王先生是和杜拉斯"共同着生命"。王道乾先生的成功，我想是译者风格与原作风格达到和谐境界的一个证明。傅雷是位伟大的翻译家，他也主张选择他喜欢的作家来翻译，他翻译的《约翰·克利斯朵夫》，就成功再现了罗曼·罗兰的风格。再现原作风格，应该成为翻译家的自觉追求。有没有这个追求，结果会大不一样。

至于译者的个人风格在翻译中如何发挥积极作用，我想最重要的一点，就是译者的风格不应与原文风格发生冲突，而应追求与原文风格的和谐。

王理行：出于种种原因，有的原作中会存在这样或那样的明显的错误。在翻译中，有的译者会加以改正，而有的译者则将错就错，最多在注释中加以说明并提供正确的内容。先生认为应如何处理原作中的错误？

许钧：原作中的错误，大概可以分为两类：一类是真正的错或讹误，译者有责任予以澄清或改正，比如钱锺书写的《围城》。钱锺书在1984年11月写的"重印前记"中说："这部书初版时的校读很草率，留下了不少字句和标点的脱误，就无意中为翻译者安置了拦路石和陷阱。"这样的谬误，作者和译者发现了，都应该加以改正。有的讹误，也许作者也发现不了，若译者发现了并予以改正，我想作者应该会表示欢迎的。据钱锺书的"重印前记"，他的《围城》中，就有两处多年蒙混过去的讹误，是德国译者莫妮卡·莫奇博士发现的。为了法语译本，钱锺书先生还在原书中校正了几处错漏，并修改了几处词句。我们常说，翻译是原作生命的拓展和延续，改正原作的谬误，也是对原作生命的一种爱护和珍惜。还有一种错，实际上是作者为表达需要故意出的错，是通过出错求某种表达效果，如为了毕肖某个人物的说话口吻或表现其身份,原文中故意出现语法错误、拼写错误等,而这样的"错",译者非但不能改,反而应该在译文中有所体现,以再现原作的表达效果。另外,在翻译中,译者有时会在原文中发现一些常识性错误,如史实方面的错误。我想发现了,就应该指出来。但不要在正文中改,最好以加注的形式。

王理行:从客观上讲,原作是由其固有的长处和短处,包括错误在内组成的一个整体。原作中的错误也能反映作家创作的真实情况,比如博尔赫斯的后期作品中,因作者双眼变瞎而出现了许多外文拼写错误,这些错误若不在译文中加以一定的反映,是否某种程度上剥夺了读者的知情权,甚至会让读者误以为博尔赫斯双眼变瞎对创作无影响?

许钧:这个问题最好去问林一安先生。他是《博尔赫斯全集》中文版的主编,想必对这个问题有自己的处理原则和技巧。不过,我觉得,这个问题不是很典型。对读者来说,他们能容忍作品中出现太多的拼写错误吗?编辑会帮着改正过来的。你是编辑出身,对译文中的错别字,你是从来不放过的。

王理行:有的译者在翻译中尽量考虑原文的标点符号和断句,凡是能做到的,都尽量做到以句子为单位,原文与译文句句对应。有的译者认为不必受原文标点符号的限制,只要译文行文需要,可以随时、随处、随意把原文的几个短句或短的段落合并为一个句子或段落,把原文的一个长句或长段落拆散为几个短句或短段落。对这个问题,您认为如何处理为妥?

许钧:你提的问题,看去好像是纯技巧性的,实际上涉及翻译者对原文的态度问题,也涉及译者对标点在文学作品中所起的作用的认识问题。谈文学作品,经常讲到气势,标点对于气势的营造,有着不可忽视的作用,少有标点的长句,一气呵成,气势贯通;而多标点的短句,紧凑精干,没有拖沓之感。在文学作品中,作者对标点的使用并不是随意的,他们或为了满足表达上的需要,或有着美学的追求,像乔伊斯写《尤利西斯》、普鲁斯特写《追忆似水年华》、加西亚·马尔克斯写《百年孤独》、杜拉斯写《情人》,作品中的标点不是可有可无的。对这样的作品,随意合并或拆散句子、段落,会破坏原作的气韵和审美价值。但是,我们也应当承认,不同的语言之间存在着差异,要想做到句句对应,是不可能的,如西方语中的从句结构,不可能完全移植到中文里来。像英语或法语中的限定性从句,就不能照搬,有时需要断句,重复先行词。这种做法,是文字转换所要求的,不这样做,则中文不通,非但达不到传达原文的精神的要求,反而连起码的语句通顺也做不到,得不偿失。我想,个性化的行文标点,是为了追求表达效果,我们在翻译中所要追求的,不是形式上的亦步亦趋,或计较一字一标点的得失,而要从整体表达效果上去考虑。我们在翻译《追忆似水年华》时,在翻译原作的长句时,有过各种尝试,对每一个标点和句子的处理,都经过慎重的考虑,甚至尝试过各种译法,进行过比较权衡,以尽量再现原作蕴含的各种价值。

王理行:中国翻译界有个值得注意的现象:一些译者在步入译坛之初到成名成家之前,从理论到实践上均强调从内容到形式对原文扣得比较紧,但到快要成名或成名成家之后,则自觉不自觉地、或多或少地放弃对原作形式因素的贴近与忠实而追求译文本身的优美畅达。您堪称中国翻译界较注重翻译的形式因素的译者的代表之一,不过,近来有人注意到您在翻译实践中也有强化润饰译文本身的倾向。请问许先生,您是否也注意到了这种现象?这种现象的原因,是翻译内在规律的作用,还是大部分老一辈已成名成家的译者的示范作用,还是大部分外文系出身的译者欲遮掩本身汉语语言文学功力不够而产生的逆反心理的影响,抑或别的什么原因?

许钧:我确实非常重视作品的形式因素,因为我始终认为,一部文学作品,讲什么固然重要,但怎么讲,也很重要。文学作品的形式与内容是统一的,忽视形式,不可能深刻理解其内容,没有相应的形式,也不能再现其精神。文学翻译要重视文学性,这个文学性,在很大程度上,就表现在形式上。文学的创新,也离不开形式的创新,所以,在文学翻译中,应该重视作品的形式因素。你谈到初入译坛者,翻译时往往比较贴近原文的形式。好像是有这个现象,这里面有个对形式的理解问题,也有经验和熟巧的问题。我有个体会,叫艺高人胆大。初学自行车,手紧紧握把,生怕偏了方向,越怕车把握得越紧,以至于到了生硬的地步,而动作一硬,免不了摔倒。初学翻译,生怕离开了原文,把眼光只盯在语言的表层,忽视了语言所表达的深刻的生命,结果,好像是紧扣了原文,但译文徒具外形,没有生命。有经验的翻译家,是既着眼于原作的形,又注重原作的神的。译作要出神入化,需要有对原作深刻的理解,也要具备相当的文学表现力。关于强化润饰译文,我想自己主观上并没有这个倾向。也许是自己早期的译文太没有文采了,后来译多了,有一点进步,这不是主动润饰的结果,而是汉语表达上的一点点提高而已。我认为罗新璋先生的一句话说得很有道理:译文的表达都不通畅,怎敢奢谈再现原作的形式。润饰译文,如果是在不脱离原文的基础上,增加译文的文学性,删除可有可无的词,使译文更能传达原文之美,我想是应该值得鼓励的。太粗糙的译文,只能算是半成品,需要不断润饰。有的翻译家,译文一遍又一遍进行修改,精益求精,以求出文学翻译精品,这种精神和做法值得我们学习。但润饰,不是文字上的美化,不是单纯追求漂亮的字眼,这样的美化倾向,有可能会偏离原作的精神。

有一个现象,也许你已经注意到了。有的译文,看去很美,也很有味,但与原文一对比,发现原文的逻辑关系变了,突出的重点变了,整个味道也变了。这样的翻译,我想不应受到鼓励。

王理行:有的译者强调、追求自己的译作要超越原作。其实,即使译者个人的文学才情真的超越了原作者,但受原作种种因素制约基础上"再创作"出来的译作,总体上能够超越原作的,可谓寥寥无几。美国著名诗人埃兹拉·庞德根据美国东方学者欧内斯特·费诺罗萨的译文初稿"翻译"(其实是改写)的 17 首中国古诗集《华夏》(*Cathy*,1915)一度深受英语读者的欢迎。凭庞德的诗歌才情,他亦译亦写的某几首诗完全可能比中国古诗原作更精彩,更令人称绝。英文版《华夏》完全可以称作一本成功的书,但有一种观点认为,读者找《华夏》看,是想了解中国古诗,庞德的《华夏》虽深受英语读者欢迎,但因离原作距离太远,是对英语读者的一种欺骗。请许先生从翻译的角度谈谈看法。

许钧：文学翻译作为一种创造活动，不可避免地会有各种各样的实践。翻译一部作品，会有不同的目的、不同的追求。我们谈的翻译原则，是针对普遍意义上的翻译实践的。不满足于模仿原作，把自己的想象力与创造力融入翻译中去，把翻译变成了自己的一种创作，这种例子中外翻译史上都有，但不多，或者说很少。超越原作，谈何容易。艺术个性越强的作品，翻译的价值越高，翻译的难度也越大。《红楼梦》在国际上至少已有 15 种语言的译本，不知道有没有超越原作的。西方文学的名著，在中国翻译得已经不少，有的甚至有十几个译本，没有哪一个敢说超越了原作。从理论上讲，翻译只能是原作生命的延续和拓展，不是对原作本质的超越。对原作精神的篡改，已经不叫翻译了，至多叫改写。

王理行：您历来倡导健康、科学、有益于促进译技译艺提高的文学翻译批评。在现实中，从广义上看，广大的普通读者(任何一个外国文学译作的读者)，新闻媒体的编辑、记者，作家，文学评论家，发表出版文学翻译作品的期刊、出版社的编辑人员，外语专业出身而不搞文学翻译实践和批评的专家学者，有一定的文学翻译实践并对文学翻译批评有所思考、有所研究的专家学者，这么多的人都在有意或无意之中以这样或那样的方式进行着文学翻译批评。这些人的批评可以归为两大类：不对照原文的批评与对照原文的批评。不对照原文是可以进行文学翻译批评的。不对照原文的批评完全可以否定一部译作，但要肯定一部译作，就不一定可靠。比较可靠的批评是对照原文的批评。但现实中，往往是不对照原文的批评更多，对具体的译者乃至整个翻译界产生着更大的实际影响。而译者心理上更希望得到上述各类批评者中哪类批评者的首肯，其实践中的追求、做法和结果便不尽相同，甚至差距极大。请问许先生，译者该怎么办？

许钧：文学翻译批评的内涵是很丰富的，作用也是多方面的。文学翻译事业要发展，质量要提高，少不了文学翻译批评。批评的形式也应该是多种多样的。文学翻译批评的开展，首先是对一种翻译价值观的肯定。法国有个文学翻译理论家，叫安托瓦纳·贝尔曼，他强调文学翻译批评至少要从诗学和伦理两个层面上去展开。对翻译的作用、翻译的态度的批评，是伦理、道德层面上的批评;对翻译质量的批评,有伦理、道德层面上的,也有诗学层面上的。从文化层面上,任何一个阅读译作的读者,无论懂不懂原文,都可以从接受者的角度对翻译进行评判,这是每一个读者的权利。我十分佩服很多作家的艺术直觉,他们虽不懂原文,但凭着文学研究家的某些介绍,加上自己的领悟,能够对译文是否传达了原作精神做出比较准确的评价。这可能是艺术精神和直觉相通的缘故。懂原文的批评者,有自己的优势,也有十分便利的条件,但我认为,真正的文学翻译批评,不能只满足于正误性或浅表性的评价。现在的翻译出版界,无论懂原文还是不懂原文的,对翻译进行批评的人,不是太多了,而是太少了。我们希望有更多的人,从各自的角度去关心翻译,去批评翻译,只有这样,翻译事业才能更健康地发展。就理论而言,我觉得目前的文学翻译批评应该加强以下几个方面的建设:树立科学的批评精神,建立自主的批评理论体系,形成规范性的行之有效的批评标准,拥有开放的批评视野,强化指导性的批评功能。

对一个译者来说,对来自各个方面、各种形式的批评,都应该持欢迎的态度,因为这有利于翻译质量的提高。

王理行:能不能请您谈谈文学翻译者的基本素质要求?

许钧:对这个问题,我想老一辈翻译家们已经做出了回答,归纳起来,主要有以下几条:对文学的热爱,驾驭出发语和目的语的能力,宽阔的知识面,敏感的艺术感悟力,丰富的想象力和艺术创造力,另外,还要有强烈的责任感。

王理行:您 20 多年来专心致力于多方位、多层面、多角度的文学翻译教学、实践和研究,在为期三年的《翻译漫谈》中涉及了文学翻译中的诸多重要问题,请问还有哪些问题同样很重要,值得去拓展、探索与研究,但还未曾"漫谈"的? 在《译林》上的"翻译漫谈"就此告一段落了,但您对文学翻译的研究一定还会继续深入下去,请问您在这方面有什么具体的计划?

许钧:三年的漫谈,涉及的问题很多,特别是就翻译的一些基本问题,我们有机会跟老一辈翻译家进行了深入的探讨。以前翻译界流行一种说法,说文学翻译没有理论,可只要听一听老一辈翻译家的谈话,这种说法不攻自破。他们不仅有理论,有的理论甚至自成体系。可以说,每一个翻译家都有自己的翻译原则和追求,他们在丰富的实践基础上升华的理论,更弥足珍贵。翻译的许多问题,不可能现在就作断论。但老一辈翻译家们的丰富经验和理论见解,对我们进一步进行系统的理论探讨,无疑奠定了一个基础,也开拓了我们的思路。就我个人而言,我想我这辈子跟翻译是有缘的,以后还是从事翻译教育、翻译实践和翻译研究工作,目前在指导十个研究生,其中有两个博士研究生,都是研究翻译的,我要求他们注意在实践和理论的结合上下工夫。前一段时间,在湖北教育出版社的支持下,我在主编一套"外国翻译理论研究丛书",有五卷,旨在借鉴国外翻译理论研究的优秀成果,促进国内译论研究发展,加强翻译学科的建设,在掌握近四十年来外国翻译理论研究的基础成果和资料,了解其现状,把握其趋向的基础上,有选择地对美国、苏联、法国、英国、德国等国的翻译理论研究成果作系统的研究与评介。另外,我还在主编一套"译家文丛",展示老一辈翻译家们的文化视界和他们对翻译、文学和文化的思考成果。做的都是梳理和总结性的工作,算是给译学建设打一点基础吧。以后有机会,我想写一部《翻译论》,尝试着对翻译活动进行系统的理论阐述。

王理行:衷心祝愿您在翻译教学、翻译实践、翻译理论研究的各个方面取得更大的成就,为中国翻译事业的进一步繁荣发展做出更大的贡献。

2000 年 7 月初稿

(本文的主要内容,曾以《翻译是一种特殊的艺术创造》之名,发表于《译林》2000 年第 6 期,全文被收入许钧主编的《文学翻译的理论与实践——翻译对话录》,译林出版社,2001 年 4 月)

20 世纪中国文学翻译的一次梳理与总结

在 20 世纪,文学翻译在中国文学走向现代化、走向并汇入世界文学总体格局的进程中,一直都起着至关重要的作用。可以说,中国文学的现代化是从文学翻译开始的。1898 年梁启超作《译印政治小说序》,1899 年林纾译《巴黎茶花女遗事》出版,揭开了 20 世纪中国文学翻译和中国文学现代化的序幕。从严复提出译事三难"信达雅",从不懂外语的林纾翻译外国小说起,20 世纪的中国文学翻译,就像风云变幻的 20 世纪的中国社会、政治和文学,伴随着对翻译的目的、地位、作用、标准、性质、方法、技巧等翻译的内涵与外延及翻译理论诸多方面的探索与论争,走过了一条充满曲折坎坷又取得了辉煌成就的道路。20 世纪的中国文学翻译是丰富多彩又错综复杂的。

对于 20 世纪中国文学翻译这么一个颇具学术研究价值又有历史与现实意义的对象,也许正因其丰富复杂,迄今仅有局部的、单语种的、断期的研究论著问世,尚未出现对它进行较为全面系统研究的成果。最近由译林出版社推出、许钧等著的《文学翻译的理论与实践——翻译对话录》一书,堪称国内这方面较有深度也较为全面的最新成果。这是许钧主编的《文字·文学·文化——〈红与黑〉汉译研究》的续篇。《文字·文学·文化》一书是以 1995 年《文汇读书周报》发起、许钧主持、波及全国翻译界乃至文化界的《红与黑》汉译大讨论为基础的。

20 世纪中国文学翻译的辉煌,是由大量作为个体的翻译家的辛勤劳动铸就的,因而对一个个具体翻译家的研究,是对 20 世纪中国文学翻译进行总体研究的坚实基础。从 1998 年开始的连续三年中,许钧教授在《译林》杂志"翻译漫谈"专栏中,就翻译,特别是文学翻译的一些基本问题,有针对性地与国内译坛的一些卓有成就的著名翻译家,通过对谈的方式进行探讨,让各位具有一定代表性的翻译家结合自己丰富的翻译实践,畅谈各自对文学翻译的独到经验、体会和见解。先后参加对谈的翻译家有季羡林、萧乾、文洁若、叶君健、陈原、草婴、方平、许渊冲、屠岸、江枫、李芒、赵瑞蕻、杨苡、李文俊、吕同六、杨武能、郭宏安、罗新璋、施康强、林一安等二十多位。他们在对谈中涉及英语、法语、德语、俄语、日语、西班牙语、意大利语、丹麦语、梵语等大小语种和小说、诗歌、散文、戏剧、童话等文学样式的翻译。翻译家们从各自丰富的实践和独特的角度出发,探讨了文学翻译中的诸多问题:翻译的目的、任务、性质、地位和作用(都与促进文化交流有关),翻译的动机(战斗的武器、革命的事业、欣赏、爱好、借鉴、继承、积累等),影响翻译对象选择的因素(动机与目的、时代与社会、政治与思想、意识形态、艺术魅力、文化内涵、审美价值、文学史地位、译者个性等),翻译的标准与原则("信达雅"及对"信达雅"的多种阐释),翻译的过程(理解与表达、翻译与研究的关系),译作与原作的关系(模仿或再创造、再现或超越)、翻译的主体性(译者的主观因素:个性、素养、立场、道德、追求)、原作风格的再现、译者个人的风格、形象思维与形象再现,形式与内容、神似与形似、科学与艺术、语言与翻译、语言互译的关系、翻译的可行性、翻译的局限性、文学翻译批评……

人们就日常琐事进行的交谈可谓闲聊,但有所思、有所长的专家学者之间的交谈,则可以颇有深度,可以专于挖掘、梳理、总结、开拓、提炼、升华,可以富有参考、借鉴、启迪作用,堪称颇具学术价值的对话。对话也是一种行之有效的学术研究的方法,而《文学翻译的理论与实践》则为此提供了又一个富有说服力的佐证。

可以说,20 世纪萦绕于广大文学翻译者心头、在中国翻译界争论不休的大多数主要问题,所涉及问题的各种具有代表性的论点,几乎都在《文学翻译的理论与实践》一书中得到了探讨和阐发。在此意义上,《文学翻译的理论与实践》一书,堪称某种程度上以独特的方式对刚刚过去的 20 世纪中国文学翻译做了一次梳理与总结,为文学翻译实践的后来者提供了丰富的切实可行的经验,为以后的中国翻译理论研究提供了宝贵的第一手材料、一个新起点和一个新高度,在中国文学翻译史上将起到承前启后的作用。

(原载于《文汇读书周报》2001 年 6 月 23 日第 2 版)

文学翻译批评学的雏形

——评《文学翻译批评研究》

"十年内乱"结束后,国门打开,每年都有大量的外国文学作品经过一批批译者的辛勤耕耘后送到中国读者手里。然而,相对于十多年来蔚为壮观的翻译作品来说,文学翻译理论方面的著作却少得可怜。而且在翻译界长期以来有个怪现象,搞翻译理论研究的人很少搞翻译实践,而搞翻译实践的人又很少搞翻译理论,由此形成了翻译理论与翻译实践的脱离。

刚到不惑之年的翻译家许钧教授的专著《文学翻译批评研究》是我国文学翻译批评领域的拓荒性著作。

许钧把翻译当作一门艺术、一种事业去追求。他以教授翻译课为业,同时已有二十部近五百万字的译著,所译的几乎全是法国几大文学奖的获奖小说。《文学翻译批评研究》就是在这大量翻译实践的基础上所进行的翻译理论研究的产物,其中许多内容都具有较强的操作性,因而对文学翻译批评实践颇有指导作用。它以国际译坛公认极难翻译的《追忆似水年华》(许钧是译者之一)等文学名著的汉译本为主要批评对象,结合中国文学翻译批评的现状,借助文学与文学翻译批评研究的新成果,通过对译文多层次、多角度的批评,在研究文学翻译基本规律与方法的同时,对文学翻译批评的基本范畴、原则和方法进行了系统的探讨,体现出作者严谨的治学风格和扎实的学术功底。虽然作者在后记中说明"没有构建一门文学翻译批评学科理论体系的奢望",但此书堪称文学翻译批评学的雏形。

　　文学翻译批评工作开展起来并不容易。我们见到的许多这方面的文章,常常意气用事,或把译文吹捧一通,或把译文咒骂一气,缺乏实事求是严谨科学地分析译文得失的态度。搞文学翻译的人去搞文学翻译批评,几近于"引火烧身",因而这种例子并不很多。许钧不但批评名家的文学翻译,还直接地公开地"请火烧身",批评自己的文学翻译,目的在于"赢得一些'反批评'……使自己能更清楚地认识自己的缺陷"。这需要极大的勇气和信心,这表现出作者对翻译事业、对真理有着何等执着的追求!

（原载于《中国文化报》1994 年 6 月 19 日第 4 版）

如何评价文学翻译作品

——读《文学翻译批评研究》

在文学翻译批评领域,文学翻译标准的不同,导致了对同一种译文不尽相同甚至针锋相对的评价(如对闻家驷译的《红与黑》)。其实,不论持什么标准,在评价文学翻译时,一个严肃认真的人,必然要拿原作与译作进行对照,看看译作在多大程度上把原作所包含的方方面面传达出来了。把原作的方方面面表达得越充分的译作越好,即对原作越忠实的译作越好。让众多论者争论不休的,其实是"忠实"二字。怎样的译作才算忠实?译作须在哪些方面忠实于原作?无法完全忠实时又怎么个忠实法?怎样看待翻译中的再创造及译者个人的风格?这些都是翻译理论和实践工作者所关注和探索着的问题。曾有一些翻译工作者就这些问题撰文发表过一些看法,但是缺少系统全面的探索与研究。

笔者欣喜地看到,在《文学翻译批评研究》(译林出版社,1992)这一专著中,刚到不惑之年便已有20部总计近500万字译著的许钧教授对包括上述问题在内的一系列文学翻译批评问题进行了深入的研究。该书以国家译坛公认极难翻译的《追忆似水年华》(译林版,许钧是译者之一)等文学名著的汉译本为批评对象,结合中国文学翻译批评的现状,借助文学与文学翻译批评研究的新成果,通过对译文多层次、多角度的批评,在研究文学翻译基本规律与方法的同时,对文学翻译批评的基本范畴、原则和方法进行了系统的论述。

文学翻译批评的基本原则

目前我国的文学翻译批评中,有两个值得注意的现象:一是"过死",二是"太活"。前者仅处于翻译的基本(最低)层次,仅止于对照原文与译文,挑出译文中的错误(往往是逻辑意义层次的错误)。其实,成功的翻译并不只是原文与译文之间封闭性的转换,还应考虑到文化及读者审美习惯等多种因素对翻译的制约与影响。而"太活"的文学翻译批评,是感想式的,缺乏对原文的仔细揣摩与深入分析,凭自己的主观印象与初步感觉,或者只抓住译文中个别的现象,就对译文笼而统之地下结论。

针对这种现状,许钧在书中提出了文学翻译批评的四项基本原则:1)文学翻译批评不仅要对翻译的结果,即译文进行正误性的判别,更应重视翻译过程,即将出发语转换成目的语的整个过程,进行深刻分析。在世界——作者(原作)——译者(译作)——读者这个相互影响的大系统中去考察翻译的可行性与译者的取舍依据,将译者的主观意图、具体转换过程与客观存在的翻译结果进行统一辩证的评价,由此得出的结论会更客观、全面、合理。2)文学翻译批评要突破感觉的体味,注重理性的体验。仅凭感觉去评价译文优劣,难免游离于批评客体的表层与外围。应以现代语言学、符号学、接受美学等为依据,对译文进行逻辑验证、语义对比分析和翻译层次评析。3)文学翻译批评应该将局部的、微观的批评与整体的、宏观的评价结合起来。一篇文学翻译批评的文章,不可能面面俱到,总有一定侧重,但无论是对翻译的专题评价,还是局部的批评,都不能忽视对整体的把握。评价一句译文处理,离不开上下文,离不开句段的制约因素的分析。4)文学翻译批评应注意发挥积极的导向作用,建立新型的批评者与被批评者之间的关系。批评应该是严肃的、科学的、与人为善的,应该有利于切磋译艺,使批评者与被批评者互相启发,共同提高。

文学翻译批评的基本方法

一部文学作品的产生,涉及五大方面:1)作者;2)作者所观所感的世界;3)作品;4)承受作品的读者;5)语言(包括文化、历史因素)。许钧认为,产生一部译作,相应要涉及五个方面:1)译者;2)译者对语言化了的作者所观所感的世界(具体形式是原作)的所观所感;3)译作;4)承受译作的读者;5)语言(也包括文化、历史因素)。原作与译作之间可比较因素主要集中在三个方面:1)译者在具体作品中所观所感的世界与作者意欲表现的世界(包括思想内容、思想倾向、思维程式);2)译者所使用的翻译方法和手段与作者的具体创作方法和技巧;3)译作对读者的意图、目的和效果与原作对读者的意图、目的和效果。由此可见,文学翻译批评的对象,即译作,与原作一样,并非一个封闭的系统,而是受诸多因素影响和制约的。比如语言的因素,作者与译者使用的语言符号系统变了,由于不同语言符号系统的音、形、义的组合规律和传情达义的手段有别,更由于不同语言符号系统所载的文化意义有别,译者语言符号的转换就必然不是,也不应该是机械的活动。又如读者因素,原作的读者与译作的读者之间文化传统、心态与审美习性不一致,因而在作品接受过程中,他们的美感反应也可能有差别。我国译界一直强调的译风、译德、译效等问题都已包括在上述内容中。

一个批评者在具体进行批评活动时,不可能就一部译作的形成因素及诸因素的相互关系进行全面系统的比较与评价,而只能选择一定的批评层面和角度。此时,应该注意四个方面:1)译作既是一个相对自足的符号体系,又是一个开放性的活动世界,因而要充分考虑符号体系本身的特性和文本潜在的活动因素,避免机械的符号对应和僵死的批评视野。2)要重视形式表层的比较,更要注意内容实质的比较。文学翻译批评者有理由要求译者尽可能调遣目的语中相应的语言手段重现原作中的形式因素,但由于不同语言之间的差异,当形式无法对应而只能采取变通的方法时,就要比较译文与原文的形式价值(亦即内容)。艺术价值上"等同"的翻译,可以是语言上、语言的各个形式要素上不完全等同的转换。3)译作与原作之间的比较的着重点,是两者之间反复出现的普遍的、典型的,带有规律性、倾向性的关系,同时也不能忽视非普遍的、无规律的、仅适于某个具体情况的例外关系,因为有时可从后者发现一些富有启示性的东西。4)应该承认翻译的限度,客观比较译作与原作的差异。由于生态环境、物质文化、社会习俗、宗教文化、意识形态以及语言意义单位、句法结构、形式手段、交际环境等方面的差异,不能过分要求译者传译的完美。既要承认翻译的障碍,又要承认译者个人风格的客观存在,同时寻找造成翻译障碍的原因,通过比较不同译者的克服同一障碍所采取的相应措施,探讨一些可行的手段,进而提高翻译的可行性与质量。

在书中,许钧还应用自己文学翻译批评的研究成果对一些外国文学名著的名家名译从翻译层次论、蕴涵义、译者风格、译本整体效果、风格传达、隐喻再现、长句处理等方面的批评,尤其是对文学翻译的自我评价,为他自己倡导的客观、公允、合理、科学的文学翻译批评开了好头。

(原载于《外语与翻译》1994 年第 4 期)

中西译学理论的集大成者

——许钧新著《翻译论》的诞生

　　一本书能集中西译学理论之大成？太夸张了吧？对于任何一部著作来说，这确实是夸张的说法，但仔细看过许钧的新著《翻译论》(湖北教育出版社,2003)这部力作后，却又觉得好像还真有那么点意思。

　　许钧 20 多年如一日,孜孜不倦地与翻译打着交道,集翻译实践、翻译理论研究、翻译教学于一身。他个人已有 30 来本约 800 万字的文学与社会科学译著,5 部译学论著与百余篇翻译研究论文,已带出翻译研究方向的 6 位博士和 19 位硕士。

　　《翻译论》的书名很是平实,但内行人一看便知道,非真正的行家、大家是不敢也写不出像《××论》之类的书的。

　　许钧在 1992 年推出了一部日后不断被译界同行引用的专著《文学翻译批评研究》。他当年便雄心勃勃地萌生了写作《翻译论》的计划,但具体着手时很快便发现力不从心,自己各方面的储备还远远不足。遭遇挫折后,他并未气馁,而是冷静下来,踏踏实实地不断丰富自己。1995 年,他利用国内舆论对《红与黑》汉译的热衷,在全国翻译界发起了一场大讨论,力图从半个多世纪来问世的《红与黑》十几个版本中选取最具代表性的几个,通过这部具有代表性的世界文学名著的汉译所全面引发的问题,就相关译家的翻译思想、艺术追求和翻译实践作一个分析比较,用不同形式的批评和探讨,为澄清文学翻译的一些基本问题、探索文学翻译的成功之路提供一些参考。这场讨论得到了包括《红与黑》汉译者在内的我国翻译界的积极参与和反应,并引起了国内学术界、文学界、出版界、新闻界乃至海外学界的关注,还吸引了众多普通读者的积极参与和热情支持。作为总结,许钧把讨论中的有关文章、书信、对谈、调查等编辑成《文字·文学·文化——〈红与黑〉汉译研究》出版。1997 年,他与张柏然先生联手从近二十年来江苏译界学人的译论中遴选出 52 篇,主编了《译学论集》。1998年,他主编的《翻译思考录》收录了近十年来我国知名学者、翻译家、作家、文学评论家对翻译进行思考的文章。从 1998 年开始的连续三年中,许钧在《译林》杂志《翻译漫谈》专栏中,就翻译,特别是文学翻译的一些基本问题,有针对性地与国内译坛的一些卓有成就的著名翻译家,通过对谈的方式进行了探讨,让各位具有一定代表性的翻译家结合自己丰富的翻译实践,畅谈各自对文学翻译的独到经验、体会和见解。先后参加对谈的翻译家有季羡林、萧乾等 20 多位,涉及大小 9 个语种和各种文学样式的翻译。这三年对谈的结果,便是《文学翻译的理论与实践——翻译对话录》一书。可以说,20 世纪萦绕于广大文学翻译者心头、在中国翻译界争论不休的大多数主要问题,所涉及问题的各种具有代表性的论点,几乎都在《文学翻译的理论与实践》中得到了探讨和阐发。在此意义上,《文学翻译的理论与实践》一书,堪称在某种程度上以独特的方式对刚刚过去的 20 世纪中国文学翻译做了一次梳理与总结。为了对翻译家丰富而复杂的思想进行更全面的研究,他还主编了 12 卷的“巴别塔文丛”,参与了“中华翻译研究丛书”的选题策划工作。

1996 年开始,许钧主持了“外国翻译理论研究”课题,与国内一批实力派老、中年翻译学者通力合作,在掌握近四十年来外国翻译理论研究的基本成果和资料、了解其现状、把握其趋向的基础上,按国别、有选择地对外国翻译理论研究的成果做了系统的研究和评介,推出了一套“外国翻译理论研究丛书”。

近年来,许钧越来越强烈地意识到,翻译学研究需要有跨学科的视野,因此,他自觉地在这方面进行补课,认真阅读了哲学、美学、语言学、社会学等学科的有关经典著作和代表作,吸取最新的研究成果,还和周宪先生合作主编"现代性研究译丛"和"文化与传播译丛"两套大型学术丛书，从而大大开拓了研究视野，充实了学术素养。

凭着 20 多年的翻译实践和翻译教学经验，为了写作一部对翻译活动进行全面整体思考与研究的《翻译论》，许钧花费了近 10 年的时间，从中国传统的翻译理论到最新的译学研究成果，到国外近 40 年来的译学探索成果，到相关社会科学的经典著作和最新成果，都进行了比较充分的准备和补课。由此可见，他呕心沥血地写出的 33 万字的《翻译论》，是在国内外翻译研究界为个人的思考和探索所提供的学术平台和理论基础上展开的，是基于发展的观点对国内外翻译研究界和相关学科对翻译活动的多方面探索进行的一次尝试性的整体思考、系统梳理和学术阐发，其中自然也包括他个人对翻译活动的认识和思考，是他对翻译活动所涉及的基本问题的分析与探索。全书分翻译本质论、翻译过程论、翻译意义论、翻译因素论、翻译矛盾论、翻译主体论、翻译价值与批评论等 7 章，每章含 4—6 节，从中可看出许钧对翻译这一对象思考的广度。书中探讨每一个问题时，他都会看似信手拈来地把古今中外相关的具有代表性的论点加以引述和点评，最后亮出自己的思考和观点，从中可看出许钧对翻译这一对象思考的深度。其心平气和的论述风格背后不自觉地透出的是一种自信，对自己的研究对象具有较充分把握的自信。

笔者明知"中西译学理论的集大成者"是夸张的说法，却仍然用它作为这篇小文的篇名，是因为《翻译论》确实给了我这么一个印象，许钧写作过程的潜意识中大概也朝此方向努力过。当然，《翻译论》中最有价值的内容自然是许钧个人对翻译的思考和观点。以后步入翻译研究领域的学者，若从许钧的这部专著起步，不但可少走许多弯路，更可能一定程度上走上捷径。由于许钧是在非常人可及的丰富的翻译实践的基础上进行翻译研究的，因而《翻译论》对从事翻译实践的人也会有颇多启发。

（原载于《中华读书报》2004 年 7 月 7 日第 20 版）

文学翻译批评的一次成功尝试

——兼评许钧主编的《文字、文学、文化——〈红与黑〉汉译研究》

文人相轻。文章总是自己的好。老虎屁股摸不得。古往今来,中外文坛都大抵如此。作为文坛一隅的译坛也难免如此,因而科学的、健康的、富有成效的文学翻译批评,虽然时而有人在呼唤,但真正做起来实在难上加难。不过,难上加难的事并非不可能。1995 年由许钧教授为主要策划人、《文汇读书周报》发起、国内众多传播媒体参与的《红与黑》汉译讨论,得到了包括《红与黑》汉译者在内的我国翻译界的积极参与与反应,并引起国内学术界、文学界、出版界、新闻界乃至海外学界有关人士的关注,还吸引了众多普通读者的积极参与和热情支持,开创了一种良好的文学翻译批评风气,对中国文学翻译出版事业产生了积极的、重大的、深远的影响。不久前,这场讨论中的有关文章、书信等,已经由许钧主编、由南京大学出版社出版,书名为《文字、文学、文化——〈红与黑〉汉译研究》。把这么一场科学的、健康的、富有成效的文学翻译批评活动的相关文字结集出版,是完全有必要的,相信此书必将成为我国翻译界及其他相关领域不可多得的宝贵的参考资料。

在 20 世纪末的中国译坛出现一场范围如此之广、影响如此之大的《红与黑》汉译讨论并非偶然,而是历史的必然。中国现当代翻译历经一个世纪,碰到了直译与意译、形似与神似、艺术与科学、忠实与创造、借鉴与超越等一些最基本的共同性的问题。以前仅有一些译家、译论家就其中的某个或某几个问题作过零星的论述,而累积百年的对文学翻译基本问题的各种不同的论点,急需一场大范围的、直接的、全面的交流、碰撞与争论,以期有利于形成一些较为明晰的、能为大多数译者接受的、具有普遍参考意义的原则尺度。《红与黑》作为屈指可数的最受世人喜爱的文学名著之一,在中国历经半个世纪的沉沉浮浮后,到了20世纪90年代,突然雨后春笋般地冒出了十几个译本,而且其中多个译本是国内法语文学翻译界的名家倾注了自己翻译思想和艺术追求的呕心沥血之作。许钧多年来一直专心致志地在翻译的园地里辛苦耕耘,孜孜以求,是国内少数几位集翻译实践、翻译理论研究及翻译教学于一肩且卓有成就者。他选定《红与黑》汉译本作为研究对象并非随意偶然之举,而是自觉的、深思熟虑的产物。他力图通过半个世纪来问世的十几个汉译本中选出的最具代表性的几个,通过《红与黑》这部具有代表性的文学名著的汉译所全面引发的翻译中的各种问题,就这些译家的翻译思想、艺术追求和翻译实践进行分析比较,用不同形式的批评和探讨,为澄清文学翻译的一些基本问题,探索文学翻译的成功之路提供一些有益的参考。

许钧策划的这场《红与黑》汉译讨论,从某种意义上说,是他在专著《文学翻译批评研究》中倡导的文学翻译批评的基本原则和基本方法的一次成功的实践。他本人积极参与这场讨论,并与参加讨论的许多作者、《红与黑》的众译家及发起这场讨论的《文汇读书周报》和国内其他有关报刊始终保持着联系,因此,这场讨论始终沿着严肃的、科学的、客观的、公允的、与人为善的、有利于切磋译艺的、使批评者与被批评者互相启发共同提高的方向发展。讨论过程中,基本上没有出现以往常见的仅凭主观印象与初步感觉对译文笼而统之地下结论的现象,没有出现哥儿们义气的吹捧,也没有如仇人般的攻击谩骂。例如,许钧本人写的许多文章,包括对一些名译家的译作、译论提出异议或疑义的文章,事先都曾寄给相关人过目,而相关人从学术角度上的说明或反驳文章,常常紧接着发表甚至同时发表在同一报或刊上,有时还你来我往几个回合,使讨论或争鸣、使有关人的意见观点得以充分地展开,使相关人处于平等的地位。而许钧与他的每个讨论对象之间一直难能可贵地保持着友好的关系。批评的视野已完全突破以往封闭性的对照原文与译文找差错的正误性判断,而是在世界——作者(原作)——译者(译作)——读者这个相互影响的大系统中去考察翻译的可行性和取舍依据,将译者的主观意图、具体转换过程与客观存在的翻译结果进行统一辩证的评价,由此得出更客观、全面、合理的结论。讨论的主要参与者基本上都有自己明确的、富有个人见解的翻译观,同时又对现代语言学、符号学、文体学、接受美学等相关学科有所研究,因而他们的文学翻译批评突破了感觉的体味,突破了批评客体的表层与外围,而进行了逻辑验证、语义对比分析和翻译层次评析,既有局部的、微观的批评,如对一句话、一个词、译名问题的批评,又有整体的宏观的评价,如对一部译作整体风格的评价。这样的批评文章,读来令人易于接受并生发感悟。这场讨论中采用的方法是多种多样的,有对谈、漫评、通信、专论、争论、读者意见征询等。而最后把讨论中的主要文章及这些文章所涉及的文章全部结集出书,其实是这场讨论不可或缺的一部分,因为这次讨论之前,早就有人就《红与黑》汉译进行过批评,如许钧本人于 1988 年,就已发表过这类文章,把有关这类文章收入同一本书,可使人们对《红与黑》汉译问题有更全面的了解,而且《红与黑》汉译讨论不可能随着本次讨论的结束而结束。由此看来,《文字、文学、文化》一书将是惠及我国翻译界的今人和后人的不可多得的宝贵著作。

这次《红与黑》汉译讨论的成功,给人们的启示和感悟是多方面的。第一,翻译是有理论的,是个有内部规律可循的学科,而且在不同翻译理论指导下的翻译实践,其结果也不尽相同。《红与黑》汉译的讨论,实际上可视为我国各派富有代表性的翻译理论的一次大论战,是文学翻译批评诸问题积累到一定程度的大爆发,在这次平等的讨论或争论中,各派的理论都得到了较充分的展示。讨论充分说明,真正有生命力的翻译理论,必须是能够用来指导翻译实践的理论。第二,翻译离不开批评,翻译批评应该有积极的导向作用。只有通过客观、公正、科学的文学翻译批评,较优秀的译本才会脱颖而出,到达更多的读者手里。翻译批评者的目的不是死守某一派的理论而否定其余理论指导下的翻译实践,而是对于不同翻译理论指导下的每一个经译者精雕细琢的译本,都要去发现其价值与存在的意义,不求每个译本如出一辙,但求都起到积极的社会效应。只有这样,才能给翻译实践者以动力,去追求真正融中西文化之精神于一体的日臻完美的译本,而那些抄袭的、剽窃的、劣质的译本被鉴别出来后也要曝光于大庭广众之下使之找不到市场。第三,文学翻译批评应走出仅止于对照原文与译文的正误性判断的狭隘范围,而应走进世界——作者(原作)——译者(译作)——读者这个相互影响的大系统中去全面地评价译作。第四,文学翻译批评的方法多种多样,批评者应具体情况具体分析,充分调动各种必需的方法,以期达到最理想的效果。第五,不同时代、不同层次的读者对译作的审美习惯要求和价值取向都不尽一致,对译文语言的选择,不仅仅是个语言问题,还有着社会、时代、风尚、文化、心理等各个方面的原因,因而不同翻译理论指导下的严肃的文学翻译作品都具有存在的价值,译者的实践活动要有一定的针对性。第六,文学翻译批评不仅仅是文学翻译批评家的事,有赖于学术界、文学界、新闻界、出版界、读书界等社会各界的广泛关注与积极参与。有时,恰恰是那些似乎与翻译毫不相关的各种年龄与文化层次的读者,能为象牙塔里的翻译专家学者提供许多新的视角、新的思路、新的层面或新的启示。比如,不论在什么理论指导下,严肃的译者总认为自己的动机和追求是为了提供一个读者喜爱的堪与原作媲美的译本,但《文汇读书周报》上《红与黑》汉译读者意见征询的结果(尽管这种结果不是最后的定论)却表明,译者的动机和追求与读者的反应不尽一致。这大大出乎某些译家所料,也引起了一些译论研究者的重视和思考。这次讨论正因为在短期内相对集中地动用了众多传播媒体,才使得原本纯学术的翻译讨论扩展到社会各阶层,达到了大大超出原先所料的社会效益。

最后值得指出的是,《红与黑》汉译讨论在引起全社会关注和参与的同时,自然也加深了人们对翻译重要性的认识,因而也有助于提高翻译者的社会地位。这一点恐怕也是策划这场讨论的许钧和《文汇读书周报》的同仁们所始料未及的。

(原载于《书与人》1998 年第 5 期)

给《翻译思考录》投上一票

近年来，翻译图书的出版空前繁荣，与翻译相关的书籍也越来越引起各出版社的重视。据有关人士统计，目前国内仅翻译教程一类的书便已逾百种，其他翻译理论类图书也大量问世，但此类图书中具有较强实用性或一定理论深度和学术价值的似为数不多，大部分图书没有学术个性，内容重复雷同，少有对翻译深入的思考，更缺乏对译技与译道宏观与微观相结合的探索。近读许钧先生主编的《翻译思考录》，深为翻译理论界又多了一本力作而欣喜。

此书分为三编，上编为"翻译纵横谈"，中编为"翻译艺术探"，下编为"翻译理论辨"，把翻译的技艺置于哲学、文化和社会的层面加以审视，将翻译理论的探讨推向深入。此书体现了编者敏锐、犀利而广阔的眼光和兼收并蓄的宽博气度。从入选的篇目看，此书没有打上主编者个人观点的烙印，不依主编者个人的好恶，不搞学术研究上的"近亲繁殖"，而是博采广收，凡言之有理之论，凡有论者个性色彩的新论、异论，凡能自圆其说之论，则不论作者的名气、地位或成就，不论作者是否与主编者有联系，包括与主编者观点不尽一致甚至对立或大唱反调的文章，都一并收入。顺便说一句，近十来年中我印象较深的我国译界及文化界的专家学者对翻译的思考与探索的文章，已经几乎全部收入此书，当然此书的容量要比我印象较深的那些文章大得多。这样的选集，有利于在学术界形成百花齐放、百家争鸣的风气，有利于读者把其中的文章互相对照阅读，起到相互启发的作用，有利于较充分地反映当今我国翻译研究的全貌。

作为专业的外国文学翻译出版工作者,我平时自然会不断地碰到、想到翻译理论和翻译实践中的各种各样的问题,并对它们做一些思考,但出于种种原因,个人的思考毕竟有一定的局限性。《翻译思考录》不仅把许多我曾思考过的问题引向了深入,把我一些模糊的想法明确化了,对我曾关注但未及细加思考的一些问题进行了颇有深度的研究,更是提出了许多我未曾注意但又确实存在的重要问题。书中一篇篇见仁见智的文章一般都能从特定的角度及某种程度上给人以启迪。此书5页长的目录本身就是一份翻译研究者不可多得的有益资料,它从一个特定的角度反映了我国翻译研究的广度和深度,翻译研究者可以赞同、采纳,也可以批评、反对某篇具体文章中的论述和观点,但此书的价值似乎不仅仅在于书中提出的有益的、引人深思的观点,更在于书中提出的新问题、拓展出的翻译研究的新领域。有兴趣者若顺着书中的某些观点、问题或领域深入研究下去,说不定会有意想不到的收获。

出版这么一本又专又偏的、读者面很窄的、长达586页的理论专著,是需要下大决心花大力气的。在图书市场普遍不景气的情况下,湖北教育出版社凭着对中国翻译事业的一片赤诚之心,推出一套包括本书在内的"中华翻译研究丛书",其胆识,其魂力,其精神,实在可敬可佩。这种书能否得什么大奖尚不可断言,但至少翻译界像我这样对翻译研究感兴趣、钟情于翻译事业的读者,是愿意把自己心目中的一票郑重地投给像《翻译思考录》这样的好书的。

(原载于《文汇读书周报》1999年7月10日第2版)

第四辑

文学翻译与出版

诺贝尔文学奖与中国的外国文学出版
——以我与诺贝尔文学奖的因缘为例

1901 年开始的诺贝尔文学奖早已成为世界文坛最有影响力的文学奖之一。

纯粹的文学事件同时又能成为周期性、全球性的新闻事件，能引起世界各国媒体的广泛关注和大众的广泛兴趣，唯有一年一度的诺贝尔文学奖。每年 10 月，全球数以亿计的人都在怀着极大的兴趣翘首期盼着最新的诺贝尔文学奖得主浮出水面，然后，几乎所有的新闻媒体都会对似乎是刚刚诞生的那位世界文豪的生平、创作、个性、嗜好等等大加介绍，不少人还会对最新的诺贝尔文学奖得主是否该得奖议论一番，同时有的人对瑞典学院的院士们在评奖中表现出来的价值判断和倾向表示不满。在中国，诺贝尔文学奖自然也是万众瞩目，各种各样的议论不绝于耳。进入 21世纪以来，瑞典学院的院士们在评选诺贝尔文学奖得主时，在秉承诺贝尔的遗愿，即诺贝尔文学奖是要颁发给在文学界创作出具有理想倾向的最杰出作品的人的同时，总是想尽量表现出自己独特的价值判断，力争推出有价值的新人。他们经常在一批公认有资格获奖的作家中选取相比之下不大被人注意的作家，甚至选取被广泛忽视而又确实已达到一定文学水准线之上的作家，让尽可能多的人，甚至让几乎所有的人都大感意外，进而更加体现出其判断的独立性，也更多地引起媒体、文学研究专家和大众的关注、兴趣和忙碌，尽管有时会因此引起质疑和非议。文学艺术贵在具有独特的个性，而独特的个性有时并不一定能较快地得到普遍的接受和认同,因此,成功地挖掘和发现具有独特个性和价值的杰出作家,正是诺贝尔文学奖自身价值的体现,能证明诺贝尔文学奖"点石成金"的作用。平心而论,百余年中的诺贝尔文学奖得主虽然说不上个个都是当年世界文坛上傲然屹立于最高峰的作家,但是,应该说,每一位都是在一定的水准线以上的。放到整个世界文坛上来看,每一位诺贝尔文学奖得主都可谓非常优秀的作家。

进入 21 世纪以来,随着中国社会的不断变化发展,商品化、市场化浪潮的不断加剧,人心日益浮躁,阅读和出版本身都日渐实用化、功利化,文学图书市场,尤其是外国文学图书市场日渐萎缩。那种完全从文学价值本身出发来推出外国重要作家和文学作品的现象已日益少见,这是直接导致中国文学研究界、创作界和读书界对当今世界许多重要作家,包括最新诺贝尔文学奖得主缺乏必要的了解甚至几乎一无所知的最重要的原因之一。然而,不论中国社会如何变化发展,中国始终需要了解当下的世界,中国文学界和广大读者也需要了解当下的世界文坛及其变化发展的走向,而了解当下世界文坛及其变化发展走向的一个重要途径,便是通过世界文坛重要作家的新作了解其创作走向。尽管目前中国的外国文学图书市场仍然不容乐观,但是,有选择地翻译出版外国重要作家及其作品还是有必要、有价值、有意义的,仍然有许多中国作家、学者和文学爱好者渴望及时了解阅读当今世界重要作家的作品。如果有更多的以文学为己任的有心人来从事这一工作,那么,中国文坛与当今世界文坛的交流就会更加顺利,世界文学作为中国文学的大背景和参照系的积极作用会日益明显,而像对最新诺贝尔文学奖得主几乎一无所知的现象出现的可能性就会大大减少。

在进入 21 世纪后并不太景气的中国外国文学图书出版中,对最新诺贝尔文学奖得主的代表作,以至于扩展到其所有作品的版权争夺,已呈愈演愈烈之势,购买中文版版权的费用已被越抬越高。据 2005 年诺贝尔文学奖得主哈罗德·品特作品的版权代理人当年访问译林出版社时透露,品特获诺贝尔文学奖后不久,先后有七十多家中国出版社向他表达了购买品特作品中文版权的强烈要求;而在品特获奖前,其作品中文版权完全无人问津。细细想来，新闻媒体、出版者和读者一时间对刚获奖作家及其作品的强烈兴趣，在更大程度上是冲着具有极强影响力和号召力的诺贝尔文学奖去的，并不是冲着刚获奖的那位作家本人及其作品本身去的，也不是冲着文学本身去的。这不得不说是文学的悲哀！这种作家一旦获奖便抢购其作品中文版权并急速推出的现象，如今已逐步扩展到一些西方主要国家的文学大奖，比如，英国的布克奖、法国的龚古尔奖、美国的普利策奖和全国图书奖等。

近年来的每年九、十月份，也就是诺贝尔文学奖公布最新得主之前，常常会有新闻媒体打电话来问我：今年谁会获诺贝尔文学奖？我反复说，近年来的现实表明，诺贝尔文学奖基本上是不可预测的。通过某种方式或途径预测某位或某几位外国作家最有可能获诺贝尔文学奖，据此抢先推出一些作品，指望其作家一旦获奖便可名利双收，这样做，鲜有成功的案例。相反，完全从文学价值的角度去判断取舍，以较低的费用购得独家出版权，推出尚未引起足够重视却又值得重视的作家的重要作品，后来这样的作家却意外得奖，其作品的出版者一夜之间名利双收，这样的例子近年来倒有不少。下面，以本人多年来关注、研究诺贝尔文学奖并从事外国文学编辑出版的经历为例，说明外国文学翻译出版过程中文本选择的重要性。

我从 20 世纪 90 年代中期开始跟踪、研究包括主要文学奖在内的世界文坛上的最新动态，曾经写过一系列有关英美出版的最佳文学类图书年度概览的文章，其中主要评介英美上一年度主要文学奖及主要报刊上推出的最佳图书，还曾约请其他语种的专家就他们所对应的国别或语种撰写上一年度的主要文学奖及主要报刊上推出的年度最佳图书。2004年，我应一家报纸之约，在一天内写出一篇题为《诺贝尔文学奖得主为何越来越陌生？》的四千多字的文章。此后，此文成为我随时补充、更新的研究诺贝尔文学奖的不断成长的长文，后来还成了我在一些高校题为"新世纪诺贝尔文学奖的新趋势"的讲座的底稿。目前，此文已有约两万字。

南非作家 J．M．库切的力作《耻》最早于 1999 年分别在英国和美国出版。我多年来一直密切关注着国际文坛的最新动向，发现《耻》一问世就受到英美乃至整个西方文坛的高度重视和广泛好评。鉴于此,我找来了《耻》的原版书,经仔细阅读发现,《耻》的内涵和寓意都颇为丰富,涉及了后现代社会里的诸多问题,如人与人之间缺乏、不愿、难以相互交流和理解,而是互相设防、互相封闭等。它在某种程度上反映了世纪末人类生存现状中的困境。《耻》更是一个后殖民世界中人类种族关系现状的寓言,同时又是一部富有讽刺意味、发自肺腑又不可思议地充满温情的小说。20 世纪末的世界文坛,现实主义的回归、多元文化的凸显、对人类情感的探索与反思,成了最显著、最受重视的特征和潮流。创作上彰显个性而不逐潮流的库切不经意之间竟以一部《耻》而成了引领世纪末世界文坛潮流的代表性作家,确实令人深思。基于这种认识,译林出版社在《耻》问世的1999 年果断买下这部当年并不被国内出版界同行关注的小说,于 2002 年9 月出版。一年以后的 2003 年 10 月,当库切获诺贝尔文学奖的消息传来,国内的各类媒体发现,译林出版社的《耻》是中国大陆已出版的这位最新诺贝尔文学奖得主的唯一的中译本,译林出版社一时成为各类媒体曝光率最高的对象之一。我一年前写的那篇短文《谁之耻?》一时间成了国内许多报纸和网站转发的热门文章。《耻》在短期内连续重印数次,而且多年来一直不断重印,成了长销书,获得了较好的社会效益和经济效益。

20 世纪 90 年代后期,译林出版社开始出版"译林世界文学名著·现当代系列",其中收入了英国作家多丽丝·莱辛的《金色笔记》(2000)和《野草在歌唱》(1999)。《野草在歌唱》以前国内已经有过中译本,我印象中似乎是著名翻译家王科一先生翻译的,但调查的结果,该译本的署名译者是王蕾,是王科一先生的女儿。我觉得其中有蹊跷,便设法联系上了王蕾。王蕾告诉我,《野草在歌唱》是她爸爸翻译的,但因为种种原因译得很仓促,出版时译者便署上了当时年仅两岁的王蕾的名字。如今有机会再版,王蕾要对照原文仔细修订后再交给我们出版。经过反复思考与磋商,王蕾最后决定新版《野草在歌唱》的译者署名在她父亲和她自己的名字里各取一字,即署"一蕾",以反映翻译过程中的实际情况。我曾就此撰文《〈野草在歌唱〉的译者署名》。2007 年多丽丝·莱辛获诺贝尔文学奖,译林出版社又成为媒体追踪的热点。

译林出版社早在 20 世纪 90 年代初开始推出的"法国当代文学名著"丛书就收入了法国作家古斯塔夫·勒克莱齐奥的代表作之一《战争》(1994),我曾经担任其责任编辑。2008 年勒克莱齐奥获奖的四年后,即 2012 年,他受聘担任南京大学教授,每年秋季到南京大学为学生开设有关文学、艺术与文化的通识课程。他的课堂上有南京大学各个系科的学生,还有来自校外的同学,其中年纪最小的,是个高一学生。其间,勒克莱齐奥与中国文学界进行了深度接触。后来,我担任了记录他在中国参加文学活动的《文学与我们的世界:勒克莱齐奥在华文学演讲录》和《文学,是诗意的历险:许钧与勒克莱齐奥对话录》这两本书的责任编辑,并在南京先锋书店主持了"勒克莱齐奥、许钧读者见面会——与诺贝尔奖得主一起谈文学"活动。勒克莱齐奥先生专程来到书店与读者见面,这样的事在中国是第一次,在法国或其他国家也从来没有发生过,因此在全世界也是第一次,而且很可能是空前绝后的一次。

我曾经担任石黑一雄的代表作之一《千万别丢下我》(2007)的责任编辑,并在当年发表过一篇论文《当后现代主义的"复制"发生在人类身上的时候——论石黑一雄的〈千万别丢下我不管〉》,论文的最后一句话是:"应该让瑞典学院通过这部杰作来了解世界上还有这么一位杰出的作家,因而可以考虑把诺贝尔文学奖颁发给石黑一雄了。"十年后的 2017 年,石黑一雄荣获诺贝尔文学奖。

2020 年 10 月 8 日,是国庆中秋长假的最后一天。是日 19 点整,世界文坛万众期待的诺贝尔文学奖最新得主终于在诺贝尔奖官方网站揭晓:美国诗人 Louise Glück! 官方授奖词的核心部分是 for her unmistakable poetic voice that with austere beauty makes individual existence universal。面对一年一度最受瞩目的世界文坛大事,国内媒体纷纷跟进报道,其中,对于这位获奖诗人的姓名和授奖词核心部分的翻译不尽相同,甚至差别很大,很值得关注。针对这一现象,我三天内便写出了《关于 2020 年诺贝尔文学奖得主的姓名与授奖词的翻译》我也给出了自己的译文。

　　大概是在 2011 年吧，一位国外的版权代理人来南京，我从他提供的书目里看中了两本英文版的小说集《非洲短篇小说集》和《非洲当代短篇小说集》，选编者都是"非洲现代文学之父"钦努阿·阿契贝和英国学者 C. L. 英尼斯。我当时做外国文学出版二十多年了，但是这两本集子里几十位作家中一半以上的作家名字对我而言都很陌生，其中就包括坦桑尼亚作家阿卜杜勒－拉扎克·古尔纳。后来，我们就把这两本集子合成一本以《非洲短篇小说选集》之名翻译出版，希望帮助中国文学界和广大读者对非洲文学有一个总体的印象和了解。2021 年，古尔纳荣获诺贝尔文学奖，而译林出版社出版于 2013 年的《非洲短篇小说选集》中收入的古尔纳的两篇短篇小说《囚龙》《博西》便是国内当时仅有的译介过来的古尔纳作品了。

　　我从 20 世纪 90 年代中期开始一直关注包括主要文学奖在内的世界文坛动态，其中自然也包括世界文坛影响力最大的诺贝尔文学奖。我在多年的外国文学编辑生涯中，所策划、组译或编辑的上述五部作品的作者后来荣获诺贝尔文学奖，一定程度上可以说是对译林出版社，也是对我本人坚守文学价值的一种肯定与回报。必须强调的是，无论是译林出版社还是我个人，当初决定翻译出版这些作品时，我们并没有希望更没有像有的媒体所说的押宝它们的作者日后能获诺贝尔文学奖的功利性想法，而只是以纯粹的文学的眼光看中了它们，只是觉得它们是世界文坛上的杰作，值得把它们译介到国内来，让国内的作家、文学研究者和广大文学爱好者了解它们。而事实也已经反复证明，带着希望某些作家得诺贝尔文学奖的功利目的去翻译出版其作品，鲜有成功如愿的案例，而从纯粹的文学价值的角度去判断并翻译出版世界文坛上杰出作家的作品，倒是有可能得到其作者后来荣获诺贝尔文学奖的惊喜。这再次从一个特定角度证明了外国文学翻译出版过程中文本选择的重要性。

　　（本文的主要内容曾以《诺贝尔文学奖不应成为外国文学出版的唯一标准》之名发表于《文艺报》2023 年 6 月 7 日第 7 版）

诺贝尔文学奖与外国文学出版
——外国文学翻译出版四人谈

2023 年 10 月 28 日,由浙江大学中华译学馆主办的第二届当代英美文学翻译研讨会在杭州隆重召开。此次会议有一个环节,特邀四位国内资深的外国文学出版人王理行、袁楠、黄昱宁、彭伦就"诺贝尔文学奖与外国文学出版"这一主题进行对谈。本文根据现场录音整理而成。感谢浙江大学外国语学院杜磊老师带领的团队把录音转换成文字过程中的辛勤付出。

王理行: 下面由我来主持"诺贝尔文学奖与外国文学出版"的对谈。为什么要谈这个主题呢? 因为今年诺贝尔文学奖颁发到现在一个月还不到。今年 9 月 25 日,也就是诺贝尔文学奖公布的前十天,有一位出版人在媒体上说,她觉得,今年最有可能得诺贝尔文学奖的,是挪威作家约恩·福瑟。估计当时听说过约恩·福瑟的中国读者为数不多,没多少人会把她的预测当回事。十天后,得奖的果然是约恩·福瑟,有人再翻出十天前那位出版人的预测,引得许多人纷纷惊叹:神预测! 太准了! 太厉害了! 这位神人,就是此刻坐在我身边的的译林出版社总编辑袁楠。

每年诺贝尔文学奖得主浮出水面时,众多媒体在报道时习惯使用"押宝"二字,比如上海译文、译林再次"押宝"成功! 我想问问袁楠,译林此前努力购买福瑟作品的版权,包括以往译林引进的好多位外国作家的作品出版一定时间后其作者获诺贝尔文学奖,是押宝诺贝尔文学奖押成功了吗？对于当代外国文学作品,译林是如何确定选题的？也就是说,译林会选择出版什么样的当代外国文学作品？选择时会考虑哪些因素？

袁楠:9月25号接受媒体采访的时候,我确实讲到了约恩·福瑟。当时的情况是,每个出版人都会推自己所拥有版权的作家。我们拥有福瑟的版权,当然我们还有冯内古特、德里罗等作家的版权。为什么说是福瑟呢？我们2016年开始关注他的作品,2020年签了他的作品。我觉得福瑟到达了这样的一个火候和力度。之前品特、库切、特朗斯特罗姆、门罗等这样的作家,包括古尔纳,我们与获诺贝尔文学奖的这些作家有比较多的交集,大部分是在获奖前我们就购买了版权,比如说王理行老师,他发现了库切的《耻》描述后现代社会的文学品质,就买下了版权。也有一些,像耶利内克、品特,我们在其获奖后去购买了版权。

译林社一开始做外国文学的时候,是做文学名著。当时有很多老牌的文艺类、文学类的出版社,也包括译文社在内。我们译林社是一家新社,大量采用中青年译者去重译名著,不是从别的语种转译,而是从原文翻译,另外还填补了被长期忽略的一些空白。当时译林所做的一些事情可能都是新的。这批译者也跟着译林的名著一起成长起来。我们有很多译者,现在都是非常著名的翻译家。

在20世纪90年代初,中国加入《伯尔尼公约》和《世界版权公约》以后,曾经在20世纪80年代出版过很多现当代文学经典的不少出版者,就退出了这个领域,因为突然要花一笔不小的版权费用。当时我们社的当家人很有远见卓识,以当时并不是很高的代价,积累了一批现当代文学作品的版权,当时购买版权所依据的还是其在文学史上的定评,包括在高校的学者的推荐,以及在中国作家中间的口碑、文学史上的地位。刚才讲到的我们的一些后来获诺贝尔文学奖的作家作品,就是在2000年前后推出的。甚至包括我们之前做的《魔戒》《时时刻刻》,差不多也是这样的情况。

我们在选择作品时,除了关注其在文学史上的地位,更多的可能关注到作家本身。诺奖作家也是形形色色,林林总总,强调的是文学品质、文学价值、文学个性,但并不是所有诺奖作家作品的出版,都会与译林社整个的出版气质相契合。在很大程度上,我们的编辑团队,包括出版社层面,还是选择跟自己出版气质相契合的一些作品去积累。我们有所为有所不为,后来所放弃的版权,有可能是这样的情况。我们会选择相对来说跟译林的整体气质相吻合的作家作品,来构建自己外国文学作家的品牌团队。

还有一点很重要,我们越来越看重作家作品对中国当代文学和当下读者的影响力,以及与读者的心灵需要和阅读需求的契合度。他们可能代表了文学潮流的某种方向,可能代表了社会前进的某种趋势,也可能代表了文学发展的某种水平。在中国社会文化环境里,我们要比较好地实现引进版作品的本土化,让它能跟中国读者产生一定程度的心灵共鸣,这是我们后来更看重的部分。

我们是为文学而做。不管以后会发展多少出版的门类,我们始终坚信自己的立社之本是外国文学。我们会把这作为一个志业,作为一种情怀,作为一种向读者提供知识服务的使命,坚持把它做下去。我们有一批热爱外国文学,尤其是纯文学的编辑团队。我们会选择有文学的标准、文学的品质、文学的力量和对当下中国读者有影响的优质选题。至于它们是否能够进入诺奖的视野,是否能经得住各种综合性的考量而最终获得诺奖,不是很重要的衡量因素。可能我们在这样的选择中碰到了诺奖,那我们也很高兴。只能说,我们拥抱诺奖,但我们更多地想服务好作家,想服务好读者,想把文学这件事情做得有意义、有意思。

王理行:2023 年 10 月 6 号,也就是诺贝尔文学奖公布的第二天,我在微信朋友圈里说,上海译文出版社早在 2014 年和 2016 年就分别推出了两本福瑟戏剧选。昨天福瑟荣获诺贝尔文学奖,中文媒体的聚光灯大都到了福瑟主要作品中文版版权所有者译林出版社。我看到上海译文出版社官方微信账号对两本福瑟戏剧选很平静地说,版权不在译文啦! 敬请期待友社推出新书@文景@译林出版社。这让我想起类似的一段故事,译林出版社自世纪之交开始持续推出英国日裔作家石黑一雄的主要作品。到 2017 年,石黑一雄荣获诺贝尔奖时,他的中文版版权的所有者是上海译文出版社,他们成了媒体追逐的对象。正是有了像译林、译文这样的出版社凭多年积累的专业的文学眼光,精挑细选在国内鲜有人关注的世界文坛上杰出的作家,并及时介绍给中国读者,才有可能让中国文坛和读者跟上世界文坛的最新潮流。无论相关作家获诺贝尔奖的时候,他们的作品的版权在哪家出版社手里,媒体和读者都不应该忘了最先引进这些作家的出版社。

我想请上海译文出版社副总编辑兼《外国文艺》主编黄昱宁谈谈,在戏剧作品的读者一直很少的情况下,当年上海译文引进福瑟戏剧,是出于什么考虑? 上海译文确定当代外国文学的选题时,会考虑哪些因素?

黄昱宁:福瑟是我们最早出版的,其实我也是责任编辑之一。我当时是作为策划,而且我还去过一次挪威,见到了福瑟本人,还跟他有一个对谈,所以还算比较熟悉这个过程。外界不熟悉这个行业的人可能会觉得,作品的版权一会儿在这家社一会儿在那家社,有点奇怪。对于我们来说,出于各种各样的原因,版权更替是很正常的事情,因为版权周期一次也就是五年,有的甚至更短。当初我们之所以会觉得福瑟有引进的价值,是因为他的戏在上海演过,上戏的一些老师跟他是很熟的。我们是通过上戏的关系知道了这件事,也看过他的戏,当然也查了不少资料,知道他在国际上早就是声名赫赫,在国内当然只是圈内的人知道。再说挪威王国驻上海总领事馆对文化的推广力度也比较大。当时的总领事是个挪威的文艺青年,我们也有一些私下的交往,知道他们把他视为挪威国宝级作家。确实,戏剧剧本,又是一个挪威的,北欧的一个不是那么大的国家的剧本,知名度那么小的剧作者,我们对他的销量也没有预期。

王理行:即使是美国的戏剧,到中国来估计也没有多少读者。

黄昱宁:只有像《等待戈多》这样的,或者说更早的莎士比亚,中国人还听过,对吧? 挪威的可能只知道一个易卜生,不知道福瑟,这也很正常。我们当时没有想过押任何宝,确实也没考虑过所谓诺奖的得奖概率,就是觉得他比较重要。再一个,在戏剧界已经演过不少他的戏,上戏的人也一直跟我推荐这个。当时我们没有任何犹豫就买了。诺奖每年只有一个人,而且有各种各样的因素和机制在里面,你要押这个宝,那肯定亏大了,要押多少个人才有把握得到,而且实际上得到的出版利益可能也没有大家想象的那么大。它不是一个发财的东西。我们当时购买的版权其实不止两本。后来因为各种各样的原因,译稿一直没有交,所以只出版了两本,没有及时把第三本出出来。对福瑟的戏剧,我们从来没有顾虑出版的利润,也没有说一定要等到他得奖,才能继续出下去。

至于上海译文出版社衡量外国文学出版的标准是什么,我觉得其实就像刚才袁楠讲到的,我们两家的调性是非常一致的。

王理行:所以你们选的作家经常是交叉的。

黄昱宁:常常是,一点不奇怪。我们是 1978 年成立,你们是 1988 年成立,对吧?可以说都是跟改革开放的整个节奏非常合拍。我们的出版主旨很相像。我们也都有一个专业性的团队,能够对世界文坛的整个发展趋势有一个大致相同的判断。所以刚才袁楠讲的话,基本上可以把译文的想法也包括进去。

首先,世界文坛上的评价是比较重要的;还有就是,跟中国读者的阅读口味可能比较合拍的作品会更容易进入我们的视野。我们当然也希望对中国文坛的发展有一个借鉴参考的作用,希望能够推动中国文学创作发展。这个理念也是基本一致的。

如果要预测的话,我们当然会把自己的作家,会把我们手里的作家盘点一下,觉得哪些有可能。比如阿特伍德也经常在预测的榜单上,我们于公于私,都非常希望她能够得奖,但是我们并不是因为她可能会得奖才做她的作品,这个因果关系是不能倒过来讲的。

王理行:在一个小圈子里,"群岛图书"出版人彭伦被称为彭师傅。那是对彭伦选择出版当代外国文学作品的眼光的赞许。比如,彭伦 2010 年策划出版了法国作家帕特里克·莫迪亚诺的小说《青春咖啡馆》,四年之后,莫迪亚诺就得了诺贝尔文学奖。多年来,彭伦一直用自己的眼光去找书、看书、选书、出书,而且屡屡获得成功。下面请彭伦来跟大家谈谈,你是如何选择当代外国文学作品的?你选择时会考虑哪些因素?或者说,什么样的外国文学作品会入你的法眼？

彭伦：王老师说得我非常不好意思。其实"彭师傅"是一种戏称。最早是在我原来工作的九久读书人公司，我带的一个徒弟，一个年轻同事叫出来的，后来别人也都这样叫。实际上我也没什么，只因为热爱。在座的毕冰宾老师非常好的朋友，也是以前我在《文汇读书周报》的师傅——徐坚忠，他经常喜欢说的一句话叫"只因为热爱"。我对出版、对写作、对文学有一点粗浅的认识，我觉得也是拜徐坚忠所赐。可惜徐坚忠前几年突然去世了，也非常年轻。

我先说当年为什么会出版莫迪亚诺。应该是 2006、2007 年左右，我们公司有一个年轻的编辑，他有天跑过来跟我说，他非常喜欢王小波。王小波有一本小说，在小说的开头就提到莫迪亚诺的《暗店街》。他就问我能不能出版这本书。我就想，他一方面是王小波的忠实读者，一方面也对这个《暗店街》非常有兴趣，同时因为《暗店街》之前在译林出版社也出过，可能国内也有一定的读者群，又是一本龚古尔奖获奖作品，所以我鼓励他主推，他就去联系版权。我记得当时他一下子签了四本莫迪亚诺小说的版权。莫迪亚诺的小说都非常薄，每一本都只有一百多页。我后来看到版权出版合同时非常吃惊，因为每一本书的预付金是 350 欧元，那四部小说加起来也就是一千多欧元。现在是不可想象的。但这个年轻的编辑，可能也是因为缺乏经验，他后来就把这四部中篇小说合成两本书出版。书出版以后，也没什么销量，没引起什么关注。

因为我们出版了莫迪亚诺的书，所以他的法国出版社——伽利玛出版社后来碰到莫迪亚诺的新书就会向我们推荐。我们就变成了莫迪亚诺在中国的优先出版社。他有一本新书《青春咖啡馆》，大概 2008 年左右在法国出版，我们第一时间获得了这本新书的书稿。这个书名特别有文青的气质。我们的编辑读了之后觉得特别好，我们很快就买了这本书的版权。我在编辑的过程中，被莫迪亚诺作品中一种独特的魅力所吸引，所以书出版以后做了很多推广，2011 年译者金龙格因此书获法国驻华大使馆设立的傅雷文学翻译奖。在莫迪亚诺获诺贝尔文学奖之前，这本书的销量就有两三万册,已经积累了一定的读者基础。

因为这本书的成功,所以伽利玛出版社有一次跟我说,有别的出版社对他的书感兴趣,并且告诉我哪些书有出版社想要报价。我查了一下,发现那些书大都是在20世纪八九十年代国内出版过的,所以马上跑到上海图书馆,把那些书都借出来,自己读了一遍。包括《一度青春》《八月的星期天》等小说。我读了就非常喜欢,觉得有信心把莫迪亚诺的书做好,所以赶紧把那几本书的版权买下来,不让别的出版社有机会下手。莫迪亚诺得诺贝尔奖的时候,我们手上有七本莫迪亚诺作品的版权,并且《青春咖啡馆》还在版。他获奖的消息出来后,这本书就迅速加印,到现在卖了大概五六十万册。

王理行:你这个是发财了。

彭伦:应该说是公司发财,我只是拿了一些奖金,后来我离开公司,就跟我没关系了。到现在莫迪亚诺的版权还是在九久读书人。我觉得就像袁楠老师和黄昱宁老师刚才说的,其实成熟的文学出版社,不会去押宝。选择一个作家是综合考虑的。我觉得对出版社来说,选择一个作家更多是从它本身建立的作者名单、作者结构去考虑的,而不是建立在这个作家可能得什么奖的基础上。我选择一个作家可能一方面是个人的趣味,就是我自己喜欢的作家,同时也要考虑这个作品的可读性。我觉得对我来说,可能是我的缺点,就是非常前卫的作品我就不是特别感兴趣,或者情节性不强的作品我就没有兴趣。我可能就不会去选这样的作家。

王理行:这个是更多地考虑面对中国读者。

彭伦:对,考虑市场。我觉得市场还是需要的,尤其是像我这样,因为本身也没有在体制内工作。我觉得销量对我来说是很重要的。

王理行:你其实可以算是独立出版人。

彭伦:也可以这么说,但是,我们其实还是要跟出版社合作,依托于译文出版社,将来也可能依托于译林出版社。选择一个作家就要负责任,不仅仅对作家负责任,因为一个作家之所以决定把他的作品交给你,那他或者他的经纪人、他的出版社也是看到了你本身在做些什么。他的决定是建立在你以往的出版成绩，或者你所做的工作的基础上。我们选择一个作家，也要对得起这样的托付。

王理行：1999 年，当时彭伦可能还在《文汇读书周报》，我在《文汇读书周报》上发表过一篇文章《找译者难》，谈的是为外国文学作品找到合适的高质量的译者之难。该报因此开辟有关"优秀译者何以难找"的问题讨论。当时，陆谷孙、林少华等一些著名学者、翻译家和许多普通读者都纷纷加入，进而引发全国范围内长达大半年的关于文学翻译质量问题的讨论。如今二十多年过去了，我们的外国文学作品的编辑找译者还难吗？与此同时，还有问题的另一面，高校的许多老师对从事外国文学翻译怀有很大的兴趣，却苦于没有机会也不知道怎样能得到这样的机会。请问各位出版人，你们找译者难吗？你们是怎么遴选、确定、找到译者的？你们理想中的译者是怎么样的？你们会去挖掘、发现、培养新译者吗？对于从来没有出版过译作却又很想从事文学翻译实践的潜在译者，你们会给予机会吗？这样的潜在译者，应该怎样来争取翻译你们手上的文学作品的机会呢？这个问题是给你们三位的，先请黄昱宁来回答。

黄昱宁：这可以说难，也可以说不难。不难指的就是你找普通的译者，其实还是有很多来源，也有很多人确实挺热爱这个事情。我也确实经常收到这样的请求，主要是高校里的教师也好，学生也好，都会有对这件事充满好奇的。所以从广义的人才库来说，不能说找不到。有些小语种可能稍微难一些，就像意大利语，但是它的选题本身也没那么多。小语种的译者，来来去去就是这么些人，相对来说比较少，但是还没有到真的找不到的地步，尤其像我们这种出版社。有一些民营公司，有的时候确实有点没有章法，不一定能找到很可靠的译者。我们这里因为有那么多年的积累，老老小小的就还是有一些，包括长期合作的译者，给我们推荐一些他觉得靠谱的。

但是你要说找到真正特别好的译者，那也始终还是一件有难度的事情。因为你高要求的话，我觉得有几个方面：一个是双语能力确实非常强，还有就是译者本身有其语言风格。刚才彭总讲到市场，有的时候一个好的译者,他有特别强烈的风格,他有一定的社会知名度,他有他的粉丝群,对整个作品也一定是会有加分的。我从一个很实际的市场的角度来说,这样有影响力的译者,其实也是凤毛麟角。我们这次会议上,像许钧老师等一批老师,都是我们长期合作之后,发现不但文本经得起考验,同时他们自身的影响力也已经对我们有很大加分的译者。还有一点可能是一般人不太提起的,就是译者的责任心、工作效率,这些年来对我们越来越重要,因为现在出版日期可能会卡得非常紧。译者经常有时间上各种各样的原因,而我们也有很多苦衷,因为很有可能时间拖延了以后,版权会被取消。这个事情现在不是偶发现象了。碰到一些比较强势的版权代理公司,我们都吃过这样的苦:因为译稿迟迟没有到,或者到了以后不合格,要经过修改,影响了出版效率,最后人家甚至可以在不跟我们打招呼的情况下终止版权,把版权卖给别人。所以,译者得有这个时间意识。出版社和译者的合同,其实它不像公司之间的合同那么严格,法律责任其实也没有那么清晰。

王理行:好像到现在为止,没有听说过哪家出版社去起诉译者不能按时交稿,对某个出版社造成了多大的损失。

黄昱宁:不可能的,虽然说合同里是有的。在这种情况下,出版社其实是蛮弱势的,也有很多担心和要求。同时,可能译者也会对我们有很多不满意,比方说稿费还不够高,各种苦衷又是一大堆。我们肯定有做得很不好的地方。双方互相契合,互相信任吧。找译者其实也不是一件那么容易办成的事情,所以也可以说不难,但也可以说很难。

王理行:彭伦有什么要补充的?

彭伦:我可以补充黄昱宁刚才说到的合同的问题。我觉得在跟外方谈判与签订合同的过程当中,其实是有一些小小的技巧可以去探讨的。现在一般出版社签一本书的版权,行业常规是五年。我很多年前看过德国苏尔坎普出版社的一个资深的版权经理写的一本书,关于他怎样卖版权。在那本书里面,他提到欧洲出版社签署的合同一般都是十年左右。当时我就觉得很奇怪:为什么他们可以签十年? 后来我在看莫迪亚诺的书的合同时,突然发现,伽利玛出版社签给我们公司的授权期限也是十年,所以我就觉得十年看来也不是不能谈。我自己创业以后,也去买版权,跟代理公司或者外国出版社报价的时候,我就大着胆子说我要签七年(十年我觉得可能他们现在还不习惯),结果有的出版社就同意了。出版期限一般合同里面都是写 18 个月。刚才黄昱宁说到,如果你超过这个出版期限,对方有权无条件地取消合同。你没有办法追究他的责任,你付的钱也要不回来。那我想既然合同期限可以谈,那出版期限是不是也能谈?所以我就跟他们说,我要 24 个月,很多情况下他们也会同意。在合同谈判过程中,合同期限与出版期限其实都是可以谈的,前提条件是对方要足够相信你,或者说要让他们喜欢你。我个人的经验就是要多往外跑,多跟他们见面,让他们觉得你是个好人,你可以成为好朋友。对,就是让他们喜欢你,这不管是对个人还是对出版社来说都是非常重要的。

王理行:关于译者方面,袁楠有什么要补充的?

袁楠:其实在译者方面,我们在座的很多老师都是我们的长期合作伙伴和特别好的典范。许钧老师不仅是译者了,还把我们带到勒克莱齐奥的世界。包括像翻译巴恩斯的郭国良老师,还有姚君伟老师、黑马老师、陈小慰老师,都是这样。我们选择译者,一开始以高校为主,到现在为止高校仍然是我们非常重要的一支翻译力量。近些年来,我们也越来越多地会选择其他行业的,甚至是一些旅居国外的,对文学真正有兴趣,同时语言有质地,对中外文都掌握得很好的译者。我们希望在文学的传达的多样性上做一些补充。另外一个是在年龄方面。我前面讲的,是我们的古典名著重译的情况。对于现当代名著来说,如果是重要的作品,我们首先会选择自己信得过的译者。对于其他的一些,或者时间期限不是那么要求严格的作品,我们是比较开放的。比如,我们过去的一些俄苏文学作品或者法国文学作品都是老译者的,在保持跟他们良好关系的基础上,我们在出其他单行本的时候,可能会选择新的适合年轻一代读者阅读特点的译者来重新翻译。

在难与不难的问题上,我觉得一个有实力从事文学翻译的人,他是否跟译林社合作过,这并不是一个门槛。对于任何一位新译者,不管他是名气比较大的,还是年轻的不知名的,我们都会有一个试译的过程。我们会有作品去开放给热爱文学、愿意从事文学翻译,也有比较好的翻译实力的译者,也希望能够更多地就年轻人的阅读需求进行更为广泛的接轨。

黄昱宁:我们每年会有一些新吸收进来的译者,但是它确实是一个比较长的过程。因为刚才我也讲过,这里有一个互相信任的过程。我们在没有合作过的时候,确实会比较小心。我们有一个翻译比赛,其实也是我们选拔译者的一个比较重要的来源。可能首先他得了奖以后,我们会关注一下这个人,然后他可能从一些比较短的作品开始翻译,通过一些尝试,从短到长。因为长的作品我们确实会更倾向于调度比较熟悉的人,比较有保证。比如像郭老师这种效率这么高的译者,我们相对会觉得比较放心。就是碰到一些比较急的任务时,会想到这类译者,但是我们还是很希望一些老译本能够有更新,也很需要新译者加入。

王理行:1985 年我走上编辑工作岗位时,我国还没有加入《国际版权公约》,我们出外国文学作品都不需要买版权,看到哪本好就拿哪本来出。当年的外国文学编辑,总体上来说,信息比较闭塞。所以出版社在制定选题的时候,会很大程度上依赖社会上、高校里的专家学者来推荐选题。如今的情况大不相同,有那么多的版权经纪公司跟我们的外国文学出版社联系非常紧密。他们不但不断推荐已经出的书,还没写好甚至还没写出来的书都跟你来推荐,信息到达得非常迅速及时,因此,出版社对社外人员推荐选题的依赖度大大地降低了。不过,从出版的角度来说,高校的专家学者相对于出版社的编辑来说,在特定的方面还是存在一定的优势,因此各出版社或多或少地还是会出版一些由社外专家学者推荐的选题。请问各位出版人,你们希望高校的老师利用他们的哪些优势给你们推荐什么样的选题呢? 彭伦你先说吧。

彭伦:其实高校里的老师都是学有专长的学者,都有自己的研究领域。我觉得对于出版社来说,是非常需要有这样的专家能够去推荐他们个人非常喜欢的作者的。对我个人来说,我选择一个译者,可能非常看重的一点,就是这位译者对他所要翻译的作家和作品的熟悉程度和热爱程度。他如果特别喜欢这个作家,特别熟悉这个作家,那他就能够非常迅速地把这个作家的特点告诉我,并且会将其传递给读者。

黄昱宁:如果有想法,有特别让你有冲动想推荐的,我们就来聊聊看。因为我也是一个很喜欢听故事的人。很多时候,我们的编辑有特别喜欢的东西,我就说,你首先要跟社里的有关部门聊聊,你说服他们就能说服读者。那么一样的,译者要能够说服我。我觉得这倒也没有很严格的标准,说一定是要特别牛的,或者说是特别好卖的。其实都要看各种因素的综合。

袁楠:刚才讲到热爱,我也觉得是这样。如果一个编辑特别热爱一个选题,他拼命地来说服我,我多少会为之打动,而且听他讲完这个故事,然后也可能去帮他说服别人。译者的热爱也非常重要。还有一点就是,我们现在选题的渠道已经非常广阔了。像我自己当初策划门罗的时候,是不知道在哪一本杂志看到她被译介过来的一个短篇,我个人非常喜欢她,就去买了她的版权。我希望高校的老师们,当然你们都是学有专长的专家,还有我们年轻的学生和未来的译者们,一方面,你们从自己的文学专业实践中得到的知识出发,可以跟我们推荐,另外一方面,更多的可以跳脱课堂和文学史的范畴,到更为广阔的领域,比如说在网络上,比如说在各种聚会上。我们现在有很多选题都是在外面,比如说吃了一顿饭,听到一个什么事情,觉得这个适合给中国读者看。甚至有那种做知识服务的,知识服务本来是数字出版的,然后我们把它转成纸质出版。有很多很多选题来源的渠道。我们也希望更年轻一代的学人,能够运用你们更广阔的视野和领域,来给我们提供这个世界更为新鲜的信息。

王理行:好,今天我们四位出版人跟大家聊了这么多,我相信对于许多在座的人,包括在网络上看我们这次会议的人来说,是有许多内幕性的消息、内幕性的知识的。"押宝"对一个成熟的外国文学出版社来说是不存在的。外国文学出版人只是出于一种责任感、使命感,出于热爱,从外国文学作品本身的文学品质,它们在文学史上的地位,它们在世界文坛上的地位,还有它们对中国读者的影响,对中国文坛具有的参考价值等方面,来判断当代外国文学作品是不是要引进、要出版。今天我们的对谈,作为主持人,我的初衷是希望能够在出版界跟高校外国文学翻译界、研究界起到一种桥梁的作用。这种作用究竟有没有起到呢,起到什么程度呢,就看看接下去大家的掌声有多响吧。

(本文的主要内容,曾以《"不是为了押宝,只是因为他重要"——诺贝尔文学奖与外国文学出版四人谈》之名发表在《文艺报》2023 年 12 月 22 日第 4 版)

找译者难

找译者难,找好译者更难,找大部头高难度外国名著的译者难上加难。

找译者难?不是有许多人在求编辑给本书译吗?至于一些以出版高质量的外国名作著称的出版社,不是尽有优秀的译家往他们那儿跑吗?能把自己的名字写在大部头高难度的外国名著的中译本上,不是译者求之不得的事吗?

可惜,这至多是仅有部分真实性的想象!

"文革"结束后的中国出版界,外国著作的翻译出版经历了一个恢复与发展的时期,到20世纪80年代中后期,几乎每个省、市、自治区都至少有一家出版社设有外国著作编辑出版部门,但相对于大量的因可施展本领之处不多而渴望在翻译上一显身手的外语人才来说,当年是可译书少而想译书者多。到20世纪80年代末20世纪90年代初,外国著作中译本的市场需求出现一个低潮,而1993年我国加入《国际版权公约》后绝大部分出版社畏于购买版权,使可望出版的外国著作的翻译机会更是大大减少。至此,总体上确实是译者求出版社的多。

然而,像译林、上海译文等一直坚持稳步大量购入外国著作版权的出版社,几年下来,不但未背上沉重的经济负担,反而名利双收,越办越红火,因此,以前出过和未出过翻译图书的出版社纷纷趋之若鹜,抢购外国著作出版权的热潮一浪高过一浪。到目前,几乎已形成凡出版社必出翻译图书的局面。每个出版社每年购入版权的外国著作,少则几种,多的达一百多种。买了版权就得找译者,全国五百多家出版社几乎家家都在找译者,因而近几年来出现了对译者需求剧增的局面。

与此同时,国内高水平的外语人才并未同步剧增,而外语人才中有志于翻译事业者的比例却因种种原因而大大下降,翻译队伍中的新人力量薄弱。原有翻译队伍中的许多人,包括一些出类拔萃者,因各种机遇的诱惑而尽改初衷,或出国或投身商海或另有高就,造成翻译力量的大量流失。绝大部分高校院所和相关部门在评职称和科研成果时,都把译著排除在外,在学术界普遍存在重学术论著、轻翻译作品因而造成译者低人一等的现象,使许多对翻译感兴趣的人出于现实的考虑对翻译仅偶尔为之,甚至不得不暂时或长期远离翻译,真正潜心于翻译的人越来越少。由此看来,在对译者需求剧增的形势下,译者队伍不但未能同步增大,反而出现了萎缩的趋势。

全国的翻译出版不是如日中天、空前繁荣吗?不是每年都出成百上千的翻译新书吗?那些书不都有人译吗?怎么会找译者难呢?

每年成百上千的书是有人译出来了,关键要看是由什么人译出来的。其实,也不是每个翻译图书的编辑都感到找译者难,有的人也许深感找译者易呢!似乎学过外语,甚至懂点 ABC 的人都能译书,外语专业的本科生、硕士生、博士生、助教、讲师、副教授、教授、博士生导师、系主任、院长等,更是一个比一个水平高,人人皆属翻译高手了。看来,一些编辑或实质上在做着编辑工作的人对译稿把关意识不严或不知如何把关。一些编辑外语水平有限甚至一窍不通,对翻译知之甚少甚至一无所知,但这不仅不妨碍他们编辑出版翻译图书,反而使他们在约译、编辑时无所顾虑、轻松而大胆。一些新近加入翻译出版行列的出版社,一些"二渠道"上的出版人,一些两者的合作体,一旦盯上一本或某几本外国书,便在竞购版权、找译者、印制、炒作等每个环节不惜耗费高价巨资高速操作,最后往往也能落个名利双收的理想结局。值得指出的是,这一高速运转过程中得了高额稿酬的译者,往往并非高水平的译者。高水平的译者当然也希望得到高稿酬,但他们接受翻译任务时最看重的因素往往并非稿酬,而那种高速度是他们断然难以企及的。倒是一些初次甚至未曾涉足翻译又懂点外语的人,常常不知天高地厚地什么都敢译、什么都能译,且总能满足高速度的要求,反正所学的外语能赚大钱了,别的管他呢?

那么,谁感到找译者难呢? 是那些以出版高质量外国著作著称,甚至是专业性的翻译出版社的编辑们和那些严谨而又懂行的编辑们。他们一般有较高的外语水平,并有一定的翻译实践。他们爱惜自己供职的出版社的声誉。他们知道,懂外语的人,包括外语专业的教授、博导在内,并非个个都能搞好翻译。他们明白,每位译者,包括最优秀的翻译家在内,都有一定的局限性,能胜任某类图书翻译的译者并不一定能胜任另一类图书的翻译。一位称职的编辑拿到一本外国作品时,首先要对该书有个大致的了解,根据书的类型和特点在自己能接触到的译者中圈出合适的译者。对于一本高难度的新流派、新题材的大部头名作,在一位称职编辑的心目中,合适的译者往往为数不多,甚至一时竟一个也想不出来。由于当今译者队伍对出版界来说供不应求,编辑心目中适合译某本高难度著作的为数不多的那几位译者有可能出于种种原因(如忙于他书他事,不愿为了"啃硬骨头"而长时间吃苦受累等)不能接受翻译任务。有的译者先是接受了翻译任务,且已签好翻译出版合同,甚至已译了一部分,后来仍会把原版书寄回来,不译了。对此,编辑也只好万般无奈地认了,然后继续去寻觅合适的译者。

唉,既要尽力让自己出版社已购入版权的图书如期出版,又要在自己所能接触到、所了解的现有译者队伍中尽可能找到能做到按时保质保量的译者,这对当今的编辑来说,实属不易啊!

(原载于《文汇读书周报》1999 年 3 月 27 日第 5 版)

文学翻译界将呈现"女性的天空"

　　当今的中国,是个翻译大国,也是个文学翻译的大国。在 20 世纪,文学翻译在中国文学走向现代化、走向并汇入世界文学总体格局的进程中,一直都起着至关重要的作用,在整个中国走向现代化、走向并汇入世界总体格局的进程中,也一直起着不可忽略的作用。对于 20 世纪中国文学翻译这么一个颇具历史与现实意义的对象,已有不少的论述与研究。不过,似乎还没有人从翻译家的性别角度去关注过这一对象。

　　中国大量翻译外国文学作品,是从 19 世纪末 20 世纪初开始的,一代代翻译家中的代表性人物,如林纾、严复、鲁迅、曹靖华、傅雷、朱生豪、巴金、查良铮、叶君健、草婴等,个个都是男性。回首 20 世纪,能够马上出现在脑海中的老一辈著名翻译家,男性的起码有好几十位,而女性似乎只有常被误以为是三姐妹的三杨:杨绛、杨必和杨苡,另加一个罗玉君。

　　中国长期以来男翻译家几乎独挑重担而女翻译家屈指可数的原因,是统治中国两千年的封建思想影响的结果。中国历代女性几乎被完全剥夺受教育的权利。进入 20 世纪后,越来越多的女性有了受教育的权利,并逐步发展到男女基本上有平等的受教育的机会,但是,在 20 世纪的大部分时间里,绝大部分女性出了校门后,其人生的重心在家庭而不在社会。这种情形在文学翻译界的直接反映,便是少有女性从事翻译工作。

　　然而,事情正在悄悄地发生变化。

　　20 世纪的后 20 年,中国的改革开放政策使中国对外语人才的需求激增,而且外语人才供不应求的状况持续至今。如今的高等院校,几乎家家都有外语系,稍大点的就成立外语学院。从 20 世纪 80 年代开始,外语院系中就以女生居多,而且随着时间的推移,这种现象呈愈演愈烈之势。以某著名大学的外国语学院为例,该院近年入学新生的男女比例都是一比四到一比三之间。该院某系近年已成功培养出 7 名博士,其中仅有 1 名为男性;目前在读博士生 9 名,其中男性有 3 名;令人惊讶的是,该系几年前有一次入学新生为清一色的女性! 从全国范围来看,少有男生在学生总人数中的比例超过该院的外语院系,一般外语院系都低于甚至大大低于这一比例。总的来说,越是非名牌高等院校的外语院系,其男生在学生总人数中的比例就越少。越是小语种,其男生在学生总人数中的比例也越少。一个好几十人的班里,就那么一两个或三四个男生,成了极少数,显得灰溜溜的,好可怜! 有时,这成了男生学习不好的直接原因,仿佛男生选学外语选错了专业,进外语院系进错了地方。男女生比例严重失衡又直接导致外语院系教师队伍中新生力量性别比例的变化和失衡,尤其是一些近年新建的外语院系中,往往都是以女性教师居多,甚至占绝对多数。

再从最近举行的国内一著名文学翻译奖的情况来看。今年(2004 年)该奖参与面较广,吸引了全国 70 多所高校和其他单位近千名中青年译者参加。寄来翻译征文的译者中,男性占 23%,在最后的获奖者中,男性占 33%。这些中青年译者有可能是未来一代翻译家的组成部分。

国内以出版优秀外国文学图书著称的一家出版社近年来每年都从前来应聘的高校外语院系各级毕业生中挑选编辑,尽管该社很希望多进几个男生,但往往事与愿违,近两年尽管每年都有好几十人来报名应聘,可应聘者几乎都是女性,所以也只好都进女性毕业生来当编辑了。

从中国文学翻译史上来看,非外语专业出身而从事文学翻译工作并取得显著成就者,只是个别的特殊的现象。以往,北京的人民文学出版社和上海译文出版社的许多编辑同时都是译著颇丰的翻译家,如今他们都或已是老者,或已离开人世。当今出版业越来越激烈的竞争,已使编辑工作更加职业化、专业化,编辑一般很难有足够的时间去从事翻译而成为新一代的出色的翻译家了。从事文学翻译工作的人更加集中在外语院系的师生中。按照目前的情况发展下去,外语院系的各级学生已经是女性占绝大多数,外语院系的教师队伍也正在朝此相同的方向发展,而未来的一代,甚至几代翻译家将主要从他们当中产生。因此,在中国文学翻译界,女性翻译家将越来越多,在不久的将来,甚至很可能出现性别比例大逆转,即由以往的男性翻译家一统天下的极端,走向由女性翻译家占多数的局面。

为什么会出现学外语继而从事文学翻译工作的男性越来越少的现象呢? 原因可找出不少,比如,从性别特征和社会发展来看,与男性相比,更多的女性在成年后仍然保持着浪漫和幻想的天性,而更多的男性则愿意去直接面对社会实际。不过,关键原因,恐怕还在于改革开放后的中国社会正日益商品化,而在商品化社会中,经济几乎已成为压倒一切的价值尺度。尽管在 1949 年后中国政府一直强调男女平等,但时至今日,对男女在家庭中的作用的期待,中国社会中的主导意识仍然是要由男性来担负起经济上的主要责任。(这是否也是封建思想在作怪?)从功利化、实用化的角度看,外语仅仅是一门工具,学其他专业的同时在外语上用点功,外语能应付生活、工作所需就足够了。完全靠外语吃饭,可供选择的工作机会并不多,可供选择的高收入的工作机会几乎没有。搞文学翻译,既费时费力又不讨好,收入又低,当今的中国恐怕没有人可以光靠正经地翻译文学作品所得的稿费养家糊口。(而在 20 世纪 80 年代初,大家都是低收入且差距很小,能翻译一两本书出版拿稿费的人,在周围人的眼里可算个小富翁了。)翻译作品在绝大部分高校、科研院所的各种考核和职称评定中都不算成果。而学其他更实用的理工科的专业,可供选择的工作机会就多得多,只要有足够的能力,赚大钱的机会多的是,而将来面对激烈的竞争需要改行时也更容易。

面对严酷的社会现实,大部分男性青少年即使有爱学外语并对文学翻译感兴趣的,也只好作罢了。其实,女性青年中愿意从事文学翻译的,恐怕也非越来越多。

且不论孰是孰非,商品化大潮滚滚向前,不可阻挡。

(原载于《文汇读书周报》2004 年 12 月 17 日第 1 版)

"阿多尼斯诗歌短章选"中文版书名诞生记

1

阿多尼斯(1930—)是享誉世界诗坛的阿拉伯大诗人,也是一位思想家、文学理论家,迄今共出版25部诗集,并著有文学与文化论著、杂文集等20余部,还有许多重要的翻译、编纂类作品。他已获得法国、德国、意大利、比利时、中国等国颁发的数十项国际文学大奖,近年来一直是诺贝尔文学奖的热门人选。他对诗歌现代化的积极倡导、对阿拉伯文化的深刻反思,都在阿拉伯文化界引发争议并产生深远影响。

广大中国读者了解并喜欢上阿多尼斯,始于2009年他的第一部中文版诗集《我的孤独是一座花园》的问世。该诗集由译林出版社出版至今,一直深受中国诗歌界的推崇与广大读者的喜爱,每年都重印两三次,现在累计印数十几万册,已成为世界诗坛的一个现象和奇迹。

《我的孤独是一座花园》出版不久,我就希望其选译者,北京外国语大学的薛庆国教授帮我们再精选并翻译一部阿多尼斯诗选。薛庆国当即愉快地答应,但由于一直忙得不可开交,尽管我一再催问,他一直没有动手选译。为了避免我们合作出版第二部阿多尼斯诗选没尽头地一年又一年地等下去,是该采取点"硬措施"了。2017年秋末,我们趁薛庆国陪阿多尼斯先生来宁参加诗歌活动之机,在阿多尼斯的见证下,让他在为译林出版社选译第二部阿多尼斯诗选的翻译出版合同上签了字。这第二部诗选是阿多尼斯的诗歌短章选。

选译一词,是有故事的。选译,就要先选后译。《我的孤独是一座花园》是薛庆国从阿多尼斯踏入诗坛以来近五十年的十七部诗集中精选并译出的。旅居美国多年的中国诗人麦芒,看过几部在美国出版的英文版阿多尼斯诗集,感觉阿多尼斯确实是一位优秀的诗人。前几年他回国看了《我的孤独是一座花园》后,仍然深感前所未有的震撼。薛庆国选诗的独到眼光和译诗的深厚功力在麦芒这位诗人的不同感受之中可见一斑。尽管阿多尼斯早已享誉世界诗坛,尽管《我的孤独是一座花园》深受中国诗歌界和广大诗歌爱好者的喜爱,这部诗集当年参加鲁迅文学奖评奖时却在最后关头落选了,据说其原因是,必须是一部诗集的全译本才有资格获奖。这次与薛庆国第二次合作,我们仍然坚持请薛庆国从阿多尼斯的众多诗集中选译,而不是根据某一部原版诗集全文翻译,因为我们对薛庆国选诗的眼光有十足的信心,我们相信他的选诗合集比某一部原版诗更精彩、更有价值,也会更接近中国读者的喜好。至于可能仍然会因此无法获得国内的相关奖项,我们都不在意。

2

2018 年夏,薛庆国终于交稿,我立即开始见缝插针地编辑"阿多尼斯诗歌短章选"。阿多尼斯擅写长诗,也珍视自己的短章:"短章是闪烁的星星,燃烧的蜡烛。"在创作短章时的阿多尼斯,总是带着能听见"蓓蕾绽放时的喘息声"的耳朵,能看见"天际的睫毛""光的舟楫"的眼睛,怀着"试图为手里摆弄的石头装上两只翅膀"的童心。阿多尼斯的短章,与其长诗一样,也体现出一位大诗人的功力和境界,因为他总是以人的自由、尊严和解放为起点和指归,像儿童那样感受世界,像青年那样爱恋世界,像老者那样审视世界。这些短章,有的清新隽永,令人读完唇齿留香;有的掷地有声,让人受到思想的震撼和精神的启迪。我很庆幸自己因工作之便,成了最早欣赏"阿多尼斯诗歌短章选"的读者。

在编辑过程中,我自然想到该为这部"阿多尼斯诗歌短章选"取什么书名的问题。阿多尼斯第一部中文版诗选的书名,来自薛庆国和我分别从中选取两句诗作为备选书名。我口头征询了译林出版社同事中几位诗歌爱好者的意见。大家意见比较一致,都觉得"孤独是一座花园"这一句,比喻新奇又迷人,令人脑洞大开,回味无穷。最后,觉得前面加上"我的"二字,可以让读者更有代入感,于是阿多尼斯第一部中文版诗选的书名,就确定为"我的孤独是一座花园"。此书出版后大受中国诗人和诗歌爱好者的欢迎。不少读者表示,首先就是被这个别具一格的美妙书名所吸引,才会关注并最终爱上这本诗集的。因此,我们准备如法炮制,来为我们即将推出的"阿多尼斯诗歌短章选"来选一个书名。

这次,薛庆国照样从"阿多尼斯诗歌短章选"中选取了两句诗,我自己则在编辑过程中便开始留意可用作书名的诗句,第一遍编辑结束后选出了六句诗,这样,最后我们一共有八句诗作为这部新诗集的备选书名。编辑出版"阿多尼斯诗歌短章选"的今天,距当年编辑出版《我的孤独是一座花园》,已过去九年了。九年的时间,高科技为人们的生活带来了很多的便利,比如微博、微信等社交媒体的普及。我征求诗歌爱好者对新诗集书名的意见,不必挨个口头征询了,而是可以便捷地通过这些社交媒体进行了。我决定利用微信群和微信朋友圈来征求诗歌爱好者的意见,来帮助我们确定新诗集的书名。我在十来个微信群和我自己的微信朋友圈中发出了如下请求:

各位亲:

　　继《我的孤独是一座花园》之后,我社将在近期出版阿多尼斯的第二部中文版诗集。该诗集的副书名为"阿多尼斯诗歌短章选",其正书名有待您和我们一起来定。

　　"阿多尼斯诗歌短章选"的备选书名有:

　　1.隐身于世界之外

　　2.我的焦虑是闪耀荒山的火花

3. 你的诗歌是先于脚步的预言

4. 你的心是一根羽毛

5. 时光躺在诗歌的怀里

6. 我和风共枕一席

7. 倾听蓓蕾绽放时的喘息声

8. 让身体的四肢连接起天际的四肢

请您在上述备选书名中选一个您最喜欢的书名,可以只说备选书名的编号。谢谢!

"阿多尼斯诗歌短章选"责任编辑

王理行

3

帮助选择书名的请求在微信上一发出,我的微信马上就开始前所未有地忙,认识我与不认识我的群友纷纷选出了各自喜欢的书名。不到两个小时,就有多达几百位群友发来了他们各自的选择。有群友问这些备选书名是否即将出版的诗集里的诗句,有的群友还@我,与我探讨如何选择的问题。为了让每位愿意参与表达的群友完全按照自己内心的想法来表达而不被我说的话所引导,我特意暂时不表露我对书名选择的任何想法,也不和参与的群友进行其他交流,只是作了感谢以及如下说明:

这八个备选书名都是阿多尼斯的诗句,其中两个是译者选的,六个是我选的。欢迎并感谢大家畅所欲言。每个人的每句话,我们都会认真考虑的。

接下去的几十个小时里,仍然不断有群友表达他们的选择。群友们的热情,让我深深感受到了杰出诗人的优秀诗歌的魅力,也让我意识到,今天,好诗歌并不缺读者。

近几十年来,人们常常用一句"写诗的比读诗的多"来形容诗歌读者的稀少,总认为出版诗集肯定是赔钱的买卖。对此,我以前也是深信不疑的。因此,在准备出版《我的孤独是一座花园》时,虽然我对阿多尼斯的诗歌的文学价值和薛庆国的翻译水准一直深信不疑,但同时还是认定出版此书是要赔本的。所以,我通过译者薛庆国请求阿多尼斯无偿赠送这部诗集的中文版版权给译林出版社,以便我们能顺利出版此书。而阿多尼斯马上就慨然应允,说他不要稿酬,他只希望译林出版社把这本书出好。《我的孤独是一座花园》出版后,阿多尼斯专程来北京参加首发式,并与京沪等地的中国诗人和读者进行了热烈的交流。该诗集首印 5000 册很快售罄,接下来每年都重印多次,成了长销书。译林出版社出版这部诗集不但没有赔钱,反而赚钱了。当然,我们也没有亏待阿多尼斯,后来我们都按实际销售量及时付给他应得的版税。《我的孤独是一座花园》的出版及长销带动了近年国内诗歌市场的回暖和读诗热潮。译林出版社趁势先后推出的"镜中丛书"(北岛主编的六位国际大诗人的诗集)、"经典诗歌译丛"(古今八位世界著名诗人的诗集)等两套诗歌译丛都深受广大中国读者的喜爱,最近译林出版社又推出了"俄耳甫斯诗译丛"(中文世界尚未给予充分译介的西方杰出诗人的诗集)。

群友们在选择"阿多尼斯诗歌短章选"书名一事上的积极参与和强烈兴趣,让我对这本即将出版的诗集在中国的前景,以至于对诗歌在中国的前景,都增加了信心。我知道,群友们的热情,主要不是冲着我个人,也不是冲着译林出版社,而是冲着阿多尼斯及其诗歌而来的。

4

我们提供的"阿多尼斯诗歌短章选"的八个备选书名,每一个都有不少群友选择。不少读者表示,作为书名,八个备选中的每一个都可以,每一个都很精彩。中央民族大学朱小琳感叹说:"这么投票,最后就是12345678。"江苏理工大学顾丹柯看后点评:"难定夺了,每个都有人选。"这让我和译者薛庆国深感欣慰,说明我们选的每一句都有不少读者喜欢,同时也感到了幸福的烦恼,因为一时看不出群友究竟最喜欢哪一个备选书名。当然,也有个别群友表示,八个备选书名没有一个能比得上"我的孤独是一座花园",说明有的读者要求很高,"我的孤独是一座花园"这个书名太深入人心了,以至于很难喜欢上别的书名了。

随着表达意见的群友越来越多,八个备选书名喜欢的群友数量也逐渐有了些区别,备选书名1(隐身于世界之外)、6(我和风共枕一席)、2(我的焦虑是闪耀荒山的火花)和4(你的心是一根羽毛),逐渐稍稍领先。许多微信群友不仅给出了自己的选择,还选了不止一个,并表明了自己选择的原因,有的还同时对其他几个进行了点评。有的群友为了表示自己坚决选择某一个,还指出了其他几个的不足之处。不少群友虽然选择了某个备选书名,但又不太满意,对选中的书名进行了修改,而修改最多的方式是对备选书名进行简化。

湖中月(网名)说:"我选1(隐身于世界之外),好的文学源于现实高于现实,好的诗歌具有高度的象征性哲理性,能帮助人们在世界之中体验世界,又站在世界之外看世界,就是好诗。"译林出版社韩继坤说:"1(隐身于世界之外),对人生状态的诉求和背后隐匿的情感更契合很多人的想法,隐身与上一本的孤独也有延续性。"西安交通大学刘丹翎说:"既然前一集是《我的孤独是一座花园》,那感觉应该是1才对哦,才能匹配得上吧。"江苏省建材院任菲说:"喜欢1。诗人都活在自己的世界里。"译林出版社许昆说:"投1或者3(你的诗歌是先于脚步的预言),3可以简化成'先于脚步的预言'吧。"

晴天(网名)说:"我选择2(我的焦虑是闪耀荒山的火花),它更有想象力,不落俗套,让人有想读一读的欲望。"译林出版社方芳说:"我为2'站台'。第一感觉就是它,三个关键词'焦虑''荒山''火花',我的焦虑累积,终于燃起来了,有火花了,可闪着啥了,荒山! 悲不悲哀? 意不意外? 用段子体就是:我的焦虑都闪耀成火花了,你'特么'给我一座荒山?! 身处当下焦虑＋的时代,需要有共情感的诗歌稍稍抚慰千疮百孔的心呀,虽然焦虑只能是焦虑。相较于上一本书名,句式、主体、比喻、'焦虑'、'孤独'啥的我都不说了。缺点是冗长了点。"北京外国语大学郭棲庆说:"2 似乎贴切一些。(1)'我'把诗人和其诗歌连得更近;(2)与第一部诗集更显连续性。"译林出版社朱旭玲说:"2 的话'焦虑'是不是可以翻译成'忧愁'呀,感觉顺口一点。'我的忧愁是点亮荒山的火花'。"汕头大学安宁说:"先于脚步的预言,好,但用作书名不够灵巧。'荒山的焦虑'吧。"

美国埃奇伍德学院的欧阳慧宁说:"1—8 都是他诗歌的题名吗?你也可选其中一个的一部分啊。我选 3(你的诗歌是先于脚步的预言):'先于脚步的预言。'比喻不寻常,又指诗歌,预言可作为对整部诗集的描述评价。省略'你的诗歌'是'既简略又含蓄'。"熠荟(网名)说:"诗歌是宜于表现事物动态美的时间的艺术,个人观点是选择 3。"

定居美国加利福尼亚州洛杉矶多年的江坚说:"本想选 2(我的焦虑是闪耀荒山的火花),这句挺有激情、战斗力的,但加州山火太猛,不能再来闪耀荒山的火花了。诗歌是一种情怀。那些句子做书名都不错,除了火花。情怀有大有小,有直白有隐喻,我喜欢以小喻大,没有什么比保守你的心最重要了。对应第一集《我的孤独是一座花园》,花园里就一棵树,第二集就用 4(你的心是一根羽毛)。有心的人生不再孤独。叙利亚动荡不安,人民流离失所,远离故土,诗人早已跳出叙利亚,哲学诗人的独特视角触及更大的层面,但一切都是不忘初心。"

南京师范大学汪少华说:"标题宜简洁,'我和风共枕一席'简明扼要,洒脱人生,跃然纸上,充满诗意。"西安外国语大学苏锑平说:"6(我和风共枕一席)就叫和风共枕怎样?"大众汽车集团(中国)支亦祥说:"6,与风同眠。"江苏电视台杜骏遥说:"6,理由:很少有人用风比喻人生,通常用水的不确定性,但是风更无形,更飘逸,更与我们须臾不离,毕竟泡在水里的时候没有春风拂面,清风徐来的时候多,两袖清风,栉风沐雨,争风吃醋……风的含义也比较丰富。建议名称:枕风睡,三个字洋气。去国多年,他一定羡慕风吧? 风可以随时回家,回到祖国。"

湖南大学朱健平说:"选 7(倾听蓓蕾绽放时的喘息声),并改为'蓓蕾在喘息中绽放'。"新加坡的孙宽说:"1 有幻想,5 有情怀,7 才是真正的诗人选择——浪漫。"

华东师范大学黄佶说:"从市场营销角度考虑,书名不宜太长。可以简化,例如'心如轻羽''与风同眠'。"苏锑平也认为书名要简洁,除了把上面提到的她选中的6简化外,还把另五个备选书名也简化了:把8(让身体的四肢连接起天际的四肢)简化为四肢连接天际;把4(你的心是一根羽毛)简化为心羽;把5(时光躺在诗歌的怀里)改为诗歌怀里的时光;把2(我的焦虑是闪耀荒山的火花)改为焦虑的火花;把1(隐身于世界之外)简化为世界之外。云南大学舒凌鸿说:1充满哲学意味,有思想深度。6想象力丰富,不落俗套。比起其他书名,这两个更简洁直观。而对于修改简化,舒凌鸿表示:"我觉得原来这些书名翻译得还不错,若不对照原文仔细斟酌,似乎不必修改。我觉得诗歌最重要的是要有诗味。诗味的来源包括两个方面:诗歌含义及语言特色。也就是这两个方面都要新奇又要给人留有想象的空间。作为译诗而言,还要注意保留外语的特色,不能完全按照中国格律诗歌的特点来翻译。'隐身于世界之外'改为'隐于世外',会让人误认为是中国诗。所以在语言上保留外语诗歌的特点,佶屈聱牙的美也是应当的。所以改得顺畅并不一定就是好的诗句。诗歌既要语言凝练,又要耐人寻味,需在顺与不顺之间创造出美感。从某种意义上说,佶屈聱牙、阻碍可理解性,对日常语言进行陌生化处理,也是诗歌产生新奇之感并耐人寻味的重要来源。另外,诗歌翻译是否合适需对照原文含义,所以修改还是对照原义才好下判断。"

5

"阿多尼斯诗歌短章选"是我专门请薛庆国选译的世界级大诗人阿多尼斯的第二部中文版诗选。面对这么多热心读者畅所欲言的表达,面对每个备选书名都有不少读者选中的幸福的烦恼,我们真的有点无所适从的感觉,但由于一个月后的10月3日下午就要在南京先锋书店举行此书的首发式,时间紧迫,我们必须马上确定一个书名。这第二部诗选,与第一部诗选《我的孤独是一座花园》相仿,也是请译者薛庆国从阿多尼斯各个时期众多诗集中精选出来的,其形式是短章,更加简洁,常常以一两句诗直抒胸臆,记录一时的灵感和思想火花,起到触动甚至震撼人心之效,其中所反映的诗人对人生、对社会、对祖国、对阿拉伯世界的情感、观察与思考,可谓一脉相承。鉴于第一部诗选《我的孤独是一座花园》的书名已深入中国阿多尼斯诗歌爱好者之心,这第二部诗选的书名也应该让读者一看就能想到第一部诗选而引起马上想读的欲望。这一点,既是我们心里的想法,也是帮我们选书名的众多读者的想法。而持有这种想法的读者中,选2的最多。"我的焦虑是闪耀荒山的火花",本身就是美妙的诗句,意象组合新颖而具有较强的冲击力,给人印象深刻,令人浮想联翩,意境深远,含义深刻。不过,正如不少读者指出的那样,书名不宜过长,与此同时,我们也希望书名本身是一句诗。因此,有些读者把备选书名简化为两三个字、三四个字,我们不准备采纳。鉴于此,我们初步选定2(我的焦虑是闪耀荒山的火花)作为新诗选的书名,而此书名确实显得长了些。

为此,我和薛庆国商量:"你对照原文,再锤炼一下2,看能否使其更加简练,哪怕减掉一两个字也是好的。"薛庆国回答说:"如按字面直译,是:我的焦虑是荒山上的一束火花。如果和前一本呼应,书名可简化成:我的焦虑是一束火花。"这让我马上想起,此前,东南大学的高圣兵在群里的选择:"第一部:我的孤独是一座花园;第二部:我的焦虑是一束火花。"说实话,从意象、意义的完整性来说,我很想保留"我的焦虑是荒山上的一束火花"这整句诗,不过考虑到书名确实不宜太长,只有忍痛割爱,把"荒山"这一意象删去。我们最后确定,"阿多尼斯诗歌短章选"中文版书名是"我的焦虑是一束火花",而"阿多尼斯诗歌短章选"则如前所说成了此书的副书名。在谁都不知道我们最后会确定什么书名的时候,高圣兵凭其独特的文学敏感性和诗歌上的修养,第一个说出了"我的焦虑是一束火花"的书名!

《我的孤独是一座花园》首版封面,是一片黑底中的日全食,在一片黑暗中透出了少许的亮光,表达的是阿多尼斯诗歌创作中的态度:他对祖国叙利亚,对整个阿拉伯民族的现状感到失望,对其前途感到悲观,但他并没有绝望,他的失望和悲观中始终抱有一丝希望。而这种创作态度贯穿了他的整个创作生涯,所以第二部诗选《我的焦虑是一束火花》也延续了日全食的设计,只是把黑底改为了红底,而红底里的红是沉闷的红,这与书名中的"焦虑"是吻合的。

当今社会生活节奏越来越快,生活的压力越来越大。约一年前,我送阿多尼斯离开南京前在玄武饭店喝咖啡时,老先生安静了一会儿后曾缓缓说道:"生活越来越艰难了,尤其对年轻人来说。"我对此深有同感。在这样的生活环境中,人们内心的焦虑感越来越强。需要说明的是,不同于许多人仅仅因自己的生活压力而感受到的焦虑,"我的焦虑是一束火花"中的"焦虑",也即身为诗人的阿多尼斯的"焦虑",从来都不是出于私心私情私利,而是面对落后、专制的阿拉伯政治和腐败、丑陋的社会现象,面对盛行于阿拉伯社会的被扭曲的历史观、文明观,面对阿拉伯传统文化中的沉疴积弊而产生的焦虑,是对变革的期盼。

2018 年 9 月 15 日

(原载于《东方翻译》2018 年第 6 期)

"献给薛庆国"

——阿多尼斯中国题材长诗《桂花》献词历险记

一、中国题材长诗《桂花》的写作背景

2018 年九、十月间,享誉当代世界诗坛的阿拉伯大诗人阿多尼斯来华参加鲁迅文学院举行的国际写作计划活动。这是 2009 年他的第一部中文版诗集《我的孤独是一座花园》问世后他第七次访华。

这次访华期间,阿多尼斯前往广州、成都、南京、皖南等多地,出席了多项文化活动。在南京,他出席了他指定的自己著作中文版译者薛庆国教授翻译、译林出版社出版的诗集《我的焦虑是一束火花》首发式。金秋十月,正值我国南方桂花盛开的季节,阿多尼斯所到之处,都有桂花飘香,这给他留下了深刻而美好的印象。在广州,他领受了《诗歌与人》杂志颁发的诗歌奖,并和当地多位诗人一起,种下了一棵以"阿多尼斯"命名的桂花树。皖南的徽派民居,尤其是黄山挺拔秀美的自然景观,让阿多尼斯受到了极大的震撼,并引发了他对中国文化和阿拉伯文化的深入思考。

阿多尼斯对中国可谓一往情深。他每次访华,都加深了他对中国这个国家的了解,对中国的历史和文化的热爱,对中国人民的友谊。1980年,他首次访华。到 2009 年再次访华时,他发现,相隔 30 年,北京、上海这两大中国大都市,已由百废待兴的一片灰蒙蒙,变成了现代化的五光十色。而从 2009 年起,细心的读者就会发现,在中国,凡是能见到阿多尼斯

的地方,总能见到他的中文版译者、北京外国语大学的薛庆国教授。而薛庆国教授忠实传神的译文,已让阿多尼斯成为当下中国最受读者欢迎的外国诗人之一。《我的孤独是一座花园》问世十年来已累计印刷十几万册,里面的许多诗句常被中国诗歌爱好者挂在嘴边,在各种场合被不断引用,这一现象堪称当代世界诗坛的奇迹。"我的孤独是一座花园",这一书名,这一优美、耐人咀嚼又富有感染力的诗句,已成为南京先锋书店老钱工作室里的一款饮料名,也出现在了北京曼陀罗手工陶瓷饰品网红店的玻璃门上。青年歌手程璧则为其中的一首诗《意义丛林的向导》谱曲并自己演唱。《我的焦虑是一束火花》2018 年 10 月出版后一个月便重印,足见其受欢迎的程度。

2018 年访华期间,阿多尼斯萌发了写一首中国题材长诗的想法。一路上,他多次表示,会为这次中国之行创作一首长诗,题目就叫"桂花"。我当即跟他约定,此长诗写好后,其中文版仍然在译林出版社出版。

二、阿多尼斯"献给薛庆国"的献词,留还是不留?

阿多尼斯在创作长诗《桂花》的过程中,接受了江苏扬子江作家周组委会的邀请,决定来参加 2019 年度的扬子江作家周活动,还会在杭州举办画展。2019 年 3 月,阿多尼斯告诉薛庆国诗作已经完成,会很快发给他。薛庆国便和我商定,我们各自在翻译和出版环节抓紧时间,争取在 11 月作家周活动开始前出版《桂花》中文版,以便趁阿多尼斯来华之际举行首发式等活动。

接着,薛庆国多次催阿多尼斯尽快把诗作电子版发来。5 月 8 日,阿多尼斯终于把诗稿发给了薛庆国,并表示:由于是中国题材长诗,此诗先以中文版面世。而薛庆国激动地向我表示:像阿多尼斯这样在世界文坛具有重大影响的作家以一首长诗书写当代中国,堪称中外文学交流史上的历史性作品。他会争取尽快翻译好。

在落实中文版版权时,版权代理特别向我们指出,阿多尼斯强调,中文版《桂花》务必明确写上"献给薛先生"（"dedicated to Mr Xue"）。译者自己可能不会提到这点——他可能太谦逊了，不会这么做——但阿多尼斯请我们确认这点。

作者阿多尼斯的要求自然要照做，不过，"献给薛先生"作为一本书的献词，表达得不够明确。所以，我请版权代理联系阿多尼斯提供献词的准确措辞。版权代理后来告诉我们：阿多尼斯建议献词为："献给薛庆国"（"To Xue Qingguo"。法语是"À Xue Qingguo"。）我觉得，这样的献词简洁明了，很好。本书的读者一看就知道：作者献给译者。

8月8日晨，我终于收到薛庆国发来的《桂花》译稿，便立即开始编辑工作。我发现，译稿里确实没有阿多尼斯强调要放在正文前的献词，便告诉薛庆国，阿多尼斯通过版权代理，要我们在《桂花》正文前写上：献给薛庆国。薛庆国回答我说："献词我说服阿老了，情意领受，但我国不太习惯这个，就不用写了。"

原来，5月8日，阿多尼斯的女儿爱尔瓦德通过电子邮件把《桂花》阿拉伯文原稿发给薛庆国时，还和他通了微信电话，就拖延了两个月才把诗稿发来作了说明：已经九十高龄的她父亲虽然身体矍铄，但近年来记忆力还是不如从前了。他在巴黎、贝鲁特都有寓所，平时除了在世界各地旅行，多半时间都在这两地度过。长诗在巴黎创作完之后，他曾带到贝鲁特作润色修改。接着，他自己也记不清手稿到底放在哪里，在巴黎没有找到，以为忘在了贝鲁特家中，但去了贝鲁特也没有找到，有一段时间甚至陷入绝望。不久前，相关出版社的朋友告诉他，他请人把手稿输入电脑的工作已经完成。他这才突然想起，原来手稿刚完成，就交给一位熟悉他字体的打字员了！

爱尔瓦德讲完后，在她身旁的阿多尼斯接过电话，他要薛庆国注意诗稿首页的献词，说他这部作品是献给薛庆国的，以纪念两人的友谊。所以，在出版时务必保留献词。薛庆国听了大为惊讶，顿觉诚惶诚恐，并当即向阿多尼斯表示：对他的厚爱深为感动，但是，这么做似乎不合适，因为在薛庆国的记忆里，没听说哪位外国大作家把作品题赠给一位译者；因此,这是一份对他而言过高的荣誉、过重的礼物,他领受情意,但出版时不要放上献词了。而阿多尼斯则说:你不必谦虚,最好还是同意。

6月初,艺术家歆菊女士从巴黎带回阿多尼斯参加杭州画展的画作,同时捎回长诗《桂花》的打印稿。此稿的扉页上也像电子版一样写着三行阿拉伯语文字:前两行是"献给薛庆国",后面括弧里还写上薛庆国的阿拉伯语名字(BASSAM);第三行是"向他的友谊致敬"。

此后,薛庆国曾两次和阿多尼斯长时间通话,就翻译中碰到的一些理解和表达问题向他请教。他回答完这些问题后都半开玩笑地问:"我的献词翻译了没有?"薛庆国都应付着回答:"这个不重要,到时再说。"

8月7日,爱尔瓦德在微信里对薛庆国说,她已通知阿多尼斯作品的版权代理,让他转告译林出版社,《桂花》中文版出版时应该写上"献给薛庆国"("To Xue Qingguo"),并提醒薛庆国审定一下出版社的译文是否准确。薛庆国再次向她表示感谢,也请她转达对阿多尼斯的谢意。至于如何处理,他会跟出版社商量。爱尔瓦德表示,她父亲阿多尼斯希望薛庆国同意,但最终会尊重他的意见。

三、编者力劝译者保留作者的献词

在编辑译稿过程中,我随时就译文向薛庆国提出我的想法、疑问或修改意见。由于我不懂阿拉伯语,自编辑《我的孤独是一座花园》开始,我从来不越雷池半步,即我从来不擅自修改译文。通过与薛庆国的直接交流,加上从阿拉伯语界同行的侧面了解,我早已认定,薛庆国是我国阿拉伯语界的一流学者和翻译家。我充分信任薛庆国在翻译中对阿拉伯语原作的理解和对原作的中文表达,与此同时,我对译文的所有想法、疑问或修改意见,都会及时告诉薛庆国,请他查对原文后决定如何处理我那些想法。薛庆国一直很虚心,接受了我对他的译文提出的大多数想法。对其中少数想法,他有不同意见,也直言相告。我当然也充分尊重他的意见。作为译者和编辑,我们一直相处得很愉快,而且很快就发展成为几乎无话不谈的朋友。

在编辑《桂花》期间与薛庆国交流时,我还多次跟他商量献词一事,争取在中文版里保留献词。他说,老人这点像阿拉伯人,重感情,重友谊。但他仍然一再表示,这事没必要,而且阿多尼斯本人也同意了。

其间,版权代理明确告诉我们,阿多尼斯和薛先生经过进一步交谈后,同意不保留前述的献词。所以,我们不必考虑保留献词的要求了。

对于来自版权代理的最新消息,我感到有些遗憾,但我还不想就此放弃。

我对薛庆国说,是他把阿多尼斯引入中国并成就了当代诗坛的一个奇迹。阿多尼斯将这首中国题材的长诗献给他,是对他感激之情和友谊的真心表达。而且,一首中国题材的长诗献给中国译者,这献词应该视为这首长诗不可分割的组成部分。把自己的作品献给译者,到现在我还没听说过。一般的作者这么做,也没什么,不大会有人注意,但像阿多尼斯这样的世界级大诗人这么做,就值得关注了,就很有意义了!这很可能是世界文坛的第一次呢!很可能,我们是一起在书写历史啊!

其实,阿多尼斯是非常诚挚而坚定地要表达这种心情的,不然也不会在薛庆国明确表示不保留献词后,还特意通过版权代理跟我们说明情况并要求我们一定要写上献词。当然,由于薛庆国一而再再而三地坚持不保留献词,阿多尼斯也就不得不尊重他的意愿了。阿多尼斯尽管同意不保留献词了,但他心里肯定不会高兴的,因为毕竟他的一个心愿未了啊!如果能如愿保留献词,他肯定会很高兴的。

一个世界级大诗人把自己的新作献给其中文版译者,这也堪称中外文学交流史上的一段佳话了。有必要尊重一位年届九旬的老人的心愿,并通过保留献词记录这段佳话。

薛庆国说,听了我这些话,他感到诚惶诚恐,同时,他也不好意思再坚持不保留阿多尼斯的献词了。

听罢,我如释重负,仿佛终于干成了一件大事。

四、《桂花》：一首熔叙述、沉思与想象于一炉的长诗

中国题材长诗《桂花》记述了诗人 2018 年九、十月间的中国之行，尤其是皖南之行的印象、感受和思考。整部长诗由 50 首相对独立的诗作构成，部分诗作包含若干短章，后面几首诗篇幅较长。他笔下的风光景物，更多的是想象、意念和思考的结晶。中国之行的所见所闻，都让他反观自我，审视阿拉伯世界的传统与现实。全诗字里行间随处流露出他对中国的自然景观和悠久的历史文化的热爱以及他对中国人民的情谊，其中也有不少篇什，一如既往地表达了他对阿拉伯传统与现实痼弊的反思，对西方帝国主义、殖民主义的抨击，以及对世界和人类现状的失望。整部作品不拘一格，叙述、沉思与想象熔于一炉，语言瑰丽而奇峻，意象丰满而密集，堪称兼具思想性和艺术性的佳作。尤其值得指出的是，阿多尼斯这位世界级大诗人，以整首长诗的篇幅和发自肺腑的激情，通过高度艺术化的形式书写中国，这在中外文学交流史上是罕见的案例。阿多尼斯强调，《桂花》的阿拉伯文版尚未出版，中文版是《桂花》在全球面世的第一个版本。

《桂花》中文版附上了阿多尼斯 2009 年来华后发表的散文诗《云翳泼下中国的墨汁：北京与上海之行》。书前配有几张长诗中写到的阿多尼斯 2018 年访华时种桂花树、登黄山、游皖南古村落的照片。

作为《桂花》中文版的接生人，我盼望，阿多尼斯满怀着对中国人民深情厚谊创作的这首长诗，能够得到众多中国诗歌爱好者的欢迎和喜爱。

（原载于《东方翻译》2020 年第 1 期）

翻译的需求与机会

禹玲院长要我来给大家谈谈从事笔译实践的问题。所以,我今天专门为大家准备了这方面的一些内容,这是我第一次比较详细地谈这个问题。

一、会出版与不会出版的翻译

从不同的角度出发,笔译可以有各种不同的分类。我们首先按是否会正式出版来讲。

我们国家具有正式出版资质的出版单位或机构,有三类:1)出版社;2)杂志社;3)报社。具有正式出版资质的出版社、报刊的编辑,是具体经手这类翻译的主要人员。

我1985年夏天本科毕业进入出版社从事外国文学编辑出版工作时,出版机构的思路总体上还是比较传统的,真正具备较全面的外国文学专业知识又能及时了解国外文坛现状和最新动态的编辑非常少,许多从事翻译图书编辑出版的编辑不懂外语。所以,当年出版社确定的选题中,除了社内策划的之外,社外的译者和专业研究人员推荐的选题占有很大的比重。因而当年的出版界,认识一批能为我所用并能提出适合出版的选题的专家、译者的编辑,是出版社最需要的编辑。当年适合出版的选题,首先强调的是政治思想正确、能正确引导或教育中国读者认识社会、世界与人生,在文学史或学术史上有较高的价值和地位,然后才是受中国读者喜爱。随着出版业逐步走向市场化、商业化,随着后来绝大部分出版社都由事业单位改制为企业,出版社就必须考虑要有足够的赢利来维持自身的生存与发展,当然原先强调的政治思想与导向正确是始终不能丢的。每当确定一个选题时,都要估算成本与盈亏情况:出版后能够赢利而又不会出问题的优先;能够名利双收的大受欢迎;没有赢利甚至要亏本但确实有较高学术或文学价值、出版后能带来较好声誉和社会影响的图书,在几乎所有出版社都只占很小的比例;名和利这两头一头都不沾的,对出版社来说,无异于浪费人力物力财力,一般都不会接受,除非出于一些特殊的考虑。20 世纪 90 年代初我国加入《国际版权公约》后,引进出版现当代外国著作,都要先购买中文版出版权。这样,对中国出版界来说又增加了一笔成本,但后来人们渐渐发现,只要选题对中国图书市场来说适销对路,购买版权的费用并不会影响图书在中国市场的问世,因此,中国逐步成为一个购买国外图书版权的大国,国际版权代理人纷纷主动向中国出版机构推荐他们经手的图书版权,包括及早介绍正在写作中的著作的情况。出版社内从事引进版图书编辑出版工作的编辑基本上都是外语专业毕业或具有较高外语水平者。对于国外文坛和出版界的现状以及最新著作的信息,出版界比国内相关领域的专家学者总体上了解得更迅速更全面。当然,对于某个具体对象的了解、研究与把握,相关专家可能要更胜一筹。在这样的情况下,中国出版社确定的国外引进的图书选题中,由社外专家译者推荐的选题占比大大下降,而由出版社内部的编辑人员策划的选题大大上升,甚至占了大头。

目前全国有 580 多家出版社,几乎每个省都有人民、科技、教育、古籍、文艺、少儿类的出版社,还有一些分工更细更专业的出版社。几乎每家出版社都在或多或少地出版翻译图书,有的出版社按照自己大致的专业方向出版相关的翻译图书,有的出版社则不顾专业分工,想出什么就出什么,有什么就出什么。比如,就文学类翻译图书来说,比较专业、出书较多、影响较大的,有老牌的人民文学出版社、上海译文出版社和译林出版社,还有漓江出版社、浙江文艺出版社等。最近这些年来,出版社的专业分工越来越模糊,大多数出版社都跨越自己原先的出版分工,出版过外国文学方面的图书,而原先比较专注于出版外国文学著作的出版社,出版范围也得以大大拓宽。比如,我所在的译林出版社,如今出版的图书除了古典和现当代外国文学作品外,还涉及外国人文社科类理论著作、人物传记、少儿类图书、外语教育、艺术、科普、法律、中国原创文学等领域。

我国目前除了有正式出版资质的出版社外,另外还存在着一支能量不小的出版力量。这支出版力量最早是 20 世纪 80 年代后期的书商。他们靠批发零售国有出版社出版的图书完成原始资本积累,后来发现自己出书自己卖能赚更多钱,但是,自己出书是非法的,于是他们便向出版社买书号来出版自己看中能赚钱的书。以前书商出书,基本上是唯利是图,其中包含不少文化含量低、庸俗甚至低级下流的出版物。这样的书商经过几十年来不断的大浪淘沙,其中的一些如今已经发展成为颇具实力和影响力的民营文化出版公司。他们与一些出版社建立起相对固定的合作关系,甚至与出版社合资成立文化出版公司。民营文化出版公司与许多国有出版社相比,往往对出版信息和市场的嗅觉更敏锐,对于他们看中的某些图书,舍得下大血本购买版权,图书出版周期更短,并运用多渠道多样化的营销宣传手段,市场营销方面更加灵活、更有实效。有关管理部门为了加强对民营文化出版公司的引导和管理,近些年来也鼓励他们与国有出版社加强合作。比如,老牌的国家级的人民文学出版社的外国文学出版,前些年一度主要由上海九久读书人文化实业有限公司来做。民营文化出版公司做得最大的是新经典文化股份有限公司。十来年前,新经典拆资 100 万美元,从包括译林出版社、上海译文出版社等外国文学出版巨头在内的众多竞争者手中抢下了当代世界文学中的经典名著,加西亚·马尔克斯的《百年孤独》的中文版权,并在出版后收到了名利双收的效果。2017 年 4 月 25 日,新经典成功首次公开发行股票并在上海证券交易所主板上市。磨铁图书公司是中国最具影响力的大众类民营图书公司。如今,看到许多最新的外国文学获奖作品、重要作家的重要新作是由民营文化公司推出的,也不必大惊小怪。

　　像译林出版社等一些自主策划选题和市场营销能力比较强的出版社,每年都有出不完的书,所以,他们对出版社外独立策划的选题的需求并不太迫切;而一些自主策划选题和市场营销能力不强的出版社,对出版社外独立策划的选题的需求十分迫切,有的出版社主要靠与民营文化出版公司合作维持生存。

　　主要发表外国文学作品的期刊,以前最多时有十几种,到目前剩下的则屈指可数了。目前发表外国文学作品的期刊主要有:中国社科院外文所主办的《世界文学》、北京外国语大学主办的《外国文学》、上海译文出版社主办的《外国文艺》、译林出版社主办的《译林》等。其中《世界文学》《外国文艺》《译林》主要发表文学作品,《世界文学》兼顾文学性和世界性的分布,《外国文艺》注重文学创作的先锋性,《译林》偏向作品的可读性,而《外国文学》则已由当初的作品与研究论文平分秋色发展到以研究论文为主。某些中国文学期刊,有时也会发表一些外国短篇小说、诗歌、散文等。

　　在 20 世纪 80 年代,众多报纸的副刊上都可能会发表一些外国短篇小说、诗歌、散文等。如今,这样的报纸越来越少见了。

　　不会正式出版而需要笔译的,是社会上的各行各业的各种涉外单位,如政府的涉外窗口,外事、外贸单位或企业,以及涉外活动、项目或会议等。这类笔译,虽然不会正式出版,但往往对完成的时间有急迫的要求,社会上需求量很大,翻译见效快,经济收入有时会高出甚至大大高出会正式出版的笔译。这类笔译的需求单位,有的可能直接找到认识、了解的译者或外语院系。由于改革开放后这类笔译的社会需求量越来越大,大大小小的翻译公司便应运而生。社会上的翻译公司,承接了绝大部分这类笔译业务。翻译公司内可能会养一些专业的翻译,但更多的情况下,翻译公司起到类似中介的作用。它们从社会上承接翻译业务,然后再到社会上,主要是在高校的外语院系找到能承担具体翻译任务的师生来完成具体的翻译,翻译公司的有关专业人员会对翻译的结果进行鉴定和把关。翻译需求方付给翻译公司的翻译费用的一部分,由翻译公司转付给了具体的翻译者。一些翻译公司也想承接出版社将要出版的图书的翻译工作,但由于目前国内出版的翻译图书的翻译稿酬普遍不高,而对翻译质量的要求则比较高,如果经翻译公司收取中介费用后,翻译稿酬就更低了,以更低的稿酬去找译者,不容易找到质量有保证的译者,所以翻译公司想承接出版社将要出版的图书的翻译业务,并不容易。另外,比较专业的长期从事翻译图书出版的出版社,一般对国内翻译界比较了解,也有一些交往较多、比较了解、翻译质量可靠、相对稳定的译者,他们自己找到的译者往往比翻译公司找到的译者的翻译质量更有保证。

二、外译中与中译外

按照目的语来分类,笔译可以分为外译中和中译外。外译中和中译外,都已有很长的历史。但细加分析就可发现,长期以来,外译中大大多于中译外,因此以往人们谈翻译,更多的时候是在谈外译中。

长期以来,中国文学和文化在世界上的声音和影响力比较微弱,因此国外的研究者和出版机构主动组织翻译出版的中国文学和文化著作数量有限。近二三十年来,随着中国国力的提升、中国国际地位和影响力的不断提高,希望中国文学和文化在世界上得到更多了解和重视的愿望也越来越迫切,与此同时,中国文学和文化在世界文坛上也受到越来越多的关注,但总的说来,中国文学和文化在世界上微弱的声音和影响力与我们身为世界大国的地位不相符。21世纪初开始,中国文学与中国文化走向世界已成为国家意志。与此同时,也逐渐有一些国外的出版机构主动介入中国文学外译出版中来。国家推动中国文学和文化"走出去"的努力,由直接翻译出版并努力推向世界,转变为推动中外出版机构联合翻译出版并推广中国文学和文化。国家先后启动了多项与中国文学"走出去"相关的国际出版计划、项目或工程,旨在让世界各国人民在阅读中国文学和文化著作的过程中感受中华文化的独特魅力,加深对中华文化的认识和理解,更好地了解中国。

"中国图书对外推广计划"于2004年下半年由国务院新闻办公室与

新闻出版总署联合启动,以资助翻译费和向国外图书馆赠送图书的方式,鼓励国外出版机构翻译出版优秀中国图书,重点推荐反映中国当代社会政治、经济、文化等各个方面的发展变化,有助于国外读者了解中国、传播中华文化的著作;反映国家自然科学、社会科学等领域重大研究成果的著作;介绍具有文化积累价值的中国传统文化、文学、艺术,让世界各国人民更好地了解中国。

国家新闻出版总署等部门 2008 年推出了"中外图书互译计划",与数十个重点国家和地区签订双边出版交流与合作协议。

2009 年,"中国文化著作翻译出版工程"和"经典中国国际出版工程"启动。"经典中国国际出版工程"是新闻出版总署为鼓励和支持适合国外市场需求、弘扬社会主义核心价值体系、展示中华文化独特魅力、反映当代中国精神风貌和学术水准的外向型优秀图书选题的出版,有效推动中国图书"走出去"而直接抓的一项重点骨干工程。

"中国当代作品翻译工程"于 2013 年由中宣部组织实施,这是我国唯一专门推动中国文学"走出去"的国家工程,旨在让国外民众在阅读中国文学作品的过程中感受中华文化的独特魅力,加深对中华文化的认识和理解。

"丝路书香出版工程"于 2014 年 12 月 5 日正式获得中宣部批准立项,是中国新闻出版业唯一进入"一带一路"倡议的重大项目,涵盖重点翻译资助项目、丝路国家图书互译项目等。

国家社科基金中华学术外译项目始于 2010 年,集中遴选译介代表中国学术水准、体现中华文化精髓、反映中国学术前沿、传播当代中国价值观念的学术精品,资助相关优秀成果以外文形式在国外权威出版机构出版并进入国外主流发行传播渠道,推动中国学术从积极"走出去"到有效"走进去",深化中外学术交流与对话,促进世界更好地了解中国和中国学术,增强中国学术的国际影响力和国际话语权,不断提升国家文化软实力。

2016 年开始实施边疆地区新闻出版业"走出去"扶持计划,鼓励新疆、西藏、云南、广西、内蒙古、辽宁、吉林、黑龙江等省(区)与周边国家建立更加密切的联系,扩大我国新闻出版产品与服务对周边国家的输出。

另外,近年来,一些省份的有关部门也积极介入并大力扶持本省的文学或文化力作走出去,走向世界。比如,"江苏文学名家名作"外译项目启动于 2021 年,向海外传播江苏文化、展示江苏形象,让江苏文学与世界接轨,在不同文明文化之间建立联系和对话。"江苏文学名家名作"外译项目第一、第二期都已顺利出版,主要面向欧美主流国家和共建"一带一路"国家,第三期也已启动,以一批代表中国气派、江苏风格的江苏作家和优秀文学作品,进一步加大江苏文学在海外的传播力度,促进不同文明文化交流互鉴。

在具体操作中,上述外译项目一般由国内出版社先与国外出版社签订中国文学图书合作出版合同,再凭包括合作出版合同在内的相关材料向上述计划或工程的相关机构申请资助。在经过严格审核得到批准后,国内出版社会分阶段得到资助额,并实施合作出版计划。

在国家相关政策和措施的大力推动下,在中国文化"走出去"的热潮中,中译外的需求急剧增加。

从近些年来的社会现实需求来看,非文学翻译的需求大大多于文学翻译,不会出版的翻译的需求大大多于会正式出版的翻译。

三、如何得到翻译的机会

了解了笔译的一些主要种类及其需求的情况后,作为有志于从事笔译的我们来说,如何能够得到笔译的机会呢?

需要笔译的机构和需要笔译机会的译者,双方是互相需要的关系。一方面,在座的师生当中有相当一部分是想翻译却找不到翻译的机会;另一方面,有的编辑出版者手上拿着原版书却找不到合适的译者。二十多年前,我曾经写过一篇文章《找译者难》,引起历时大半年、席卷全国的有关文学翻译质量问题的大讨论。我当年在文章中提到的难,在于为每年购入的大量外国著作分别找到合适的高质量的译者之难。尽管全国的外语系许多早就扩展为外语学院,而且如今大部分高校都有外语学院,硕士点和博士点每年都在增加,每年都有大量的本科、硕士、博士毕业,每年都有大量新晋升的讲师、副教授、教授,但是,并非在外语学院的师生都能做好翻译,能做翻译的,也并非什么书、什么作品都能译。当年,我文章中找译者不唯职称、不唯学位也不唯职位的做法,得到了陆谷孙先生的赞扬。《文汇读书周报》记者曾就我的文章专程采访了陆谷孙先生,采访记录发了一整版。该报还曾专门召集包括谢天振先生在内的在上海的一些翻译界人士座谈讨论我在文章中提出的问题。当年的林少华先生曾撰写专文回应我的文章。所以,要为具体的原作找到能够称职胜任的译者,确实是个难题。

　　二十年前的 2003 年,我应你们的前院长曾艳钰教授之邀第一次来贵校做讲座,讲的是如何向学术期刊投稿。十多年后,我回贵院时,为我主持讲座的,是现任院长张景华教授。张院长当时说,他清楚记得十多年前我第一次来贵院做讲座时的情景。我当时说过,写好一篇论文,最好不要随便盲目地投给任一学术期刊。在准备给某期刊投稿前,要先认真看最近一两年的该期刊,摸清该期刊的风格、特色与偏好,然后再看自己准备写或已经写好的论文是否与该刊的风格、特色与偏好相近。投其所好,论文被相应学术期刊采用的几率就会大大增加。张院长说,他按我说的如法炮制,结果成功率果然大大增加。我今天旧事重提,是想接着说,准备给发表文学翻译作品的报刊投稿时,也要先仔细研究一下相关报刊的风格、特色与偏好,据此选择类似风格与特色的原作来翻译,有的放矢地投稿,这样也会大大增加译稿被录用的几率。同理,如果准备给出版社推荐翻译图书选题,也要先上网看看目标出版社的官方网站,了解其出书范围与偏好,然后投其所好,推荐相关选题。对于推荐后被接受的翻译选题,正常情况下,出版社是会让推荐者来翻译的。总体上,如前所述,策划选题时要从出版后能够带来的名和利这两方面来考虑选题的价值。前面也提到了,有的出版社自身选题策划能力较强,有的出版社则选题策划能力较弱,不过,具有畅销书潜质或具有重大文化积累意义、可望获国家大奖的选题,任何一个出版社都是欢迎的。有的出版社自身经济上的盈利能力较弱,非常欢迎能提供经济资助的选题;有的出版社经济状况比较好,而且自己策划的选题都来不及做,自然也就不会在乎作者或译者提供的每本书三五万元的资助。

不管是什么情况,出版社策划的翻译图书选题要成书出版进入市场,有一个不可缺少的环节,就是找译者翻译。那么编辑是怎么找译者的呢?编辑会去找什么样的译者呢? 正常情况下,编辑会找的译者可能有这么几类:1)已经为自己译过书、翻译质量有保证并且适合翻译所需翻译原作的译者;2)虽然没为自己译过书但自己比较了解、翻译质量有保证并且适合翻译所需翻译原作的译者;3)翻译界的名家、大家;4)自己信得过的人推荐的译者;5)从媒体等各种途径了解到的适合翻译所需翻译原作的译者;6)请一些权威的机构或部门落实合适的译者;7)从正式出版物、自发来稿或别的一些材料中,通过原文与译稿的对照阅读中发现达到一定翻译水平线之上的译者。

从上述编辑可能会找的七类译者的情况中可以看出,如果想从出版社编辑那里得到翻译的机会,首先要进入编辑的视野,让编辑了解你,记住你,并相信你的翻译在一定的水准线之上,适合翻译某一本或某一类著作。为此,除了可能会有的一些被动的机会外,自己也要主动去和编辑交流。比如,尽可能多参加学术会议或相关的活动,在相关场合主动争取或创造机会去认识编辑,主动交流自己所学的专业、正在从事的学术研究和兴趣、已有的学术或翻译成果,表达自己对翻译的看法,询问相关出版社翻译图书的出版情况,适当表达自己的这方面的想法和兴趣等。自己是个无名小卒,很少有人知道、很少有人认识时,坐在家里等,是等不来任何机会的。要主动出击。我年轻时去参加学术会议,报到时第一件事,就是看已经到会的人中哪些可能对我今后的工作有用并记下他们的房间号码,确定会议期间要找机会见面交流的人,可能直接敲房间门,也可能在会间休息时、吃饭时、走在路上时、出去游玩时主动见缝插针地找机会与其聊天并建立联系,也可以通过老师、同学、朋友等的介绍与相关编辑建立联系,还可以直接去出版社登门拜访交流联系。

各个出版社的情况各不相同,对译者的要求也不一样。像前面提到过的比较权威、知名、专业的翻译图书出版社,对译者的要求可能会比较高;而一些不太知名的涉及翻译的出版社,对译者的要求可能就不会那么高;一些民营的文化出版公司可能对译者不是很挑剔,由于手头资源有限,可能首先要解决的是能否找到译者翻译的问题。所以,对于翻译的新手来说,也许更容易从民营文化出版公司得到翻译出版的机会。

总体上可以说,任何一个出版机构都缺译者,缺什么样的译者呢?缺能胜任相关图书翻译的高水平的译者。任何一个出版机构都缺选题,缺什么样的选题呢?缺能让出版机构赚大钱或赢得好名声甚至获大奖的选题。

另外,不会正式出版的翻译机会,有时间有能力的话,也可以接受。这样的翻译,虽然不会正式出版,但毕竟也是翻译实践的锻炼机会,而且会迅速服务社会并很快见成效的,也会有一定的报酬,有的还会印成很漂亮的小册子,译好了也是会有成就感的。翻译需要在实践中不断积累经验,在反复修改磨炼中不断提高。

希望我讲的这些,对大家有所启发,有助于大家在翻译方面尽快出成果。希望在不久的将来,我如果再有机会来贵院,今天在座的某一位已成为张院长的继任者,并听到他说:我就是按照你今天讲座中的思路如法炮制,已在翻译实践方面取得不少成果了。

（本文为讲座稿）

可读性:期刊的生命线

——写在《译林》百期之际

  20 世纪 70 年代末,在经历了"文革"十年的禁锢,十年的"书荒""刊荒"后,为了满足国人精神上的极度饥渴,一大批期刊在中华大地上如雨后春笋般地涌现出来。到二十多年后的今天,随着中国社会发展的风云变幻,当年的一些期刊如今已不复存在,不少期刊在苦苦挣扎,也有许多期刊已走向成熟,成为著名的品牌,甚至还催生了新的期刊或出版社。在外国文学领域,《译林》因其准确的读者定位,自 1979 年创刊起便一直在高雅与通俗、传统与创新之间求得微妙的平衡,因而一直堪称一枝独秀,傲然挺立。由《译林》杂志基础上发展起来的译林出版社,也已成为外国文学和翻译图书出版方面的一支主力军。《译林》现象确实令人刮目。

  《译林》杂志一直坚持"打开窗口,了解世界"的办刊宗旨,坚持以最快的速度译介具有较强可读性和较高品味、思想内容深刻、反映当代国外社会现实的外国最新畅销佳作的办刊方针。《译林》可谓得改革开放风气之先,在"文革"结束后不久,率先以文学作品为国人打开了一扇了解当今国外社会的方方面面的窗口。《译林》一问世便在广大读者中引起强烈震动和抢购狂潮。创刊十年后,已对广大译者、作者有较大凝聚力和号召力、对广大读者有较大影响力的《译林》杂志发展成为译林出版社。从此,杂志有了出版社在人力、物力、财力等各方面更强大的依托,更是如虎添翼。到 1997 年,《译林》终于在广大读者的千呼万唤之下由季刊改为双月刊。《译林》在其二十多年的成长历程中,在一次次风波和责难的洗礼中凸现其独到的眼光、独特的风格、高雅的品位和顽强的生命力,一直备受包括外国文学研究界、文学创作界在内的各行各业不同层次的文学爱好者的首肯和喜爱,其读者量不仅在国内外国文学期刊中一直遥遥领先,在众多文学类期刊中也一直名列前茅。《译林》于 1993 年荣获首届华东地区优秀期刊一等奖,1995 年被评为首届江苏省社科类十佳期刊,1997 年被评为第二届江苏省社科类十佳期刊和第二届华东地区最佳期刊,1998 年入选第一届全国百种重点社科期刊,1999 年被评为第三届江苏省社科类十佳期刊,入选第二届全国百种重点社科期刊,并荣获首届国家期刊奖,2000 年入选中国期刊方阵双奖期刊,2002 年入选首届江苏期刊方阵双十佳期刊,被评为第三届华东地区优秀期刊,2003 年荣获第二届国家期刊奖提名奖。《译林》已成为一个响亮的品牌。

《译林》出满一百期了。百期《译林》中究竟有哪些特点呢?

一、坚持把社会效益放在首位。"译林人"认为,讲社会效益并非空话,而是实实在在的事情。在选稿过程中,凡是违背党的出版方针和国家出版法规的,凡是不利于社会主义精神文明建设的稿件,例如含有攻击我党及社会主义、丑化我国及我国人民的内容的作品,宣扬色情及暴力的作品,有损于兄弟民族感情的作品,基调过于灰暗、颓废的作品,"译林人"都坚决不用。对于基调健康,但少数情节描写不合我国国情的作品,则加以删节处理后再刊发。"译林人"从来不以书刊市场上已出现的在某些方面较为出格却未受到批评查禁的出版物作为自己选稿时的尺度和标准。"译林人"不是仅仅以不出问题这一最低要求为准则,而是有自己的识别判断标准,时刻做到严把政治关。许多读者反映,《译林》这本当代外国文学期刊一直是块清纯的绿洲,从未受乱七八糟的脏物的污染,比许多当代中国文学出版物要干净得多。"译林人"深知,《译林》一直靠高质量、高品位、大信息量和震撼人心的艺术魅力吸引广大读者,一些低级趣味的作品也许可以吸引某些读者,甚至一时可能刺激杂志发行量上升,但最终必将失去广大的忠实读者。

二、牢牢把握可读性。在百期《译林》中,人们可以从不同的角度总结出《译林》的许多特点来。《译林》最本质、最重要的特色是可读性,可读性即期刊的生命线,即《译林》的生命线。在 20 世纪 70 年代末极"左"思潮尚未肃清之际率先大力提倡可读性,是"译林人"的勇气、胆识和创造。强调可读性即脚踏实地地针对读者的兴趣,面向读者,面向市场,这是《译林》迄今成功的法宝。俗可以有可读性,雅也可以有可读性;外国作家的作品可以有可读性,中国学者作家写的文章也可以有可读性。可读性是针对具体读者而言的,是具有广义而丰富的内涵的。强调可读性意味着面对现实。不符合中国国情的作品,会给读者、社会和刊物自身带来危害,所以绝不应该推介给读者,更谈不上可读性,"译林人"自然要自觉加以抵制。对于绝大多数中国读者而言,文学的可读性即新颖生动、妙趣横生、引人入胜的故事,新的题材、新的人物形象、新的社会生活领域、新的思想价值观念、新的生活知识与方式、新的故事结构、新的表现手法和较高的格调与品位,自然涵盖于其中。对于中国作家和中国的外国文学研究者而言,及时反映世界文坛的最新信息、动态、现象与发展趋势,热点事件、人物与作品,热门话题,新的创作技巧、手法与流派的文章,是他们急于看到的,因而具有较强的可读性。而这样的文章要让此外的普通读者感到可读,通顺流畅以及语言和写作风格的平民化,是必然的要求。《译林》不是专门办给某一层次的读者看的,而是要面向各行各业多层次的尽可能多的读者,因而《译林》上的每个栏目中的每篇文稿,尽管重点针对的读者不尽一致,但都应力求让尽可能多的读者感到具有可读性。《译林》讲究可读性,绝不意味着不顾自己的风格与品位而一味迎合某类读者的特殊趣味和嗜好。

可读性会不断随着客观环境和读者本身的各种因素的变化而变化。相同的读者在不同的时期,同一时期的不同读者,不同时期的不同读者,让他们感到可读的作品或期刊是不尽一致甚至大不相同的。办刊者只有不断敏锐地捕捉自己所针对的读者当下的兴趣和兴奋点,使自己心目中的可读性与目标读者心目中的可读性尽可能多地达到相似甚至重合,期刊才能永远立于不败之地。否则,若长期固守某一时期赖以成功的特定的可读性理念,则会走上衰亡之路。

三、坚持优良传统,不断创新求变。对于一份已经拥有众多读者的期刊来说,保持原有特色与办出新意是两个需要慎重考虑的问题。《译林》二十多年来有许多始终如一的东西,如坚持"打开窗口,了解世界"的宗旨,坚持以最快速度译介具有较强可读性和较高品位、思想内容深刻、反映当代国外社会现实的外国最新畅销佳作的编辑方针,坚持严肃认真、唯质量是举的工作作风。

与此同时,《译林》又在不断地创新求变中稳定、丰富、完善自身独具魅力的风格。尤其是改为双月刊后,《译林》稳步从作品、题材、内容、作者、译者、栏目、插图、封面、装帧设计等方面全方位锐意求新。1)作品新。长篇作品都是国外近一两年内面世的,有的作品是根据外国作家刚写就的打印稿译出的;2)题材新。尽量选用在《译林》上甚至在国内少见或未见的题材;3)内容新。所有文学作品都重点反映当今国外的社会现实;4)文坛信息新。力争以最快的速度反映国外文坛的最新信息、动态和状况;5)作者和译者新。在推出名家力作的同时,着意挖掘在国外文坛崭露头角的作家的作品,推出国内译坛陌生但译文质量上佳的年轻译者的译作,推出年轻学者甚至学生具有较高水准的研究成果;作为提高质量的一个重要环节,《译林》长篇的译者都经过精心选择,以在国内翻译界有一定知名度,同时翻译质量确实较高的教授为主。6)栏目新。在保持总体框架和风格不变的情况下不断推出新栏目,以丰富和强化自身的特色。1998年在国内首次开辟固定栏目《翻译漫谈》,约请潜心于翻译事业的南京大学许钧教授,就翻译中的一些基本问题,有针对性地与国内译坛的一些卓有成就的著名翻译家,通过对谈的方式进行探讨,畅谈各家在翻译实践中所采用的标准、原则和追求。这实际上是对众名家明确的或模糊的、成文的或不成文的、自觉的或不自觉的翻译理论精华进行挖掘、整理和提炼。这个栏目一度成为国内翻译界、外国文学研究领域以及读者交流的热门话题,得到热烈反响和一致肯定。固定栏目《本期作品评析》(原名《外国文学评论》)刊出由中青年学者或作家撰写的同期文学作品的评介文章。在新旧世纪之交刊出《20世纪世界文学回顾》系列文章,对刚刚结束的20世纪的世界文坛进行宏观性的回顾与总结,从国别、民族、地区、题材、体裁、流派、风格、创作群体等多方位、多视角地进行梳理。从2002年第1期开始新辟《文学大奖点击》栏目,对国外文学大奖最新获奖作品及其作者进行评介,并对文学大奖的历史及影响进行宏观把握。7)封面、版式、插图新。新颖耐看、与众不同、雅俗共赏的《译林》封面常常成为同行和许多读者琢磨把玩的对象。封二以全新的与众不同的面貌出现:以当期长篇小说作者的近照、原版书书影及译林出版社已出版的该作家的其他作品组成经精心构思的艺术性画面,让读者从全新的视角去接近作者及其作品。众多读者珍爱《译林》封三上精美的西方古典名画。《译林》插图的质量近年来在不断提高。2001年起《译林》新颖的版式深受广大读者的喜爱。

四、雅俗共赏,雅俗并存。《译林》一直在高雅与通俗、传统与创新之间寻找微妙的平衡。长期以来,"译林人"强调"最新最好看的外国小说在《译林》,最新的世界文坛信息也在《译林》",同时强调"雅中求俗,俗中求雅,雅俗共赏,雅俗并存"。所选文学作品俗中求雅,基本上属通俗文学的形式,思想内容严肃深刻,首先针对的是广大普通读者,同时也让文学研究者和创作者乐之不疲。《译林》上刊出的国外最新出版的长篇小说反映当前的国外生活现实,揭露的社会问题一般都比较深刻,创作态度较严肃,同时具备较强的可读性、较高的品位。这样的作品在国外属于通俗文学中的精品,因为国外文坛常常以形式技巧方面的创新与否来划分纯文学与通俗文学,凡是致力于形式因素、创作技巧方面的探索与创新的作品,都被划入纯文学的范畴,其余的作品基本上都划入通俗文学的范畴。在中国,致力于形式方面的探索与创新的作品自然被划为纯文学作品,但中国文坛似乎主要以创作题材和态度的严肃性以及作家所关注的问题来判断作品是纯文学还是通俗文学。所以《译林》所刊载的作品,不仅在所关注问题上令中国众多作家和普通读者颇感兴趣,其表现手法和题材的开拓创新方面也让他们觉得新颖、有可资借鉴之处,应属于高雅文学。而一大批力争及时反映世界文坛最新信息和相关国内专家学者最新研究成果的栏目则雅中求俗，它们首先针对的是国内文学研究者和创作者，同时，由于考虑到普通读者，要求知识性、学术性、信息性、趣味性兼顾，提倡学术平民化的写作风格，即提倡以明快、流畅、活泼的笔法表达学术论点和研究成果，把内容上的深刻性、一定的理论深度与可读性有机地结合起来。与其他学术期刊相比，其写作形式和语言都有较大不同，因而其中的许多篇目也让广大读者津津乐道。《译林》中文学评论的语言要流畅明快，手法要深入浅出，如果需要说明出处，《译林》一般要求直接在正文的行文中说明，而不用大量尾、脚注。即使对新思潮、新流派，引起普遍轰动和关注的新的文学事件也是如此。《译林》上刊载的此类文章越来越多地被学术期刊转载，被大多数高校、研究所列为科研成果。《译林》一直被列为全国外国文学类核心期刊，正说明这类深入浅出、语言生动的文学评论文章是能够被包括外国文学研究界在内的最广泛的读者接受的。

　　五、加大信息量。《译林》是广大读者了解当今世界的窗口，通过广大读者喜爱的故事性、可读性极强的外国流行文学佳作，介绍当今国外的社会情况，外国社会的方方面面，政治、经济、军事、文化、艺术、体育、历史、科学技术、生活方式、思想感情、风俗人情、恋爱婚姻家庭等等无所不包。近年来，作品的题材得到进一步拓展，呈现多样化趋势，作品中反映的信息更多、更新。作为了解世界的窗口，《译林》上的短篇文学作品更是精彩纷呈，其作者国别之广、作品题材之丰富，令许多读者惊叹。有些国家，其名字对国内许多读者来说不大听到甚至有些陌生，但它们的精彩的文学佳作却也会在《译林》上出现，在我国的期刊中也许唯独在《译林》上出现过。与此同时，一大批定期与不定期地介绍国外文坛最新动态、文坛热点事件与人物、文学流派、文坛现状综述的小栏目，则大大加强了杂志的信息容量。杂志的封二常常被用作广告或刊登美术作品的园地，《译林》的封二曾系统地介绍外国名著的插图，从 1998 年起则以全新的面目出现：以当期长篇小说作者的近照、该长篇小说原版书的书影及译林出版社已出版的该作家的其他作品组成一幅艺术性画面，其用意旨在以文字以外的信息帮助读者更好地、更全面地认识作品及其作者。文如其人,让读者把作者近照与新作对照着看,该是别有一番兴味的。而欣赏国外最新的封面装帧设计,顺着外国艺术家的眼光来接近作品,也是一种新的体验。

"译林人"还采取多种形式加强编者、作者、译者、读者之间的沟通。定期举行的戈宝权文学翻译奖、《译林》中长篇佳作评选、读者意见征询及《读者来信选登》《读者论坛》等栏目,既为挖掘、发现、培养翻译人才,及时了解读者动态和心声提供了方便,也为全社会营造了较强的文化氛围,为译者、读者提供了脱颖而出的园地和机会,其中戈宝权文学翻译奖是国内目前仅存的定期举行的两个全国性翻译奖之一,2001年举行了第四届评奖活动。1997年起《译林》上每篇作品后皆注明译、作者的单位、职称和通讯地址,既便于展示强大的译者、作者阵容,又利于读者与译者、作者进行直接交流和探讨,还有利于兄弟出版单位与译、作者进行联系。最后一页上的"编后语"每期不足千字,是一期杂志编完后编者还想对读者说的意犹未尽的话,提示本期的重点作品,加以简洁的点评,传达编者的意图和想法,预告一些新作,谈谈外国文学界、翻译界的情况,起到加强与读者交流的作用。

六、提高文化含量。期刊是文化积累的载体,文化属性是期刊最基本的属性。一本杂志要在同类杂志中立起来,就必须提高自身的质量,提高文化含量,以高格调、有深度、有较高的文化品位和档次、耐人寻味、余味无穷的作品去吸引读者。文学翻译的出发点和最终目的都是文化交流。《译林》作为一本以介绍外国最新流行佳作为主的杂志,在提高文化含量和作品质量上也是大有可为的。国外每年出版的畅销书成百上千,但并非所有在国外畅销甚至在国内出版了也能畅销的书都能在《译林》上发表。《译林》上的每一部长篇都经过精心挑选,其标准是作品是否符合党的出版方针和《译林》的办刊宗旨及办刊方针、是否具有较高的文化含量、是否有较强的可读性同时又有较高的格调品位和较大的信息量。《译林》上短篇文学作品力争国别和作者的丰富性和多样化,目的就是让中国读者了解丰富多彩的世界各国的异质文化。近年来,"译林人"认真听取了各方面的意见,进行了读者调查,经过反复论证,在强化《译林》原有特色的基础上,也使之出现了一些可喜的变化,即短篇小栏目大大加强信息性、知识性和学术性,加大对当今外国文坛最新信息的反馈,主动约请一些卓有成就的外国文学界知名专家学者就其素有研究或深为关注的文学对象写专稿。这些学术性较强的栏目,由于强调学术平民化,对于以文学欣赏为主要目的的广大读者来说,是一种引导、一种提高;对于文学研究者、创作者来说,它们有利于开阔视野,及时了解外国文坛最新动态和国内学者的最新研究成果。《译林》每期都有精彩的文章被其他报刊转载、摘引、推荐、索引,许多高校师生经常复印《译林》上的文章作为自己写论文搞研究的资料。例如,可以说,20 世纪萦绕于广大文学翻译者心头、在中国翻译界争论不休的大多数主要问题,所涉及问题的各种具有代表性的论点,几乎都在由《译林》于 1998 年起在国内首次开辟的《翻译漫谈》这个栏目中得到了探讨和阐发。在此意义上,这个栏目堪称某种程度上以独特的方式对刚刚过去的 20 世纪中国文学翻译做了一次梳理与总结,为文学翻译实践的后来者提供了丰富的切实可行的经验,为以后的中国翻译理论研究提供了宝贵的第一手材料、一个新起点和一个新高度,在中国文学翻译史上将起到承前启后的作用。它和"20 世纪世界文学回顾"系列文章、《文学大奖点击》等栏目,分别结集成书后都将是被相关学术领域不断引用的高质量的学术专著,具有较高的文化积累的意义。

把外国文学译介到中国来,一个重要目的,是要让中国文坛了解域外文坛,借他山之石为中国文学带来新气象。自新文化运动以来,中国每次文学勃兴都受益于外国文学。自"五四"以来,许多文坛重要作家都直接积极参与到译介外国文学的工作中去,并从中收益匪浅。具备相关素养的作家介入外国文学的译介,可以给这项工作做出独特而宝贵的贡献。可惜的是,出于种种原因,这样的作家近些年来日益少见,作家往往仅通过中译本去接触外国文学。鉴于此,《译林》呼吁有更多的作家直接投身到翻译、介绍、评论外国文学的工作中来,并为此做出了较大的努力。近年来,已有出自一批中国知名作家之手的有关外国文学的文章和译作通过《译林》问世并深受众多读者的好评。

　　七、稳定原有读者群,拓展新的读者群。上述的文学作品坚持并强化原有特色、小栏目增加知识性、学术性和信息量的选稿方针正是朝着这一目标努力的。一本杂志办得是否成功,最终要看在市场上占有的发行量,尤其要看与同类杂志相比发行量的大小。《译林》自创刊至今发行量一直在同类杂志中遥遥领先,说明其办刊宗旨与方针是成功的,改为双月刊后发行量稳中有升,说明"译林人"新的编辑方针是得到广大读者认可的。一本杂志要有较大的发行量就必须有自己鲜明的特色,必须明确自己的定位,明确自己所针对的读者。《译林》所针对的是中国读者中具有相当文化素养的那些读者。这些读者看文学作品首先是出于欣赏和娱乐的目的,但同时又想从作品中学到一点东西,了解一些他们所不知道的事情,所以,给他们看的作品首先必须有较强的可读性,吸引他们欲罢不能地看下去,与此同时,作品必须有一定的深度和新意,较高的文化品位、格调和档次,较大的信息量。本刊创刊二十年有余,相继推出了一大批令中国读者乐之不疲的外国畅销小说家。如今,经本刊首先译介或重点推介的西德尼·谢尔顿、罗宾·库克、埃里奇·西格尔、阿瑟·黑利、约翰·格里森姆、迈克尔·克莱顿、戴维·鲍尔达奇等一个个国际畅销巨星的名字,已都是中国的外国文学爱好者耳熟能详、如数家珍的了。国内一些著名作家认为,《译林》精选的长篇小说的作者所关注的社会问题与中国纯文学作家不谋而合;有的甚至认为,他们的文学功力与艺术表现手法也丝毫不逊色于中国的许多纯文学作家,而他们在创作题材的开拓与创新方面相对于中国的纯文学作家则有过之而无不及。所以《译林》上的文学作品对外国文学研究界来说毫无疑问是通俗作品,而对许多中国作家来说,某种程度上可视为纯文学作品,因此许多作家一直订阅或曾经订阅过《译林》,并表示自己的创作某些方面曾得益于《译林》。广大的读者在忙碌之余看看《译林》,在欣赏精彩故事情节的同时又可以了解当今国外社会现实的方方面面,不失为一种很好的调剂和放松,对有心者来说还有所回味,有所思考,有所得。在许多图书馆里,《译林》是所有大型文学期刊中被翻阅得最破旧的杂志。许多专家教授都订阅《译林》,甚至一些外国文学研究者也以看《译林》作为自己调剂放松的一种手段。

因为在高雅与通俗之间找到了较好的平衡点和重合点,《译林》在吸引较高档次的广大读者的同时,往上可以兼及更高层次的读者,往下可照顾到渴望提高自身文化素质的较低层次的读者。这样的定位,给《译林》吸引更多的各层次的读者创造了较大的可能性。

百期《译林》虽然取得了一些喜人的成绩,但也存在一些不尽如意的问题。例如,近些年来,本刊所选的长篇小说,绝大部分都出自美国作家之手,因为,在我们的视野内,其他国家的作品在可读性这点上或多或少地都不如美国作品,但这一状况从国别、视野的开阔性、写作手法和思维方式的丰富性等各方面来说,某种程度上难免显得有些单调,由此形成的窗口嫌窄了点。尽管存在着许多客观上的因素,但这种现象的形成与"译林人"信息来源仍不够广不无关系。无论是本刊同仁,还是广大读者,都希望尽可能改变这一状况。然而,我们不能因为追求国别等的多样化而放弃对可读性的高要求,因为,对本刊绝大多数读者而言,只有在具有较强可读性的前提下,其他方面的丰富性与多样化才有意义。我们自然要选取最新最好看的作品,而不是为了出现更多国别的作品而让读者看一些没多少吸引力的作品。同样,我们希望不断推出新作者,但又不想为了推出新作者而推出新作者。所以,只要是符合本刊办刊宗旨和方针的好作品,对于作品的作者及其国别,我们并不强求。"译林人"将在现实的可能的前提下,力争把《译林》这扇外国文学之窗开得大些,更大些。

《译林》的目标是雅俗共赏,向各层次的读者奉献更多的精品,成为国内乃至国际上的名牌期刊,让更多的人为自己是《译林》忠实的译者、作者或读者而感到自豪,为我国的物质文明与精神文明建设做出更大的贡献。

近年来国内期刊界内部竞争空前激烈,市场化趋势日益加强;以信息化、网络化为代表的高科技日益走入常人的生活,使学习、休闲、娱乐的手段更加多元化;越来越多的读者阅读的价值取向日益实用化,甚至功利化;我国加入世界贸易组织后国外资本以各种方式的渗入使中国期刊界的竞争更加激烈。尽管在近年来文学期刊界不景气的大环境中《译林》的发行量始终保持稳定,但"译林人"所面临的形势将越来越严峻,如果不能保持清醒的头脑,而是沾沾自喜、故步自封,那么,在不久的将来,《译林》就很可能好景不再了。因此,《译林》需要做的还很多,很多。《译林》必须精益求精地在有所变有所不变、有所为有所不为中继续展现自己的个性和风采,为满足广大读者多层次、多元化的文化需求,为文化交流和文化积累做出自己应有的贡献。

中国的现代化之路、改革开放之路绝不会是短暂的,中华民族对当下外部世界的兴趣将是长期的,因而以"打开窗口,了解世界"为办刊宗旨的《译林》在理论上便有了长期存在的合理性。只要坚持《译林》的本质、传统与特色,同时顺应不断变化发展的客观环境,《译林》的前途总是光明的。这是百期《译林》成功的理由所在,也是《译林》今后仍能不断发展壮大的理由所在。《译林》会有一个更美好的未来。

(本文曾以长短不同的篇幅,发表于《译林》2002 年第 1 期、《光明日报》2002 年 1 月 23 日 A3 版、《新闻出版报》2002 年 1 月 21 日第 2 版,后全文收入中国新闻出版报社编《WTO 与中国传媒的改革和发展》,北京,新华出版社,2002 年 5 月第 1 版)

外国文学翻译出版是否要有准入制

　　进入 21 世纪后,相对于 20 世纪 90 年代中后期出版外国文学图书几乎本本赚钱的局面,国内外国文学的图书市场进入了低迷期。然而,在市场竞争日益激烈的情况下,在许多出版从业者看来,外国文学图书的出版在整个出版业中还算是少数几个相对而言比较容易进入、比较容易把握又有利可图的领域,因此,涉足外国文学出版的人员、出版机构越来越多,直至发展到全国五百多家出版社几乎家家都出版外国文学图书的局面。在这一发展过程中,外国文学图书的翻译质量总体上呈下降趋势,外国文学图书的中文出版权和中译本版权遭侵害的现象愈演愈烈,随之而起的,是外国文学翻译出版应设准入制的呼声日益强烈。

　　一提起外国文学图书低劣的翻译质量和侵权问题,人们马上就会想到非法出版物和不法书商。一些不法书商或工作室感到出版外国文学名著有利可图,便根据市场畅销情况选定外国文学名著书目,然后以千字二三十元的稿酬,找一些中文系或外文系的研究生甚或本科生,每人找一部名著现成的几个译本进行剪贴,在若干处进行同义词替换,完全按中文习惯理顺行文。以此类方式,几天工夫,一部新"译著"便可诞生。如此催生名著"新译本",操作者主观上其实是在刻意避免被指盗用现有译本,内行人稍微一查便可识破,但普通读者就不易识破了。如此的操作者,对译本的事多少还是了解一点的。更类似于强盗行径的,是干脆直接拿现成译本一字不改,或胡乱改换译者的名字后就翻印。如上操作,只要愿意,个把月的时间里便可推出一套多达数十卷甚至百余卷的新版外国文学名著。当然,这样的外国文学名著丛书里,所署译者的名字很可能是子虚乌有的假名,其书号很可能是盗用某些出版社的书号,其所署名的出版社很可能不知道自己居然出版过这么一套名著。如此操作,翻译出版过程中各个环节的成本大大降低,速度大大加快。此类名著上市后,其定价,尤其是给销售商的批发价,总是低于甚至大大低于正规出版社出版的同类图书,因此许多销售商对销售此类书的积极性也大大提高,因为可以因此得到更多的盈利,而一些不明就里的读者发现能以低价买到"同样的"名著,还乐不可支呢!对某些读者或读者的家长来说,只要是《傲慢与偏见》,就是"一样的",是谁翻译的,是哪个出版社出版的,他们才不管呢!

随着我国打击非法出版物力度的加大,公然盗用出版社的名字和书号的现象已不多见。一些书商或工作室被迫逐渐增强了法律意识。为了取得出书的合法性,他们已转而与正规出版社"合作出版"。这种"合作出版",有时其实就是他们花钱向一些国有出版社买书号出自己想出的书,出版社只管收取书号费。至于他们出什么书,是否存在版权问题,找什么译者,选题质量与翻译质量如何,出版社有可能从不过问。有的书商或工作室对市场较为敏感,发现哪类外国文学图书好销,就组织哪类书出版,却不管或不知道现当代外国文学图书是需要购买中文版出版权才能翻译出版的,而许多现当代外国文学作品,国内出版社已买下了中文版独家出版权,他人再出版,就是侵权了。

随着从业时间的增长,民间出版从业人员中也不乏素养较高的人士。许多书商或工作室法律意识已逐渐增强,视野已逐渐开阔,各方面的素养在逐步提高。其中有的会通过各种途径直接购买外国文学作品的中文版独家出版权,然后组织翻译出版。有人认为,凡是学过外语的都能翻译,国内外语院、系、专业在持续增长,所培养的外语专业本科生、硕士生、博士生、讲师、副教授、教授等越来越多,找译者易如反掌。有这种想法的人往往找不到高水平的译者,因为学过外语或外语学得好,与是否具备较好的外国文学作品的翻译能力,是两码事。

事实上，由于近些年来国内翻译队伍相对于不断增长的翻译作品出版业务来说供不应求，但尤其是高水平的外国文学作品的译者相对较少，所以许多书商或工作室就把一些丛书、套书的翻译整体外包给某些个人、机构或翻译公司。这种翻译整体外包，往往最后的翻译质量难以得到保证。因为个人或机构非专业的翻译组织者，他们往往把翻译任务落实到自己的学生、好友、同事的头上，一般不会从全国范围内物色最合适的翻译人选，而翻译公司则是利润当头，更不可能完全从翻译质量的角度来严格把关。

当然，一些高水平的书商或工作室与正规出版社的"合作出版"，也会有真正意义上的合作出版，即书商或工作室在具体的选题上就书号资源、译者队伍、资金、宣传营销、发行渠道等各方面与出版社进行不同程度的合作，互通有无，各自发挥长处。在这样的合作中，有点出乎许多人想象的是，处在强势一方的往往可能是书商或工作室，因为他们有适销对路的选题和灵活多样的宣传营销手段及畅通的发行渠道，而这些正是在日益激烈的市场竞争中许多经营不善的国有出版社最缺乏的。在双方的合作出版中，有的出版社往往会被书商或工作室牵着鼻子走，有时会因此放松甚至忽略版权和选题与译文质量的把关。

事实上，近年来外国文学图书市场的形势已发生了重大变化。上述外国文学图书翻译质量和侵权的问题，在许多正规的出版社里都有不同程度的反映。出版有其自身的规律，任何一个领域的出版都需要满足一定的条件和积累。全国五百多家出版社几乎家家都出版外国文学图书，而其中大量的出版社并不具备出版外国文学图书的必要条件，甚至连一名外语专业出身的编辑也没有就开始大量出版外国文学图书。一些正规的出版社，甚至一些知名的出版社，由于自身经营管理不善，或多或少地存在"卖书号"甚至靠"卖书号"过日子的现象，他们不时地和侵权或假冒伪劣的外国文学图书挂上钩，也就在所难免了。有些出版社在与书商或工作室"合作出版"的过程中几乎完全听命于人，根本不履行出版者应该履行的对选题和译文质量的把关职责。有的出版社版权意识淡薄,从头到尾就是侵权图书的直接操作者,被人发现后还天真地说,他们从来就不知道他们出版的外国文学图书居然已被别的出版社买下中文版专有出版权。在被揭露自己所出的由 12 种语言写出的 26 种作品组成的一套外国文学名著丛书是由同一位译者翻译的荒诞可笑的现象时,相关出版社却不知羞耻还完全外行地为那位译者辩护!这样的出版社,至少在出版外国文学图书方面,其资质根本就不如一些高水平的书商或民营工作室。

上述现象的存在,严重扰乱了外国文学图书出版的秩序,使外国文学图书出版的总体翻译质量严重下降,使守法守职经营的出版社蒙受了巨大经济损失和困难。而且,根据目前的有关法规,违法犯罪者即使被发现并受处罚,其付出的违法犯罪成本也很低,因此敢于违法犯罪且屡罚屡犯,而守法守职的出版社追究侵权行为的成本却很大,有时发现了针对自己的侵权行为也只好徒唤奈何。

正是在这样的情形下,翻译出版界的不少人士不断通过各种途径强烈呼吁应该设立外国文学翻译出版准入制。

要解决外国文学图书翻译质量下降和侵权的问题,缜密健全、切实可行、贯彻得力的外国文学翻译出版准入制确实是一个有效的途径。1991年前后,新闻出版署曾发文规定全国只有约 30 家出版社可以出版外国文学图书,但此规定从未得到严格执行,很快便形同虚设,随后逐步发展到几乎所有出版社都出外国文学图书的局面。所以,新的外国文学出版准入制出台后,要保证其确实得到贯彻落实。准入制针对的是所有的出版社。准入制就是要面对现实,让相关出版社或准备进入外国文学领域的出版社更加符合外国文学出版专业性的要求,而不是人为地加以限制,光堵是不行的,要堵疏结合。出版社从事外国文学出版,其专业性主要在出版社社级领导和相关编辑两个层面上体现出来。有关政府部门要在制定相关准入要求的同时,加强对出版社相关人员在外国文学出版方面的专业知识的培训和培养。

鉴于全国几乎所有出版社都涉足外国文学出版的现状,在全国所有出版社的社级领导上岗前的培训中,应增加必要的翻译和版权相关知识、法规的内容。一家出版社要出版外国文学图书,至少要配备一名外语专业出身、掌握文学翻译基础知识、了解国内外国文学出版概况又具有数年翻译出版从业经历的资深编辑,另加若干外语专业出身的编辑。所有外国文学图书的编辑上岗前要全面学习翻译和版权方面的相关知识、法规和典型案例。有了这样的人员配备,经过这样必要的培训后,应该不会出现侵权被揭露了还一脸无辜的情况,不会连最基本的翻译和版权方面的知识都不知道,不会出现很低级的翻译和版权方面的笑话和违法犯罪的行为。也许有人会说,刚开始涉足外国文学的出版社,哪来外国文学的资深编辑?答案是,自己没有,可设法从别的出版社引进。这样还可促进人才流动,让这方面的人才充分发挥作用呢!相信此举会促进外国文学出版的良性发展和繁荣。

要保证一个出版社出版的图书不发生侵权现象,每个出版社必须配备专门的、专业的版权人员或设立版权部门,每种图书在选题立项和付印前都要经过专业版权人员的审核。当然,专门的版权人员还可负责处理本社图书被侵权的案件。

要提高翻译质量,所有出版社都要实行新译者试译制。由外语专业出身、掌握文学翻译基础知识的资深编辑审核试译稿,而且必须对照原文审核试译稿,而不能光看中译文本身是否通顺流畅。审核合格后才能正式签订约稿合同。必要时,还要请高水平的专家进行校订,以确保译文的准确无误。而如果采用"发包"形式组织翻译书的出版,编辑根本见不到译者,其结果,不仅可能出现拙劣的译文,还可能出现大量抄袭剽窃的译文,产生严重的不良后果。资深编辑由于积累了足够的翻译出版方面的知识和经验,即使碰到用自己不熟练掌握甚至完全不懂的语言写成的文学作品,也知道该通过找到高水平的专家、译者去物色或承担相关的翻译工作来弥补自己的不足,同时仍然坚持通过适当的方式在翻译质量方面把好关。

对于目前盛行,以后将可能日益增多的与书商或工作室"合作出版"

的外国文学图书,在版权和翻译质量方面,出版社要像对待完全由自己操作的图书一样严格把关,而有关部门一方面要通过有关出版社对与之合作的书商或工作室出版的图书进行版权和翻译质量等方面的把关,同时要以现实的态度正视队伍和力量已逐渐壮大、每年的出书量已颇为可观、尤其是出版贴合市场的畅销书的能力极强的书商或工作室这支"编外"出版力量,对他们也要进行适当方式的培训、管理和引导,而不能一直任其自生自长。

另外,有关政府部门或民间机构要采取切实措施,定期在全国范围内开展外国文学图书翻译质量大检查,提倡、发动、鼓励、引导翻译方面的专家、大众媒体和广大读者一起加强对外国文学图书翻译质量方面的评论和评奖,使译文质量高的图书的译者和出版者得到鼓励和奖励,使他们名利双收,并由此起到引导作用,引导别的译者和出版者以他们为榜样,引导读者选择购买译文质量高的图书,而对翻译质量差的外国文学图书的译者和出版者进行曝光和相应的经济上的处罚,使他们名利双失,让读者对他们避之唯恐不及则是对他们的更大处罚。

要健全版权方面的法规。对于侵权出版物,一定要发现一起处罚一起。要彻底改变这样的现象:违法侵权出版行为的成本很低,而维护自身合法权益、追究违法侵权出版行为的成本却很高。在相当长的时期内,守法出版者即使发现了针对自己的侵权者也常常无可奈何,即使把针对自己的侵权者告上法庭并胜诉了也得不到应有的补偿,甚至得到的补偿还不足以填补追究侵权行为的成本,因而即使发现了针对自己的侵权行为也只好无奈地听之任之了。有意出版非法出版物者,完全是利字当头,利欲熏心。因此,有关部门一定要依法严厉处罚,罚得他们在利上面心疼,罚得他们不敢再犯,甚至罚得他们倾家荡产,无法再犯。行业主管部门应从建立外国文学出版准入制入手强化管理,要有严格的惩戒制度:哪家出版社有侵权、盗版记录,就依情节轻重暂停甚至取消其外国文学的出版权。同时,要鼓励守法出版者积极追究针对自己的侵权行为并依法得到应有的补偿。

　　相信经过政府有关部门、专家、媒体、出版者和广大读者的共同努力，外国文学图书的翻译质量总体上一定会有较大的提高，外国文学翻译出版中的侵权行为会因像过街老鼠人人喊打而大大减少，健康、有序、繁荣的外国文学翻译出版一定会在不久的将来成为现实。

　　（本文的主要内容曾发表于《文艺报》2009 年 10 月 31 日第 4 版）

防治艾滋病:国际文学翻译出版界在行动

艾滋病在非洲大陆猖獗,同时也在世界范围内以不同的程度广泛传播流行,随时都在危害、吞噬着许多人的生命。没有一个国家,没有一个个人,没有一种生活方式是绝对安全的。

长期以来,世界上已经有许多防治艾滋病的专门机构和组织在进行着不懈的努力,许多非专业的机构和组织、更多的个人,都在为防治艾滋病做着自己力所能及的贡献。比如,国际上音乐界已举办过许多慈善音乐会和各种活动,为防治艾滋病的机构募集资金。

1991 年诺贝尔文学奖获得者,南非作家纳丁·戈迪默一直热衷于艺术和政治活动。她注意到,长期以来,作为个人行动,世界上已有许多作家给各类防治艾滋病的机构捐过款,但作为集体行动,国际文学界尚未采取过行动。她总想为艾滋病患者做点什么,经常与一些作家朋友聊起,想尽自己的能力和影响在一定范围内做点事,结果她决定开始编一本当今世界著名作家短篇小说集,由作家授权免费出版,由许多国家的出版商出版而不收取任何利润,只负责支付费用。所有的版税和利润都将捐献给帮助艾滋病受害者的机构。她写信给世界各国的 20 位作家,以上述条件要求每位作家选一篇自己的短篇小说,结果收到信的每位作家都做出了热烈响应。《爱的讲述》(*Telling Tales*)一书就此编辑而成。

《爱的讲述》一定程度上是当代世界文坛的扫描,把世界文坛一批最重要的文学天才同时聚集在读者眼前,世界各地都有代表,其中包括五位诺贝尔文学奖获得者:从哥伦比亚的加西亚·马尔克斯到美国的约翰·

厄普代克、加拿大的玛格丽特·阿特伍德,从南非的戈迪默、尼日利亚的钦努阿·阿契贝到德国的君特·格拉斯、葡萄牙的若泽·萨拉马戈,从以色列的阿摩司·奥兹到日本的大江健三郎。所选小说都是他们自认为代表了自己作为讲故事的人的毕生创作中的力作。书中的 21 篇小说是以不同的"声音"——生动而个人化的风格——创作的,留下了当下作家运用文字的奇妙可能性。如此种类繁多、个性鲜明的世界级作家同时出现在一本选集中实属罕见。他们的小说反映了我们人类世界的情感和状况之深之广:在不同大陆不同文化中的悲剧、喜剧、幻想、讽刺、性爱与战争的戏剧。读者可以从这些杰出的虚构作品中了解他人,也了解自己,了解讲故事所能达到并总是能达到的古老的艺术之美。讲故事的艺术是令人着迷、给人娱乐的最古老的形式。

这些富有创造力的文学天才的作品合集《爱的讲述》,是一本真诚的、充满探索精神的作品集,读来令人愉快,有时甚至令人兴高采烈。这些小说的主题并非艾滋病,但阅读它们所带来的愉悦将帮助其救助者并支持其受害者。

有 11 个国家的出版商很快就做出了慷慨的响应,其中包括中国知名的专业翻译出版社译林出版社。11 家出版商已和作者们一起决定,此书在各国的所有版税和利润,将捐献给世界上防治艾滋病的相关机构和组织,用于艾滋病的预防教育和医疗。它们感到,它们在各国的读者将会欢迎这一实实在在的人类团结的标志。

《爱的讲述》在美国纽约举行首发式时,时任联合国秘书长科菲·安南亲自出席。戈迪默本人在曼哈顿主持了该书的作品朗诵会,著名演员丹尼斯·奥哈尔、剧作家约翰·古阿尔等演艺界名流分别朗诵了书中的作品。

译林出版社在接受了作为一本公益图书出版中文版《爱的讲述》的任务后,对本书出版的各个环节都十分重视,力争做到精益求精。例如,该社利用专业翻译出版社语种齐备、译者资源丰富的优势,在全国范围内邀请了 21 位高水平的知名翻译家,使其根据各自的学养、风格和专长分别承担其中一篇小说的翻译工作,力争在翻译上精打细磨以便充分在译文中忠实地反映原作的特色。此书的每位中国译者当然也像《爱的讲述》在世界上其他所有版本的作者、译者、出版者一样,都愉快地不收取任何报酬。许多译者本来因事务繁多而准备推辞翻译任务,当听说这是中国文学翻译出版界首次携手国际文学翻译出版界进行的公益活动时,都马上主动表示再忙也要参加,因为这样的活动从多方面来说都太有意义了。

与此同时,为了表示对不取分文的本书作者和译者的敬意,译林出版社在封面和版式的设计、内容的编排上也可谓煞费苦心、别具一格。例如,在封面上,除了正常出现书名和编者的国别和姓名外,还以主要的版面出现了每一位作者的国别和姓名以及相对应的中国译者的姓名。在内文中,每篇小说都单页起排,首页是醒目的篇名及作者、译者名,其背面是突出的作者、译者简介专页,下一页才跟以小说正文。全书的设计可谓简洁大方、重点突出、与众不同。值得指出的是,在中文版《爱的讲述》出版前,作者中的美国的苏珊·桑塔格、阿瑟·米勒,以及译者中的中国的梅绍武先后去世。此书的顺利出版,成了对他们的一种最好的纪念方式。

此外,中文版《爱的讲述》还请有"中国民间防艾第一人"之称的高耀洁医生以及两位中国防治艾滋病宣传员、著名实力派明星濮存昕和蒋雯丽分别作序。濮存昕 10 月下旬因在中国抗击艾滋病事业中做出重大贡献而刚与美国前总统克林顿一起获得由美国爱心基金会颁发的杰出成就奖。译林出版社听取了高耀洁医生的建议,将出版本书所得的版税和利润印制艾滋病知识、防艾故事,赠送给全国偏僻地区的市级、县级图书馆,地方大学、大专院校、中专学校的图书馆,以期实实在在地给"防艾"工作增砖添瓦。

面对世界上受艾滋病威胁、煎熬、蹂躏的千千万万的受难者,21 位当今世界上最伟大的作家、世界上 11 家颇具影响力的出版社和相关国家的翻译家们,都已以实际行动表现出了他们的爱心、关心和支持。世界上更多的文学爱好者也纷纷以各种形式表达出了自己的关爱之心,其中包括买一本《爱的讲述》的书来品读。已经为防治艾滋病做出许多努力的中国的广大文学爱好者如今又有了一次对正在或将要受艾滋病威胁、煎熬、蹂躏的受难者表达爱心的机会：买一本中文版《爱的讲述》。购买《爱的讲述》的读者在品味、欣赏其中文学杰作的同时，就是在帮助艾滋病患者或病毒携带者，因为销售每一本中文版《爱的讲述》所得的利润，都将捐献给防治艾滋病的事业。

　　（本文曾以《防治艾滋病　公益出版献爱心》之名，发表于《出版参考》2006 年 2 月上旬刊，发表时有删节）

关键在于把好编辑关

好些年前，刚开始大量接触外国文学作品的译稿时，笔者心里曾有一个尺度，即翻译作品要面世，必须达到的最低要求有两点：一是要对原作的理解基本没有问题；二是译文基本通顺。之所以用了两个"基本"，一是因为任何译者，哪怕你本事再大，外语水平再高，要想对一部异国人用异国语写的，尤其是个人风格和地域特色明显的长篇作品理解得滴水不漏、毫无差错，是不可能的；二是因为不论持什么翻译标准用什么翻译理论（甚或有人宣称不用任何翻译理论）指导翻译实践，不论译者汉语修养有多好，译者自认为很通顺流畅的译文中，总会有一些让他人感到别扭不顺畅之处。

迄今为止的这好些年中，国内已面世的蔚为壮观的外国文学译作中，从"神"到"形"两方面都尽可能地贴近了原作的，或尽量朝这一目标努力的，确实不少；偏重于其中一方面而深得相应读者群喜爱的，就更多了。这两类译作都超出或起码达到了笔者前述的最低要求。与此同时，笔者接触过的已正式出版的译作中，达不到前述最低要求的，可谓为数众多，其数量在整体译作中是否达到或超过半数，并非个人所能统计的，不能妄下结论。就是这些充斥书市的连对原作的理解基本上没有问题、译文基本上通顺的最低要求也达不到的译作，令读者大喊上了"假冒伪劣"的当，令人感到图书市场相当混乱。它们可分为两大类：一类不用对照原作，光看译文就可发现大量的令人无法容忍的错误，如汉语语法错误，佶屈聱牙，语句前言不对后语，常识性错误，一部作品中同一人名、地名前后出现多种译法，前后风格严重不一等；另一类则光看译文感觉很不错，找不出多少问题，但一对照原文却令人瞠目，因为从对照中可知，译者对原作根本就是不求甚解，理解方面的差错太多了，有的碰到疑难处就跳过不译，有的感觉上下文不连贯（其实是理解差错所致）就按自己的想象或增添或删减一些词句；有的按自己的喜好有选择地翻译、有意识地信马由缰式地大段大段地添油加醋；更有甚者光取原作的故事框架自己"重写"，打着翻译的幌子进行"再创作"……

我国的出版社都是堂堂的国家办的出版社，何以推出大量的"假冒伪劣"翻译作品的图书呢？笔者认为，问题的关键在于编辑（包括一、二、三审的审稿人员）这一关没把好。一名合格的编辑，必须具备一定的文字功底和写作水平、专业基础知识和较广的知识面，以及用编辑独特的眼光对作、译者及其作品鉴别的能力。而一名合格的外国文学译作的编辑，则还得在外语、文学艺术修养、知识面等方面比其他专业的编辑有更高的要求，最好还直接进行过一定的外国文学翻译实践活动。只有这样，他才有可能具备鉴别外国文学译作质量优劣的能力。当然，这么一位合格的编辑需要经过相当长时间的培养和磨炼。要求每一位外国文学编辑立即达到这一水准，从我国外国文学出版界的现状来说，是不现实的。但是，凡是出版外国文学翻译作品的部门至少应配备一两名合格的专业编辑人员给本社把好翻译质量关。而合格编辑对译文质量的把关，关键性的工作应在译稿成稿之前进行，即要找准高质量的合格的译者。值得注意的是，高质量的合格的译者与其名声、年龄、工作单位、已出作品的数量、所担任的职务和职称等没有必然的联系。最可靠的办法是，拿他的一部分译文与原文进行对比判断。作为一名称职的编辑，他本人的译文质量不一定非得是一流的，但他必须具有鉴别译文质量的能力。如果所需的语种他不懂，那他应该运用一定的编辑实践中所形成的编辑的独特眼光，通过适当的途径找到合适的人帮忙把好关。

有了合格的编辑人员，鉴别出了达不到最低出版要求的译稿时，出版社的领导（也是编辑关的一部分）应该有质量第一的观念，不合格的译稿无论如何坚决不出,哪怕经济上增加负担、耽误了最佳出书时机、得罪了人也在所不惜,必要时干脆另请高明再译。有人也许会说,如今是商品经济时代,谁还干这等傻事?译文质量合不合格,外国文学图书出了不是照样挣钱吗?干这等傻事的例子,笔者可举出一个,译林出版社转购美国当代文学名著《麦田里的守望者》的中国大陆中文简体字版的独家出版权时,出于某种原因,接受了该书繁体字版的中译本的搭售(这是近年"假冒伪劣"外国文学译作的一个新来源)。经过编辑人员的鉴定,该译本没有反映出原作显而易见的独创风格。译林出版社领导立即决定再购并出版此书施咸荣先生那个深得译界及广大读者赞许的译本,而把已花了一笔费用买下的繁体字版弃之不用。

假如所有的编辑都像译林出版社对待《麦田里的守望者》那样认真对待每一部外国文学译作,那么图书市场上还会看到"假冒伪劣"的外国文学图书吗?

(原载于《中华读书报》1996 年 11 月 13 日第 2 版)

再谈翻译作品编辑的把关问题

看了《光明日报》2005 年 2 月 17 日刊登的季羡林与李景端两位先生关于翻译的对话,我感慨良多,尤其是季先生在谈到当前有些翻译质量下降问题的原因时提到"出版社疏于把关"这一点,不禁让我想起自己应邀参加 1996 年《中华读书报》翻译质量问题讨论时写的短文《关键在于把好编辑关》。近些年来,各界反映强烈的许多翻译出版物的质量呈下降趋势的现象(当然不能否认同时有大量优秀的翻译作品问世,甚至有的翻译作品的质量总体上超越了前辈),其原因是多方面的,但是,这一不良现象的最后但并非最不重要的原因,确实是出版社的编辑人员疏于把关,或把关不严,把关不力,把关不当。试想,假如所有翻译作品的编辑人员都具有从业的必备知识、素质和水平,能够严肃认真地去鉴别翻译作品的质量,不让任何质量不合格的翻译作品付印从而流向社会,人们还能见到质量不合格的翻译作品吗? 翻译出版物的质量呈下降趋势的现象不是迎刃而解了吗?

当然,在实践中,永远不可能有"试想"这么简单的事。许多出版社疏于对翻译出版物的把关,其原因也是多方面的。从情理上来说,没有哪家出版社的领导及其编辑人员不想重视翻译书稿的质量,但在具体工作中,出于各种原因,翻译书稿的质量问题总会受到一定程度的轻视甚至忽视。

十来年前,出版界普遍以发稿字数作为对编辑考核、发奖金的重要甚至主要依据。发稿字数多的编辑自然就是好编辑,质量问题当然是要重视的,不过,要做具体的判断,却不是简单的事,只要没有读者批评告发,就是不存在质量问题了。我曾经感叹：在这种指挥棒下，认真仔细地对照原著编稿的编辑，在与不对照原著编稿的编辑、不仔细编稿或根本不看稿的编辑的竞争中，往往立于必败之地。

近年来，中国出版界已越来越走向商业化、市场化。眼下，全国大部分出版社正在由事业单位转变为企业单位。在市场的激烈竞争中，企业往往以盈利为第一要务，以市场为指路明灯。一家出版社根据自己对市场的判断，买下某部外国作品的中文版权后，一般总是希望能尽早把译作推向中国市场。尤其是对某些有较好市场前景的翻译图书，有关人员很可能根据各种市场因素确定该译作上市的最佳时机，甚至要赶上与原版书同步出版，先定下出版时间，然后再用倒推法推算出该书整个出版过程中翻译、编辑、输入、校对、排版、印制等各个环节允许占用的时间。这样一来，每个出版环节所允许占用的时间往往都很紧张，每个环节都得夜以继日地赶，按时完成成了首要目标，质量问题说起来当然不能放松，但做起来也只能是各自尽力而为了。

别了,《东方翻译》!

　　《东方翻译》以打造翻译学术交流平台为己任,虽然编辑部设在上海外国语大学,却是高校编辑后出版的期刊中唯一的一个异类,因为该刊上发表的不少文章并不完全具备当今的学术规范的形式。其执行主编谢天振先生曾对我说,该刊不欢迎"面目可憎、空洞无物、难以卒读的学术八股文",提倡生动活泼地探讨翻译学术的文章。从形式到内容都符合当今学术规范的文章,自然是该刊的主要组成部分。与此同时,不符合严格的学术论文规范的形式,却同样在认真讨论翻译或与翻译相关问题的言之有物的文章,在该刊每一期上都占了不少篇幅。这些文章长短不一,其内容一般都具有独特性和可读性,可归入翻译文化的范畴,为同行或后人的进一步研究提供了难得的第一手资料,是在别的学术期刊上难觅踪影的独一份。在谢天振先生七十周岁之际,该刊曾举行过一次办刊座谈会,会上有人提议该刊应该注意所有刊发文章的学术规范的形式,以便进入中文核心期刊,而一份刊物一旦进入中文核心期刊,在许多高校师生的眼里便会身价倍增。从那以后发的文章来看,该建议并未被采纳。对此,我觉得该刊是宁可不进中文核心期刊,也要一直坚守初心,真正在为翻译学术交流做自己独特的贡献。我在读硕博前后,写过一些形式与内容都符合学术规范要求的论文,后来由于工作繁忙杂事多,这样的论文就渐渐写得少了,以至于一度基本不写了,但我对学术研究的兴趣一直不减,并持续关注着相关的领域,而且时不时地会写点这方面的文章。从 2013 年到 2020 年,我未按照严格的学术规范形式写出来的文章,先后在《东方翻译》上发表了五篇。据谢天振先生手下的一位青年编辑说,有一次,谢先生拿着我投稿的一篇短文说:你们看看,学术文章还可以这样写!谢先生在收到拙文《"献给薛庆国"——阿多尼斯中国题材长诗〈桂花〉献词历险记》一文后,很快就在微信里给我回复说:非常珍贵的第一手资料。要知道,我和谢先生对关于翻译的有些问题的看法是不同的,甚至是针锋相对的。比如,在浙江大学召开的一次文学翻译会议上,谢先生在我发言后曾针对我的主要观点提出了明确的异议。与此同时,他却又在他自己主编的期刊上一再发表我写的文章,还不吝溢美之词。他的这种雅量与对自己观点不尽相同的后辈的提携,令我一直心怀钦佩与感激。

记于 2021 年 9 月《东方翻译》停刊之际

《蓝胡子》情节血腥恐怖?

本人供职的译林出版社 2021 年 11 月 2 日曾接到中西部某市文化市场综合行政执法支队一位工作人员的电话。该工作人员说,一本名为《鹅妈妈的故事》的少儿读物中收录的一篇《蓝胡子》,因情节血腥恐怖,有碍青少年身心健康,被家长举报。因该书为公版书,市场上有多个版本,该机构查到译林出版社也出过该书,便跟我们核实这一情况。其他多家出版社,已确认自己在"三审三校方面把关不严",有的已准备立即把自己出的这本书从市场上下架回收。对方要求我们尽快确认是否出过此书、是否认为此书中确有不适宜青少年阅读的内容,并准备在确认情况之后做立案处理。

我是译林出版社 2015 年 11 月版《鹅妈妈的故事》的二审,当年并未发现《蓝胡子》的内容有何不妥。现在有人举报,那我就再仔细看看里面是否确实有不妥的内容。

《蓝胡子》是法国民间广为流传的一个故事,在西欧多国的童话、寓言等文学作品里都曾出现这个故事及其变种。译林版《鹅妈妈的故事》的译者为革命进步作家、著名现代诗人、翻译家戴望舒先生。

蓝胡子是一个富有的地方贵族,本名不明,因为胡须的颜色而得名。他娶过几个妻子,可是她们最终都下落不明。他的最后一个妻子后来发现,他的前任妻子们都被他杀害了。面对也将要杀害她的这个恶魔,她巧妙与他周旋,最后等到了两位哥哥及时赶到并杀死了恶魔,此后过上了幸福安宁的生活。这是一个恶有恶报的故事,按照近年的流行语来说,这也是一个"充满正能量"的故事。故事里被举报所谓"血腥恐怖"的内容,其实只涉及一句话:"她才看出地板上的斑斑血迹,靠墙一字儿躺着几个女人的尸体(那些女人都是蓝胡子从前娶来后杀死的)。"这是在故事里交待坏人如何作恶,是故事发展的需要,简洁而必要,并没有刻意渲染"血腥恐怖"的场面。

译林版《鹅妈妈的故事》收入"双语译林·壹力文库"丛书,上架建议为"外国文学/英语读物"。这套丛书中收入的,都是世界文学经典,其读者对象并非少年儿童,而是想提高文学素养、英语和翻译水平的成年人读者。上文提到的这么一句交待坏人如何作恶的话,不至于对相关读者群产生负面影响。

我依据上述情况得出结论,译林版《鹅妈妈的故事》收入《蓝胡子》一文,并无任何不妥。包括《蓝胡子》在内的《鹅妈妈的故事》一书,有助于中国读者管窥西欧各国的文学和文化,促进我国和西欧各国的文学和文化交流。

译林出版社按照我提供的上述情况,向上述某市文化市场综合行政执法支队发公函做出了说明。大概是对方认可了我们的说明,此事就此没有了后续消息。

第五辑

凝视文学翻译前辈

"天书"和破译"天书"的人

——萧乾、文洁若夫妇与《尤利西斯》

萧乾和文洁若夫妇已经联手译就了爱尔兰作家乔伊斯的小说《尤利西斯》。

有的读者也许会说,这并非什么了不得的大新闻。但是,美国《巴尔的摩太阳报》为此发过专稿,美联社为此向全世界发过电讯稿,加拿大、葡萄牙等一些西方国家的报刊也报道过此事。这难道是条重要消息? 是的,这条消息中的主语、宾语在一定范围内都具有非同小可的影响。

《尤利西斯》被欧美文学界称为"20世纪最伟大的英语文学作品""登峰造极的小说""意识流小说的开山之作"。该小说译成中文有近百万字,故事情节却十分简单:总共只描写了1904年6月16日早晨8时至次日凌晨2时这18个小时内,主人公布卢姆和他的妻子摩莉及斯蒂芬3个人在都柏林城里的活动。作者把布卢姆18小时的活动与史诗《奥德修纪》中的英雄尤利西斯(相当于希腊神话中的奥德修斯)的十年漂泊相比拟。小说涉及哲学、历史、政治、心理学诸学科,接触到都柏林生活的每个侧面。作者通过对上述3个人意识流动的剖析,向读者展现了他们的全部精神生活和个人经历,力图反映整整一个时代所面临的问题和危机,犹如用一架高倍显微镜,将漫长的时间、巨大的空间浓缩到18个小时和方圆几十里之内。

这部现代文学史上的巨著是詹姆斯·乔伊斯(1882—1941)1914年动笔,共用8年时间写就的。1918年小说尚未完全脱稿时,乔伊斯苦于在英国找不着不删节该书而承印的人,便将小说先在美国《小评论》杂志上连载。1919 年 1 月,小说还未连载完,美国报业当局便因小说中有关性生活的坦率陈述(乔伊斯认为性生活是人物塑造一个不可或缺的方面)而查禁并焚毁小说的个别章节,后来,《小评论》杂志还被法院罚款。小说对传统西方文学中认为不雅甚至肮脏而一贯加以回避的方面做了微妙而直露的描写,这引来了包括弗吉尼亚·伍尔芙在内的一些文坛名家的抨击。这样,原来有意于此小说的出版商纷纷却步。1922 年,流亡到巴黎的美国人西尔维娅·比奇经营的莎士比亚书店,在 2 月 2 日乔伊斯 40 岁生日那天早晨 7 点,把赶印出来的两本《尤利西斯》中的一本送到乔伊斯手里,另一本则陈列在书店里,结果引来了大量的好奇者。其中,海明威预定了数本,埃兹拉·庞德为爱尔兰诗人威廉·叶芝寄了份订单。莎士比亚书店将此小说印了 1000 册。英、美游客千方百计混过海关,把此书带回国(如今一册首版的《尤利西斯》的售价已高达 1.2 万美元)。不断有纽约的书商因非法经营此书被判刑。此书的德、法、日文版随后相继发行。在众多出版商的呼吁和文坛名流的舆论压力下,1932 年和 1936 年,美、英两国的法院先后封禁此书。

《尤利西斯》的结构独特、怪异,文体变化多端,各章节之间文体迥异,有些段落不加标点,引用了大量不同来源的典故,并且充满暗示意味。书中还有许多任何词典都查不到的乔伊斯创造的词汇。乔伊斯自称此书是百科全书式的。虽有许多学者进行了深入研究和实地考证,书中仍有许多隐晦不明之处。有人认为,书中的一些谜团是作者有意设置以戏弄学者的。虽然至今真正能读懂这部博大精深的小说的人还为数不多,但第二次世界大战后,该书已成为在欧美备受称赞却很少有人读的作品,同时也是西方文学研究界最为关注的著作之一,探索、研究这部小说及其背景和疑团的专著和工具书已有六七十种。它不仅被普遍视为代表了意识流文学的高峰,而且是非英雄文学的代表作,反映了现代小说的观念的变化,改变了人们心中小说的概念,为 20 世纪的文学开辟了新径。因此,乔伊斯也就成了公认的现代作家中最有权威、最有影响的人物之一。

　　这部现代文学中屈指可数的名著已被译成 30 多种文字广泛流传,有些国家已有多种译本。直至今天,由于它的晦涩难懂等原因,中国读者只能见到一个不及全书五分之一的节译本。如今,译林出版社不畏艰难,决心填补我国文学翻译史上的这项空白,5 年前便约请萧乾和文洁若夫妇翻译这部巨著。

　　萧乾先生已年逾八十,是中国文坛的一员宿将,德高望重,成就卓著,现任中央文史研究馆馆长。文洁若女士毕业于清华大学外文系英语专业,是美国教授罗伯特·温德的得意门生,曾任人民文学出版社编辑,在英、日两种语言的文学翻译上多有实践,颇有成就。

　　萧乾先生与《尤利西斯》有 60 多年的情缘。1929 年,他在燕京大学国文专修班现代文学课上,第一次听到英国文坛出了个叛逆者乔伊斯。1932 年起,他在辅仁大学给英文系主任、爱尔兰裔美国神父雷德曼当了两年助手,因而接触到爱尔兰文学,进一步了解了乔伊斯,对乔伊斯颇有好感,觉得他必是个有见地有勇气的作家,但尚无法读到他的著作。1937 年至 1938 年,萧乾由上海转到昆明,其间根据自己 1928 年因在北京崇实中学参加学生运动被开除、被迫远走潮汕教书时的初恋经历,创作了小说《梦之谷》。直到 1980 年还有国外汉学家来信,问此小说是否受乔伊斯意识流手法的影响。1939 年秋,他去伦敦大学东方学院教书,买到了一套上下两卷本的《尤利西斯》。当时因没有这部小说的索引及注释本,他花了好大的力气才勉强读完它。1940 年 6 月 3 日,他从剑桥写了张明信片给胡适,提到自己在读《尤利西斯》,并说:“这本小说如有人译出,对我国创作技巧势必大有影响。惜不是一件轻易的工作。”1942 年,他在剑桥大学皇家学院读研究生,重点钻研了《尤利西斯》。1945 年初他向欧洲告别时,曾专程到瑞士苏黎世去寻访乔伊斯的坟墓,凭吊之余曾写道:“这里躺着世界文学界一大叛徒。他使用自己的天才和学识向极峰探险,也可以说是浪费了一份禀赋去走死胡同。究竟是哪一样,本世纪恐难下断语。”

　　当时的萧乾没有想到的是,半个世纪后,《尤利西斯》已成为备受推崇

的 20 世纪小说名著之一,而且是由自己在年逾八十的晚年和夫人合力推
出其第一个完整的中译本。他当年在英国买的这部原版小说及有关乔伊
斯的其他书籍,新中国成立后来辗转到了中国社会科学院文学研究所。
当他和夫人从资料室里借出这部灰色封面、紫色书名和作者名的小说,打
开封面,只见萧乾半个世纪前的笔迹犹存:

天书
弟子萧乾虔读
1940 年初夏,剑桥

书的边页上满是他当年读书时做的笔记或注释。

萧乾、文洁若这对老人自从接受翻译工作后,日日夜夜同《尤利西斯》
打了近 5 年的交道。他们是"把它作为晚年一次大工程干的"。他俩每天
清晨 5 点起床,便各自进自己的"车间",奋笔耕耘。文洁若精力充沛,挑
起了先译初稿这一最繁重的活儿。由于原作很少有人读懂,他们这个译
本就力求通顺易懂。原作中不少地方属于文字游戏,译文中也尽量注出,
而不去刻意模仿原作晦涩的行文。他们在翻译过程中参照了西方学者对
乔伊斯及《尤利西斯》的研究成果,每章译文后都附有几百条注释。中译
本光注释就达 10 万多字。他们认为,读、译这部小说都需要与研究结合,
因而很赞同译林出版社在出版《尤利西斯》的同时出版《〈尤利西斯〉评论
集》。

萧乾和文洁若自 1954 年结婚以来,一直在人生旅途上相濡以沫,携
手共进,但以往在文字上始终未曾合作过。20 世纪 50 年代初,文洁若曾
读过《尤利西斯》,他俩还一道听过萧乾从英国带回来的乔伊斯亲自灌音
的唱片。这对老人为了中国读者能早日读到完整的《尤利西斯》而奋力拼
搏。1994 年,他俩把《尤利西斯》全部译稿交给大陆的译林出版社(近期已
推出上、中两卷,今秋将推出下卷,此译本台湾版将于年内面世)。这一
年,也正是他俩结婚 40 周年,他俩的这一壮举,正好用来庆贺两人共同颠

颠簸簸的又充满情感的、难以忘怀的岁月。人到老年,夫妻共同干一件十分吃力的事,居然干成了,从而一起惊异这共同的成就,这是多么让人高兴、满足的事! 这是人生中多么美妙的时刻!

(原载于《中国文化报》1994 年 5 月 22 日第 4 版)

叶君健与安徒生童话

在丹麦首都哥本哈根长堤公园边的海面上，有一座人面人身鱼尾的少女铜像冒出海面。她便是"海的女儿"，丹麦作家安徒生（1805—1875）所写的同名童话的主人公。这充分反映了丹麦人对安徒生童话的推崇和自豪。

提起童话，人们自然就会想到法国的夏尔·贝洛（1628—1703），接着便是德国的格林兄弟（1785—1863，1786—1859）。他们把流散在民间的童话故事以民间文学的方式搜集、加工，使之成为世界文学名著，成为人类宝贵的精神财富永远流传下去。安徒生是继他们之后的一位童话大师。不过，他不是童话的搜集者，而是童话的直接创造者。他把童话提高到了一个新的高度，使之成为一个重要的文学品种，因而开辟了世界儿童文学的新时代。他的大胆创新，使后来的儿童文学在题材、创作方法和表现技巧等各方面都呈现出空前的丰富多彩。

安徒生童话在世界上已被译成一百多种语言，有些语言中还出现了几种甚至几十种不同的译本。安徒生在晚年因其童话获得了世界性的声誉，丹麦国王授予他一枚丹麦开国时设立的"丹麦国旗勋章"，它代表一个可以由子孙继承的爵位，一般只授予对丹麦王国有重大贡献的政治家、军事家和丹麦本国的大科学家、文化人。不过，在世界上众多安徒生童话的翻译者中，竟也有一位像安徒生一样被授予了"丹麦国旗勋章"。作者与其作品的译者获得同样的勋章，这在世界文化史上实属罕见。所不同的是：这位译者受勋时得在一份保证书上签字：他辞世后须将此勋章退还丹麦政府,因为他不是丹麦人,这个勋章所代表的爵位不得由其子孙继承。丹麦文化部长向他指出:世界上安徒生童话的译者中,他是唯一获此殊荣的人。

他就是我国当代著名作家、翻译家,最早有系统地把安徒生童话直接从丹麦文译介到中国的叶君健先生。

叶君健最初接触到安徒生童话,是在 20 世纪 30 年代学习英文的时候。当时学英文用的是英国出版的课本,里面有一篇安徒生的童话《野天鹅》让他深受感动。后来学世界语时,他又接触到多篇安徒生童话,其中《海的女儿》更是触动了他的心弦。第二次世界大战结束后,叶君健在英国剑桥大学国王学院研究西方文学,在安静的环境中,特别是夜间感到疲劳时,又不时翻阅起安徒生童话来。一进入童话人物的生活和感情中去,他的感情就立时活跃起来。由此,安徒生的国家和人民也引起了他的兴趣,于是,他在剑桥结识了一些北欧的知识分子。从 1947 年开始,几乎每个寒暑假,他都应邀去丹麦或瑞典,住在他们的家中,其中两个丹麦家庭几乎把他视为其家庭成员。住在丹麦,自然要看丹麦报纸,这就迫使他学会丹麦文。读了丹麦文的安徒生童话后,他发现过去读的英文、法文版的安徒生童话,不少竟与原作大相径庭。首先,那些译者可能为了适应本国图书市场的需要,常常在译文中作些删节或改写,有的改写对原作的损害甚至歪曲相当严重。至于原作中的浓厚诗情和幽默以及简洁朴素的文体,那些译文几乎完全没有表达出来。很明显,有些译者只是把这些童话当作有趣的儿童故事,而未意识到这些作品是诗,是充满了哲理、人道主义精神和爱的伟大的世界文学名著。于是,他便感到手痒,想把这些作品根据自己的理解,直接从丹麦文译成中文。他在剑桥大学有空闲时,便开始把他最欣赏的安徒生童话作品译出来。

1950 年,叶君健回国到北京大学当教授,儿童文学读物在北欧的丰富多彩与在国内的严重匮乏在他心里形成了强烈的对比。他深感有必要借鉴外国优秀儿童文学,以丰富我国儿童的精神生活,因此自然又想起安徒生,于是决定有计划地把他的 164 篇童话全部译出。这些译作在国内逐渐分册出版,在少年儿童和成年人中间受到广泛欢迎,连许多儿童文学作家也在认真研读。叶君健开始意识到作为译者的责任之重大。在分册出齐后,他又把译文从头到尾仔细修订了一遍,事实上等于是重译,最后汇编成全集。他翻译安徒生童话的态度是严肃认真、精益求精的。他把翻译与研究相结合,在每篇作品后都加上写作和出版背景,以及评注,还写出了一部名为《鞋匠的儿子》的安徒生传记。1988 年,应丹麦文化部邀请,叶君健携夫人重访丹麦,接受了丹麦女王玛格丽特二世授予的"丹麦国旗勋章"。其间,他多次访问丹麦皇家图书馆,在翻阅安徒生的一些手稿和信件时,发现了迄今世界各国(包括丹麦)的《安徒生童话全集》都未曾收入的两个小故事。他回国后把它们译出,后来收入国内新版的《安徒生童话全集》。

叶君健翻译的安徒生童话,在安徒生的故乡丹麦,不仅得到政府的最高肯定与嘉奖,同时也得到汉学界、出版界的最高评价。哥本哈根大学东方研究所所长,曾任丹麦笔会主席的苏伦·埃格洛教授撰文指出,叶君健的"译文"是有权威性的和准确的,准确得有时"几乎学究气","很难找到误译",同时又"非常清晰流畅,特别适宜于朗读","从文字学的角度讲,他的翻译在任何语言中都算是最好的翻译"。丹麦有多家大报都曾刊文评叶君健的中译本,一致认为这是世界最好的译本,"因为译者理解安徒生不单是一个为孩子讲故事的人,而是一个哲学家、诗人、民主主义者。只有中国的译本把他当作一个伟大作家和诗人来介绍给读者,保持了作者的诗情、幽默感和生动活泼的形象化语言,因而是水平最高的译本"。丹麦的跨国公司宝隆洋行特从叶君健译的中文版全集中选出一本《安徒生童话选》出版,作为非卖品赠送给与该公司有联系的海外华文机构和读者。丹麦的安徒生博物馆附属的弗伦斯德出版社与哥本哈根的汉斯·莱泽尔出版社也从这套中文版全集中选出一本《安徒生童话选》,联合在丹麦出版。这些都是对叶君健严肃认真的文学翻译的尊重、肯定与鼓励。

如今,年近八旬的叶君健依然对安徒生童话一往情深,仍在写评介安徒生童话的文章。今年,他译的安徒生童话又有两个新的版本问世:一个是《安徒生童话选集》,是他亲自按风格和故事内容多样、长短相间、现实与幻想相容的标准选编而成的;另一个是《安徒生童话》,是从上述选集中精选出来的最著名、最有故事性和趣味性、最适合少年儿童口味的作品集。两个新版本都将由译林出版社出版。

(原载于《书与人》1994 年第 6 期)

"志同道不合"的一对文坛老人

——访赵瑞蕻和杨苡

　　两个青年男女,在中华民族灾难深重之际走到一起,因为对文学的共同兴趣而结合,尔后经历了半个多世纪个人的、民族的、社会的、国家的形形色色的风风雨雨和艰难坎坷,却始终不悔当初,相濡以沫,对文学事业孜孜以求,到了白发苍苍的耄耋之年,各自都成了成就卓著、令人敬仰的文坛老人。他俩就是现居中国南京的赵瑞蕻与杨苡。像这样白头偕老、在文坛比翼双飞,且各自"飞"到令人瞩目的高度,至今仍双双健在的文坛夫妇,在中国、在世界都不多见了。

　　1940 年 8 月 13 日,昆明的一家日报上刊登了赵瑞蕻、杨苡的结婚启事,来自浙江温州的一个茶商的儿子、当时刚从西南联大外文系毕业、有 **Young Poet**(年轻诗人)之称的赵瑞蕻,与来自天津的名门之女、当时还是西南联大外文系二年级学生、有 Young Poetress(年轻女诗人)之称的杨苡,就算结婚了。55 年后,杨先生说,他们的结婚启事上也写着"志同道合"一词,可她"当时就觉得这种说法可笑"。说"志同"倒还可以,因为他俩都对中外文学感兴趣,都有志于文学创作、翻译与研究,但说"道合"却不是那么回事,因为他俩所喜欢的"文学"是两码事。对于杨先生的"志同道不合"一说,赵先生也表示赞同。赵、杨两先生有很多的共同点,也有很多的不同点,赵先生倾向于强调两人之间的共同点,而杨先生则倾向于强调两人之间的不同点。

　　两位先生早在中学时代就各自发表过作品,赵瑞蕻发表的是新诗和译作,杨苡发表的是诗歌和剧评。他俩同样因为日寇的侵入而被迫离家辗转到昆明求学。他俩选择曾激励全国亿万军民同仇敌忾的淞沪抗战纪念日"八·一三"登出结婚启事,自然是心声的吐露。他俩同在西南联大那批令人敬仰的导师朱自清、闻一多、吴宓、柳无忌等的言传身教之下,文学欣赏趣味却很不相同。赵瑞蕻偏好西欧 19 世纪文学,尤其是英、德、法等国的浪漫主义文学作品,而且多半是诗歌,能把莎士比亚的著名剧作背得很熟。西方诗人中,他最佩服英国的济慈,念念不忘济慈的那句"真就是美,美就是真"。西方作家中,他最推崇法国的司汤达,认为司汤达最具现代性和超前意识。20 世纪 40 年代出版的第一个《红与黑》的中译本,即出自刚走出西南联大校门的赵瑞蕻之手。而杨苡则深受家学传统的影响,从小看了很多戏,中学时代即登上舞台演过话剧,因而特别喜爱中外优秀剧作,尤其是美国尤金·奥尼尔的剧作,赵瑞蕻喜欢的那些东西她当然不会拒绝,不过她对"太文乎的东西受不了",偏好现代外国文学,中国的也只是偏爱巴金、鲁迅这类作家。她译的《呼啸山庄》中译本,自 20 世纪 50 年代问世以来,受到一代代中国读者的喜爱,至今畅销不衰。值得指出的是,"呼啸山庄"这一书名,是杨先生受自己当年特殊的居住环境和天气情况所触发的灵感而译出的,是首次出现在中文里的准确、形象、生动而贴切的译法。

赵瑞蕻从 1940 年西南联大毕业至今,可谓当了一辈子的"教书匠"。他教研结合,偏学术研究,课外写诗,写散文,搞文学翻译。他说自己这辈子中外文学研究了"一点点"。其实,他在西方浪漫主义、中西比较文学、《红与黑》、鲁迅文学等领域的研究成果,以及在西方经典小说、英国浪漫派和法国象征派诗歌方面的翻译成就,都十分引人注目。赵先生在"文革"期间虽然也曾有被批斗、陪斗的遭遇,但因一直与学生、同事的关系都特别好,相比之下受到的冲击要轻得多。他这辈子的生活道路相对说来比较顺。

杨苡的一生则可谓颇多曲折坎坷了。她大学时代就进行诗歌散文创作,并译过拜伦等名家的诗歌,大学毕业后曾在中学教英文,抗战胜利后在南京国立编译馆工作,参与了《罗马帝国衰亡史》及《马可·波罗游记》的翻译,新中国成立初期曾任中学语文教员。赵瑞蕻曾奉派去民主德国讲授了四年的中国当代文学,杨苡则去那儿讲授了一年的中国现代文学。1957年,杨苡回国任《雨花》杂志特约编辑,并开始儿童文学创作。她的儿童文学作品曾在1959年在江苏受到批判,也曾在1960年在上海获奖给自己带来荣誉。对杨苡当时受到的批判,赵瑞蕻不服气,当场站起来打抱不平,结果逼得他自己紧张得"赶紧作长篇自我检讨"。如今谈起这段往事,赵先生说,"她比较(我)坚强多了"。1960年起,杨苡在南京师范学院(现南京师范大学)外语系任教员。在"整风"与"反右"斗争中,北京大学西语系学生和青年教师专门批判宣扬有害的资产阶级思想的外国古典文学作品时,批了《呼啸山庄》《红与黑》与《约翰·克里斯朵夫》。当时有个文艺界领导说:"杨苡同志,这三本书中有两本是出在你们家!"后来到"文化大革命",人家就对她算总账,她"靠边审查"达6年之久,每次检查都得套上她译的《呼啸山庄》"宣扬了阶级熄灭论""宣扬了爱情至上""流毒甚广"等罪名。她"被解放"后,在南京师范学院还工作了8年,其间还有四五次"换工种",到1980年底,以打过七五折的每月70多元钱的工资拿到一个"干部退休证"。鉴于杨苡在文学创作和文学翻译上的成就,加上曾在高校当教师的经历,人们常在她的职称问题上想当然,使她必须时不时地对人声明:"我曾是教员,绝非教授,千万别弄错!"赵瑞蕻则无须做此类声明,因为他当名副其实的教授已当了多年了。

经历了"文革"的磨难后,杨先生对一切都看得更开更透了,遇事都有自己的看法,甚至是很尖锐深刻的看法,不为他人左右,不为阿谀奉承影响。这从她近年来散见于各种报刊的散文、随笔、杂文中可以看出来。这类文章屡屡获奖,其中表现出来的分析与批判、幽默与讽刺,令赵先生自叹弗如。赵先生一生始终充满浓郁的浪漫主义诗人的气质、诗人的激情和江南人的灵气。在课堂内外,遇到师生、同行或适当的场合,他往往会诗兴大发,即兴赋诗或朗诵一段中外名诗,常常在抑扬顿挫之间满脸通红,泪水突眶而出。他写的散文随笔都是凭一时的激情随感而发、直抒胸臆,读来热情洋溢。而杨先生写散文随笔却得冷却透了再写,写好了还要摆上一周,再抄改一遍,赵先生的抒情笔调她可写不出来。赵先生说自己无力写小说和戏剧,而她能。杨先生赶紧接话,"我满脑子都是小说、戏剧矛盾"。

说到幽默,杨先生说,这方面她哥哥杨宪益对她寄予"深切的同情"。她是家里兄妹三人中最幽默的一个,却嫁了个最不幽默的人。他们兄妹三人在一块说得捧腹大笑,而他(赵瑞蕻)却在一边没表情,因为他没听懂。他根本不会扭秧歌,因为没那种幽默。这话可把赵先生说急了,赶紧接话:怎么不会扭,新中国成立初还是在杨宪益家唱"解放区的天是明朗的天"扭的嘛。

如今,两位老先生仍在家里忙于写文章,搞翻译,日子过得有滋有味的。常有全国各地,甚至远在国外的老友新朋男女老少登门拜访或打来电话,谈的自然是文学创作、文学翻译、文学评论之类的,有来交流的,有来请教的,有来征求看法的,有来要求赐稿的,有把他俩当作"活化石"来研究的,有让他俩乐意开心的,也有让他们应付不过来的……

(原载于《文汇读书周报》1995 年 9 月 20 日第 1 版)

翻译，将伴她到永远

——杨苡的文学翻译人生

　　对于众多有心的读者来说，提到杨苡，就会想到她翻译的外国文学名著《呼啸山庄》，一提到《呼啸山庄》，自然也会想到其中译本的译者杨苡。这倒不是说，只有杨苡译过《呼啸山庄》。《呼啸山庄》的译本，在她以前，有梁实秋的，在她以后的，就更多了，有好几十个吧。不过，"呼啸山庄"这一中译本的书名，是杨苡 20 世纪 50 年代翻译此书过程中受自己当时的居住环境和天气情况所触发的灵感而译出的，是首次出现在中文里的准确、形象、生动而贴切的译法。杨苡以后的《呼啸山庄》的中译本，都沿用了这个书名，都或多或少地曾受到杨苡译本的启发和影响，而杨苡的译本，自 20 世纪 50 年代由上海平明出版社推出，到 20 世纪 80 年代由江苏人民出版社出版，后转由译林出版社出版，受到了一代代中国读者的喜爱，不断再版重印，至今畅销不衰。

　　当然，杨苡不仅仅是个翻译家，她还是个作家、诗人。她的散文、随笔、微型小说、诗歌等，都颇有成就。

　　1919 年，杨苡出身于天津一个富裕的诗礼之家，原名杨静如。她自幼喜欢在纸上涂涂抹抹，小时候家里请一位老先生教他们兄妹三个（兄宪益，姐敏如）读书临帖，而她却总在大字簿每个大方格里划上各种人脸，有好几年的书上、练习本上都留下了她幻想出来的小仙女和大美人。八岁时她进了美国美以美会在天津办的女子学校，从小学到中学，十年教会学校教育足以让她迷恋上那些世界著名的宗教画。不过她的画家梦未能做多久。1931 年"九一八"事变后,东北三省陆续沦陷在日寇的铁蹄之下,国难当头,同学们主动在臂上佩戴黑纱。卢沟桥事变后日本鬼子的横行霸道使她从对象牙之塔的迷恋中惊醒! 1935 年"一二·九"北平大中学生抗日救亡运动更是震撼了她:如果没有祖国,没有自由,生命将有什么价值?! 但她却不能像挚友们那样唱着救亡歌曲在游行行列中前进,而是被困在那只封建礼教的金丝笼里。于是,十六岁的杨苡便把自己的苦闷悄悄通过书信倾吐给自己所崇拜的"先生",作家巴金,向他描述一个渴望着为自由献身的少女每夜遇到的各种奇异的梦。巴金则不断地复信鼓励她这个北方女中学生,两人由此开始了跨越半个多世纪的书信来往,其中巴金致杨苡的六十封信后来汇编成《雪泥集——巴金书简》,于 1987 年出版,杨苡为之作了详细的注释并写了前记。2010 年,《雪泥集——巴金致杨苡书简劫余全编》问世,新版书简增补至六十七封信,她对书简注释作了修订、增补,抚慰了首版当年因出版方所作的应时删改而留下的心痛。

杨苡读中学时,中国旅行剧团演出的一部话剧在平津地区很有影响,风靡知识分子阶层。从《梅萝香》到《少奶奶的扇子》《茶花女》《雷雨》《复活》等,她和同学们近乎狂热地做了忠实的观众。她的"处女作",即第一篇公开发表的短文,便是发表在当年天津的一份大报《庸报》上的《评中旅〈雷雨〉的演出》。当时才十六七岁的少女,在文章中老气横秋地用几句话评论每个演员的演技、化妆以及台词念得如何。没几天,她和同学们去演员所在的旅馆拜访。中旅演员唐若青、陶金、章曼萍等发现文章的作者不过是个孩子,都像看小把戏一样看她。从那时起,这些名演员与杨苡便建立了友谊,而杨苡则从此天天在做过家庭作业后便埋头于写诗、独幕话剧、散文、小说,居然悄悄做成了一个手抄本,偶然也寄出几首其中的小诗,也发表了,但总的来说,她当时并无很强的发表欲,也羞于示人,习作印成铅字后再看总使她脸红后悔。

杨苡当年就读的女子学校,每年都选出一批毕业班学生用英语演出莎士比亚等外国名家的戏剧。到 1937 年她快要中学毕业时,她们几个同学便提出不想演英文剧,而要演易卜生的《玩偶之家》,而且要用中文演,借此展现和抒发这些少女追求解放独立的思想。杨苡当时也算是积极分子，还帮助美国老师当执行导演。没想到不久她们学校悬挂的中国国旗就换成了美国国旗（其实这是校方为保护学校和学生而采取的临时措施），但满怀爱国热忱的杨苡感到难受极了，再也待不下去了。她到学校去告别时，美国教务长问她何时回校，她回答说："等重新换上了我们中国国旗就回来。"再后来，日本人占领了这所学校，悬挂的国旗又变成了日本的太阳旗，杨苡就再也不想回那所学校去了。杨苡从小看过不少文明戏、话剧、曲艺、中外电影，从小学开始就在舞台上演过歌舞剧，长大了又演过话剧，所以一生都特别容易亲近、喜欢中外优秀戏剧文学，尤其是美国现代著名作家尤金·奥尼尔的剧作和中国京剧。

1937 年中学毕业前，杨苡因高中阶段成绩优异，被保送到南开大学。1938 年夏，杨苡南下昆明求学，以南开大学复学生的身份进入西南联大外文系，受到那批令人敬仰的导师朱自清、闻一多、吴宓、柳无忌、余冠英等的言传身教，当时的同学中有许多后来都成了活跃在学术界和文坛上的名家，如杨周翰、王佐良、周珏良、李赋宁、穆旦等，当然还有与她相恋并成为终身伴侣的第一个《红与黑》中译者赵瑞蕻。

1940 年 8 月 13 日，正值日寇的铁蹄践踏中华大地，中华民族灾难深重之际，刚从西南联大外文系毕业的来自浙江温州的茶商的儿子赵瑞蕻，和该系二年级学生、来自天津的名门之女杨苡，在昆明的一家日报上刊出了结婚启事。他俩因对文学的共同兴趣而结合，尔后经历了半个多世纪个人的、民族的、社会的、国家的形形色色的风风雨雨和艰难坎坷，始终不悔当初，相濡以沫，在文坛比翼双飞，且各自飞到了令人瞩目的高度。

1938 年夏秋之际，杨苡在昆明等待西南联大开学期间，在《战歌》上发表了两首抗战诗，接着又上了漫画班，加入了中华全国文艺界抗敌协会云南分会。她在大学同学中有 Young Poetress（年轻女诗人）之称。1942—1944 年，杨苡在重庆中央大学外文系借读，大学毕业时拿到的仍然是西南联大的文凭。在《大公报》副刊工作的萧乾通过沈从文到昆明约稿，杨苡因此在这份报纸上也发表了作品。她还先后在昆明、重庆等地的报刊上发表过诗歌、散文。大学四年级时,她译出英国诗人拜伦的叙事长诗《栖龙的囚徒》,巴金看后推荐将其发表在靳以主编的《现代文艺》上。

杨苡这辈子走得"磕磕绊绊,也数不清有多少沟沟坎坎"。大学毕业后,她在重庆北碚私立兼善中学当过不到一年的初中英语教师。抗日战争胜利后,她到了南京,在当时的国立编译馆翻译委员会工作,参加过《马可·波罗游记》的翻译,译出了《罗马帝国兴亡史》节译本,还译过英诗、随笔等,发表在杨宪益和吕叔湘各自主编的报纸副刊上。20 世纪 50 年代初,她曾任中学语文教员。她在文学创作上的成果早早便得到认可,1950年加入南京文联所属的诗联和译联,1956 年成为江苏省作家协会会员。20 世纪 50 年代初她从英译本转译的两部苏联短篇小说集《永远不会落的太阳》及《俄罗斯性格》连连重印六七次,使她凭稿酬过上了几年宽裕的日子。1956 年她奉派赴民主德国莱比锡卡尔·马克思大学东方语文学院讲授了一年中国现当代文学,次年回国后任《雨花》文学月刊特约编辑,并在著名作家严文井的鼓励下开始了儿童文学创作。她那四五篇儿童文学作品尽管得到了京沪等地一些文坛名家的肯定,但在江苏却很快就受到了批判。有人说她的《成问题的故事》《电影院的故事》等儿童小说是为右派分子翻案,配合右派分子和修正主义分子猖狂向党进攻,并丑化了祖国的花朵。不过,与此同时,她的《北京——莫斯科》被收入人民文学出版社《1958 年儿童文学选》。1959 年,她的儿童诗《自己的事情自己做》还获得了新中国成立十年优秀儿童文学作品奖。儿童文学创作可谓让杨苡尝遍了酸甜苦辣,不过,回首往事,杨苡更多感到的是心酸,以致她小女儿一度突然对文学创作走火入魔时,她苦苦相劝,好不容易才使女儿回到绘画的领地。

19 世纪英国杰出的浪漫主义作家艾米莉·勃朗特的名作《呼啸山庄》,则可以说与杨苡已有大半辈子的因缘。她还是中学生时很喜欢看好莱坞电影,偶然看到一部译名叫《魂归离恨天》(其实是由《呼啸山庄》改编的)的美国电影,片中男主角希刺克厉夫是后来成为大牌明星的劳伦斯·奥利弗登上银幕的处女作,这部电影让当年的杨苡如痴如醉。在重庆中央大学借读时,她以泛读原版书为乐,第一次接触到一本名为 *Wuthering Heights* 的英文原著,发现那竟是令她痴迷心醉的电影《魂归离恨天》的原作,所以她非常激动地看了好多遍。1944 年大学毕业后,她在重庆北碚她哥哥杨宪益家里偶然看到其同事梁实秋先生翻译的《咆哮山庄》(土纸本),听她哥哥说,梁先生译得有些仓促,翻译这部中文约 25 万字的小说仅花了三个月的时间,因此,她想自己能不能把这部名作重译一遍。她把这一想法向她哥哥,还有自己从中学时代起就最崇拜的巴金先生谈了。他们两个对杨苡的想法很赞成,给予了热情的鼓励。杨苡因此下定决心非要把它重新翻译一遍不可,但由于家务、孩子的拖累以及种种原因,长期未能正式下笔。

到 1954 年,她的生活已经安定下来,她便着手翻译这部小说。首先书名就令她大伤脑筋。梁实秋把它译为"咆哮山庄",可她老觉得这么译不合适:谁会把自己的住宅形容为"咆哮"呢?挂这么一块牌子在大门口,岂不把人家都吓跑了吗?在翻译此书期间,早春二月的一个夜晚,她的住处窗外风雨交加,院子里的树被风刮得响得不得了,她忽然感到阵阵疾风呼啸而过,与《呼啸山庄》这部小说里的情景一模一样。雨点洒落在玻璃窗上,宛如凯瑟琳在窗外哭泣着叫她开窗。她住的房子外面本来就是一片荒凉的花园,当时她几乎感到自己正在当年的约克郡旷野附近那所古老的房子里,嘴里不知不觉地反复念着"Wuthering Heights",苦苦想着该怎样确切译出它的含义,又能大致接近原文的读音……忽然,灵感从天而降,她兴奋地写下了"呼啸山庄"四个字!

杨苡翻译的《呼啸山庄》1955 年由上海的平明出版社出版,当时极受欢迎,但好景不长。在"整风"与"反右"斗争中,有些人指出,有些右派分子在向党向社会主义进攻时,曾引用某些外国古典作品中的片言只语企图颠倒黑白,混淆文艺作品的时代背景,宣扬有害的资产阶级思想,以达到他们的罪恶目的,这表明如何分析和批判外国古典文学遗产,仍是个战斗任务。到 1959 年,江苏的《雨花》杂志开始有计划地批判杨苡的两篇儿童文学作品,她心想如果深入批判下去的话,再加上《呼啸山庄》,那她非倒大霉不可,因而只好保持沉默。不过,她沉默也躲不过去。北京大学西语系的学生和青年教师为了贯彻外为中用、古为今用的方针,利用暑假期间,以惊人的干劲,讨论和批判了《呼啸山庄》《红与黑》和《约翰·克里斯朵夫》这三部"宣扬有害的资产阶级思想"的外国古典名著。当时文艺界有个领导说:"杨苡同志,这三本书中有两本是出在你们家!"一本《呼啸山庄》,给了她莫大的压力,使她在 1959 年进一步受到批判,不过当时批了三次也就算了。1960 年起,杨苡在南京师范学院(现南京师范大学)外语系任教员,头两三年属试用期,是"临时工",后来才"转正"。她先在公共英语组,后去英语组教英美文学名著选读。她当了六年教员后,到了"文化大革命",她便开始了长达六年的"靠边审查"。这时人家就来对她算总账了。她一次次地挨批斗受辱骂遭拳脚,一次次地作检查,长期受隔离,参加这样那样的劳动以便"改造思想",全是因为那本她从少女时代起就魂牵梦绕的《呼啸山庄》以及上文提及的那两篇儿童文学作品。她每次检查都得套上自己译《呼啸山庄》"宣扬了阶级调和论和阶级斗争熄灭论""宣扬了爱情至上""流毒甚广"等罪名。在接连不断的批斗声中,她译的这本书自然就销声匿迹了。1972 年,杨苡被"解放"了,便接着在南京师范学院当教员,先教泛读课,后又调到联合国文件翻译组,"解放"后的八年中相继四五次"换工种"。她进师院后的二十年中,不论让她干什么,她都顺了了,但总要同时背负着一个沉重的问号!最后,经过申请,她总算拿到了"干部退休证",以打过七五折的每月七十来元的工资,离开了那风景如画的校园。

1980 年在杨苡的生活道路上从多方面来说都可谓是具有转折性意义的一年。这一年,她退休了。这一年,她应外文局下属的杂志《中国文学》之邀,充满深情地写出了散文《坚强的人》,这是"文革"后国内第一篇巴金专访。这篇散文曾在海内外多家报刊刊载。这一年,让她背上十多年沉重包袱的《呼啸山庄》由江苏人民出版社重新出版,一印就是 35 万册。这一年,她成了中国作家协会会员。

杨苡真可谓有个《呼啸山庄》情结。湖南要出一套世界文学名著缩写本,其中的《呼啸山庄》约请她译。她已译过全本,自然不想译压缩本了,但在出版社有关人员再三恳请下,她仔细看了看压缩本,发现它脉络清晰,又包含了原汁原味,对未看过全本的读者了解这部名著特别有用,便译了。她还和一批青年人一起翻译了英国作家毛姆论世界十部最佳小说的名作《巨匠与杰作》,她译的自然是其中的《艾米莉·勃朗特和〈呼啸山庄〉》。她 20 世纪 50 年代译的那本《呼啸山庄》,逐渐受到越来越多中国读者的喜爱,曾荣获 1979—1986 年南京市作协首届金陵文学奖中唯一的翻译奖,1990 年转由译林出版社出版后,曾同时以精装、平装和普及本三种版本行世,以满足不同层次读者的需求,其中的精装本已被英国勃朗特纪念馆收藏。译林版杨苡译的《呼啸山庄》还曾获第七届全国优秀畅销书奖。台湾某出版商在一次北京国际图书博览会上,搜集并挑选了《呼啸山庄》的几个中译本,经过仔细比较,最后决定购买杨苡的译本在台湾的独家出版权。不论图书市场如何起伏,译林版杨苡译的《呼啸山庄》至今一直每年重印数次,深受一代代中国读者的欢迎。

谈到名著重译和她以后的《呼啸山庄》中译本时,杨苡指出,重译时应先独立思考、独立翻译,有疑问处打个问号,最后可看一下前人的译本,适当作些参考。文学翻译本是见仁见智之事,前译者多有所创造,也可能有误译,后译者自然应在前人的基础上有所改进。一本世界名著可以有多个译本供读者比较研究推敲。她痛恨抄袭剽窃前人译本的不良风气。

退休后的杨苡是"无事"一身轻,兴之所至,便写写文章,搞搞翻译。她不像某些名家那样被出版部门牵着鼻子走,爬格子爬得累得要命。她以诗人的才情译出的英国诗人威廉·布莱克的《天真与经验之歌》备受读者的欢迎与喜爱,在 2007 年荣获江苏省作家协会首届紫金山文学翻译奖。自幼喜爱美术的她译出的《我赤裸裸地来:罗丹传》,再现了大雕塑家的内心世界。不过,她退休后更多的精力却是花在散文、随笔和微型小说等"小文章"上。经历了"文革"的磨难后,杨苡对一切都看得更透了,遇事都有自己的看法,甚至是很尖锐深刻的看法,不为他人左右,不受阿谀奉承影响。年纪大了,晚上躺在床上经常睡不着,她便不停地"胡思乱想"起来,想到遥远的往事,怀念故人,思索自己充满坎坷的人生道路,也思索着让人欢喜让人忧的眼前的种种现象。她把脑子里时不时冒出来的种种想法写成文章，这类文章"得冷却透了"才写，写好了还要摆上一周再抄一遍，文章中不乏深沉、深刻甚至尖刻的语句，文笔细腻，每每有独特的视角、独到的观点，还表现出诙谐、幽默、讽刺及对现实的批判。这类文章很受读者欢迎，屡屡获奖，如怀念巴金夫人萧珊并思考自己人生道路的《梦萧珊》曾在 1986 年被《人民文学》杂志的读者评为最喜爱的作品，《三座大山》在 1988 年获全国首届金陵明月散文大赛二等奖。不过，杨苡也常有一些发自肺腑的想法写成文章后被人认为不合时宜而难以面世，这使她无奈地叹气道：不写也罢！

杨苡年逾古稀之时，在家仍是个入厨主妇。她淡薄名利，不愿戴这个"家"那个"家"的头衔，更不高兴别人以"名家"目之。她与兼诗人学者翻译家于一身的丈夫赵瑞蕻相濡以沫。她平时一谈到胞兄、享誉海内外的翻译家兼作家杨宪益，总是像个小姑娘似的亲切地一口一个"我哥"，但她最恨人家一提到她就拉出这两位名人来。有一次，在宿舍区院子里，某教授向自己的一个熟人介绍杨苡时顺便拉出了这两大名人，还强调她多年来一直是巴金的好朋友，她气得扭头便走。在这方面，有些人似乎依然故我，甚至"变本加厉"，杨苡曾说："如今我可真是没救了，近年来我又成了杨绛的假妹妹了。"另外，鉴于杨苡在文学创作和文学翻译上的成就，加上曾在高校当教师的经历，人们常在她的职称问题上想当然，使她必须时不时地对人声明："我曾是教员，绝非教授，千万别弄错！"

1999 年春节，杨苡平静地送走了相伴大半辈子的赵瑞蕻，开始独自一人继续平静地走着人生之路。

她常常随性地看看闲书。其实她所谓的闲书，就是不带任何目的，完全按自己的口味喜好选来看的书，其中以回忆录和传记居多。比如，梅葆玖去世后，她发现家里有本他的哥哥梅绍武写的《我的父亲梅兰芳》，是梅绍武送给她哥哥杨宪益的，她便打开此书认认真真地把它看完了。年近一百的她，有时看书看得入迷了会一直看到半夜。

她那不甚宽敞的书房兼客厅里，有一面墙是书橱，书橱里自然是各类书籍,书橱的玻璃门上或插或贴着不少照片,另一面墙上则都是照片,照片有彩色的,更多的是黑白的,上面有她的丈夫赵瑞蕻,有哥哥杨宪益,有巴金,有老师沈从文,有同学朋友,当然也有她自己各个时期的照片。她的老师、同学、亲朋好友中报出名字来一大半都是中国现当代文学界、文化界和学术界如雷贯耳的名人。她看着每张照片,都可以讲出一段有趣的经历来。令她不无伤感的是,许多照片上的人,除了她自己,都已离开人世。

一提到她哥哥杨宪益,人们便会想到他英译过《红楼梦》。其实,他们兄妹从青年时代起就译过不少外国经典诗歌。杨宪益早在高中求学时,就会把刚读过并喜爱的英语经典诗歌译成中文。他那是兴之所至,口中念念有词,笔下再三推敲,是一种玩法,玩得开心,别无他求。这种玩法陪伴了他大半生。杨苡从大学时代开始就译诗,她译诗也是出于好玩。到2009年春,杨苡对哥哥说,不妨把他俩译过的英语诗歌编成一册《兄妹译诗》,算是一种好玩的纪念。杨宪益开始答应了,但因为杨苡要求他把她译的诗歌看看改改,他嫌麻烦,此事便搁浅了。没想到这年秋天,杨宪益便永远闭上了眼睛。杨苡后来便自己编好了《兄妹译诗》,呈现给了爱诗的读者。一对爱诗又写诗的著名兄妹翻译家,出于好玩的心态,反复琢磨出来的译诗,对读者来说,可谓难得的福分了。

哥哥去世六年后的 2015 年,杨苡和小女儿赵蘅主编的"纪念杨宪益先生诞辰百年丛书"问世。该丛书包括《去日苦多》《魂兮归来》《逝者如斯——杨宪益画传》《宪益舅舅百岁祭》《金丝小巷忘年交》和《五味人生——杨宪益传》六本,分别从不同角度记录并展现了杨宪益先生沧桑坎坷的一生,既有亲友近距离的接触,也有严肃学人对杨宪益一生的深入研究。其中有大量从未公开过的杨宪益先生的珍贵手迹和照片,弥补了其他传记和记录性文字的不足,有助于全面深入地了解研究这位对中国文学走出去做出过独特贡献的翻译家、历史学家和诗人。其中《魂兮归来》包括两部分:一是杨苡对哥哥杨宪益各个时期人生遭际的一些回忆文章;另一是 20 世纪 90 年代杨宪益信手在英文打字机上记下的对往事的追忆

（曾以英文和意大利文在美国和意大利出版），杨苡根据哥哥给她的复印件翻译成了中文。杨宪益对自己童年、青少年及抗战前后情况的回忆，恐怕也只有比较了解相关情况的妹妹杨苡才能翻译得最准确而贴切。《逝者如斯——杨宪益画传》则是杨苡和小女儿赵蘅用自己和亲友们积攒、搜集的杨宪益那曲折、坎坷、传奇的一生中的珍贵照片编辑而成的，其中的说明文字多引自《杨宪益自传》，也有编者撰写的。此书堪称 20 世纪中国知识分子的历史画卷中的独特一页。

从少女时代起，杨苡一直时断时续地与巴金保持通信，巴金一直帮助她、鼓励她在逆境中生活下去。这位陪伴了她大半辈子的心灵导师，到 1997 年 11 月他们在巴金久住的上海华东医院病房见最后一面时，已经笑不出来，却仍然在费劲地叮嘱她："多写，多……写！"这位她一直敬爱的先生受尽了多年病痛的折磨，终于在 2005 年得到了彻底解脱。此后，杨苡对他可谓日思夜想，还常常梦见他。在他离开人世八年后，她多年来记录与巴金的交往以及她心目中的巴金的十几篇文章，以《青青者忆》的书名，被收入"巴金研究丛书"出版。"青青者忆"这个书名，本来是九叶诗人之一的辛笛自己要用的，但他送给了多年好友杨苡，也算是送给了巴金，他希望杨苡早点把这本献给巴金的书"弄出来"，可惜他先巴金一年多永远离去了。

常有全国各地，甚至来自国外的老友新朋、男女老少登门拜访或打来电话，来和她谈文学创作、文学翻译、文学评论之类，有来交流、来请教、来征求看法、要求赐稿的，有把她当作活化石来研究的。随着年龄越来越大，她更愿意与老朋友见面聊天，就那样无拘无束地聊，随意随性地聊，想到哪里就聊到哪里，聊完了就算，不用考虑会有别的人听见，不用顾虑发表了上了媒体会有什么影响、会有什么人不高兴。她也不希望老朋友带她不认识的人来看她。她不大喜欢有不认识的媒体记者上门，尤其对那种抱着八卦、窥探、猎奇心理上门来的，她心里很排斥。许多陌生人或她不愿见的人欲登门拜访，她在电话中就坚决回绝。但一些好朋友要带人来看她，她就不容易回绝了。一次，有朋友带一个记者与他太太一起来采访她，那记者非要问她和赵瑞蕻是怎么由同学转变为恋人的，她便反问：

"那位太太,你爱人当年是怎么追你的,你能说给我听听吗?"另有一次,几位好友带来的一个记者,一个劲地问她,她最喜欢的异性朋友是谁? 她故作不懂地回答:"那当然是我哥哥啦。"人家又强调说,是异性朋友! 她继续说,我哥哥是异性中我最喜欢的,我们处得像好朋友啊!

晚年的杨苡虽然行走不便,终年待在家里,但并非两耳不闻窗外事的老人,聊天中常常会提及一些文坛或社会上的热门事件,而且一般都有自己的看法或判断。这位 98 岁的老太太,说起话来声音洪亮,中气十足,思路敏捷,记忆清晰,联想丰富,描述几十年前相关言行的细节栩栩如生,能与朋友从下午两点半一直聊到六点多,而且主要听她聊,她却不觉得累。她这辈子历经坎坷,对一切看得很开又并非全不在乎,心态很是平和。比如,她 1980 年退休时的工资只有每月 66 元,加上补贴也才每月 71.08 元,到 2016 年时每月两千多元。到 2017 年,她很得意地说每月居然可以领到七千元了(旁边的生活助手纠正说,是每月六千多一点)。对于她微薄的退休工资的缓慢变化,她还觉得很有趣,喜欢说"芝麻开花节节高"这样的玩笑话。她哥哥杨宪益则更是对钱的事情不上心。她有一次问她哥:你每月工资多少钱? 她哥哥回答说:我怎么知道? 大概因为是大户人家的公子(出身于富裕家庭,父亲是天津中国银行首任行长),他从小不烦钱的事,也就一辈子不关心计较钱了,只要日子能过下去就行。

年近一百的杨苡自然已不会正经地拿起一部文学作品来翻译了,但翻译毕竟是她一直以来的爱好。平时偶然想到或看到一句有意思的话或歌词,她就会不由自主地琢磨这句话或歌词翻译成英文或中文该是如何,甚至会马上随手拿一张纸条把想到的译文记下来,有时想到更合适的译文,就再改一改,甚至改了又改。这,是她如今的一种消遣,一种乐趣。也许,就是以这样的方式,翻译,将伴她到永远。

(本文起初为发表于《出版广角》1995 年第 6 期的《杨苡和〈呼啸山庄〉》,2017 年应《世界文学·译家档案》之约扩写成全文)

戈宝权先生与译林

　　2013 年 5 月 11 日，纪念戈宝权先生诞辰一百周年学术研讨会在戈先生的母校华东师范大学隆重举行。戈宝权先生是我国著名的外国文学研究专家、苏联文学翻译家、外交家，早年曾就读于大夏大学（后并入华东师范大学）。本文是作者在会上的发言，系会后回忆笔录。

　　我来谈谈戈宝权先生很少有人谈到的一面：通过他和译林的关系看他在推动我国外国文学译介方面所做的贡献。

　　我是 1985 年 7 月从南京大学外语系毕业进入当时的江苏人民出版社《译林》编辑部工作的。我马上被《译林》杂志上的编委名单震撼了！钱锺书、杨绛、戈宝权、卞之琳、杨周翰、王佐良、李芒、萧乾、冯亦代、毕朔望……个个都是我国外国文学界泰斗级的人物！这些人物怎么都会来给地方上办的一份通俗外国文学杂志当编委呢？很快，我就发现，外国文学界的好多专家学者也有我这样的疑问。后来，在一次闲聊中，《译林》杂志的创始人李景端先生告诉我，他准备办《译林》杂志时，对外国文学完全是外行，对外国文学界的专家学者一个也不认识。他发现中国社会科学院外国文学研究所的戈宝权先生是江苏东台人，便冒昧写了封信给戈先生，说家乡江苏准备办一份以介绍最新的外国通俗文学佳作为主的杂志，请求他给予支持，没想到戈先生很快就热情洋溢地回信了。原来，当时的李先生只不过找对了戈先生这一个人。在戈先生热情的穿针引线下，许多外国文学界如雷贯耳的专家，都加入了《译林》杂志编委的行列。

1979 年底,《译林》创刊号问世,随即掀起轩然大波。当时的社科院外文所所长冯至先生得到授意,向有关方面写了封信,狠批《译林》创刊号上刊发英国侦探小说家阿加莎·克里斯蒂的长篇小说《尼罗河上的惨案》,说在我们社会主义的中国决不能出版这种宣扬凶杀的资本主义毒草。此事一直闹到中央。其间,戈宝权先生和其他一些有识之士曾据理力争,认为在我国译介这种外国侦探小说中的名家名作,有助于我国文学界更全面地了解外国文学,丰富广大读者的精神生活。最后,是胡耀邦亲自出面平息了这场风波,《译林》杂志才避免了刚面世就夭折的厄运。

1987 年,戈宝权先生把自己的宝贵藏书无偿捐献给南京图书馆。江苏省政府因此奖励戈先生 3 万元人民币。3 万元在当时可不是一个小数目,戈先生却毫不犹豫地拿出全部 3 万元奖金,设立了戈宝权文学翻译基金,委托《译林》编辑部举办戈宝权文学翻译奖,以发现、激励、奖掖青年翻译人才。第一届戈宝权文学翻译奖于 1990 年颁奖,隆重的颁奖仪式在今天在座的许钧教授发起并操办的首届全国中青年翻译家笔会期间举行,戈宝权先生和梁培兰女士都兴致勃勃地亲临这一外国文学翻译界的盛事。戈宝权文学翻译奖迄今共举办了五届,参与者不但遍及我国每一个省、市、自治区,还来自其他十几个国家。我有幸每次都参与相关工作,并具体操办了第三、第四、第五届。其中第五届戈宝权文学翻译奖同时在英、法、德、俄、日、西六个语种同时举行翻译征文评奖,一次翻译评奖活动同时在六个语种举行,这不但在中国,而且在世界上也是前所未有的第一次,产生了广泛的影响。戈宝权文学翻译奖发掘了大量的中青年翻译人才,许多获奖者后来成长为我国外国文学翻译界的中坚力量,其中包括后来的社科院外文所研究员、博士生导师、全国英国文学学会副会长黄梅,北京师范大学教授、外国语言文学研究所副所长、博士生导师郑海凌,西南交通大学教授、博士生导师、成都市副市长傅勇林,上海译文出版社总编辑、党委书记杨心慈,译林出版社总编辑刘锋,《科幻世界》副主编李克勤等。

1988 年底,在《译林》编辑部的基础上,成立了致力于外国文学译介和中外文化交流的译林出版社。译林出版社发展到今天,已成为出版包括外国文学、人文社科、外语教材教辅在内的各类图书的综合性出版社,其中外国文学始终是该社的核心出版领域,在国内同行中长期处于领先地位,到目前为止,在外国经典名著、现当代名著、最新文学佳作以及通俗文学等每个方向的已出版品种数,都位列全国第一。译林出版社蓬勃发展的外国文学以及其他领域的出版能有今天,都与当年戈宝权先生从各方面大力支持因而打下的扎实基础是分不开的。

身处纪念戈宝权先生诞辰一百周年学术研讨会现场,我情不自禁地要背诵两句大家都很熟悉的曾被收入中学语文课本的戈宝权先生翻译的高尔基的名作《海燕》:

在苍茫的大海上,狂风卷集着乌云。在乌云和大海之间,海燕像黑色的闪电,高傲地飞翔。

在我的心里,戈宝权先生就是一只海燕。在中国大地上乌云密布的时候,他曾经高傲地飞翔。如今,在天堂,他一定在一个风和日丽的地方,舒心地飞翔。

(原载于《文汇读书周报》2013 年 10 月 25 日第 8 版)

难以忘怀的一次谈话

——忆初见施咸荣先生

忙忙碌碌永无尽头的编辑工作,常常把我本来就为数不多的写文章的冲动压抑着,想写却抽不出时间、静不下心来,如果不是有人紧盯催逼,渐渐地那样的冲动也许便会弱化淡化,以至淡忘。与外国文学界的老前辈施咸荣先生的第一次见面,对我的编辑工作一直起着重大的影响。近年来我曾数次想把它写出来,也算是对施先生表达一份缅怀和感激,但直到提笔作此文前的一个电话,给我限定了几乎近在眼前的交稿时间,才终于逼出这篇短文。

那是 1986 年春天的事。步出校门不久的我在无锡参加一个全国性的外国文学翻译出版经验交流会的会务工作。施咸荣先生当时刚从美国搞文学研究归来不久,应邀以外国文学专家的身份在会上作美国文坛现状的专题报告。他曾提到,他回国时除了许多箱美国文学书籍什么都没带(当时国人因公因私出国归来,似乎谁都要带回大件小件的电器),而海关检查人员在了解内情后未待检查一并放行,还说以后有书籍进关,要请施先生这样的专家指导他们检查。他一做完报告,便有许多在场的出版界人士到施先生那儿去"挖宝"。我凝神聆听后,只觉得眼界大开、受益匪浅,但因涉足编辑工作仅几个月,并未加入"挖宝"大战。

会议结束时,我被安排去送施先生上火车。施先生的老家就在无锡附近,会议期间他曾偕夫人回家,因而回京时多出两大包行李。那包是如今生意人常用的那种红蓝纹相间的长宽各约六七十公分的蛇皮袋。我双手各提一包沉重的行李,一鼓作气急步走过从检票口到候车室长达数百米的距离,施先生偕夫人气喘吁吁地跟在后面。也许我免去了他们体力上的劳累之苦,令他们感动了。到软席候车室坐下后,施先生喘息未平,还没等我开口求教,便主动谈起了自己过去当编辑时的经验体会。当时时间所剩不多,他言简意赅地告诉我,要成为一名合格的外国文学编辑,必须努力使自己同时成为杂家、专家和翻译家。杂家就是要通过博览群书拥有较广的知识面,既涉及文学、外国文学、世界各国文学史的基础知识,又涉及无所不包的百科知识;专家就是要对某一国别、某一文学现象或流派,或某一重要作家有专门的较为深入的研究,在专的基础上才能力求触类旁通;翻译家自然需要较好的中外文功底并从事一定的翻译实践。

听了施先生的话,我感到要做一名合格的外国文学编辑并不容易,但既然干上了这一行,总不能知难而退。从那时起,我一直铭记施先生的教诲,当年施先生的音容笑貌至今仍历历在目,难以忘怀。

不久前,译林出版社决定推出"世界文学名著·现当代系列",其中收入著名美国作家 J．D．塞林格的代表作《麦田里的守望者》。出于某种原因,出版社在买下该书大陆中文简体字本独家出版权的同时也买下了该书在台湾出的中译本。我作为该书的责任编辑,从自己的书架上取下这部名著的英文原版书及施咸荣先生的中译本(以前作为一位普通读者我就很喜欢施译本),与台湾出的中译本摆在一起,逐字逐句地对照阅读了一部分章节。结果发现,台湾的译本不仅语言习惯上与当今大陆读者有距离,许多地方显得别扭,而且从翻译角度来看也算不上成功的译作。《麦田里的守望者》之所以能成为举世公认的现代经典,一个重要原因即其新颖独创的艺术风格、独特的语言细节与语气,而台湾出的译本对这些因素少有表达,仅仅表达了原文的意思。施先生的译本,则把原作中的内容与形式上的因素都尽力做出忠实的传达。施译本虽然并非近年新译,但仍符合当今读者的语言习惯。

基于上述原因,我向有关人员建议,放弃台湾出的中译本而采用施译本。我深知,在当今物欲横流的商品经济时代,把已花了外汇买下的译本弃之不用,却重新花一笔钱去买另一个译本来出,这在许多人看来是一种浪费,是一件傻事。所幸的是,译林出版社的领导本着质量第一的原则,经过慎重考虑后采纳了我的建议,以清醒而明智的头脑心甘情愿地干了这么一件傻事。

如今,施咸荣先生的优秀译作《麦田里的守望者》的新版本已经面世,得以在更多的读者中继续流传下去。这大概可算我十多年前聆听施先生的教诲后所做的一件令自己心安理得的事。施先生作古好几年了,但他的教诲仍时时萦绕我的耳际。只是我天生愚笨又懒惰,至今仍了无成果。我虽离知天命之年还有好几年,但已认定,施先生所说的杂家、专家、翻译家三家合一的境界,我是断然达不到了,就连成为其中的一家似乎也希望不大。然而,我明知不可为而为之,过去、现在、将来都不断地朝三家合一的目标努力,因为十来年的实践表明,努力多少总会有所收获、有所回报的。

(原载于《文汇读书周报》1997 年 11 月 1 日第 5 版)

为人为文都实在

——李文俊印象

在中国的外国文学界,有那么几位学者兼翻译家的名字,是牢牢地与他所研究和翻译的某位外国著名作家联系在一起的,比如李文俊与福克纳。中国读者只要一提到福克纳,马上就会想到李文俊,一提到李文俊,也马上就会想到福克纳,福克纳某种意义上成了李文俊的标签,尽管李文俊的研究和翻译,并不只限于福克纳。

我第一次见到李文俊先生,是在 20 世纪 80 年代末在浙江金华开的外国文学会上。当时李先生晚一天到,我笑嘻嘻地问李先生为何迟到,他平静地回答:没买到票。没买到票?! 你这样的专家怎么会买不到票呢? 肯定有人早就帮你订好、取回再送到你手中了! 我自己跑去排队买,买不到票是很正常的。

这件事一直深深印在我的脑海里。一位外国文学界的前辈,面对一位刚入行的年轻人时,说话的态度那么心平气和、和蔼可亲、平易近人,丝毫没有架子;讲话的内容是那么真实、实在,丝毫没有做作与粉饰。后来我渐渐发觉,许多像李先生这样在自己的研究领域里成就卓著、令人敬仰的权威专家,在自己的单位里,"也没什么了不起的",更不可能有什么特殊的待遇。

后来由于工作需要,我一直与李先生保持着联系,而且多次在一些学术会议上见面。李先生的为人,用"实在"二字便可概括了。和李先生打交道,一点也不累。而且,在翻译和研究方面,李先生给我印象最深的,也是"实在"二字。

20 世纪 80 年代,《中国大百科全书·外国文学》《美国文学简史》等一些权威著作中评介福克纳的部分,皆出自李先生之手,"外国文学研究资料丛刊"的《福克纳评论集》也是李先生辛勤劳动的结果。他还凭自己多年介绍、翻译(包括《喧哗与骚动》在内的四部福克纳的力作)、研究福克纳的独特积累,写出了可谓扛鼎之作的《福克纳评传》。尽管如此,面对晚辈推出的《威廉·福克纳研究》,李先生立即给予肯定,说"那是专家的研究","需要有创见,甚至得力排众议,标新立异",而把自己的研究称为"为翻译这一目的所做的准备、辅助工作",是"为了理解作品,以便准确而传神地译出一部作品"。

在 2002 年 7 月 23 日给我的一封信中,他曾写道:"我觉得自己现在译书,对原文比以前扣得紧了,年轻时胆子大。现在是连一个'小螺丝钉'也不敢丢掉了。"他在这里说的扣紧原文,就是人们说的"忠实"。拿李先生的译文与其原文对照可以发现,他是尽量在内容(主要是意思,即原作说了什么)和形式(主要是风格,即原作是怎么说出要说的意思的)这两方面尽量保留和体现原作的原貌。他认为,像福克纳这样的文学大师,"他要怎么写,怎样用标点符号,也许不合规范,但总有他自己的道理",他作为译者,只有"尽量理解福克纳的意图","宁愿是原来的错也跟着错,而不愿把原来对的瞎改成错"。李先生在文学翻译实践中对原作的忠实程度,从他对待原作标点符号的态度上,已可见一斑。

实在的人就是实在,连谈起自己的研究、谈起文学翻译,说的句句都是实在话。

这么一个实在的人,在我心中的形象是高大而又可敬、可亲、可近的。

(原载于《中华读书报》2005 年 4 月 6 日第 3 版)

《野草在歌唱》的译者署名

——王科一、王蕾父女跨时空的"合作"

　　《野草在歌唱》是当代英国最具独创精神的杰出女作家之一多丽丝·莱辛(1919—2013)的处女作,也是本人供职的译林出版社近年买下中译本独家出版权的一大批现当代世界文学名著之一。不知怎的,在考虑此书的译者时,我脑子中隐约有个印象,著名翻译家王科一先生曾译过此书。碰巧,王先生的女儿王蕾来信说,愿把她父亲翻译并早已出版过的本子提供给译林,因为诸多因素,她将对父亲的译本作些修改。这自然是我们求之不得的事,我马上去信表示同意。不过,后来在查阅有关资料时,却惊讶地发现,国内 1956 年版的《野草在歌唱》的译者署名竟然是王蕾!我赶紧打电话问王蕾。

　　原来,这是王科一先生不得已而为之的。此书之前,王先生已译出包括《傲慢与偏见》在内的大量外国文学作品,但《野草在歌唱》并非他本人选中想译的作品,而是上面压下来的政治任务。当年正值新中国成立初期,有关部门很想出点最新的外国文学作品,出于政治上的考虑,选中了当时身为共产党员的多丽丝·莱辛 1950 年出版的这部直接反映南部非洲种族隔离问题的小说。王先生当时生活环境不如意,心情很坏,因而在很短的时间内草草赶译了这部 16 万字的作品。这样的急就章中难免草率粗陋之处,连他自己也不满意,因而他不愿署上自己的真名实姓,而代之以当时不满两岁的女儿王蕾的名字。

　　王先生译作颇丰且总体上质量上乘,在译界堪称不可多得的人才,只可惜因社会的、历史的、家庭的各种因素,他在过了不惑之年后反而越活越困惑、越痛苦,到 44 岁便再也不愿在这个世界上待下去了。自幼患有严重哮喘病、"文革"一开始便被送到远亲家里的少女王蕾两三个月内接连遭受父母离异和父亲离世之灾,开始了身心上更为痛苦的岁月。好不容易熬到 1979 年父亲平反,自幼受父亲书香熏陶的王蕾考入了父亲生前供职的上海译文出版社(准确地说,王科一曾是上海译文出版社的前身,人民文学出版社上海分社外国文学编辑室的一员),从此边工作边上夜大学英语专业直至获学士学位。她先当了一年中文校对,因中英文基础皆佳,随即调到了外国文学编辑的岗位上。这样总算立业了,接着,30 岁的王蕾才成了家。

王蕾严谨、认真、踏实、细致的编辑工作作风颇得社领导及经验丰富的前辈们的好评。20 世纪 80 年代初重版《傲慢与偏见》时,王蕾便出色地完成了修订父亲的译文的任务。她克服疾病的困扰,在兢兢业业地做好编辑本职工作的同时,还翻译了《傲慢与偏见》的续集《专横》、凯瑟琳·曼斯菲尔德的中短篇小说等不少外国文学作品。这次修订《野草在歌唱》,她开始时是对照原版书把修改的文句符号直接写在父亲的中译本上的,结果发现需要改的地方大大超过了原来的预计,因为她父亲 20 世纪 50年代急就的此书译文中,理解上的差错、译文处理不到位、译文与原文风格不够贴近以及文字陈旧等问题,都需要修改。她从头到尾认真仔细地改完后,发现许多地方改得密密麻麻了,很担心编辑因看不清而生出麻烦,便抓家里先生的苦力重抄一遍,抄好后她自己又在稿纸上校改一遍才放心。我去上海出差,她来我住的宾馆交稿时,我还特意请她把她修改过的那本旧书带来看了看。

自沪返宁后不久,我接到王蕾的电话,她要求本社出版《野草在歌唱》时,译者署名为"一蕾"。从出版发行的角度看,有王科一这样的名家作为译者,书自然对读者更有吸引力。于是我在电话上和她商量,没想到这个署名竟是她颇费了番脑筋的结果。

王蕾说,此书原先的版本上仅署王蕾,现在却要加上王科一,难免给人以她这个女儿想沾父亲的光、借父亲的名之嫌,她不想因此引起纷纷议论。如果维持原状继续署名王蕾,则全盘抹杀了她父亲的劳动,不说以前的译本是她父亲一人的译作,就说现在的修订本也是在她父亲原有劳动的基础上进行的。如果署名王科一,那么,尽管有父女这层特殊关系,她仍担心她所作的大量修改是否符合她父亲的意思,她父亲的在天之灵是否会首肯她的全部修改。思考再三,她便取了父亲和自己姓名的最后一个字,合二为一成"一蕾",这样既可避免不必要的猜疑,又做到了尊重父亲并反映此书前后翻译过程中的实情,至少在她心里认为是做到了。

听了这一番话,谁还忍心否决"一蕾"这个署名呢?

唉,一蕾!

(原载于《文汇读书周报》1999 年 6 月 19 日第 5 版)

翻译太难　我还在学

——访翻译家梅绍武先生

在回江苏泰州参加家乡为父亲梅兰芳先生100周年诞辰举行的纪念活动的途中，梅绍武、屠珍夫妇应邀在南京为他俩合译、译林出版社出版的当代外国小说名作《重返呼啸山庄》签名售书。在不到两小时的时间里（因为要赶火车），排队等候签名的男女老少络绎不绝。他俩手上的笔一刻也未停过，连续把自己的名字写了两百多遍。

《重返呼啸山庄》是19世纪英国作家艾米莉·勃朗特的经典名著《呼啸山庄》的续集。外国文学名著的续集一般都是为满足大众读者渴望更全面地了解名著中主人公生活经历的要求而作的。续集的这种写作目的和读者对象决定了其通俗性质。译惯纯文学作品的梅绍武先生及屠珍女士在接受《重返呼啸山庄》的翻译任务时，以为要干的是件轻松的活儿，可以借此放松一下一直绷紧的神经。其实不然。此书作者是美国马萨诸塞大学英文系教授林·海尔－萨金特，她在写探讨《呼啸山庄》的博士论文的过程中受到启发，因而在学术研究的基础上，用两年时间写出了这部名著的续集。在续集中，她用丰富的想象填补了《呼啸山庄》中主人公希刺克厉夫出走那三年的空白，巧妙地把《呼啸山庄》和《简爱》的故事糅合在一起，文字艰深，典故很多，不易读懂。为了译好这部续集，他们还专门研读了勃朗特三姐妹的作品。屠女士译初稿用了4个多月，梅先生校订又花了3个月（梅先生因为赶写其父的15集传记电视剧本而未能更早地交出译稿，心里很不过意）。他们认为，此书的写作手法不同于一般的通俗文学作品,品位较高,堪与优秀纯文学作品媲美,是近年来国际文坛外国文学名著续集热中的一部深得原作韵味、令人荡气回肠的杰作。

梅绍武先生当初学外语,继而从事外国文学的翻译研究工作,最先是深受其父影响的。梅兰芳先生20世纪二三十年代赴日、俄等国访问演出,访问了欧美各大名城,期间通过翻译进行交流,深感不便。梅兰芳先生到40岁时,请了位英国太太教自己学英语,交给她5000英镑的巨资,从英国订购了大批文学、戏剧、美术等领域的名著,其中包括莎士比亚、毛姆、萧伯纳、莫里哀等大家的全集。梅绍武从小看到客厅里陈列着那么多装帧精美的外国书,老在想那里面的内容一定很有趣,要是能学好外语看懂这些书该多好。1946年他在上海中学毕业。时值八年抗战胜利不久,男孩都不考外文系,结果他考上了浙江的之江大学机械工程专业。因为对专业不感兴趣,他念了一年后重新去考大学。在他父亲的好朋友、当时美国驻华大使司徒雷登的热情建议下,他报考并进入了燕京大学西方语言文学系。屠珍也在该系学习。她自幼在天津外国人办的学校上学,进燕京大学时英语已具有较高水平。校方让她免学一、二、三年级的英语课程,直接上四年级,一年后又让她转学法语。最后她是在法语专业毕业的。

梅绍武毕业后分到北京图书馆国际交换组,屠珍则进了外贸部门,两个年轻人在文学翻译上跃跃欲试,可出版社不可能让他们这两个无名小卒译名著。他们就找冷门为突破口,最初从法语转译阿尔巴尼亚和非洲文学,从英语转译东欧国家的文学作品。他们译的阿尔及利亚国歌曾在《人民日报》上刊出,这给了他们极大的鼓舞。屠珍1962年转入外贸学院从事教学工作,如今是中国对外经济贸易大学教授,已带出不少硕士研究生。梅绍武从1978年起始译美国文学名著,1982年调入中国社会科学院美国研究所。

梅先生、屠女士在外国文学的翻译和研究中既经常合作,又各有侧重。近年来,他们的合作方式类似于萧乾、文洁若夫妇合译《尤利西斯》(梅先生连连称赞萧、文二老合译的《尤利西斯》为成功之作)。屠女士译初稿,梅先生校订后定稿,在翻译过程中互相切磋,集中两个人的智慧。

梅先生反复强调,外国文学的翻译与研究必须结合起来进行。研究一个外国作家,只有亲自翻译其作品,才能真正领会其风格与特征;翻译一部文学作品,只有系统地了解研究其作者及作品后,译品才会成功。

梅先生是我国最早介绍美国剧作家阿瑟·密勒及其作品的人之一。20世纪60年代初,当密勒在中国还鲜为人知时,梅先生就译介了他的剧本《炼狱》。20世纪80年代初,密勒访问上海,我国艺坛名家黄佐临先生经密勒自荐后,排演了据梅先生当年翻译的《炼狱》改编而成的《萨勒姆的女巫》。这是在中国公演的第一个密勒的剧作。梅先生后来还编了厚厚一本密勒剧作集,密勒很高兴地为此集写序,且不要稿酬。梅先生对至今国内报刊仍把玛丽莲·梦露的死因(甚至还说梦露仍在什么地方活着)炒个不停的现象颇为不解,因为数年前,他就已从密勒的长篇自传中摘译了10万字发表于《世界文学》,身为梦露前夫,至今仍对梦露怀有深情的密勒在其中冷静地道出了梦露的死因:长期过量服用安眠药。

美国唯一获诺贝尔文学奖的剧作家尤金·奥尼尔是梅先生近年的译介重点之一。他和屠女士为生活·读书·新知三联书店翻译美国文库奥尼尔作品集。其中有个长达25万字的剧本《更庄严的大厦》,是奥尼尔雄心勃勃的包含11个剧本的连续剧(此创作计划未完成)中的一部未完成稿,描写物质高度发达的社会中人们精神上的空虚。有人以为剧本容易译,因为大部分是对话。可梅先生说,对话要译好,必须顾及每个说话者的素质、身份、口吻等多种因素,更需绞尽脑汁去揣摩。在译这个剧本时,他挑出了原版书中的许多错误。据此,梅先生提醒人们,别迷信外国人的印刷。有时你拿一个单词查遍手头具备的所有词典都查不到。其实,那很可能是人家一个小小的印刷错误,你根本用不着那么枉费心机。

生于俄罗斯、后移居欧美的弗迪米尔·纳博科夫是梅先生颇为赞赏的一位作家(梅先生对自己选定的译介对象似乎都有一往情深之感)。他翻译了研究纳博科夫的入门书、喜剧小说《普宁》。小说成功地塑造了俄国流亡者普宁教授这个情趣横溢却令人悲伤的人物形象。梅先生译完

《普宁》后,曾赴美一年,专门研究纳博科夫,成为由纳博科夫的儿子主持的美国纳博科夫学会会员。纳博科夫在推出使他成名也使他声名狼藉的曾被列为淫书的小说《洛丽塔》后,为证明自己是严肃文学作家,针对当时文坛盛行的小说形式已用完的说法,创作了一部构思新颖的实验小说《微暗的火》。它以一个诗人写的 999 行诗为骨架,配有前言、诠释性的脚注和一个俄国流亡国王穿凿附会地把诗中内容往自己身上扯的索引。读者只有前后上下对照着脚注和索引,才能看懂那富有深奥哲理的 999 行诗,而在对照阅读的过程中,读者脑里便形成一部小说。梅先生认为中国作家和读者有必要了解这部形式独特的小说,便译介了其中的一部分。有的读者看了不过瘾。梅先生说原作太难、太深奥,得慢慢来,否则会对不起原作的。

目前众多出版社及译界高手都投身于外国文学名著重译的热潮。针对这一现象,梅先生指出,什么事都别过火。适当地推出名著的优秀的重译本,于翻译事业本身、于读者都有益。但十几位译界高手同时分别去重译一部名著(如《红与黑》),实在没必要。而且,目前我国出版、翻译力量都有限,应该把力使在刀口上,应该译介更多尚未介绍到国内来的优秀古典、当代外国文学名作。他一直很看重 19 世纪英国作家安东尼·特罗洛普。这位作家写有 40 多本书,其中 30 多部是小说。他笔下的 19 世纪中期的英国社会颇有巴尔扎克《人间喜剧》的气魄。20 世纪 30 年代后,英美文坛逐渐肯定其作品的价值。80 年代初,梅先生借英美掀起特罗洛普热之机,撰写长文,带头在国内介绍这位作家,可惜未引起人们重视。而他去英美等国,当外国同行得知他在研究和译介特罗洛普时,都遇知音般地高兴地说:"哦,我们也喜欢特罗洛普。"两年前,一部《安东尼·特罗洛普》传记获得了英美两国的多项图书奖。梅先生编译过特罗洛普中短篇小说集,正在译长篇小说《当今世风》(*The Way We Live Now*)。这一书名的翻译中梅先生的翻译特色便可见一斑。梅先生说,等退休后,他将专门搞特罗洛普。目前他老觉得时间不够用。其实,68(虚)岁的梅先生早已过了正常的退休年龄。只是身为全国政协委员,有关方面目前还不让他退休。

如今他仍是美国研究所的研究员,译介英国作家特罗洛普不属于他的工作范围。

屠珍女士除了正常的教学工作及与梅先生合作外,重点译介一批美国南方女作家、英国作家格雷厄姆·格林及法国荒诞派剧作家欧仁·尤内斯库等作家的作品。

梅先生对文学翻译持十分严谨的态度。他认为,目前国内文学翻译的总体水平比新中国成立前进步多了。钱锺书先生的"化境说"比较适合于文学翻译。要把原作的内容理解深、理解透,真正在译者脑子里消化了,再用规范化的汉语表达出来。翻译过来的文学作品本身读上去必须像文学作品,如果不像,那就等于给原作及其作者抹黑,因为原作是文学作品甚至文学名作,读起来不可能不像文学作品。他在翻译过程中不太用翻译理论,他认为,文学翻译主要靠实践,理论多了,弄不好反而约束多了。他认为把另一种语言中的语法系统照搬到汉语里来没必要,反对按原作的形式硬译死译。他强调,翻译过来的文学作品别像论文,别像社会科学著作。他在翻译时常常打乱原作中的句子结构,老在颠来倒去的,非弄合适了不可。翻译不一定比创作容易,要求译者知识面很广,译什么就得知道什么。作家对自己不懂的可以躲开,译者却无法回避。"翻译太难了,我已搞了40年的翻译,如今还在学,还在琢磨。"梅先生虽已年近古稀,但对外国文学的译介工作仍然孜孜不倦,"每天不爬点格子就坐不定,只有爬点格子才有意思。"

也许是从小至今一直与书打交道的缘故,许多常人司空见惯的现象,梅先生却颇为不解;许多他认为应该的事,却未成为现实,这也让他疑惑。其实,常人一看就明白,这老头子是书生气太重了。这种书生气在当今商品气息愈来愈浓的社会里是愈来愈少见了,但也愈来愈珍贵了,愈来愈可爱了。

(原载于《译林》1995年第1期)

一个以文学自娱自乐的人
——记朱炯强教授

  有的人年纪轻轻，却总是一副老成持重的样子；有的人年龄上早已步入老年，却老是看上去一副嘻嘻哈哈、仿佛永远长不大的样子，也就是人们所说的老顽童了。在国内外国文学研究领域，一说起老顽童，许多人就会想到浙江大学的朱炯强教授。朱先生已逾古稀之年，但至今仍活跃于外国文学研究、翻译、教学领域。在国内外相关学术会议或其他场合，经常可见他的身影。说他是老顽童，是因为他见了人总是笑眯眯的，常常和年轻人在一起说说笑笑，而年轻人跟他混熟了，会发现这位老先生喜欢开玩笑，甚至你也可以没大没小地开他的玩笑。他成为开玩笑的对象时，最强烈的反应就是一脸惊讶地张大嘴发出一声"哦"，紧接着便是一阵开心的笑声。

  许多老年人，包括许多年龄不算很大但心理上已老的人，往往会有看透一切、对什么都提不起太大兴趣的心态。老年人能保持童心，保持对事物的热情、兴趣和好奇心，是不容易的，是令人敬佩的，尤其是像朱先生这样饱经世事沧桑的老人。

  朱先生初到人世，即遭遇日寇侵华，家乡沦陷，家业毁于战火，全家四散逃命。在全家食不裹腹、衣不蔽体时，父母的教诲中最让他刻骨铭心的话是："我家已上无片瓦，下无寸地，只有读好书，才有你今后的立足之地。"从此，朱先生一生别无他好，只爱看书。逃难他乡时幸运地碰上藏书甚丰的房东，他在房东的书房里似懂非懂地夜读文史经典乃至野史逸事。

上过大学的母亲带他接触的第一位词人是南唐后主李煜,那凄凄切切的"问君能有几多愁,恰似一江春水向东流",从小就流淌进了他的心田;而父亲在他初一国文课本扉页上所写的"勤、思、谦、诚乃立身之本"也始终铭刻在他的脑海里。

1949 年 9 月杭州解放,朱先生进入浙江省干部学校学习,1956 年又考上复旦大学外文系英文专业,在杨岂深、葛传椝等名师的引领下进入英美文学的百花丛中,从此以此为乐,以此为生。他的大学毕业论文写的就是他当时最喜爱的英国浪漫主义诗人拜伦。1961 年大学毕业时,历历在目的"反右"斗争的情景使他对教师这一职业又爱又怕,他便选择去中国科学院拉丁美洲研究所从事他当时心目中的安全港——文字翻译。但是,当时他母亲正蒙受着不白之冤,他家海外关系又复杂,没过几天,他就被调往在北京的中国科学技术大学做老师。两年后他前往浙江师范学院外语系,又两年后该系并入杭州大学外语系,从此开始了他在杭州大学及四校合并后的浙江大学的漫长的执教生涯。一到杭州,他就任教英语专业高年级的精读课,其中几乎每篇课文都是文学名著。为了显示自己的所好所长,他为每篇课文写出详细的教案,总是旁征博引,从字里行间评析作者匠心独具的遣词造句,探究其修辞技巧,解读作品价值;从阐述其时代背景和作家当年的经历与构思,挖掘其深奥内涵,启发学生对文学的爱好。他还在教案的基础上,抒发讲台上的未尽之语,用中文写下许多文章。那完全是兴之所至,有感而发,信笔写就,自娱自乐,写完了就放在案头,空闲时又看看改改,每改一个字,都会乐不可支。

"文化大革命"之初,朱先生就被卷入,并虔诚地接受了"走白专道路"之类的对他的批判。后来,对他的揭发批判逐步升级,直至给他带上"国民党的潜伏特务"的帽子,他因此经历了批斗、抄家、隔离审查。他这样被折腾了一段时间后,又不了了之,被放回宿舍自己写交代。他当然没什么可交代的,就干脆埋头看书、翻译、写读译体会,借此自娱自乐,自我安慰。他 20 世纪 80 年代初发表的文章和译文大多是当年写的"交代材料"为基础的,如他关于济慈和海明威的文章和译文。可惜的是,经受两次抄家后,他"文革"前写的那些材料都已不知去向。

我是 1985 年刚踏上工作岗位、第一次出差时认识朱先生的。当时他正值壮年,正雄心勃勃地在英语文学的领域里甩开膀子大干,教学、科研、翻译领域齐上阵,且都有不少成果了。不久,听人说起朱先生病得不轻,有人甚至幸灾乐祸地说,这下他可什么也别想干了。后来,他笑眯眯地对我说,人家说的也没错,他确实差点被死神召去了,但他躺在病床上反复地想,他在英语文学领域里还有太多想干却没来得及干的事情,如果就这样走了,实在不甘心。大概死神对他起了恻隐之心了。

从鬼门关回来的人,其对世事的看法以至于人生道路一般都会产生重大变化,也就是对什么都看透了、不在乎了。朱先生却仍然无怨无悔地执着地埋头于英语文学。他对文学的热爱、痴迷,文学在他心目中的重要性,文学能给他带来的乐趣,可以从他与诺贝尔文学奖获得者、澳大利亚人心目中"半人半神"的帕特里克·怀特之间的渊源中可见一斑。他对怀特的研究和译介引起了国内和澳大利亚相关领域的关注和重视,因此,《澳大利亚图书评论》对他进行了专访并约他写专稿,澳大利亚前总督三次接见了他。朱先生自己一直深刻铭记在心的,则是"难忘的 1989 年 7 月 21 日"。那天,他登门拜访了怀特。他见到怀特前充满了忐忑不安的"紧张心理";他看到怀特会见客人时坐的那把椅子背后的柜子上醒目地放着他自己翻译的怀特的代表作《风暴眼》的中译本和他寄赠怀特的"文坛巨擘"与"寿比南山"那两枚鸡血石印章时,心里"一阵激动";他回到住所后马上打电话告诉澳大利亚的两位作家朋友自己见到怀特的情景,"按捺不住内心的兴奋"。这一切,哪里像个年近六旬、历尽沧桑的教授,分明是个终于见到自己仰慕已久的偶像的狂热的小青年。而怀特的一句"现在不少年轻作家在创作手法上颇多创新,望今后能向中国读者多介绍一些他们的作品",朱先生竟当作圣旨般对待。一年后的 9 月 30 日,即他从六十多部小说选和一些文学杂志的八百多篇小说中最后选定 47 位作家的五十篇小说结集为《当代澳大利亚中短篇小说选》(两年后出版)之日,却是怀特永远离开人世之时,这令朱先生"极为伤心"。朱先生是怀特会见的最后一位外国学者。

朱先生在英语文学领域里涉猎极广,对英国文学、美国文学和澳大利亚文学中的古典与现当代、经典与通俗,都进行过深入的研究。他在四十多年的教学生涯里,发表了80多篇论文,出版了《哈代——跨世纪的文学巨人》等四部专著,翻译文学作品数百万字。他译介、研究过的一长串作家名单中,还包括英国的艾米莉·勃朗特、D. H. 劳伦斯、约瑟夫·康拉德,美国的罗伯特·弗罗斯特、薇拉·凯瑟、亨利·亚当斯、埃里奇·西格尔等。学界普遍强调文学研究对搞好翻译不可或缺的作用,这当然没错,但只是问题的一个方面,往往被忽略的问题的另一个方面是翻译对文学研究的重大促进作用。翻译者是文学作品最精细、最忠实的读者,他必须对原作中的字字句句都理解深理解透了才能译好,而理解深透难道不是研究的前提和基础吗?理解深透的同时难道不就产生自己的见解了吗?国内许多人首先是从朱先生的文学翻译知道朱先生的。20 世纪 90 年代中期,在一次翻译学术研讨会上,与朱先生严重不和的一位心高气傲的浙江同仁对我说,论文学翻译,在当今的浙江,做得最好的,当然还是朱炯强。古今中外向来文人相轻,朱先生的文学翻译却能得到与自己严重不和的同行的高度赞许,实属不易。在翻译的基础上进行研究,是朱先生研究的一大特色。看多了近些年来用西方时髦理论生搬硬套,或干脆就堆砌一些作者自己也不甚了解的理论术语,仅偶尔提及作品的文章后,再来看朱先生这样实实在在地、细致地、言之有物地分析作品的批评文章,真令人有耳目一新之感。

朱先生的这种研究风格及其成果,得到了国际上的好评。他先后与12 个国家和地区的 40 余所大学及学术团体建立了联系,十余次应邀出访、讲学,以文会友,并在一些国际学术期刊上发表论文。他的研究成果,至今仍颇受国内学界和读者的重视和欢迎,比如,他在自己四十多年从事英语文学研究所作的文章中精选 32 篇,结集为《花间掠影》。此书 2006年 2 月由浙江教育出版社推出后,求购者络绎不绝,出版社一个多月后居然就不得不重印。个人的外国文学研究论文集一般都是一锤子买卖,很少会重印,而像朱先生的《花间掠影》这样在出版一个多月后就得重印的,真是闻所未闻,足见其受欢迎的程度。

令人欣喜的是,不久前,朱先生收到了由澳大利亚政府和澳大利亚—中国理事会联合颁发、澳大利亚—中国理事会主席约翰·余博士签发的奖状,《花间掠影》被授予"2006年度澳大利亚—中国理事会杰出成果"荣誉称号。

从《花间掠影》的前言中得知,朱先生还准备出版两本书,其一为他翻译的诗歌、散文和短篇小说的精选。另一为他在国外期刊上发表的论文、他在国外讲学和国际学术会议上的讲稿精选。采用精选而非全选,这种做法值得肯定。这两本书值得期待,因为它们并非仅仅出于个人总结的需要,还有许多读者也需要它们尽快出版。

(原载于《浙江作家》2006年第5期)

他只想说明自己学过英语

——记中年学者张柏然

在一次全国性的翻译会议上,有位来自北京的女研究生问:那位头发花白的老先生是谁? 他看上去学究气十足,肚子里很有货,却又傲得不可接近。

有人不禁扑哧笑道:他是南京大学外文系副教授张柏然先生。人不可貌相,其实他才四十多岁,肚子里是很有货,可实际上为人非常谦逊随和,无傲气,却有一副铮铮傲骨。

张先生"文革"前夕毕业于南京大学,曾被下放到苏北。"文革"结束前夕,他回到南大从事教学工作,不久便开始译介外国文学,至今已有三百多万字的译著论文。前些年,在翻译界很少有人对翻译质量开展评论的情况下,居然有数篇文章把他主译的英国作家毛姆的名著《人生的枷锁》与另外的译本进行比较,而张先生翻译时在忠实原著的意义、风格和韵味等方面作出的可贵努力,译文中表现出的深厚的汉语功底,总是得到不同论者的好评。由此,张柏然的名字就逐渐为翻译界、外国文学界所熟悉。

张先生结合翻译实践所进行的翻译理论研究,也颇有建树,他曾在美国翻译家协会年会上宣读自己的论文。

近年来,张先生的主要精力已转向词典编纂上面。他与人花了三年时间合编的 120 万字的《英语常用短语词典》由商务印书馆一版再版。三年多前,他牵头成立了英汉词典编纂研究室,并领衔主编《综合英汉大词典》(暂定名)。这本词典是一项耗时十年的大工程,将由商务印书馆出版(2004 年出版时更名为《新时代英汉大词典》)。其字数超过两千万,其规模在同类词典中若不算最大,至少也是屈指可数的。在进行这项大工程的同时,该室还以每年一本的速度编纂中小型英汉辞书。不久前交稿的《英汉双语大词典》近 300 万字,为国内同类词典中最新、规模最大者。该室每两周举行一次有关词典编纂或双语翻译方面的论文交流会。在张先生手下干活,既舒服又不舒服:舒服的是,张先生经常和大家一起谈笑风生海阔天空,甚至玩玩 scrable(一种英语拼词游戏)之类的;不舒服的是,工作任务实在繁重,到时候张先生就会笑嘻嘻地要你交任务。

就这么一个词典研究室,在短短几年时间里,由张先生主编,已出版和即将出版的辞书竟有 5 部。你猜室里有多少人?至今才 7 个人!而且几乎都是青年人!

与此同时,张先生还带着 8 个翻译与词典专业的研究生!张先生授课一丝不苟,深入浅出,饶有兴味。他的一个学生说:"听张老师的课真是一种享受,同时又确实得益颇多。"

难怪张先生 40 来岁时头发就已花白!

许多出版社的编辑都慕名而来,恳求张先生不吝赐稿,张先生都笑着婉言谢绝了:唉,我没有三头六臂,分身无术啊!

近年来,美国、加拿大的多所大学邀张先生去讲学。对此,张先生说:我年纪不小了,不能再晃来晃去啦,还是先静下心来把手头的事儿干干好吧!听,人家削尖脑袋要争取的出国机会,他却这么轻巧地放弃了。

张柏然,你搞那么多翻译,编那么多词典,未老先白了头,何苦呢!

干自己喜欢干的事,乐在其中,他只不过想说明自己学过英语。

(原载于《文汇读书周报》1991 年 3 月 16 日第 1 版)

这辈子离不开翻译

——访著名翻译家许钧

　　现代青年的生活是丰富多彩的。然而,在许多熟悉许钧的人看来,作为现代青年之一,许钧的生活却是除了翻译还是翻译,单调得不能再单调了。

　　不过,在许钧自己看来,他的生活光翻译这一件事就已够丰富的了,丰富得他忙都忙不过来,因而他把生活中凡是能挤出来的时间全用在翻译上了。是啊,要不是千方百计地挤时间,刚到不惑之年的许钧怎么会有18部近500万字的译著呢?许钧凭催人泪下、感人至深的《永别了,疯妈妈》初登译坛时便引人注目,从此一发不可收。许钧清新淡雅、灵透飘逸的译风和文学翻译上的一连串不俗举动,赢得了全国文学翻译界、创作界和研究界的广泛好评。译林出版社在全国法语文学翻译界众多高手中,选中了他和其他十多位年富力强的翻译家,携手译出了法国天才作家普鲁斯特的7卷本洋洋200万言的文学巨著《追忆似水年华》。全国法国文学研究会会长柳鸣九先生请他承担了"法国二十世纪文学丛书"中西蒙娜·德·波伏瓦的《名士风流》等多部名著的翻译工作。许钧所译的法国小说,全是获奖作品。龚古尔奖、法兰西学院小说大奖、勒诺多奖、保尔·莫朗文学奖等法国主要文学奖的获奖作品,他全译过,其中被视为法国文学最高奖的龚古尔奖获奖小说,他已译过6部。

　　许钧在翻译上除小说外,社会科学、传记和电视剧本等都有涉猎。其中有当今法国文化界泰斗艾田蒲先生的力作《中国之欧洲》,它让人们了解到中国文化对欧洲的影响。许钧还能讲一口流利的法语。曾在联合国教科文组织当同声翻译的经历,使他无论在高层次的学术会议上,还是在其他外事外贸的场合,口译起来都能应付自如。

大量的翻译实践为翻译理论研究提供了素材。许钧至今已在国内外多种学术报刊上发表了 30 多篇翻译论文。它们立论有据、观点不俗,每每引起国内外同行的共鸣和重视。许钧搞文学翻译的同时兼搞文学研究,发表了《普鲁斯特在中国》等一批高质量论文。

许钧把翻译当作一门艺术、一种事业去追求,在少有人涉足的文学翻译批评领域里拓展出自己的路。他不怕“引火烧身”,针对由名家翻译的有多种中译本的《红与黑》等名著写出一篇篇翻译评论。这方面的专著《文学翻译批评研究》堪称拓荒性著作,并已形成文学翻译批评学的雏形。

他是破格从中级职称的讲师直接被评为教授的,还担任着南京大学西方语言文学系系主任的行政工作。但他仍然天天在教翻译课,搞翻译实践和理论研究。在他忙碌的同时,不时会接到国内和法国有关方面来的电话,向他了解有关文坛、作家和作品的有关情况。《中国文学家词典》《中国翻译家词典》《世界杰出人物词典》及美国传记研究中心等,都曾先后来函,请许钧提供个人资料。世界阿尔勒翻译与研究中心、法国翻译家协会、法国大使馆等有关方面都与许钧保持着联系,有的还定期为他提供资料信息。

许钧说,不管客观条件起什么变化,他这辈子是离不开翻译了。他为它已苦恋了十多年,他还会一直苦恋下去,尽管他心里明白,也许他的心再诚,也永远难以完全弄清其真面目。

(原载于《镇江日报》1994 年 2 月 20 日第 6 版)

我的笔名的故事——代后记

王理行

人都有名字。人的名字,看似再平常又正常不过的事物,在许多时候却是很不简单的问题,常常会有很多丰富而曲折的故事。

关于人的名字,我已写过两篇短文和两篇论文了。其中的《区区笔名》,写的是上个世纪末的事情。当年各种报刊图书上形形色色的或传统典雅或争奇斗艳或奇离古怪的笔名,及其背后各不相同的故事,可以从特定角度反映 20 世纪末文人众生相及其背后的世态。近两年,我在整理以往写的各类文章,准备出专题文集时,发现自己几十年来先后用过勿罔、言聪、壮壮、江江、文犊、牛犊、言耳、戴明、里奇、E.里奇、雨人、万里行、王山、方生、弓草、牛文、宁文、明道、待修、费多、凡人等等二三十个笔名了。因此,我觉得有必要谈谈我的笔名的故事了。

我大学三年级的时候,有位历史系毕业的学长,带了团省委机关刊物《风流一代》的一位编辑来我们学生宿舍,希望我们向该刊投稿。当年的报刊数量很少,能在报刊上发表一些文字,对大多数读书人都很有诱惑力,更何况我们这样大学还没毕业的学生呢!我和一位同学兼好友干劲十足,密切合作了一段时间,从一位美国婚恋问题专家的专著中选取了给青年男女谈恋爱方面的建议的那一节并翻译出来,经过反复修改后终于定稿,并把译文取名为《爱的迷宫》。最后要署名的时候,我们决定效仿中外文坛的许多名家,在自己(有可能)首次发表的文字上署笔名。我和那位同学之所以成为好友,是因为我们在进入大学后都有过一段迷惘甚至几近沉沦的经历，我建议我们的笔名要给自己鼓劲，要尽快走出这样的状态，所以准备取笔名为"勿惘、勿沉"，但我们又希望笔名不要那么直接，最后就改定为"勿罔、勿冗"。在大学毕业前的五月份，我们那篇署名"勿罔、勿冗"的译文真的发表了！那可是我们人生中第一次发表（翻译）作品。在毕业前夕的一次舞会上，我把这告诉了我们班的"头号学霸"，结果她在我的毕业留言簿上用英语写了这么一句："我听说你发表了一篇作品时，我嫉妒了！"当然，英语中 envy 一词既可译为嫉妒也可译为羡慕，不知道她当时心里是嫉妒还是羡慕，还是羡慕嫉妒兼而有之，是嫉妒多于羡慕，还是羡慕多于嫉妒。

我接着继续努力在报刊上发表译文，并开始发表自己写的文字。也许是因为人生不同的阶段中总会出现各种新的烦恼、痛苦而让自己感到迷惘，"勿罔"是我至今使用得最多的笔名。

我大学毕业后就进入外国文学期刊《译林》当编辑。《译林》自创刊起，最后的三四页总是《世界文坛动态》栏目，栏目中每篇一般是三四百字，偶尔也有六七百字、七八百字的，每篇都言简意赅，反映的是世界文坛的最新信息。我一度拿这个栏目练笔，每期都提供几篇，尽管几百字的豆腐块文字我都写得很认真，但谁也不会觉得那算得了什么，所以每篇的署名我也看似应付，一般只用一个字了事。因为我每期都写几篇，所以署名时常用表达当时的思绪、心情或想法的词拆分开来，一字一署名。有一次一期上我写了七八篇，便拆分了表达我当时一种生活状况的一句话来一字一署名，结果那期出版后曾有同事、朋友把那些单字署名连起来看出了端倪，都来问我。我只是笑而不答。后来，为了活跃《译林》的气氛，我会选一些国外报刊上比较有趣的外国文坛掌故或最新文坛中值得关注的事件的文章翻译或编译过来，发在《译林》上，但又不想让读者注意到其译者我是《译林》编辑，所以会署上不同的笔名。

年轻人精力旺盛，我的文章也越写越顺手。随着寄出的文章不断增加，而有的报刊在短期内连续刊出我的文章，有的报纸则在同一期甚至同一版上刊出我写的两三篇文章。这样的情形下我如果都署同一个名字，观感显然不佳,所以相关报刊希望我换用多个笔名。那阵子恰逢妻子怀孕,我给未出世的儿子取好了名字,还为他取了两个小名。因为不断取新的笔名也颇费脑筋,因此我就把未来儿子的名字和小名都先拿来用作我的笔名。有一阵子,发表我的文章最频繁的是《文汇读书周报》(可惜当年为许多读书人所珍视的那么好的一份报纸,如今已萎缩为《文汇报》的读书专版了),我就请该报的徐坚忠(可惜他前几年英年早逝了)按需临时为我的文章取笔名。当年在《镇江日报》当编辑、记者的作家张国擎也曾临时为我的文章取笔名。

我用笔名发表文章,还有别的原因。

我二三十岁的时候就明白,当年自己的文章就常常透出一股老气,说得好听一点是老辣,说得难听一点是老气横秋。我年纪轻轻就会对翻译界、出版界、外国文学研究界和中国文坛发表自己的看法甚至针砭时弊。我估计,如果让人知道是个乳臭未干、涉世不深的年轻人在这么指手画脚,有的读者很可能会觉得不屑一顾。所以,我希望,知道或认识我的读者在看我的文章前别把文章与我联系在一起,而是看文章本身说得是否有点道理或值得一看。而我文章中透出一股老气,这一点在有一次与当年北京大学的陶洁教授的通话中得到了验证。她当时说:"我终于知道原来勿罔就是你啊! 我以前看过多篇勿罔写的外国文学和翻译方面的文章,一直以为勿罔是位老先生呢!"

虽然我一直在被称为文化单位的出版社工作,工作对象是作者(包括研究者)及其书稿,但单位里总有些人在反复强调,编辑就是为人作嫁的,别想着自己去追名逐利。编辑工作之外自己搞翻译或写作常常被视为"不务正业"的追名逐利行为,而且那样必然影响工作。这也是我工作后相当长时间里发表文章总是用笔名的一个原因。从 1985 年大学毕业到1990 年前后,大部分人除了工作单位的工资奖金外,很难有外快。我同一个办公室的一位同事曾对当时还是单身汉的我说,你能写能译又能发表,以后日子一定会好过的。曾经有一次,某同事在看到给我的稿酬通知单频繁寄到单位后,向领导汇报了。领导为此专门找我谈话,说既然我经常收到稿费,那单位里给我发的奖金就要另作考虑了。我这"不务正业"居然还是被领导发现了,我一句话也说不出来,因为我"犯错误"被发现了,还有什么好说的呢。我至今也不清楚,我是否真的因为这样"不务正业"而被扣发过奖金。

岁月荏苒,我三十多岁的时候,有一次,在与一位《中华读书报》记者和一位南京大学的青年教师散步聊天时,那位记者问我,你发文章为什么老是要用笔名啊?我说,我希望读者专心看我写的文章,不要想到这些文章是我这么个年轻人写的。他们两个马上异口同声地说:"你还年轻啊!"我应声愣住了。我回头看看他们,他们都比我小十来岁呢!在他们面前,我确实不能称年轻了。

再后来,我回到母校南京大学先后读硕士、博士研究生,学位论文答辩前必须发表一定数量的标名作者单位为南京大学的学术论文,这样,我就必须署自己的真姓实名了。而且,时代和环境也在不断地变化,发表文章所得的微薄稿酬相对于单位的工资奖金收入来说也几乎可以忽略不计了,我的年龄也在不断地从青年向中老年过渡,渐渐地,我觉得我发表文章时没必要用笔名了。不知从什么时候起,我发表文章一律署真姓实名了。

中華譯學館 · 中华翻译研究文库

许　钧◎总主编

第三辑

关于翻译的新思考　许　钧　著

译者主体论　屠国元　著

文学翻译中的修辞认知研究　冯全功　著

文本内外——戴乃迭的中国文学外译与思考　辛红娟　刘园晨　编著

古代中文典籍法译本书目及研究　孙　越　编著

《红楼梦》英译史　赵长江　著

改革开放以来中国当代小说英译研究　吴　赟　著

中国当代小说英译出版研究　王颖冲　著

林语堂著译互文关系研究　李　平　著

林语堂翻译研究　李　平　主编

傅雷与翻译文学经典研究　宋学智　著

昆德拉在中国的翻译、接受与阐释研究　许　方　著

中国翻译硕士教育探索与发展（上卷）　穆　雷　赵军峰　主编

中国翻译硕士教育探索与发展（下卷）　穆　雷　赵军峰　主编

第四辑

中国文学外译的价值取向与文化立场研究　周晓梅　著

海外汉学视域下《道德经》在美国的译介研究　辛红娟　著

江苏文学经典英译主体研究　许　多　著

明清时期西传中国小说英译研究　陈婷婷　著

中国文学译介与传播模式研究：以英译现当代小说为中心　汪宝荣　著

中国文学对外译介与国家形象塑造：*Chinese Literature*（1978—1989）
　　外译研究　乔　洁　著

中国文学译介与中外文学交流：中国当代作家访谈录　高　方　编著

康德哲学术语中译论争历史考察　文　炳　王晓丰　著

20世纪尤金·奥尼尔戏剧汉译研究　钟　毅　著

译艺与译道——翻译名师访谈录　肖维青　卢巧丹　主编

张柏然翻译思想研究　胡开宝　辛红娟　主编

第五辑

翻译与文学论稿　许　钧　著
翻译选择与翻译出版　李景端　著
翻译教育论　仲伟合　著
翻译基本问题探索：关于翻译与翻译研究的对谈　刘云虹　许　钧　著
翻译研究基本问题：回顾与反思　冯全功　著
翻译修辞学与国家对外话语传播　陈小慰　著
跨学科视角下的应用翻译研究　张慧玉　著
中国网络翻译批评研究　王一多　著
中国特色话语翻译与传播研究　吴　赟　编著
异域"心"声：阳明学在西方的译介与传播研究　辛红娟　费周瑛　主编
翻译文学经典的影响与接受——傅译《约翰·克利斯朵夫》研究
　　（修订本）　宋学智　著

第六辑

文学翻译探索　王理行　著
浙江当代文学译家访谈录　郭国良　杜　磊　主编
《道德经》英译文献目录考　辛红娟　邰谧侠　著
安乐哲中国哲学典籍英译路径研究——以《中庸》英译本为中心　郭　薇
著
中国古典文学在西班牙语世界的翻译与传播　李翠蓉　著
中国当代小说英译的文学性再现及中国当代文学形象语际重塑　孙会军
等著
中国古代科技术语英译研究　刘迎春　季　翊　田　华　著
中国武术外译话语体系构建研究　焦　丹　著
中国文学经典翻译批评研究　王树槐　著
译脉相承：翻译研究新探索　卢巧丹　张慧玉　主编